TORE RENBERG

Und zum Frühstück heller Sirup

Roman

Aus dem Norwegischen
von Gabriele Haefs

Deutscher Taschenbuch Verlag

MIX
Papier aus verantwortungsvollen Quellen
FSC® C006701

Deutsche Erstausgabe 2011

Titel der norwegischen Originalausgabe: ›Charlotte Isabel Hansen‹

Umschlagkonzept: Balk & Brumshagen
Umschlagbild: Veer/Image Source Photography
Gesetzt aus der Sabon Antiqua 10,5/13˙
Satz: Greiner & Reichel, Köln
Druck und Bindung: CPI – Ebner & Spiegel, Ulm
Gedruckt auf säurefreiem, chlorfrei gebleichtem Papier
Printed in Germany · ISBN 978-3-423-24851-8

Für Petra und Allan

Eine bemerkenswerte Erscheinung ist der Einfluss der Gefühle auf den Menschen. Wie plump ein Geschöpf auch sei, sobald es eine starke und wahre Zuneigung empfindet, haucht es ein besonderes Fluidum aus, das den Gesichtsausdruck verändert, die Geste belebt, die Stimme klangvoll macht. Oft gelangt das dümmste Wesen unter dem Einfluss der Leidenschaft zur höchsten Beredsamkeit, wenn nicht der Sprache, so doch des Geistes, und scheint sich in einer leuchtenden Sphäre zu bewegen.

Honoré de Balzac: Vater Goriot

Sometimes I'm thinking that I love you, but I know it's only lust.

Gang of Four

Erster Teil

Welcher Tag ist heute?

Als Jarle Klepp am Samstag, dem 6. September 1997 durch die grün gestrichene Doppeltür des Hauses ging, in dem er wohnte, hatte er keine Ahnung, was dieser Tag für die Welt bedeutete. Das Septemberlicht brach sich in den Baumwipfeln des Nygårdspark, und die Luft war klar und scharf wie Pfefferminze, so wie immer, wenn der Sommer, müde vom Glanz, dem Herbst weichen muss.

Jarle zog den Reißverschluss seiner schwarzen, taillenkurzen Jacke hoch und schüttelte langsam den Kopf.

»Mein Gott«, murmelte er vor sich hin. »Das darf doch nicht wahr sein.«

Er fuhr sich mit der Hand über den frisch rasierten Schädel.

»Mein Gott«, murmelte er noch mal. »Das darf doch wohl alles nicht wahr sein.«

Er strich mit den Händen über seine Jacke, fand in der Innentasche eine halb zusammengeknüllte Marlboro-Packung, fischte ein Feuerzeug aus der dunklen Jeans und hielt es in die Sonne.

Auf dem schwarz lackierten Zaun zur Straße hin saßen vier kleine Vögel und sahen ihn an.

Jarle blieb stehen.

Die Vögel hatten kleine, tennisballrunde Körper, Beinchen, die an Raupen erinnerten, und traurige, glänzende Augen. Sie flogen nicht davon, gaben keinen Laut von sich, saßen einfach nur da, unbeweglich und unlebendig wie Spielzeugfiguren.

Jarle blieb stehen, Wüste im Mund, Sauna im Kopf. Er hatte nur drei Stunden geschlafen. Die Nacht hatte er durchgebechert, erst bei einem Examensfest, dann bei der Nachfeier im Haus von Robert Göteborg, dem Professor für Literaturwissenschaft, und war zuletzt zwischen den milchweißen Schenkeln von Herdis Snartemo gelandet, nachdem der Professor am Kopfende seines eigenen Küchentisches kapituliert hatte.

Jarle löste vorsichtig den Blick von den steif aufgereihten Vögeln und ließ die Augen nervös umherwandern.

Er schaute hinüber zu dem kleinen Lebensmittelladen an der Ecke, und ein unbehagliches Gefühl breitete sich in ihm aus, als er sah, dass dieser geschlossen hatte. Seit Monaten blieb Jarle jeden Samstagmorgen bei Hernán stehen, dem dicken Ladenbesitzer von der Nordspitze Venezuelas, mit einem gewaltigen Schnurrbart, behaarten Händen und einer umfangreichen Familie, und versuchte, ihn dazu zu bringen, sein Angebot an Zeitschriften, das aus Klatschblättern, Comics und Pornos bestand, um die intellektuelle Wochenzeitung *Morgenbladet* zu erweitern. Aber Hernán lachte nur, jeden Samstag lachte er, ja, mittlerweile fing er schon an zu lachen, wenn er Jarle nur hereinkommen sah. Er lachte herzhaft, mit weit geöffnetem Mund, während er sich an die bebende Brust fasste und sagte, Jarle könne Äpfel haben, er könne Birnen haben, Bier oder Schokolade, aber *Morgenbladet*? *Morgenbladet*? Haha. In den letzten Wochen war er sogar dazu übergegangen, Jarle »Morgenbladet« zu nennen, »hier kommt Morgenbladet«, sagte der stämmige Mann und lachte sich kaputt.

Und nun war wieder Samstagmorgen, aber hier war kein Hernán, hier war keine große, um ihn herumwimmelnde Familie aus Venezuela, hier war nichts als ein geschlossener Lebensmittelladen.

Jarle kniff die Augen zusammen und sah versuchsweise die Hauptstraße hinunter.

Nein. Keine Autos. Keine Menschen. Er knirschte mit den Zähnen und versuchte es in der anderen Richtung, den Hügel hinauf zur Universität. Nein. Auch dort nichts. Keine alten Damen, die ihre Hunde auf den kleinen Parkwegen ausführten. Keine keuchenden Morgenjogger, die auf den grün gestrichenen Bänken ihre Schnürsenkel zubanden. Keine eifrigen Studenten mit Fachbüchern unter dem Arm und großen Gedanken im Kopf.

Nichts.

Ihm trat der Schweiß auf die Stirn. Um ihn herum war kein Mensch zu sehen. Es gab nur Schweigen. Und Stille.

Die vier kleinen Vögel saßen immer noch reglos auf dem Zaun, und Jarle spürte, wie eine unerklärliche Angst von ihm Besitz ergriff. Die Stille, die ihn umgab, als er in dem scharfen Septemberlicht stand, kam ihm ganz und gar unnatürlich vor.

»Mein Gott«, murmelte er vor sich hin. »Mein Gott.«

Was war nur geschehen?

Es war nicht so still wie an einem Ostermorgen in der Großstadt oder wie in einer Hütte im Wald an einem Abend im Mai. Das hier war keine normale Stille, es war vielmehr die Stille, die sich breitmacht, nachdem etwas Entsetzliches, vielleicht Seltsames, auf jeden Fall aber Unglaubliches geschehen ist.

Die Vögel flogen auf, als die Tür hinter ihm aufging und seine Nachbarin herauskam, eine Frau Anfang dreißig, an deren Namen Jarle sich nicht erinnern konnte, von der er aber wusste, dass sie bei der Stadt angestellt war. Bei der Baubehörde? Gebäudeschutz? Sanierung?

»Hallo«, sagte sie und nickte zweimal langsam, den Mund zu einem resignierten Lächeln geschlossen. Sie nickte auf eine verständnisinnige Weise, fand Jarle, und aus irgendeinem Grund wirkte sie traurig.

Er nickte zurück und hatte den Eindruck, ein mitfühlendes Gesicht machen zu müssen. Gab es etwas, das er nicht wusste? Hatte sie ein Familienmitglied verloren? Sollte er ihr sein Beileid aussprechen?

Dann zuckte sie mit den Schultern und hob die Augenbrauen. »Meine Güte«, sagte die Frau, die wegen ihrer auffallend weit auseinanderstehenden Augen irgendwie merkwürdig aussah. »Ist es nicht seltsam?«

Jarle durchwühlte sein Gehirn, erleichtert darüber, dass sie offenbar keinen persönlichen Kummer hatte, von dem er wissen müsste – aber »seltsam«?

»Ja, irgendwie seltsam«, sagte er und presste energisch die Zähne aufeinander. »Wirklich seltsam.«

»Ja.«

Ein Zucken lief über das Gesicht der Frau, ehe sie abrupt und mit mütterlicher Routine den Kopf wandte: »Daniel! Mama wartet! Jetzt komm!« Ebenso abrupt wandte sie sich wieder Jarle zu und wirkte genauso bedrückt wie zuvor: »Nein, es ist, als ob … ich weiß auch nicht … Ich meine, es ist doch so weit weg und überhaupt, und wieso interessiert uns das eigentlich? Daniel! Hörst du! Mama wartet! Komm jetzt!«

»Na jaaaa«, sagte Jarle gedehnt und suchte verzweifelt in seinem Hirn nach etwas, das ihm Aufschluss darüber geben könnte, wovon sie eigentlich sprach. »Genau. Warum sollte uns das eigentlich interessieren?«

Gerti.

Ja, so hieß sie, die Frau, die Jarle niemals sonderlich interessiert oder engagiert vorgekommen war und die wirklich – das entdeckte er jetzt zum ersten Mal – überaus anziehend war mit ihren faszinierend weit auseinanderstehenden Augen.

Gerti, ja.

Er betrachtete sie, während er versuchte, Interesse an diesem geheimnisvollen Tag zu heucheln, der sie offensichtlich so gefangen nahm. Gerti war nicht nur anziehend – wie die meisten Frauen, wenn man ein wenig mit ihnen gesprochen und sie ein wenig angesehen hat –, Gerti war wirklich schön. Das Schildkrötenhafte in ihrem Gesicht machte sie keineswegs abstoßend oder komisch, im Gegenteil. Bisher war sie eine Nachbarin gewesen, der Jarle lieber aus dem Weg ging, vermutlich weil sie irgendwo bei der *Stadt* angestellt war und einen *Sohn* hatte, zwei Dinge, mit denen Jarle nur wenig anfangen konnte. Doch jetzt? Jetzt stand sie vor ihm, war anziehend und schön, und zum ersten Mal sah er ihre Augen, die eine erstaunliche Sinnlichkeit ausstrahlten.

Ja, ja, du, Gerti, du, Gerti, dachte Jarle und nickte erfreut, während er ihr zusah, wie sie die Hand in ihre Tasche steckte und einen Zettel herauszog.

»Ich fand das so schön, dass ich es aufgeschrieben habe«, sagte sie und reichte ihm das Papier.

Er warf einen Blick darauf und hörte dabei ihre Stimme, hell und klar, die jeden Satz mit einem kleinen Knicks beendete. »Das ist schön gesagt, nicht wahr?«

Jarle las den Satz auf dem Zettel.

Someone's got to go out there and love people, and show it.

Mein Gott! Wer sagt denn so was?

»Daniel! Hörst du! Mama wartet nicht länger! Du kommst jetzt! Sofort!«, rief sie und ließ dabei die Absätze auf den Asphalt knallen.

Jarle versuchte sie anzulächeln, als er ihr den Zettel zurückgab.

Mein Gott. So was kann man doch nicht sagen.

»Ist das nicht schön?«, hörte er sie fragen und staunte, wie geschmeidig und geübt sie zwischen dieser für ihn ganz unverständlichen Melancholie angesichts dessen, was da offenbar geschehen war, und der immer lautstärker artikulierten Ungeduld über ihren trödelnden Sohn hin und her wechselte.

Wieder nickte Jarle, weil ihm gerade nichts Besseres einfiel, murmelte, das sei wirklich schön gesagt, ja, »schön und schlicht«, und erst jetzt zündete er seine Zigarette an.

Mein Gott, dachte er, als sie den Satz mit hemmungsloser Empathie wiederholte: »Someone's got to go out there and love people, and show it.« Mein Gott.

Versteht sie diesen Satz überhaupt?

Kapiert sie überhaupt, wie unbeholfen der ist?

Als ob es auf der Welt keine Liebe gäbe, beginnt er mit einem beleidigten »someone's got to«, der irgendwie an alte Ehepaare erinnert, die auf die Veranda hinausgehen und empört rufen, *irgendwer muss die Gartenmöbel doch vor dem Winter ins Haus bringen, und das bin dann wohl ich!*, ehe sie die Tür zuknallen. Und was macht der Satz dann? Er macht auf dieselbe Tour weiter, noch selbstgerechter, noch liebestüchtiger, als wäre er von einem Missionar ausgesprochen worden, denn was soll dieser beleidigte »someone« tun? Ja, er – oder sie – soll »go out there and love people«. Was ist das denn für ein Christusprojekt, was für ein messianisches Unterfangen? »Go out there and love people«? Was soll das heißen?

Was *ist* das? »Go out there«? »And love people«?

Und als ob es mit diesem seichten, naiven, ja total bescheuerten Gefasel nicht genug wäre, folgt auch noch ein Nachklatsch: »And show it.«

Irgendein oder irgendeine »someone« soll alles, was er oder sie gerade in Händen hat, stehen und liegen lassen, die

Straßen hinauf- und hinabtraben, die Menschen vor ihren Häusern, in den Läden, auf den Plätzen mit den Springbrunnen anhalten und mit kindischem Lächeln sagen: *hallo, ich liebe dich*, und sie dann auch noch umarmen?

Geht es darum?

Was für ein Trottel hat sich denn so etwas aus den Fingern gesogen? Bob Geldof? Und was ist das für eine, die so etwas *aufschreibt,* dachte Jarle und sah die schönhässliche Frau an, die vor ihm stand. Wie bringt sie es fertig, so etwas *in ihrer Tasche herumzutragen* wie das Bild eines *Liebhabers* und es anderen *zu zeigen,* ohne sich für ihre gehirnseichte und kindische Sentimentalität zu schämen?

»Muss schauen, dass ich weiterkomme«, murmelte Jarle und trat von einem Fuß auf den anderen. »Scheinbar hat der Laden heute geschlossen. Sie wissen nicht zufällig, warum?«

»Doch«, sagte die Frau, die, wie Jarle meinte, Gerti hieß, und dann machte sie ihm mit der rechten Hand ein Zeichen, einen Moment zu warten, während sie mit der linken rasch die Tür hinter sich öffnete, blitzschnell den Kopf hindurchstreckte und schrie: »DANIEL! DU KOMMST JETZT! HÖRST DU!«

Jarle hörte, wie im zweiten Stock eine Tür zugeknallt wurde, vernahm das Geräusch von Kinderfüßen im Treppenhaus, während Gerti lächelte, abermals verständnisinnig, und sagte: »Doch, ich kann gut verstehen, dass Hernán heute geschlossen hat. Das ist doch international, wissen Sie. Gefühle sind global, Jarle.«

Gefühle sind global. Hat sie das tatsächlich gesagt?

Gerti redete weiter: »Ach, Kinder. Nein, es ist schon seltsam, dass uns etwas so nahegehen kann. Aber das tut es einfach. Wirklich. Bringt uns zum Nachdenken. Ich werde es mir bei einer Freundin ansehen. Sie werden es sich doch sicher auch irgendwo anschauen?«

Es anschauen?

Ein kleiner Junge mit verstrubbelten Haaren, dünner blauer Daunenjacke und einem Schlüssel um den Hals kam aus der Tür gelaufen. Reflexartig fischte die Nachbarin eine Mütze aus der Tasche, die sie dem Jungen erstaunlich versiert, wie Jarle fand, auf den Kopf stülpte. »Heute ist es windig, du mit deinen Ohrenschmerzen, du weißt, was Mama dazu sagt. Nein, du bist jetzt still. Ach, Daniel, Daniel, Daniel – wenn Mama dich ruft, wenn Mama fünfzehn Mal gesagt hat, dass wir jetzt los müssen, damit wir rechtzeitig da sind, dann musst du auch kommen, ist das klar?«

Der Junge atmete rasch und mit weit aufgerissenen Augen aus und ein, während er nickte: »Aber, Mama. Das war doch wegen den Pokémonkarten. Ich konnte die Pokémonkarten doch nicht finden!«

Jarle sah, wie der Junge, der seiner Mutter unbedingt detailliert vom Verlauf der Ereignisse berichten wollte, einen kleinen Stapel Sammelkarten hochhielt, nicht unähnlich den Fußballerkarten, die er als Kind selbst gesammelt hatte, und schüttelte resigniert den Kopf.

Wie alt mochte der Junge sein?

Fünf?

Vielleicht zehn?

Oder vielleicht sieben?

Gerti wandte sich wieder Jarle zu. »Kinder, was?«

Jarle schnalzte mit der Zunge und ging vor dem Jungen in die Hocke. »Na, lass mich doch mal raten, wie alt du bist.«

Der Junge wich mit skeptischem Blick zurück, und seine Mutter antwortete: »Er ist sieben, Daniel ist sieben.«

Jarle richtete sich rasch wieder auf und schaute auf seine Armbanduhr. »Oje«, sagte er und tat überrascht, »mir läuft die Zeit davon. Jaja, es gibt eine äußere und eine innere Zeit«, rief er lachend und merkte sofort, dass er mit diesem Versuch, Bergson und Proust volkstümlich klingen zu lassen, eine Bruchlandung hingelegt hatte. »Tut mir leid«, fügte er rasch hinzu, »Jarle Klepp müsste längst weg sein, er muss nämlich jemanden vom Flughafen abholen.«

»Ach, kommt Ihre Mutter zu Besuch?«, fragte Gerti und nahm ihrem Sohn die Pokémonkarten aus der Hand. »Du weißt doch, dass du sie nur verlierst oder kaputt machst.« Und mit Blick zu Jarle: »Sie war so unglaublich reizend beim letzten Mal – ich habe ja mit ihr gesprochen, als sie sich das Bügelbrett für Ihre Hemden ausgeliehen hat.«

»Nein, nein, nicht meine Mutter«, sagte Jarle rasch, beschämt angesichts der Erinnerung an Mama, die mit allen seinen Hemden ins Wohnzimmer gekommen war, den Kopf geschüttelt und gesagt hatte, man könne deutlich sehen, dass hier niemand bügele, und die danach darauf bestanden hatte, sich bei der Nachbarin ein Bügelbrett zu leihen, weil das weder falsch noch peinlich sei.

»Aber wer ist es dann? Eine Freundin?« Gerti lächelte breit und offenherzig und zeigte dabei zwei süße Kaninchenzähne, die fantastisch zu den weit auseinanderstehenden Augen passten und in ihrem Gesicht wie ein Schmuckstück aussahen: Die Zähne waren quasi das Amulett und die Augen mit den erstaunlich langen Wimpern, die Jarle jetzt entdeckte, als sie lächelte, seine sorgsam gearbeitete Fassung.

Das Kind zog an Gertis Hand.

»Mama, du hast doch gesagt, wir müssen gehen. Hallo, Mama! Du hast doch gesagt, dass wir es eilig haben!«

»Nein, Gerti«, sagte Jarle und registrierte, wie quengelig Kinder sein können. »Eine Freundin ist es nicht.«

Sie lachte. »Grete, meinen Sie wohl. Ja, Daniel! Ja!« Wieder lachte sie, und das Kind zog sie noch fester an der Hand. »Sie haben nur Bücher, Bücher, Bücher im Kopf, was? Und bei Hernán wollen Sie immer nur diese Zeitschrift haben, oder? Dieses – wie heißt es doch gleich – *Morgenbladet*?«

Jarle nickte verlegen.

»Ach, er lacht sich jedes Mal kaputt darüber«, sagte Grete jetzt. »Das macht Ihnen doch nichts aus, oder? Nein, bestimmt nicht, Sie haben ja ein wenig Humor, nicht wahr? Und ich heiße Grete, wissen Sie. Jaja. Also, wer ist es denn nun?«

Jarle stutzte. »Was meinen Sie mit ›wer ist es denn nun‹?«

»Den Sie abholen.«

»Ach, den ich abhole, ja.« Er fuhr sich mit der Zunge über die Schneidezähne. »Den ich abhole ... tja ...«, Jarle überlegte gründlich. »Das ist eine gute Frage, *Grete*.« Peinlich berührt, weil er sich bei ihrem Namen geirrt hatte und weil er nicht wusste, was für ein außergewöhnlicher Tag heute war, gequält von dem sieben Jahre alten Knaben, der seine Mutter an der Hand zog und die egoistische Ungeduld aller Kinder an den Tag legte, leicht beleidigt über diesen blöden *Morgenbladet*-Witz, den sie ihm serviert hatte, genervt von ihrer letzten Frage, auf die er keine befriedigende Antwort fand, und nicht zuletzt verwirrt, weil er es mit einem Menschen zu tun hatte, zu dem er sich stark, ja fast magisch hingezogen fühlte und den er zugleich für schlicht und unsäglich dumm hielt, entschuldigte Jarle sich, nannte sie »Grete«, lächelte verlegen und sagte auf Wiedersehen, um dann mit schnellen Schritten auf die Straße zu eilen.

»Mein Gott«, murmelte er vor sich hin.

Er blieb stehen, fasste in die hintere Tasche seiner Jeans und tastete mit den Fingern, ob er noch da war.

Ja. Er war da.

Er eilte weiter.

Er merkte, wie müde er war und dass er eindeutig Kopfschmerzen hatte.

»Mein Gott«, murmelte er. »Das darf doch wohl alles nicht wahr sein!«

Schon ein wenig an diesen geräuscharmen Tag gewöhnt, lief Jarle zügig an der Kneipe Hulen vorbei, dann den Hügel hinauf zum Studentenzentrum und beim Botanischen Garten hinunter zum Hotel Norge auf der Torgallmenning. Die Stille machte ihm keine Angst mehr, denn er hatte begriffen, nicht ohne eine gewisse Neugier dabei zu verspüren, dass er einer unwissenden Minderheit angehörte. Es gab offenbar einen Grund, warum die Läden geschlossen hatten, warum kein Auto auf der Straße fuhr und warum so wenige Menschen unterwegs waren. Es gab einen triftigen, vielleicht traurigen, vielleicht großartigen Grund, für den jedoch er nichts konnte. Er fragte sich jetzt, ob aufgrund dessen, was er nicht mitbekommen hatte, vielleicht auch der Flughafenbus nicht fuhr. Doch nur wenige Minuten, nachdem Jarle dort eingetroffen war, hielt der Bus an der Haltestelle beim Hotel. Jarle kaufte einen Fahrschein und setzte sich.

Auf dem Sitzplatz vor ihm saß eine ältere Dame mit frischer Dauerwelle. Auf ihren wogenden Locken schwamm ein lila Hut mit einem tiefblauen Seidenband, und für einen kurzen Moment musste Jarle lächeln, weil ihm aufging, dass er die Locken der Dame mit dem Meer und den lila Hut mit einem Boot verglichen hatte. Er beugte sich ein wenig vor und sah, dass sie seiner Großmutter, bei der er als Kind oft gewesen war, durchaus ähnelte, und verspürte einen Stich von schlechtem Gewissen angesichts der vielen Briefe, die er nicht geschrieben, und der vielen Briefe, die sie ihm geschickt hatte, seit er Student in Bergen war. Jeder von ihnen begann mit »mein lieber Jarle«, jeder berichtete minutiös vom Tag der Großmutter, und jeder endete damit, dass sie ihr »volles Verständnis« dafür zum Ausdruck brachte, dass er nur jeden vierten ihrer Briefe beantwortete, und dass sie, auch wenn sie »eine alte Dame ohne besondere Schulbildung« sei, doch »sehr gut begriff«, dass das »Studieren all seine Zeit und Konzentration« verlange und dass er »die intensive Lektüre und die tiefgreifenden Studien« nicht einfach unterbrechen könne, um Briefe an eine alte Dame zu schreiben, die ihre Tage damit verbrachte, auf ihrem Klavier im Wohnzimmer Sonaten von Liszt zu spielen, Stätten ihrer Erinnerung zu besuchen und ein Haus in Ordnung zu halten.

Aber natürlich, dachte er, als die alte Dame sich umdrehte und ihn mit genau dem gleichen traurigen, verständnisinnigen Blick bedachte, den ihm seine Nachbarin noch vor wenigen Minuten präsentiert hatte – natürlich könnte ich das.

Natürlich könnte ich Oma Briefe schreiben.

Warum tue ich es nicht?

Er rutschte auf seinem Sitz hin und her, zog den Zettel aus der Gesäßtasche und legte ihn auf sein Knie.

Jetzt hätte ich ihr viel zu erzählen.

Nicht gerade von meinem Studium, dachte Jarle, das würde sie wirklich nicht verstehen. Wie sollte er – der früher »so fesche Haare« gehabt habe, wie seine Großmutter immer sagte, wenn er in den Sommerferien oder zu Weihnachten stets mit glattrasiertem Schädel nach Hause kam – wie sollte er der Großmutter, die beim Ausbruch des Ersten Weltkriegs geboren war und die ihr Leben der Pflege von Mann und Kindern und der Führung ihres Haushaltes gewidmet hatte, wie sollte er ihr die Literaturtheorie der Moderne erklären?

Auch nur versuchsweise?

Aber jetzt hätte er ihr viel zu erzählen.

Nicht von seinem Studentenalltag, dazu hätte sie keinen Bezug. Doch sollte er der Großmutter, die nie auch nur ein Damengläschen Bier getrunken hatte – sollte er ihr sagen, dass er, seit er im Herbst des Jahres 1991 in aller Herrgottsfrühe mit der M/S Kystveien in Bergen angekommen war, sich an mindestens drei Tagen die Woche mit literweise Alkohol zuschüttete? Oder sollte er ihr von der schrecklichen Trennung von Lene erzählen? Das könnte er wahrhaftig nicht, ebenso wenig wie er ihr schildern könnte, dass er eine ausschließlich sexuelle Beziehung mit Robert Göteborgs größter Hoffnung hatte, der Stipendiatin Herdis Snartemo, die sechs Jahre älter war als er und bereits als Hoffnungträgerin für den Feminismus in der norwegischen Akademia galt.

Nein.

Weshalb sollte man seiner Großmutter solche Dinge erzählen?

Wozu sollte das gut sein?

War es falsch? Seiner Großmutter nicht alles zu erzählen?

Jarle fand das nicht. Jarle wusste, die Großmutter und er hatten eine Welt, die nur ihnen beiden gehörte und in der die Großmutter ihm nicht alles über ihr Leben und er der Großmutter nicht alles über sein Leben erzählte, die aber doch – oder vielleicht gerade deshalb – eine Welt war, in der sie beide sich gern aufhielten.

Trotzdem: Großmutter und Alkohol? Großmutter und Robert Göteborgs avantgardistische Theorien? Großmutter und Feminismus?

Aber er hätte ihr schreiben können, hätte ihr, leise, zwischen den Zeilen, von dem erzählen können, was jetzt geschehen würde. Diesem Seltsamen, das ihn so ärgerte, dessen er sich schämte, mit dem er nicht umzugehen wusste und das er keinem gesagt hatte. Nicht seiner Mutter, nicht seinen Kumpels, weder Hasse noch Arild, und noch nicht einmal – so schien es ihm – sich selbst.

Hatte er das?

Hatte er es sich selbst gesagt?

Die Dame vor Jarle drehte sich ein weiteres Mal zu ihm um. Derselbe mitfühlende Blick aus Augen, die durch das Alter eingesunken waren, dasselbe bestätigende, verständnisinnige Nicken, derselbe lila Hut, der auf ihren Haaren segelte.

»Das ist ein trauriger Tag«, sagte sie mit brüchiger Greisinnenstimme.

Und wieder wusste Jarle nicht, was er sagen sollte, wieder fühlte er sich gezwungen, einem Umstand zuzustimmen, von dem er keine Ahnung hatte. Deshalb lächelte er tapfer und erwiderte: »Ja, das kann man wohl sagen.«

»Wir können es uns vielleicht am Flughafen ansehen«, sagte die Dame, und Jarle bemerkte, wie anstrengend es für sie war, ihren alten Kopf zu drehen. »Glauben Sie«, fragte sie dann, »dass wir uns am Flughafen vielleicht etwas davon ansehen können?«

»Äh ...«, er spitzte den Mund und blies die Backen auf. »Tja, wenn man das wüsste! Vielleicht?«

»Ja, vielleicht. Ich muss meine Enkelin abholen, sie kommt den ganzen weiten Weg aus Oslo.«

»Ach, tatsächlich«, sagte Jarle. »Ich muss auch ... jemanden abholen.«

Mein Gott, dachte er, als er sich reden hörte.

Jemanden.

Was soll die Welt mit noch einem Kind? Braucht sie wirklich *noch* ein blondes, naiv-herzensfrohes Wesen, das sich fragt, wie weit der Mond weg ist, und das sich sein armes Köpfchen darüber zerbricht, ob Blumen weinen können und wer im Herbst die Blätter von den Bäumen pflückt.

Vier Wochen vor dem stillsten Tag des Jahres 1997 war Jarle aus einer Kolloquiumsstunde gekommen, wo er bis zur Erschöpfung versucht hatte, einer Gruppe von Erstsemestern den Unterscheid zwischen Signifikant und Signifikat im Gegensatz zu Zeichen und Referent klarzumachen. Dass diese Frischlinge nicht einmal die simpelsten Bestandteile moderner Zeichentheorie kapierten, Bestandteile, ohne deren gründliche Kenntnis das Verständnis der neueren Literaturtheorie einfach unmöglich war, ärgerte Jarle, und erfüllt von diesem Ärger öffnete er den Brief, der sein Leben verändern sollte.

Natürlich reagiert man mit einer gewissen Verunsicherung, wenn man einen Brief von der Polizei bekommt, doch für Jarle, der im Prinzip ständig das Gefühl hatte, etwas falsch gemacht zu haben, oder die scheußliche Vorahnung, etwas falsch machen zu können, war es direkt beängstigend, einen solchen Brief zu erhalten. Seine Finger brannten und prickelten, als er seinen Namen auf einem Brief sah, dessen Absender die Polizei war, und er lief wie gehetzt die Stufen zu seiner Wohnung hoch, schloss sich ein, setzte sich an den Küchentisch und legte den Brief vor sich hin.

Er lief dreimal um den Küchentisch herum.

Er ergriff den Brief, hielt ihn in beiden Händen und musterte ihn an jenem Augusttag, an dem er noch kurz zuvor laut, fast wütend gesagt hatte: »Signifikant und Signifikat sind ausschließlich eine zeicheninterne Beziehung, das müsst ihr euch einprägen, und wenn ihr das nicht tut, könnt ihr es gleich vergessen, auch nur ansatzweise den allerkleinsten Artikel von Derrida oder Genette oder Paul de Man verstehen zu wollen!«

Brief von der Polizei. An ihn. An Jarle Klepp.

Er suchte verlegen in seiner Erinnerung nach Dingen, die er verbrochen haben könnte, fragte sich bestürzt, ob es vielleicht verboten war, unter freiem Himmel den Beischlaf zu vollziehen.

Hatte jemand, vielleicht eine ältere Dame, ihn gesehen, wie er an einem späten Juliabend im Nygårdspark gestanden hatte, die Hosenbeine um die Knöchel, jeweils eine Hand auf den Hüften von Herdis Snartemo, die, während sie ihre ausgestreckten Hände um einen Baumstamm schloss, den Kopf in den Nacken legte, den Rücken reckte und ihre Haare über die Schultern fließen ließ, sprach: »Komm, Herr der Freude, komm! Sei! Mein! Gast!« Hatte eine ältere Dame gesehen, wie Jarle dieses Schlachtschiff von Frau enterte, hatte eine alte Dame beim Abendspaziergang mit ihrem Hund ihn stolz und glücklich an Bord dieses Ozeandampfers gehen sehen, den Herdis Snartemos reichhaltiger Unterleib darstellte, und hatte sie das Ganze so anstößig und schändlich gefunden, dass sie sich schriftlich bei der Polizei wegen Erregung öffentlichen Ärgernisses beschwert hatte?

Oder ging es um Hausfriedensbruch? Hatte die Nachbarin, die Frau mit den weit auseinanderstehenden Schildkrötenaugen, mit der er niemals mehr als ein paar Höflichkeitsfloskeln gewechselt hatte, ihn wegen Hausfriedensbruchs angezeigt, nachdem das Fest, das er Anfang August veranstaltet hatte und bei dem keiner mit dem Trinken aufhören wollte, bis es längst hell und noch viel heller geworden war, so total aus dem Ruder gelaufen war?

Jarle atmete ängstlich ein und atmete ängstlich aus.

Er setzte sich an den Küchentisch und öffnete den Brief.

Jarle las.

Jarle las und staunte.

Was?

War das möglich?

Er legte den Brief hin, nahm ihn sofort wieder in die Hand und las ihn ein weiteres Mal.

War das wirklich möglich?

Ein Kind?

Ein kleines Kind?

Hatte er, Jarle Klepp, ein Kind?

War er, Jarle Klepp, Vater?

Eines Kindes?

Aufgrund der von einer gewissen Anette Hansen erteilten Auskünfte wurde er von der Polizei um eine Blutprobe gebeten, die beweisen sollte, dass er Vater war.

Anette Hansen?

Und dieses *Kind* werde bald sieben, stand in dem Brief – ein fast sieben Jahre altes Mädchen, und er sollte der Vater sein.

Nein. Nein. Er schwitzte, er blinzelte, sein Mund wurde trocken. Nein, das konnte nicht stimmen. Jarle stand vom Küchentisch auf, drehte mit dem Brief in der Hand drei weitere Runden um den Tisch, beugte sich unter den Hahn in der Spüle, drehte das Wasser auf und trank, dann setzte er sich wieder.

Okay. Ganz ruhig jetzt. Erstens: Es ist einfach unmöglich. Das ist jetzt mal mein Ausgangspunkt. Jemandem ist ein Irrtum unterlaufen. Also. Ganz ruhig jetzt. Vor *sieben* Jahren? Nein. Nein. Sollte er, vor *sieben* Jahren, eine Frau geschwängert haben? Im Jahre … wann war das also … damals, lange her, im Jahre – ja – 1990?

Anette Hansen?

Wer zum Teufel war *Anette Hansen?*

Total unmöglich. Nie im Leben.

Er las den Brief zum dritten Mal überaus aufmerksam und schüttelte dabei verärgert und mit Nachdruck den Kopf. Nein. Nein. Dieses Kind und die allem Anschein nach geistesgestörte Mutter wohnten in Skien, wie im Brief stand. Lächerlich. Skien? Er war noch nie in *Skien* gewesen. Was zum Teufel hätte er in *Skien* gewollt? Und jetzt hatte diese Mutter gemeint, sich für ihr Kind einen Vater aus dem Ärmel schütteln zu müssen, der – also Entschuldigung! – *er* sein sollte?

Irgendwo muss es eine Grenze geben. Und die verläuft ganz klar hier, dachte er. Es ist weit gekommen mit unserer Gesellschaft, wenn jede x-Beliebige ihre Kinder einem wildfremden Mann aufdrängen und verlangen kann, dass sie ihn »Papa« nennen. Wo ist da der Gemeinschaftssinn?, dachte Jarle und schüttelte den Kopf. Wo die Stabilität? Was ist das für eine zersplitterte Gesellschaft? Hier verläuft die Grenze, dachte er zum zweiten Mal innerhalb kurzer Zeit, hier verläuft die Grenze zu all den Dingen, die einen nichts angehen und in die man nicht hineingezogen werden darf.

Doch wie sollte er nun vorgehen, um seinen Namen von den Anschuldigungen dieser Anette Hansen reinzuwaschen?

Anette Hansen.

Was für ein Name. Er hörte sich fast erfunden an, fand er.

Mein Gott.

Anette Hansen.

Unter allen gewöhnlichen Menschen mit einem gewöhnlichen Namen ausgerechnet Anette Hansen?

Jarle hielt inne. Der Brief glitt ihm aus den Fingern, und er sah, wie seine rechte Hand zu zittern begann.

ANETTE HANSEN!

Seine Kehle war wie zugeschnürt, seine Brust ächzte, und er würgte über dem Spülbecken.

ANETTE HANSEN!

Die kleine, verschüchterte Anette Hansen?

Jarle lief im Zimmer hin und her. 1990? War das möglich? Er schluckte, fasste sich an die Stirn, lief unaufhörlich im Kreis herum. Wenn das wirklich stimmte, wenn nur so wenig dazugehörte, dann, dann, ja dann –

Jarle öffnete die Balkontür und holte tief Luft. Zum Teufel. Er konnte sich an nichts mehr erinnern. War sie nicht damals in die Neunte gegangen? Mitten in der Pubertät? Oder vielleicht doch eher am Ende der Pubertät?

Es war eine Monsterfete gewesen. In seinem vorletzten Schuljahr, richtig? Genau. Ein Fest bei Neureichen in einer luxuriösen Villa auf einer der Inseln vor Stavanger. Er hatte einen schrecklich missratenen Auftritt mit seiner Band hinter sich gehabt, und zusammen mit seinen Kumpels war er auf das Fest gegangen und hatte so viel Alkohol und leichte Drogen wie möglich eingeworfen, und so waren große Teile der Nacht ein schwarzer erinnerungsloser Krater. Anette Hansen? Mein Gott. Er wusste nicht mehr, wie er ihr begegnet war. Und was er von ihr gewollt hatte. War sie einfach ein süßes kleines Ding gewesen? Hatte er sie spät in der Nacht entdeckt, umnebelt von Suff und Rock und Lärm, hatte sie dort im Dunst gestanden wie eine Kerze, mit funkelnden Augen und einem verlegenen Lächeln auf den Lippen? Er wusste es nicht mehr. Anette. Hansen. Alles, was er wusste war, dass er am nächsten Tag in einem Doppelbett aufgewacht war und neben ihm im Bett ein Mädchen gelegen hatte, eine Neuntklässlerin mit Socken an den Füßen, ansonsten nackt, ihren Schlüpfer um die Knöchel.

Wie sah sie aus?

Er erinnerte sich nicht.

Wer war sie?

Er hatte keine Ahnung.

Soviel er wusste, hatte er nie auch nur ein Wort mit ihr gewechselt.

Wer, bitte, hat Kinder mit einem Menschen, mit dem er nie geredet hat?

Ich?

Habe ich ein Kind mit einer Frau, mit der ich nie geredet habe?

Jarle hustete kurz und energisch.

Vielleicht hatten sie ja auf dem Weg in das Zimmer in jener Nacht im Januar 1990 in ihrem wilden Suff miteinander geredet. Unmöglich zu sagen. Zwischen ihnen hatte sich nichts abgespielt außer einem Beischlaf.

Der zu einem Kind geführt hatte.

Einem kleinen Kind.

Das jetzt schon fast sieben Jahre alt war.

Das jetzt, fast sieben Jahre nach seiner Geburt, einen Vater bekommen sollte.

Mein Gott.

Was soll die Welt mit noch einem Kind, dachte er wütend und feuerte den Brief in die Ecke zu den LPs. Was um alles in der Welt soll die Welt mit noch einem blonden Mädchen – er stellte sich vor, dass dieses Mädchen, dessen Vater er sein sollte, schulterlange blonde Haare hatte – was soll die Welt mit noch einem Mädchen, das in roten Schühchen einhertrippelt und mit ... womit sie eben spielen, diese kleinen Mädchen. Was um alles in der Welt soll die Welt mit noch einem herzensfrohen und naiven Mädchen, das sich fragt ... ja, was sie sich eben fragen, die kleinen Mädchen.

Wie weit der Mond weg ist.

Ob Blumen weinen können.

Oder wer wohl im Herbst die Blätter von den Bäumen pflückt.

Und was um alles in der Welt sollte ein Mädchen von fast sieben Jahren mit Jarle Klepp als Vater?

Ich hab doch keine Zeit für so was, dachte er an jenem

Augusttag des Jahres 1997, als er auf die Einbestellung in die Arztpraxis zu der unvermeidlichen Blutprobe starrte.

An Anette Hansens Behauptungen war nichts auszusetzen. Jarle Klepp war der biologische Vater des Kindes. Die Blutprobe wurde der behördlichen Anordnung entsprechend abgelegt, und Jarle musste zugeben, dass er, der er über die Proust'sche Onomastik forschte, und zwar so eifrig, dass sein Betreuer, Robert Göteborg, mehrmals seine Begeisterung über Jarles Arbeit kundgetan hatte, »die ist sehr stark gedacht und ebenso scharfsinnig ausgeführt« – ja, er musste zugeben, dass er Vater war.

Dass er seit sieben Jahren Vater war.

Ohne davon gewusst zu haben.

An jedem einzelnen Tag und in jeder alkoholschweren Nacht in seinem gesamten akademischen Leben war er Vater gewesen. Eines winzig kleinen Kindes. Und an jedem einzelnen Tag war dieses Kind aufgestanden und hatte getan, was Kinder eben tun – was auch immer das war, dachte Jarle –, so waren fast sieben Jahre vergangen, und er war Vater.

Das war einfach unglaublich.

Da wandert man umher und hat einen Beischlaf nach dem anderen, mehr oder weniger geschützt, mehr oder weniger geglückt, und dann führt ausgerechnet einer von denen, bei denen man geistig nicht anwesend, sondern nur ein fickender Körper war, zu einem Kind? Was wiederum dazu führt, dass man Vater wird?

Und dann erfährt man – *als der Vater, der eigentliche Erzeuger* – nichts davon?

Wie viele Kinder hatte er eigentlich?

Wäre er jetzt gezwungen, jedes einzelne Kind, das auf der Straße an ihm vorüberlief, das vor ihm im Bus saß, das bei Hernán Sammelbilder kaufte, als sein eigenes zu betrachten? Würde jedes Paar treuherziger Kinderaugen ihn jetzt angucken und fragen: *Papa*? Würde jedes fünfjährige Kind im Sandkasten mit Schaufel in der Hand und Steinchen im Mund sich jetzt zu ihm umdrehen, ihm in die Augen blicken und fragen: *Bist du, Jarle Klepp, mein Vater*? Nicht, dass er im Laufe seines Lebens mit so vielen Frauen geschlafen hätte, aber wenn es dieses Kind in Skien gab, öffnete das nicht Tür und Tor für eine Männerangst globalen Ausmaßes?

Die Furcht, der Vater von *allen* zu sein?

Und was hieß das für seine zukünftigen sexuellen Aktivitäten? Sollte er jedes Mal, wenn er bei günstigen Winden in Herdis Snartemos warme Fjorde segelte, um dort Anker zu werfen, denken müssen, dass er jetzt eigentlich einem Kind den Boden bereitete? Sollte er sich immer dann, wenn Herdis Snartemo ihren BH nach unten streifte, damit er seinen Mund um ihre kleinen, festlich gestimmten Brüste legen könnte, besinnen müssen, dass das der erste Schritt auf dem Weg in den Kreißsaal war? Sollte er sozusagen jedes Mal Kindergeschrei hören, wenn er Herdis Snartemos Hintern sah? Der seine Handflächen kribbeln ließ, wenn er nur daran dachte? Der schon über dem Kreuzbein anfing und ein Stück weit den Oberschenkel hinab endete?

Wäre das so?

Mein Gott!

Und – einmal abgesehen vom reinen Begehren – hatte er denn überhaupt *Zeit*, Vater zu sein?

Natürlich hatte er das nicht. Das konnten alle sehen, die auch nur einen einzigen Blick in Jarle Klepps Richtung warfen. Ob das gut oder schlecht, modern oder altmodisch war, er hatte keine Zeit, Vater zu sein.

Das war klar, dachte er auf dem Heimweg von der Arztpraxis, wo er errötend die Blutprobe abgegeben und ein dicklicher Arzt gesagt hatte: »Hm, hm, doch, jaaa, doch, stimmt schon, ja, hm, hm. Jarle Klepp, nicht wahr? Klepp? Jarle? Meinen Glückwunsch, Sie sind Vater.« Nein, das war mehr als klar. Vater zu sein bedeutete Anwesenheit, dachte er, als er in Gedanken versunken am Lungegårdsvann entlangging, Anwesenheit und Hingabe. Er besaß beides, widmete sie aber der Proust'schen Onomastik, seinem Spezialgebiet für die Examensarbeit in Literaturwissenschaft, jenem fesselnden Thema, zu dem ihn Marcel Prousts zwölfbändiges Werk angeregt hatte, dieser fast manischen Konzentration auf Eigennamen und im Gegensatz dazu dem auffälligen Vermeiden des Namens der Hauptfigur. Dem vor allem galten seine Anwesenheit und seine Hingabe. Und dem sollten sie gelten.

Also hatte er, folgerte er, keine Zeit, Vater zu sein.

Ganz zu schweigen von seinen Fähigkeiten. Und die waren schließlich wichtiger, sagte er sich.

War er als Vater *geeignet,* war er dazu fähig?

Natürlich nicht.

Solche Dinge wollen gründlich überlegt sein, es hilft nichts, über etwas so Wichtiges wie die Aufgabe, ein Kind großzuziehen, mit der Hasenpfote zu streichen, nicht zu vergessen das Wissen, das man dafür haben muss, und die Fähigkeiten.

Die einen sind für dieses geeignet, die anderen für jenes. Ohne als Faschist zu gelten, muss man sagen dürfen, dass es für jeden einzelnen Menschen einen Ort gibt, an den er gehört, und eine Beschäftigung, die zu ihm passt, je nachdem, was dieser Mensch besonders gut beherrscht. Und Jarle Klepp beherrschte das Denken. Das hatte ihm Robert Göteborg erklärt, der einfach mit den akademischen Sitten gebrochen und gesagt hatte, so leise, dass nur Jarle es hören konnte, aber so laut, dass auch alle anderen es mitbekamen: »Du hast eine besondere Begabung, Jarle, pass gut darauf auf!« So sahen es also Robert Göteborg und Herdis Snartemo, die seinen Körper und seine Intelligenz liebte, wie sie sagte. Und das hatte auch Jarle selbst begriffen, schon vor Jahren. Dass er sich für das abstrakte Denken eignete. Das analytische, kreative und abstrakte Denken.

Und dass er ein Leben im Dienste des Denkens führen sollte.

Das hatte er erkannt, als er den Philosophie-Pflichtkurs besucht und dabei bemerkt hatte, mit welcher Leichtigkeit er all die akademischen Liegestützen absolvierte, die anderen Studenten so schwerfielen. Das hatte er während der mündlichen Prüfungen in seinem Grundstudium erkannt, wo es ihm mit einer Brillanz, die ihn selbst verblüffte, jedes Mal gelungen war, sich einige Dezimalstellen nach oben zu reden, sogar bei Themen, von denen er streng genommen keine Ahnung hatte. Er hatte das Gefühl, dass es bei ihm genauso war wie bei dem Jungen, der zum ersten Mal einen Fußballplatz betritt und instinktiv das Richtige mit dem Ball macht.

Jarle hatte nie so etwas wie Faktenwissen besessen, und so war er seinen schulstarken Freunden immer unterlegen gewesen, all denen, die sich nach einmaligem Durchlesen an Jahreszahlen und Ereignisfolgen erinnern konnten, während er büffeln und büffeln musste, um zu behalten, was ihn nicht sonderlich interessierte. Doch er hatte entdeckt, dass er in der akademischen Welt das schulische Faktenwissen gar nicht brauchte. Und sowie er den Code geknackt hatte, hatte er Erfolg gehabt. Denn an der Universität, in den Geisteswissenschaften, die Jarle insgeheim niemals als *Wissenschaft* betrachtete, sondern – was sollte er sagen? – als *Zeitvertreib?*, wurde die analytische, die rhetorische Intelligenz geschätzt und gepflegt, welche kein Fünkchen Wissen erfordert, dafür aber umso mehr von dem, was Lügner, Geistliche, Verkäufer, Psychologen, Schauspieler und Politiker auszeichnet: Rednergabe, Schlagfertigkeit, Einfallsreichtum, Witz. Jarle entdeckte, dass er all das besaß. Darauf konnte er sich sorglos stützen und konnte es gießen wie eine Pflanze, und seine Fähigkeit, sich aus jeder Situation herauszureden, war ihm an der Universität eine große Hilfe.

Wie damals im Grundstudium, als er in der Philosophieprüfung über Descartes um ein ganzes Jahrhundert danebenlag und dem Prüfer schwante, dass er da ein rhetorisches und spekulatives Talent vor sich hatte, nicht jedoch einen Studenten, der sein Thema beherrschte. Der Prüfer, ein Mann mit mehr Bart als sichtbarer Haut im Gesicht, fragte gezielt nach, woraufhin es Jarle mittels eines komplizierten gedanklichen Schachzugs gelang, jeden Verdacht von sich abzulenken, indem er eine hauchdünne, aber dennoch überzeugende Linie von Descartes – von dem er keine Ahnung hatte, den er nie gelesen hatte, den er noch dazu im falschen Jahrhundert angesiedelt hatte – zu Adornos Nicht-Identität zog und sagte: »Der *ganze* Mensch, das Ideal aller früheren Zeiten, das, dem Descartes' Streben galt – was hätten die Frankfurter Schule, die Moderne oder Theodor Adorno über diesen sogenannten *ganzen* Menschen gesagt? Die Nicht-Identität ist, um Derrida zu paraphrasieren, in den nicht-existenten Kern eingesetzt worden.«

Ja.

Ein Leben im Dienste des Denkens.

Das war, insgesamt gesehen, der Ort, an dem er zu Hause war.

Und was konnte, insgesamt gesehen, wichtiger sein als das Denken?

Es gab schließlich genug Leute, die sich fürs Grähengraben, für telefonische Dienste, den Bootsbau oder das

Ingenieurwesen eigneten. Er musste doch nicht, nur weil er Hände hatte, zwangsläufig den Spaten schwingen, auch wenn viele in diesem geistesverachtenden Land das meinten. Die es für gut befanden, in der Erde zu graben oder Zeitungen auszutragen oder Häuser anzustreichen oder Fliesen und Parkett zu legen, die sich für den Erwerb physischer Erfahrungen aussprachen, als wäre ein Seemannsleben oder ein Holzfällerleben von größerem Wert als, ja, als das *geistige Leben.*

Was für ein Unsinn. Er hatte dieser Meinung selbst angehangen und hatte sie vertreten, viele Male, als er als Jugendlicher vom Sozialismus fasziniert gewesen war und sich ideologisch dazu verpflichtet gefühlt hatte, mit solchen volkstümlichen Argumenten zu flirten und der *Arbeit des Denkens*, wie Jarle es jetzt konsequent nannte, mit größter Skepsis gegenüberzutreten.

Doch die Arbeit des Denkens war seine Arbeit.

Und die Arbeit des Denkens war offenkundig nicht kompatibel mit einem Dasein als Vater.

Sagte er sich.

Aber Vater war er.

Das behauptete Anette Hansen aus Skien, behauptete es so energisch, dass es bewiesen werden musste, mit polizeilicher Hilfe. Sie hatte nicht genug Mut besessen, ihn aufzusuchen oder ihn anzurufen oder ihm zumindest einen Brief zu schreiben, in dem sie ihn, höflich und behutsam, an eine unselige Nacht vor sieben Jahren erinnerte und den hypothetischen Gedanken vortrug, er könne der unglückliche Vater ihrer glücklichen Tochter sein. Nein, sie war geradewegs zu den Behörden gelaufen, um es beweisen zu lassen, und Jarle konnte nicht umhin, einen beträchtlichen Hass und eine beißende Bitterkeit zu verspüren angesichts der Art und Weise, wie seine Vaterschaft geklärt worden war.

Und jetzt war es geklärt.

Vater war er.

Aber Jarle wagte nicht, das irgendjemandem zu sagen. Er brachte es nicht über sich, es Mama gegenüber zu erwähnen, als sie aus Stavanger anrief, um sich zu erkundigen, was er sich von dem Geld gekauft hatte, das er zu seinem fünfundzwanzigsten Geburtstag bekommen hatte, deshalb erzählte er nur, welche Freuden Robert Göteborg ihm in seiner strahlenden akademischen Zukunft verheißen hatte, nämlich dass eine *bedeutende norwegische Literaturzeitschrift* – es sei noch zu früh zu sagen, welche, aber dass es eine der großen und bedeutenden sei, stehe fest – erwäge, einen Essay zu drucken, den er gerade über die Proust'sche Onomastik schrieb, ja, vielleicht würde der Essay auch ins Englische übersetzt und im Ausland veröffentlicht, und an dem Tag, an dem Jarle seine Proust-Studien in ihrer Gesamtheit offenbarte, nicht zuletzt die, wie Robert Göteborg es formulierte, »international aufsehenerregende Entdeckung und Analyse der Vermeidung des eigenen Namens durch den Autor und was dieser gleichermaßen rhetorische, semantische, biografische und schändliche Kunstgriff beinhaltet«, ja, »an diesem Tag, Mama«, sagte er, »an diesem Tag wird sich allmählich zeigen, wohin das alles noch führt.«

»Du, ach du«, sagte Mama.

»Wer weiß, ob ich dann nicht eine Stelle an einer ausländischen Universität bekomme?«

»Ja, du Jarle, du Jarle«, sagte Mama. »Alle Kinder haben das Recht, auf der Sonnenseite des Lebens zu stehen.«

»Kinder?« Jarle fuhr mit dem Telefonhörer in der Hand zurück. »Was meinst du mit – Kinder?«

Mama lachte: »Das bist du doch, Jarle – ein Kind.«

Er sagte Mama nichts über das fast sieben Jahre alte

Kind, und er erwähnte es auch seinen Freunden an der Universität gegenüber nicht. Er sagte es niemandem. Was hätte er auch sagen sollen?

Ich bin Vater?

Ich bin Vater geworden?

Eines Mädchens aus Skien?

Wie hätte das denn gewirkt?

Er musste zugeben, dass mit dieser Sache eine Menge peinlicher Gefühle verbunden war. Peinlich war, dass er die Mutter des Kindes nicht kannte, dass er mit ihr geschlafen hatte, als er siebzehn gewesen war und sie in die Neunte ging, dass er mit ihr in einem dermaßen lächerlichen Suffzustand geschlafen hatte, dass weder er noch sie – glaubte er jedenfalls – sich daran erinnern konnte. Peinlich und überdies unangenehm war, dass er, der Jahre seines Lebens damit verbracht hatte, mit seinem Vater abzurechnen, jetzt selbst Vater geworden war, und zwar eines Kindes, das zu erziehen er nicht die Möglichkeit gehabt hatte, falls er es je gewollt hätte. Und peinlich war, von einer höheren Warte aus betrachtet, dass er, Jarle Klepp, dessen Leben im Dienste des Denkens stand, *in der wirklichen Welt ein Kind hatte*. Wieso ihn das gewissermaßen erröten ließ, war schwer zu sagen, aber peinlich war, dass er plötzlich etwas mit dieser *Kinderwelt* zu tun haben sollte, dass er in dieser Kinderwelt denken und sich um Dinge kümmern musste wie … tja … worum Kinder sich heutzutage eben kümmern.

Puppen?

Puppenkleider und Puppenstuben?

Oder liefen sie nur herum wie kleine Küsse im Wind und warteten, wohin die Tage sie trugen, bald hierhin, bald dorthin, mit Sommersprossen auf der Nase und frischgewachsenen Zähnen?

Absolut lächerlich, dachte er, als sich die Dame mit dem lila Hut zum dritten Mal umdrehte.

»Wie still es heute ist«, sagte sie mit ihrer Greisinnenstimme. »Ich glaube, zuletzt war es so still, als der König gestorben ist.«

»Ja«, sagte er und lächelte, weil sie seiner Großmutter immer ähnlicher wurde. »Ja, das kann schon sein.«

»Und wen, sagten Sie, wollten Sie abholen?«

»Na ja«, sagte Jarle zögernd. »Meine Tochter.«

»Ach«, sagte die alte Dame und lächelte so strahlend, wie nur alte Damen lächeln können, wenn sie von Kindern hören. »Ach, das ist aber schön. Ihre Tochter. Ja, so ist das Leben.«

Das Leben?

Er wusste nicht, was er darauf antworten sollte. Er konnte ja nicht sagen, was er eigentlich dachte, nämlich dass er schon ein Leben besaß, ein Leben voller Inhalt und Bedeutung, ein Leben, das seine eigene sprudelnde Kraftquelle besaß und ganz gewiss nicht von dem gelenkt wurde, was sie unter Leben verstand, deshalb sagte er: »Ja, so ist das.«

»Ja«, sagte die alte Dame und lächelte ein weiteres Mal dieses Alte-Damen-Lächeln, in dem man alles, was sie erlebt haben, durch ihre Augen strömen sieht. »Ja, Kinder sind ein großes Glück.«

Ein großes Glück?

Auch darauf wusste er keine Antwort. Konnte er sagen, dass es für ihn ganz anders war? Konnte er dieser fremden, aber sanften und reizenden Dame sagen, dass es für ihn eine Qual war, ein Irritationsmoment, etwas, das zum absolut falschen Zeitpunkt kam, das einfach nicht passte, dass er Student war, sich auf das Examen vorbereitete, dass er die Proust'sche Onomastik erforschte, dass er weder Seemann werden noch Gräben graben wollte, dass er einfach kein Kind haben *konnte*, weil er, ganz ehrlich und brutal gesagt, dazu weder imstande noch willens war? Konnte er sagen, dass ihm außerdem dieser Kinderkult, der sich überall unreflektiert ausgebreitet hatte, ziemlich auf die Nerven ging, diese übertriebene Konzentration auf Kinder, KinderKinderKinder über alles, diese Ansicht, die ihn aus allen Ecken des Globus ansprang, dass ein Leben ohne Kinder ein Leben ohne Glück sei? Konnte er sagen, dass ihn das absolut kalt ließ? Dass er das Glück bereits besaß? Dass er sich sein Glück erlas und ervögelte? Konnte er sagen, dass er ansonsten fand, dass es schon genug Kinder auf dieser Welt gab, genug von diesen hilflosen Schlümpfen, und dass er, wenn er ehrlich war, das Problem Kind grundlegend anders betrachtete? Kinder, meinte Jarle, sollten an die verteilt werden, die sie wirklich haben wollten, und das waren zumeist Frauen. So wie der Militärdienst von denen abgeleistet werden sollte, die ganz scharf darauf waren, und das waren zumeist Männer.

Nein.

Natürlich konnte er das nicht sagen.

Es gab überhaupt vieles, das er nicht sagen konnte.

Vor allem nicht in dieser Zeit.

Er konnte dieser unbeschreiblich sanften und herzensguten Dame, die sich jetzt in regelmäßigen Abständen zu ihm umdrehte, doch nicht sagen, dass er seitens der Gesellschaft, der Politiker, ja seitens aller Menschen in seiner Umgebung einen Druck empfand, der in seinen Augen unwürdig war, den Druck nämlich, ein weicher und aufopfernder Mann zu sein, mit Lätzchen in der einen und Rassel in der anderen Hand, der Kinder wollte und den Spaten schwenkte und Fliesen legte und Windeln wechselte und Gefühle zeigte und mit seiner sogenannten femininen Seite protzte. Bei zahllosen grässlichen Studentenfeten und dito grässlichen Diskussionen hatte er die Erfahrung gemacht, dass allein schon die Andeutung, es gebe etwas genuin Weibliches und folglich auch etwas genuin Männliches, genügte, um knallhart in den Boden gerammt zu werden. Bei dem allerkleinsten Hinweis darauf, er fühle sich als Mann für dieses oder jenes besser geeignet, konterten alle seine Freunde und Bekannten – und alle Artikel im *Morgenbladet* – mit Hohn und Unglauben, ja sogar mit Hass. Wie könne er als intelligentes Wesen tatsächlich behaupten, es gebe einen *Unterschied zwischen Männern und Frauen?* Einfach lächerlich, wie wolle er so etwas Unsinniges, Genderfaschistisches beweisen?

Herdis Snartemo, die gern mit ihren weißen Fingern über Jarle Klepps Körper strich und zusah, wie er sich vor Erregung spannte, die gern seinen Blick auf sich spürte, wenn er ihr durch die Gänge der Universität folgte, weigerte sich zu glauben, dass Jarle es ernst meinte, wenn er zum Beispiel sagte: »Frauen sind viel besser als Männer dazu geeignet, sich um Kinder zu kümmern« oder: »Männer klettern gern auf hohe Berge, während Frauen lieber um den Berg herumgehen, um zu sehen, was sie unterwegs entdecken«. Doch weil Herdis, die aus Snartemo an der Südküste kam und mit weichem Akzent sprach, fast ein wenig nuschelnd, von dem jungen Studenten, seinem Ehrgeiz und seinen geilen Augen hingerissen war, beschloss sie, alles wegzulachen. Herdis kam aus reichstem Hause, aus einer Familie mit überwältigendem Wohlstand, in der man mehr seufzte als schwitzte, und auch wenn sie politisch weit gereist war, von Dunkelblau zu Wütendrot, hatte sie sich vom Geist ihrer Klasse keinen Zentimeter entfernt. Sie lachte einfach alles weg, so wie sie es zu Hause gelernt hatte, und das passte sehr gut zu ihrer klassenmäßig ererbten Unterlippe, die von ihrer Nase streng in Schach gehalten wurde. Es war also ganz natürlich für

Herdis Snartemo, die nicht so seltsame Züge aufwies wie Jarles Nachbarin, sondern bildschön und arrogant gebaut war und noch dazu den aufsehenerregendsten Hintern der gesamten Universität besaß, ihr überlegen perlendes Lachen zu lachen, wenn Jarle diese Dinge andeutete. Sie schrieb sie auf das Konto seines »pubertären Dranges, seine Umgebung zu provozieren«.

Aber Jarle war nun einmal davon überzeugt.

Dass es einen Unterschied zwischen Frauen und Männern gab.

Dass dies für Männer und Frauen sogar eine Freude war und dass es gut so war, wie es war. Was für eine Tragödie, dass sich die gegenwärtige Intelligenz von Feministinnen dominieren ließ, die es nicht ertragen konnten, dass Männer und Frauen von Natur aus ungleich waren! Eines Tages würde er darüber schreiben. Nicht in seinem Essay über die Proust'sche Onomastik, auch nicht in dem norwegischen oder englischen Zeitschriftenartikel, der darauf basierte, und auch nicht im *Morgenbladet*, dem Jarle vor einigen Wochen eine Rezension zu einem englischen Buch über Proust geschickt hatte – ohne bisher eine Antwort erhalten zu haben! –, sondern an anderer Stelle. Irgendwann. Vielleicht durfte man es nur jetzt, im Jahre 1997, nicht sagen? Vielleicht war es einer der vielen Gedanken, die man gegenwärtig nicht aussprechen durfte, ohne sofort als Clown oder Chauvi betrachtet zu werden und umgehend von der Liste derer zu verschwinden, deren Meinungen in einem Land zählten, jener Liste, die – dessen war Jarle sich sicher – über dem Rechner des Redakteurs vom *Morgenbladet* hing.

»Kinder sind ein reiner Segen«, hörte er die alte Dame sagen. Dann seufzte sie.

Segen?

Als sie Flesland erreichten, den vor Bergen gelegenen Flughafen, ergriff Jarle die Hand der alten Dame, als sie aus dem Bus hinaus auf die Straße kletterte. Sie sprachen über das frische Septemberwetter – sie sagte, es komme ihr genauso vor wie nach einem Hausputz, er stellte fest, es durchbreche den Schleier des Gewohnten – und beendeten ihre gemeinsame Fahrt damit, dass sie einander vorstellten. Jarle erfuhr, dass sie Irmelin Jensen hieß und im weit zurückliegenden Jahr zweiundzwanzig geboren war, woraufhin er lächelte und sagte, seine Großmutter sei dreizehn geboren, mit Betonung auf *dreizehn*, damit die alte Dame sich in seiner Ausdrucksweise heimisch fühlte. Denn so redeten sie, die alten Damen. Sie sagten nur »zwölf« oder »dreizehn« oder »zweiundzwanzig«, und alle, die wie sie aus einer vergangenen Welt kamen, verstanden, was gemeint war, und kannten den Unterschied zwischen dreizehn und zweiundzwanzig, so wie Jarle den Unterschied zwischen zweiundsiebzig und neunundsiebzig kannte.

Irmelin Jensen aus dem Jahr zweiundzwanzig sagte, es sei nett, einem so höflichen und aufgeweckten jungen Mann begegnet zu sein, sie sagte, seine Tochter habe Glück, einen so aufmerksamen Mann zum Vater zu haben, das sei nämlich nicht allen Töchtern vergönnt. Sie habe darin ihre Erfahrungen, denn »wissen Sie«, sagte sie, *»die Väter zu meiner Zeit waren ganz anders«*. Am Ende erhob sie sich auf ihre alten Zehenspitzen und umarmte Jarle, wobei sie sagte, sie hoffe wirklich, dass sie hier draußen am Flughafen etwas davon sehen würden, denn: »So einen Tag wie diesen gibt es nicht oft in einem langen Leben, das können Sie mir glauben.«

Jarle ließ sich umarmen wie von seiner eigenen Großmutter, wünschte ihr eine schöne Zeit mit ihrer Enkelin und pflichtete ihr bei, abermals ohne zu ahnen, worin eigentlich. »Ja, ich kann mir gut vorstellen, dass das ein besonderer Tag ist.«

Draußen am Flughafen präsentierte sich Samstag, der 6. September anders als in der Stadt oder vor seinem Haus mit den Vögeln auf dem Zaun. Offenbar war kein großes Unglück geschehen, es waren nicht mehr und nicht weniger Reisende unterwegs als sonst, und sie machten auch keinen besorgten Eindruck, so wie nach einer Zugkatastrophe, bei der hundertzwanzig Personen ums Leben gekommen waren. Doch alle, die Jarle sah, als er die Ankunftshalle betrat und registrierte, dass das Flugzeug mit seiner Tochter an Bord pünktlich um 11.45 Uhr eintreffen würde, hatten den gleichen missmutigen und melancholischen Ausdruck im Gesicht. Er fand außerdem, dass die Leute leiser und weniger sprachen als sonst.

11.45. Nur noch fünf kurze Minuten.

Es war an der Zeit herauszufinden, welcher niedergeschlagene Jockey diesen armen Tag ritt. Die Zeitungen!, dachte Jarle und lief zum Kiosk. Er hatte ja nicht die Möglichkeit gehabt, bei Hernán vorbeizuschauen und widerwillig *Dagbladet* oder *Bergens Tidende* zu erstehen, wo er doch eigentlich das *Morgenbladet* haben wollte, und er musste sich jetzt beeilen. Die Zeitungen wussten doch bestimmt etwas darüber zu berichten, was an diesem Samstag los war.

Doch Jarle hielt inne. Vor dem Kiosk sah er eine lange Schlange, und was würde es für einen Eindruck machen, wenn er nicht da war, wenn sie kam? Das konnte er doch nicht machen. Er konnte nicht einfach Zeitungen kaufen, während sie gerade aus dem Flugzeug stieg.

Vielleicht war sie zum ersten Mal in ihrem Leben geflogen?

Wer weiß?

Wie sollte er wissen, was sie, seine Tochter, schon erlebt

hatte? Er war ja nicht dabei gewesen und hatte auch nicht dafür sorgen können, dass sie, seine Tochter, die richtigen Impulse bekam.

Überhaupt hatte dieser Flug etwas Unverantwortliches, dachte er, als er sich vom Kiosk abwandte und an die Treppe stellte, auf der sie in nicht allzu langer Zeit auftauchen würde. Schickte man denn so kleine Wesen ganz alleine in die Welt hinaus? Damit sie zum ersten Mal ihrem leiblichen Vater begegneten? Handelte so ein erwachsener Mensch mit Verantwortungsgefühl? Jarle war skeptisch. Wenn so etwas in den Zwanzigern in einer Bauerngesellschaft vorgekommen wäre, wäre die Mutter am Pranger gelandet. Sie wäre aus der Dorfgemeinschaft ausgestoßen worden. Die Leute hätten sie auf der Straße angespuckt. Und heute? Heute wurden weitaus sanftere Töne angeschlagen. Damit werde ich mich jetzt also herumschlagen müssen, dachte er. Mit einem eiskalten Flittchen. Mit einem gedankenlosen Frauenzimmer, das sich noch dazu erdreistet hatte, die Frage, wer der Vater ihres Kindes ist, per Blutprobe beantworten zu lassen. Lächerlich. Möglicherweise – *möglicherweise* –hatte Anette Hansen sich dafür entschieden, weil sie sich schämte oder es ihr peinlich war, überlegte Jarle. Das war dann aber auch der einzige mildernde Umstand, der ihm einfiel.

Eine Woche nach dem Blutprobenbrief war die eigentliche Bombe hochgegangen, die jeglichen Zweifel beiseitegefegt und ihm vor Augen geführt hatte, aus welchem hauchdünnen Stoff die Frau beschaffen war, mit der er einmal geschlafen hatte.

Nervös und beklommen hatte er der Antwort der intellektuellen Wochenzeitung *Morgenbladet* auf seine Rezension des Proust-Buches entgegengesehen. Mit der Gewissheit aber, dass er Vater war. So war er mitten am Tag vom Lesesaal nach Hause gegangen, um in seinem

Briefkasten nachzusehen. Aber immer umsonst. Jeden Tag schlug er sich mit dem Gedanken herum, in der Redaktion vom *Morgenbladet* anzurufen, aber es kam ihm irgendwie nicht richtig vor. Sollte er sich wirklich so kleinmachen wie irgendein Studienanfänger und mit der Frage nerven, ob sie seine Rezension zu dem englischen Buch über Marcel Proust schon erhalten und möglicherweise die Zeit gefunden hatten, diese zu lesen.

Marcel wer, hätte die Frau in der Telefonzentrale vom *Morgenbladet* vielleicht gesagt. *Nein, ich glaube, der ist im Moment nicht im Hause.* Und Jarle würde dieser ungebildeten Person, die beim *Morgenbladet* am Telefon saß, vielleicht erklären müssen, dass er nicht Marcel Proust suchte, sondern dass er über ihn geschrieben hatte und gerne gewusst hätte, ob sie seine Rezension erhalten und gelesen hätten, ja, und ob sie mit dem Gedanken an eine Veröffentlichung spielten.

Nein. Es kam ihm nicht richtig vor, dort anzurufen. Also wartete er weiter, immer mit der Gewissheit, dass er Vater war, und so kam es, dass er in diesen Wochen häufiger zu Hause war als sonst. Und immer zur Stelle, wenn die Post kam.

Und eines Tages kam sie, mit schwerem Gepäck. So wie beim letzten Mal, als er den Blutprobenbrief bekommen hatte, reagierte er augenblicklich heftig. Als er die mädchenhafte Schrift auf dem Briefumschlag sah, dachte er zunächst, es sei ein Brief von seiner Tochter, doch dann ging ihm auf, dass dies die Handschrift einer Fünfzehnjährigen war, denn so gewellt und artig schrieben nur fünfzehnjährige Mädchen, und ein fast sieben Jahre altes Mädchen schrieb sozusagen noch gar nicht oder wenigstens nicht in diesem Umfang. Und als er den Brief umdrehte, stand dort: »Abs. Anette Hansen«.

Und es passierte genau das Gleiche wie beim letzten Mal.

Überrumpelt und nervös ging er mit dem Brief in die Wohnung, legte ihn auf den Küchentisch und betrachtete ihn. Er wusch sich die Hände und betrachtete ihn. Er drehte mehrere Runden um den Küchentisch und betrachtete ihn.

Dann setzte er sich. Versuchte, ruhig zu atmen. Öffnete den Brief und las.

Was sollte er dazu sagen?

Zu dem, was er da las?

Manchmal ist die Welt ein Irrenhaus.

Manchmal machen Menschen irre Sachen.

Anette Hansen hatte ihren kurzen Brief mit der Hand geschrieben. Es war ein wütender, verbitterter und zugleich seltsam liebevoller Brief. Sie erklärte, sie sei enttäuscht darüber, dass er nach der Blutprobe keinen Kontakt zu ihr aufgenommen habe, oder zumindest zu seiner Tochter. Sie schrieb, ihre Tochter habe es gut aufgenommen, dass sie einen Vater bekommen habe, es sei kein Problem für sie, jedenfalls sehe es nicht so aus. Aber, schrieb sie, ihre Tochter sei eben noch so klein, und »Du weißt ja, wie Kinder sind«. Die Bedeutung dieses Satzes konnte Jarle beim besten Willen nicht erfassen, aber dass er jenseits seiner Welt lag, war sonnenklar. Weiterhin setzte Anette ihn über allerlei finanzielle und juristische Dinge in Kenntnis, die ihm bevorstanden und auf die sie ihn vorbereiten wollte. Aber im Augenblick sei es für ihn das Wichtigste zu erfahren, dass sie am Samstag, dem 6. September für eine Woche in den Süden reisen werde, weshalb es nun an der Zeit für ihn sei, seinen Mann zu stehen.

So drückte sie es aus.

»Jetzt ist es an der Zeit für Dich«, stand dort, »Deinen Mann zu stehen.«

Jarle legte den Brief weg. Er war erstaunt darüber, dass jemand im Norwegen des Jahres 1997 so schlecht schreiben konnte, wie Anette Hansen das tat. Er hätte sich nichts dabei gedacht, wenn es sich um eine Zwölfjährige gehandelt hätte oder um eins von Hernáns Kindern, aber drückte sich so unsäglich schlecht und unüberlegt eine erwachsene Frau aus?

Die Mutter seines Kindes?

Unglaublich.

Über Anette Hansens Leben war dem Brief nicht viel zu entnehmen, aber um ihre Absicht machte sie kein Geheimnis.

Sie wollte, dass er seinen Mann stand.

Anette Hansen würde in den Süden reisen. Von Samstag, dem 6. September an für eine Woche. Und jetzt sei er an der Reihe. Sie habe sich sieben Jahre lang um das Kind gekümmert, schrieb sie, und jetzt sei es für sie an der Zeit, einmal Urlaub zu machen. Und für ihn sei es an der Zeit, seine Tochter kennenzulernen. Deshalb solle er nun erfahren und sich darauf einstellen, dass diese am Samstag, dem 6. September um 11.45 Uhr in Bergen landen werde. Das Ticket sei gekauft und bezahlt, stand dort, »also bitte«.

Er müsse sich diese eine Woche um sie kümmern und auf sie aufpassen. Und dann würden sie ja sehen, »was dabei herauskommt und wie alles wird und überhaupt«, schrieb sie.

Eine Woche?

Ein Kind?

Hier?

Eine ganze Woche lang?

Er rang nach Atem, spürte, wie sein Leben in sich zusammensackte, und stellte fest, wie mordsmäßig wütend er auf diese geistig umnachtete Person war, die plötzlich beschlossen hatte, sich in sein Leben zu drängen, indem sie ihm als Erstes eine fast sieben Jahre alte Tochter schenkte und ihm dann als Nächstes mitteilte, diese Tochter sei bereits auf dem Weg zu ihm, fast schon um die Ecke, und sie werde bei ihm bleiben, eine ganze Woche lang. Womit dachte diese Frau eigentlich? Mit einer Erbse? Was fiel ihr ein? Wie konnte sie in den Süden reisen wie zu irgendeiner Tupper-Party und ihr Kind wie einen Hund in ein Flugzeug setzen? Und was war das da ganz unten auf dem Blatt?

»PS: Die Kleine isst am liebsten hellen Sirup, es gibt nur Ärger, wenn sie keinen hellen Sirup und Weißbrot bekommt, sie tanzt gern, und sie verträgt Milch nicht gut, glauben wir.«

Wir?

Wer war denn nun wieder wir?

Heller Sirup?

Sollte er jetzt etwa hellen Sirup in seinen Kühlschrank stellen?

Weißbrot?

Tanzt gern?

Wer zum Teufel konnte auch nur im Entferntesten annehmen, er, Jarle Klepp, der die Proust'sche Onomastik erforschte und eine Antwort vom *Morgenbladet* erwartete, werde von jetzt an gern tanzen, eine Siebenjährige eine ganze Woche bei sich aufnehmen und dann auch noch HELLEN SIRUP in seinen Kühlschrank stellen?

Hä? HÄ?

Und was für Erwartungen versteckten sich nun hinter PS Nummer zwei, das unter dem ersten über hellen Sirup, Weißbrot und Tanzen stand?

»PSS: Die Kleine hat am Donnerstag Geburtstag!!!«

Mit drei Ausrufezeichen!!!

Und was meinte sie mit PS Nummer drei, das unter dem zweiten über »Geburtstag am Donnerstag« stand?

»PSSS: Es war doch schön.«

Hä?

HÄ?

Zwei Wochen danach faltete Jarle am Flughafen Flesland einen DIN-A4-Bogen auseinander. Ein seltsam stiller Tag. Er war von vier unwirklichen Vögeln in Grund und Boden gestarrt worden. Über allem lag eine dumpfe Ergriffenheit und eine andächtige Stimmung, die ihn, das musste er zugeben, traurig machte, weil er nicht daran teilnehmen konnte. So viel dezente Trauer, die verteilt war wie Blütenstaub über der Welt dieses Tages, so viel würdevolle Melancholie – natürlich fühlte Jarle Klepp sich davon angezogen, und natürlich machte es ihm etwas aus, nicht daran teilnehmen zu können, ungefähr so, wie es ihm als Kind etwas ausgemacht hatte, auf dem Schulhof zu stehen und zu sehen, wie die Mädchen hinten bei der Turnhalle im Kreis standen, wie sie dort standen und tuschelten und kicherten, während ihm klar wurde, dass er niemals daran würde teilnehmen können. Jarle hatte so etwas immer schwierig gefunden. Er hatte sich immer so sehr gewünscht, teilzunehmen. Vor allem dort, wo es offensichtlich heiß herging. Und jetzt, in dieser Zeit, ging es an der Universität heiß her. Es ging heiß her in Jarles Träumen von einer aufgeklärten Intelligenz, die die Gesellschaft vor Idiotie und Untergang bewahrte. Es ging heiß her in der Redaktion vom *Morgenbladet*. Es ging heiß her in Herdis Snartemos verborgenen Fjorden. Aber was hatte es auf sich mit diesem stillen Tag?

Was war es?

Das, was er nicht wusste?

Jarle sah das Blatt Papier an. Es war auf der Busfahrt zerknittert worden, und Jarle versuchte es glatt zu streichen, gerade so, als hätte er ein schlechtes Gewissen, weil es nicht so fein sauber, ordentlich und hübsch war, wie, davon ging er jedenfalls aus, kleine Mädchen es am liebsten mochten.

Als er das Blatt Papier betrachtete, fand er, dass er auch

nicht schön genug geschrieben hatte, und so stand er vollkommen hilflos und verlegen in der Ankunftshalle.

Bald würde sie da sein. Seine Tochter.

Und, ehrlich gesagt, er freute sich nicht. Er hatte versucht, sich zu freuen, denn alle in seiner Umgebung waren der Ansicht, man müsse sich freuen, wenn man ein Kind hatte. Aber er freute sich nicht. Er freute sich ganz einfach überhaupt nicht. Er verspürte keine Freude bei dem Gedanken, sein eigenes Kind in Empfang zu nehmen. Es an der Hand zu halten. Es zu führen, wie Eltern das tun. Ihm dabei zu helfen, auf die Toilette zu gehen? Mein Gott. Mit ihm zu reden über – worüber kleine Mädchen mit sieben eben redeten. Mein Gott. Er wünschte sich schlicht und einfach, dass all dies hier nicht geschähe. Er wollte kein Kind. Er wollte, wenn er ganz ehrlich war, gar keine Tochter haben.

Aber was sollte er machen?

Jarle schaute wieder auf das Blatt Papier.

Die Mutter war im Süden, das Kind war unterwegs zu ihm.

Dort oben öffneten sich die Türen.

Er schaute hinauf und hielt den Bogen hoch.

Ein kleines, zierliches blondes Mädchen kam aus dem Flugzeug. Sie hielt die Hände vor ihren Körper wie einen Muff. Sie machte kleine, kurze Schritte in weißen Turnschuhen mit roten Streifen und starrte auf den Boden. Eine freundliche Stewardess begleitete die Kleine. Die Stewardess ging in die Hocke, fing ihren Blick ein und zeigte auf Jarle. Die Kleine blieb stehen, schaute aber noch immer zu Boden, und Jarle sah, wie die anderen Reisenden vorübergingen, während die Stewardess mit der Kleinen sprach. Seine Tochter hatte ein orangefarbenes Spielzeugpferd in der Hand, das konnte Jarle sehen, und auf dem Rücken einen apfelförmigen rosa Rucksack. Nach einer knappen halben Minute hob sie ihr Gesicht. Das Kinn entfernte sich langsam von der Brust, die Augen wichen vom Boden, die Stirn richtete sich auf, und sie sah ihn an.

Er schluckte.

Um ihren Hals hing ein Schild, das ihren Glitzerpulli verdeckte: »Ich reise allein.«

Aus den Augenwinkeln sah Jarle, wie die alte Dame mit dem lila Hut ein Mädchen von vierzehn, vielleicht fünfzehn Jahren umarmte. Er hörte das Mädchen sagen: »Ach, Oma, die arme Prinzessin Diana«, und spürte einen fremdartiges, rhythmisches Pochen in seinem Körper, als er beschloss, die Hand zu heben und zu winken.

Die Kleine kam die Treppe herunter. Sie ging mit kurzen Schritten auf ihn zu.

Jarle ließ den Bogen sinken, bis er auf Höhe ihrer Augen war, damit sie ihren Namen lesen konnte – falls sie überhaupt lesen konnte.

»Charlotte Isabel Hansen.«

Temperierter Zwischenton

Selten, fast nie sieht man das eigene Leben aus der Vogelperspektive. Eine seltsame Metapher, als ob die Vögel nicht mit dem Schnabel im Boden nach Würmern picken, Zweige und Blätter sammeln, um Nester für ihre Jungen zu bauen, nach Süden fliegen, wenn es kalt wird, oder auf Stromleitungen sitzen, weil das so angenehm knistert, sondern stattdessen eine wachsame, analytische Arbeit verrichten, hoch über den Köpfen der Menschen kreisend, tagaus, tagein Ausschau haltend, um Auskünfte einzuholen über Vergangenheit und Gegenwart und sich einen kosmischen Überblick zu verschaffen über Beweggründe, Lebensläufe und Perspektiven: Dafür sind Vögel auf der Welt.

Aber so ist es nicht. Vögel sind auf der Welt, um zu fliegen. Nicht die Vögel denken, sondern wir Menschen. Und deshalb sagen wir ein Leben lang Dinge wie: »Damals dachte ich so, aber jetzt …« – weil wir denken und denken und denken und dieses wunderbare und zugleich niederschmetternde Denken einfach nicht lassen können, obwohl es unzulänglich ist und ihm etwas von der Perspektive der Vögel fehlt. Denn führt nicht so vieles von unserem Denken dazu, dass wir zugeben müssen, uns früher einmal geirrt oder falsch verhalten zu haben?

Hätte Jarle in den Wochen, nachdem er erfahren hatte, dass er Vater einer Tochter war, ein kleines bisschen von der Perspektive besessen, die wir den Vögeln zuschreiben, dann hätte er vieles anders gemacht. Aber das hatte er nicht. Er war fünfundzwanzig Jahre alt, und niemand steht der Welt der Kinder oder der Vögel ferner als ein fünfundzwanzigjähriger Westeuropäer unserer Zeit. Ichbezogen sind sie, überdimensionale Jugendliche, auf die sich die geilen Blicke der ganzen Welt richten. In diesem Zusammenhang sollten wir uns daran erinnern, dass 1997 eine Zeit war, in der – glaube ich – zum ersten und hoffentlich letzten Mal in der Geschichte die Zeitungen enthusiastisch über »den jüngsten Direktor« oder »den jüngsten Fernsehmoderator aller Zeiten« berichteten und in der die gesamte Gesellschaft, ja die gesamte Welt nach Verjüngung schrie. In früheren Zeiten hatte man das ganz anders gesehen, da hatte man Wert auf Ansehen, Alter und Erfahrung gelegt, gerade in Positionen, für die Autorität oder Bildung vonnöten waren. Die Jahre nach 1990 waren die Zeit, in der die Jugend nicht nur geliebt wurde – das wurde sie aus ästhetischen Gründen schon immer –, sondern in der sie auch als absolute Qualität galt. Raus mit dem Alten! Rein mit dem Neuen!, riefen die Leute und vergafften sich in die reine Haut, den frischen Blick, die originelle Perspektive. Wie aufregend! Dass der Direktor des Nationalmuseums erst siebenundzwanzig ist! Und so tüchtig! Und was für eine orginelle Herangehensweise! Wie interessant! Dass ein so junger Mann schon eine Literatursendung moderieren kann! Er ist erst fünfundzwanzig? Wie erfrischend!

Raus mit dem Alten! Rein mit dem Neuen!

Diese Vergafftheit in die Jugend führte dazu, dass Kinder und Erwachsene – ganz zu schweigen von den Alten und Verrunzelten – über die Klinge sprangen. Kindheit ging in Jugend über, lange bevor der Stimmbruch kam oder die Brüste sich zu wölben begannen, und Erwachsene wurden zu den Jugendlichen umgeformt, die sie einst gewesen waren. Die Einzigen, denen diese Strömung nichts anhaben konnte, waren solche wie Jarle, denn ihr Leben fiel mit dem Trend zusammen. Sie waren jung, als der Jugend applaudiert wurde, und was konnte herrlicher sein als das? Sie sprangen graziös und mit einem ironischen Lächeln, ja manchmal höhnisch über das »Erwachsenwerden« hinweg, den stolzen Eintritt in das eigentliche Leben, dem in früheren Zeiten so viel Gewicht beigemessen wurde. Und damit blieb ihnen alles erspart, sie gaben Verantwortung und Konsequenz auf. Sie wurden angebetet und sie ließen sich anbeten, sie quollen aus allen Ecken und Winkeln der Gesellschaft hervor, sie saßen in Redakteurssesseln, sie regierten das Land, sie schwärmten aus wie eine Horde selbstgerechter Wespen, und alles, woran sie dachten, waren allein sie selbst. Jarle war einer der Vergötterten, die der Zeitgeist gesalbt hatte, und womit ließe dieser sich besser vergleichen als mit der Mutterliebe – der Mutterliebe aus alter Zeit –, diesem Strom aus starken und aufopfernden Gefühlen für das Kind?

Das Kind.

Jawoll.

Das Kind.

Ist das Kind nicht auf die Welt gekommen, um zu fliegen?

Als Erforscher der Proust'schen Onomastik fiel es Jarle schwer, sich keine Gedanken darüber zu machen, dass seine Tochter Charlotte Isabel Hansen hieß. Das war ein so – wie sollte er es ausdrücken – *schwerfälliger* Name, der es Jarle unmöglich machte, ruhig im Boot sitzen zu bleiben und zuzusehen, wie die Wellen darüber hinwegschwappten. In den Tagen, nachdem dieser Name im Brief der Polizei erstmals aufgetaucht war, tanzte er mit seltsamen

Verrenkungen durch Jarles Gehirn. Er weigerte sich, so schien es, etwas über ein kleines Mädchen von fast sieben Jahren zu erzählen, und brachte Jarle der Tochter, deren Vater er angeblich war, um keinen Schritt näher, sondern zog ihn eher in Richtung der Mutter des Kindes, über die er auch nicht viel mehr wusste, als dass sie einst in Sola die neunte Klasse besucht hatte, dass sie auf ein Fest gegangen war und sich dermaßen um den Verstand getrunken hatte, dass sie sich hatte beschlafen und befruchten lassen. Doch sie war es, die hinter diesem vermaledeiten Namen steckte. Das fein klingende »Charlotte«, das Jarle an Goethes Lotte in *Die Leiden des jungen Werthers* denken ließ und sie gewissermaßen in die Tradition der deutschen Geistesgeschichte stellte – und zu der schaute er in dieser Phase seines Lebens auf wie ein Bergsteiger zum Mount Everest –, dieser erste Name, der ein wenig nach Marzipan und Trüffeln schmeckte, stimmte Jarle seiner Tochter gegenüber etwas milder und damit auch der Frau gegenüber, die ihr diesen Namen gegeben hatte. Das Problem war, dass diesem Namen das champagnerhafte »Isabel« folgte, das in Jarles Ohren zu moussierend klang und im Gespann mit dem feinen »Charlotte« unbekömmlich und albern wirkte. »Charlotte Isabel?«, sagte er sich jeden Tag mehrere Male laut vor. »Charlotte Isabel«, flüsterte er, wenn er in Erwartung der Antwort vom *Morgenbladet* zwischen Universität und Wohnung hin und her pendelte und die schwere Kost, die ihm dieser Name vorsetzte, akademisch zu verdauen suchte. »Charlotte Isabel«, murmelte er, immer gereizter darüber, wie eine erwachsene Person nur auf die Idee kommen konnte, ihrer Tochter einen so prinzessinnenhaften, kindischen und törichten Namen zu geben – bis es ihm eines Tages einfiel: Diesen Namen hatte ein Kind einem Kind gegeben. Dass Anette Hansen, als sie in schmerzhaften Wehen die Schleusen zum Leben weit geöffnet und ihre Tochter in die Welt hatte hinausschlüpfen lassen – ohne ihm Bescheid zu sagen –, nur sechzehn Lenze gezählt hatte, kam Jarle nicht umhin zu bemerken, als er in Bergen unterwegs war und sein Urteil über den Namen fällte, den Anette für das Kind ausgesucht hatte. Kinder sind zweifellos auf der Welt, um zu fliegen, aber das heißt noch lange nicht, dass sie einen guten Geschmack haben. Und wie nennen Kinder ihre Puppen?, fragte er sich, als er umherwanderte und »Charlotte Isabel, Charlotte Isabel« flüsterte, wie nennen Kinder ihre Kuscheltiere? Bestimmt »Charlotte Isabel«. Und macht ihnen jemand einen Vorwurf daraus? Niemand. Aber dennoch, dennoch. Das Problem war der Nachname, mit dem Anette durchs Leben ging und mit dem ihr Kind zwangsläufig in Verbindung stand: »Hansen«. *Hansen.* Das ist kein hässlicher Name, dachte Jarle, so elitär will ich nicht sein. Aber es ist nun einmal so, wie es ist: Es ist ein Allerweltsname. Und ein Allerweltsname muss sich damit abfinden, dass ihm die Erhabenheit der Präzision fehlt, die dem Seltenen angehört. Niemand heißt freiwillig Hansen, nur ernsthaft politisch oder ernsthaft psychisch Gestörte. Und was macht »Charlotte Isabel« mit »Hansen«? Das war eine rhetorische Frage. Natürlich, gab er sich zur Antwort, natürlich ist das Gewicht in diesem Dreiergespann ungleich verteilt. Das Zweiergespann richtet den Lichtkegel auf »Hansen« und sagt: »Seht her, da haben wir Allerwelt, während wir Individuen sind!« Hier zeigt sich der ungeschickte Versuch, einem Allerweltsnamen Größe zu verleihen, und das ganz ohne Ironie, dachte er bitter, denn ihm fiel der Name der Band ein, die ihn durch seine Jugendjahre begleitet hatte, als er ein so gewaltiges Bedürfnis danach verspürt hatte, einer wie alle zu sein: The Smiths. The Smiths, sagte er sich, haben sich einen englischen Allerweltsnamen gegeben, der jedoch eine feine

Ironie erahnen lässt, eine Ironie, die nicht zu einer Anette Hansen zu passen scheint, die ihr Brot mit norwegischem Ziegenkäse und Brombeermarmelade schmiert und das gemeinsame Kind »Charlotte Isabel Hansen« nennt.

Seltsam.

Die Leute sind so verschieden.

Wie hätte er das Kind genannt, wenn er an dem Tag, an dem es auf die Welt gekommen war, am ... wie war das noch mal ... im September 1990, mit dieser und allen anderen Entscheidungen allein gewesen wäre?

Nicht *Charlotte Isabel,* da war er sich sicher.

Terese? Mit oder ohne h? Mit h hatte es etwas Charlotte-Isabelhaftes, diesen Wunsch nach Größe, der jedoch bei dem Versuch blieb und dem Namen selbst nichts von Bedeutung hinzufügte.

Terese Klepp?

Hätte er seine Tochter so genannt?

Die Leute sind so verschieden, dachte er immer wieder in diesen Tagen, nachdem er ihren Namen zum ersten Mal gelesen und festgestellt hatte, dass er seiner Tochter dadurch auf keine Weise näherkam. Das war der wesentliche Schluss, den er aus seinen mehr oder weniger feinsinnigen Betrachtungen zog: Er kam seinem Kind durch den Namen nicht näher. Und Anette Hansen hatte ihm keine anderen Auskünfte erteilt als das Alter und die Troika Weißbrot, Sirup, Tanzen, und sie hatte ihm auch kein Foto geschickt, das er hätte betrachten können. Und der Name war ihm keine Hilfe. Er hauchte ihm keinerlei Bedeutung zu, gab ihm nicht den winzigsten Hinweis auf das *eigentliche Kind* hinter Charlotte Isabel Hansen, dagegen wehte ein Schwall spekulativer Luft von der Person herüber, die Anette Hansen hieß.

Und er musste sich eingestehen, dass die Mutter seiner

Tochter allem Anschein nach ein unreflektierter Mensch war. Der jetzt in den Süden reiste.

So kann es kommen. Dachte er.

Ich bin Vater eines Kindes, das einen unreflektierten Menschen zur Mutter hat.

Aber hatte er nicht etwas Melodisches? Als die Tage im August 1997 zu Wochen geworden waren und Jarle in Gedanken noch immer murmelte, flüsterte und schließlich auch summte, »Charlotte Isabel«, legte sich seine spöttische und analytische Betrachtung dieses Namens. Sie hieß nun einmal so, dachte er bisweilen ganz einfach – und außerdem: War dieser Name nicht ziemlich melodisch?

War er nicht ganz einfach wohlklingend?

Wenn er von den lächerlichen Assoziationen einmal absah, die dieser Name auslöste, seiner kulturell und historisch unschönen Mischung der Sphären, dem Gefühl, dass der Name von ungebildeter Hand komponiert war – wenn er von all dem absah und nach einer Qualität suchte, ja, wenn er tatsächlich versuchte, »weniger zu denken und mehr zu fühlen«, wie Einzelne Jarle geraten hatten, dann konnte er sagen, der Name war einer nicht unmusikalischen Kehle entsprungen.

Zu diesem Schluss kam er immer häufiger, als die Wochen vergingen.

Vor allem ihre beiden Vornamen waren klangvoll und hatten, weil er schon so oft »Charlotte Isabel, Charlotte Isabel« geflüstert hatte, in seinem Kopf eine ganz eigene Klangfarbe angenommen.

Und so kam es, dass Jarle Klepp, als er zum ersten Mal diesen Namen eines kleinen Menschen von bald sieben Jahren aussprach, der auf Socken knapp einen Meter zwanzig maß, mit rosa Rucksack auf dem Rücken und einem orangefarbenen Spielzeugpferd in der Hand –, dass er diesen Namen nicht mit dem Widerwillen aussprach, den er darüber empfand, dass er eine Tochter hatte, oder mit der Verärgerung darüber, dass das Leben eine dermaßen unpassende und kindische Wendung genommen hatte, oder mit dem Wissen, dass er sich weder zum Vater eignete noch die Zeit dafür hatte, sondern dass er ihn mit Wärme aussprach. Er ging in die Hocke, hielt das Blatt vor sich in die Höhe und sagte mit einem temperierten Zwischenton, mit großer Vertrautheit, als habe er es seit vielen Jahren jeden Tag gesagt:

»Charlotte Isabel?«

Der Schmetterling

Nur wenige Tage vor Jarles neuntem Geburtstag heiratete Diana Spencer den Prince of Wales. Im Jahre 1981 hatte Jarle aus Madla den Kopf nicht voll mit linguistischen Theorien, er lief nicht mit glatt rasiertem Schädel durch die Gegend und forschte auch nicht über die Proust'sche Onomastik, sondern er war voll und ganz Kind. Gierig und glücklich saugte er die Welt in sich hinein und riss seine Sinnesfenster sperrangelweit auf. Die Popmusik strömte aus den Radioapparaten, die Mädchen strömten aus den Häusern, und sofort wurden sie zu wunderschönen Schmetterlingen, farbenfroh, flatternd, flirtend, und Jarle begegnete allem mit Neugier und dem Gefühl, die Welt gehöre ihm.

Nach der Märchenhochzeit in England flogen Diana mit ihrer schüchternen Sanftheit die Herzen der Menschen zu, rasch wurde sie zur meistbewunderten und -kopierten Frau auf dem Erdball, und so kam es, dass das sinnliche Begehren, das in dem heranwachsenden Knaben zu brennen begann, auf Mädchen in Diana-Bluse, mit Diana-Frisur und Diana-Lippenstift traf. Es ist sicher nicht übertrieben zu sagen, dass Prinzessin Diana Jarles Frauengeschmack und Frauenbild für immer prägte. Ihre Herzensgüte, ihr kompromissloses Eintreten für den Frieden, für Arme und Kranke oder ihr Einsatz im Kampf gegen Aids verschmolzen für Jarle und den Rest der Welt mit dem Bild ihres gesenkten Blicks unter einem weit herabhängenden Pony. In ihrem Wesen lag etwas Verantwortungsbewusstes und Mütterliches, und auch wenn man sich heute gerne über solche Dinge lustig macht, hatten sie zweifellos ihre Wirkung auf ein Kind. Wenn Jarle Diana im Fernsehen sah, immer hübsch gekleidet, immer freundlich und frisch, erfüllte ihn das Gefühl, dass jemand nur sein Bestes wollte, und das war genau das gleiche Gefühl, das er in der Nähe seiner Mutter oder seiner Großmutter empfand. Aus seiner Sicht waren alle drei – Diana, Mama, Oma – auf die Welt gekommen, um anderen Gutes zu tun.

Der Unterschied zwischen Diana und den beiden anderen Frauen in Jarles noch so jungem Leben bestand darin, dass sie die Augen niederschlug – was ihm einen Schauer über den Rücken jagte, ein Ziehen in seinem Bauch verursachte, seine Lippen erbeben und ihn die Frage stellen ließ, wer er war und warum er auf die Welt gekommen war.

Es war sicher nicht ihre Absicht, doch fest steht, dass Dianas sinnliche Ausstrahlung, ihr appetitlicher Mund, ihre wohlgeformten Beine, ihr immer leicht schräggelegter Kopf und die Tatsache, dass ihre Augen trotz des gesenkten Blicks immer nach oben gerichtet waren, einen ebenso tiefen Eindruck bei den Menschen hinterließen wie ihr Engagement für Frieden, Arme und Kranke. Nun kann man sagen, das sei das alte Problem der Frau: Selbst wenn sie ernst genommen wird, muss sie es sich gefallen lassen, begehrt zu werden, denn im Zweifelsfall überwiegt bei Männern der Wunsch, mit einer Frau zu schlafen, als sich anzuhören, was sie zu sagen hat. Ebenso empfand Jarle für Diana. In den letzten Jahren seiner Kindheit war sie immer präsent, in dieser Ambivalenz aus Güte und Geilheit, die Jarle sich förmlich einverleibte und die ihn nie verließ. Bei allen Frauen, die ihm später begegneten, suchte er Dianas herrliche Mischung aus Mutter und Geliebter, aus Hilfsbereitschaft und Hingabe.

Doch wie kam es, dass Jarle an dem Tag, an dem England Prinzessin Diana zu Grabe trug, an dem Tag, an dem er zum ersten Mal seiner Tochter begegnete, nicht wusste, dass diese für sein Leben so bedeutende Frau wieder der Erde anheimgegeben wurde?

Am 31. August 1997 war Prinzessin Diana auf den Straßen von Paris von hemmungslosen Paparazzi verfolgt worden, die auf der Jagd nach einem Foto von ihr und dem ägyptischen Multimillionär Dodi al-Fayed waren. Das Leben, das für die Prinzessin der Herzen in den Augen der Welt einst so glücklich begonnen hatte, war zu einem Albtraum geworden, der ein jähes Ende fand, als der Wagen in einem Tunnel unter der Place d'Alma an der Seine verunglückte. Diana, Sinnbild des Kampfes für das Gute, wurde somit das prominenteste Opfer der Mediengesellschaft. Und entsprechend quollen in der Woche nach dem Unfall die Tränen der Welt hervor und wollten einfach kein Ende nehmen. Die Menge der Blumen und die Zeichen tief empfundener Trauer vor dem Buckingham Palace waren unüberschaubar, das Leid der englischen Bevölkerung wurde zum Leid des gesamten Abendlandes, und als der Tag kam, an dem Diana begraben werden sollte, versammelten sich die Menschen still vor den Fernsehschirmen. Niemand war auf den Straßen unterwegs. Niemand tat an diesem Samstag, dem 6. September 1997, was er sonst zu tun pflegte.

Mit Ausnahme von Jarle Klepp.

Er hatte natürlich eine Woche zuvor Dianas Unfalltod zur Kenntnis genommen, aber 1981 war lange her, und die Gefühle, die er als Kind für Diana gehegt hatte, waren längst eingeschlafen, weshalb er der Medienhysterie dieser in seinen Augen idiotischen Gesellschaft mit anti-royalistischem Sarkasmus begegnete. Man registrierte den Unfall, sprach ein oder zwei Tage teilnahmslos in der Mensa oder vor dem Lesesaal darüber und wandte sich dann wieder wichtigeren Themen zu, wie der Proust'schen Onomastik, der Zukunft des Feminismus beziehungsweise, was Jarle betraf, der Frage, wann denn nun endlich der Brief vom *Morgenbladet* eintreffen würde, sowie seiner heftigen Irritation darüber, dass er eine Tochter bekommen hatte – was er bekanntlich für sich behielt.

Während der Rest der Welt voller Entsetzen die Boulevardzeitungen las, Tag für Tag an der Debatte über die Mediengesellschaft teilnahm, Tag für Tag den Verlust eines guten Menschen betrauerte und Tag für Tag voller Spannung darauf wartete, ob das britische Königshaus zum Tode Dianas ein offizielles Kommuniqué erlassen würde, und während alle Welt die Tage bis zur Beerdigung des Jahrhunderts zählte, hielt Jarle sich in einer hermetisch geschlossenen Welt aus Zeichentheorie und akademischer Polyphonie auf. Dort fühlte er sich am wohlsten. Und als das Wochenende kam, dachten weder er noch Herdis Snartemo oder Robert Göteborg oder sonst einer aus dem engeren Kreis strahlender Hoffnungsträger, die der Professor aus den Studierenden am literaturwissenschaftlichen Institut an der Universität Bergen auserwählt hatte, an Prinzessin Diana. Stattdessen beendeten sie die Woche mit einem gewaltigen Fest und mit einer sich daran anschließenden Nachfeier im Haus von Robert Göteborg, der lieber mit seinen hervorragendsten Studenten zechte als mit seinen Kollegen. In diesem Kreis aus brillanten Köpfen gedachte man nicht Prinzessin Dianas. Man diskutierte über Nicht-Identität, man diskutierte über die Relevanz der französischen Avantgarde für die zeitgenössische Poesie, und man amüsierte sich über die Studienanfänger, die den Unterschied zwischen Signifikat und Referent nicht verstanden. Zu späterer Stunde wurden viele gute Geschichten erzählt, und gegen drei Uhr holte Robert Göteborg den Aquavit heraus und scharte seine Hoffnungsträger um sich, um – nicht zum ersten Mal – von seiner einen Begegnung mit Jacques Derrida zu erzählen. Alle im Raum Anwesenden versanken in respektvollem Schweigen. Jarle nickte mehrmals bedächtig mit dem Kopf, so wie alte Menschen nicken, wenn jemand sagt, dass früher alles besser war, Hasse Ognatun kniff die Augen zusammen und hielt sich die Faust vor den Mund, wie Fußballfans das tun, bevor der entscheidende Elfmeter geschossen wird, während Arild Bømlo seine unergründlichen Augen schloss. Herdis Snartemo schlug ihre umwerfend langen Beine geübt übereinander, und Jarle hatte den Eindruck, dass ihre Lippen feucht zu glänzen begannen.

»Liberté«, sagte Robert Göteborg und atmete geräuschvoll durch die Nase aus.

»Liberté, égalité, fraternité«, vollendete Herdis Snartemo.

»Ou la mort«, rief Hasse und entfernte die Faust von seinem Mund.

»Ou la mort«, stimmte Göteborg ein. »Dieser Franzose, ein direkter Erbe des Geistes der Revolution und zugleich die Stimme des Weltgeistes selbst, dieses wandelnde Sowohl-als-auch«, er verstummte für einige Sekunden, um seine Umgebung auf das vorzubereiten, was jetzt kommen sollte. »Wisst ihr, meine Freunde, wisst ihr, dass dieser großartige Mann, geboren in Algerien und folglich per se ein Afrikaner, wisst ihr, dass dieser schlichte und zugleich zutiefst komplizierte Mann eine Katze hat?«

Jarle und seine Freunde – der eifrige Hasse Ognatun, der seine Examensarbeit über Fußnoten und Klammern in der französischen Prosa des neunzehnten Jahrhunderts schrieb, und der mürrische Arild Bømlo, der Maurice Blanchot zum Thema hatte – rissen die Augen auf. Eine *Katze*? Derrida? Eine *Katze*?

Robert Göteborg, der zur Feier des Tages in einem roten Samtjackett, einem gelben Seidenschal und engen, gestreiften Hosen erschienen war, hob seine magere rechte Hand an sein Ohr und spielte an seinem Ohrring herum.

»Ja, ein so schlichter Mann ist der Vater des Dekonstruktivismus«, sagte Göteborg mit schlangenhaftem Lächeln. »Ja, ja, so ist es, Kinder. Ihr habt richtig gehört: Der Vater des Dekonstruktivismus hat eine Katze! Und ich bin dieser Katze begegnet. Ja, das bin ich. Sie heißt Georg Friedrich! Und wisst ihr, Kinder, dass er Kakteen züchtet?«

»Unglaublich«, sagte Hasse, griff sich an die Seite und zog eine Grimasse. »Kakteen?«

»Der Rücken?«

Göteborg nickte in Hasses Richtung, und der nickte zurück.

»Schmier ihn mit Avocadoöl ein«, sagte Göteborg augenzwinkernd, sodass niemand im Raum wusste, ob das ein Witz oder ein ernst gemeinter Rat war.

Die jungen Studenten hörten Robert Göteborg gern zu. Sie liebten es, seine Augen vor Enthusiasmus funkeln zu sehen, sie liebten seine Pointen, das Überraschende in seinem chamäleonhaften Wesen, und sie liebten es, ihn unter seiner spitzen südschwedischen Nase lachen zu sehen. Sogar Arild Bømlo, der sich kaum jemals von etwas begeistern ließ, der fast nie den Mund aufmachte, der für seine gewaltige Freudlosigkeit bekannt war, bekam Farbe auf die Wangen, wenn Göteborg zu glühen begann. Die Studenten liebten die Art, wie er mit der rechten Hand an seinen Ohrring griff, was er immer machte, wenn er nachdenklich wurde. Und immer wenn Robert Göteborg

Geschichten von seiner Begegnung mit Derrida erzählte – immer neue Episoden aus dieser einen Begegnung, die sich allmählich ins Unendliche ausdehnte –, warteten sie auf das Abschlussritual, bei dem er sich erhob, zur Kommode ging und die Fotografie holte, die den Meister und ihn selbst zeigte.

»Ach ja«, sagte Robert Göteborg und sah die Fotografie an. »Was für ein Mann, was? Was für ein Denker!« Und dann griff er an seinen Ohrring und fügte hinzu: »Und welche Humanität!«

Das war Jarles Welt. Als einer der Auserwählten am Institut genoss er die Privilegien der Eingeweihten – er, der sieben Jahre zuvor ängstlich und unsicher nach Bergen gekommen war, mit Heldenepen im Rucksack und sozialistischen Gedanken im Kopf, saß jetzt inmitten der akademischen Elite.

Am Abend vor Dianas Beerdigung war Jarle noch aufgekratzter und noch festlicher gestimmt, denn er versuchte zu vergessen, was am nächsten Tag auf ihn zukam. Also trank er schneller als sonst und schaute häufiger als sonst zu Herdis Snartemo hinüber.

Jarle hatte bisher noch nie eine ausschließlich sexuelle Beziehung zu einer Frau gehabt, und er hatte auch noch nie eine Beziehung zu einer Frau gehabt, die sechs Jahre älter war als er. Das alles waren neue Erfahrungen für ihn, und in den Monaten, in denen diese Beziehung schon bestand, hatte er es als befreiendes Gefühl erlebt, nur ein Objekt ihres Genusses zu sein und umgekehrt. Die überschäumenden Beziehungstumulte mit Lene vergangenen Winter hatten ihn erschöpft, und so war er zu dem Schluss gekommen, dass er keinesfalls mehr so beträchtliche Gefühlsmengen in eine Beziehung investieren wollte. Aber in letzter Zeit hatte er angefangen, die Beziehung zu Herdis Snartemo, der Oberklassenfrau, der Zukunft des Feminismus in Norwegen, mit anderen Augen zu betrachten. Immerhin hatten sie mehrmals die Woche Sex miteinander. Und obwohl sie sich einig waren, dass er seinen Kahn in ihren Hafen segelte, weil sie genau das wollten und nicht mehr, hatte er sich an sie als Mensch gewöhnt. Er hatte sie ohne Schminke gesehen. Er hatte sie auf die Toilette gehen sehen. Er kannte die Vornamen ihrer Eltern. Er hatte Einblicke in ihre Kindheit und Jugend in Wohlstand und Überfluss erhalten. Das hatte sich nicht vermeiden lassen. Und während sein Gehirn sagte, dass eine Beziehung zu Herdis Snartemo ausgeschlossen sei, sagten seine Gewohnheiten, dass er eine Beziehung zu ihr habe.

Und aus diesem Gefühl der Zerrissenheit heraus, von oben bis unten voll mit Alkohol und noch immer so hilflos geil auf dieses Weihnachtsbüfett von Frau, die an diesem Freitagabend am anderen Ende des Sofas saß, fragte er sich, ob sie nicht vielleicht auch eine – rein sexuelle – Beziehung mit Robert Göteborg hatte, der zwischen ihnen saß und sich an den Ohrring griff, während er über Jacques Derridas Katze und seine Humanität sprach.

Er merkte, dass er nervös wurde, wenn sie das Zimmer verließ. Was machte sie jetzt? Wohin wollte sie? Er merkte, dass er sich in Position setzte und um ihre Gunst warb, wenn sie zurückkam. Wo war sie gewesen?

Was für ein Unsinn, dachte er verärgert, zu behaupten, meine Beziehung zu ihr sei eine rein sexuelle. Ich muss entweder tiefer hinein oder ganz heraus.

Jarle konnte an diesem Abend nicht klären, ob er tiefer hinein oder ganz heraus sollte, er konnte auch nicht klären, ob Herdis etwas mit dem Professor hatte. Seiner Gewohnheit getreu, trank Göteborg viel zu viel und schlief ein, sodass sich für Jarle die Gelegenheit ergab, Herdis' innerste Fjorde aufzusuchen, nachdem die letzten Gäste gegangen waren.

Gegen Ende der Nachfeier demonstrierte Jarle Müdigkeit, ließ sich auf den Wohnzimmerboden sinken und schloss die Augen. Irgendwann hörte er, wie die anderen aufbrachen, wie Hasse draußen auf dem Gang jammerte über den »epischen Schmerz, den mir dieser verdammte Rücken jeden Tag zufügt«, und er hörte ihn sagen: »Jarle muss das selbst geregelt kriegen, wenn er morgen aufwacht.« Arild sagte natürlich nur, dass es ein weiter Weg bis nach Hause sei. Und Jarle lag auf dem Boden, bereit, ihre Rosen zu pflücken und auf ihren Wogen zu reiten.

Herdis' Körper war ungewöhnlich weich und biegsam, so wie der einer Puppe oder eines Stofftieres. Und als die Nachfeiergäste die Wohnung verlassen hatten, legte sich die Reicheleutetochter, erschöpft vom Suff, auf Robert Göteborgs Sofa, rollte sich zu einem feministischen Superball zusammen und ließ Jarle, der sich aus seinem simulierten Schlaf auf dem Boden erhoben hatte, Einzug halten. Er ging an Bord, während er sich an ihren Knöcheln festhielt, doch, geschwächt vom Alkohol, dauerte das eine Zeit, und in dieser Zeit fragte er sich, ob Robert Göteborg das wohl auch tat, ob Herdis Snartemo sich für ihn auch zu einem Ball zusammenrollte, ob die Redaktion vom *Morgenbladet* endlich seine Rezension in Augenschein genommen hatte, und er dachte daran, dass er morgen früh zu Hernán gehen musste, um nachzusehen, ob dieser inzwischen die intellektuelle Wochenzeitung führte, während er versuchte, nicht an die morgige Busfahrt zum Flughafen Flesland zu denken. Gegen halb fünf sagte Herdis Snartemo noch weicher, als es sonst ihre Art war: »Ach, du bist ein Spielzeug, du, mein Vögelknabe.«

Spielzeug?

Ich?, dachte er und sah zu, wie ihre Brüste im Takt wippten, so wie Gartenbüsche im Wind wippen oder wie ein Ball wippt, wenn man ihn unter die Wasseroberfläche drückt und dann loslässt. Ich?, dachte er und rief in Gedanken glücklich Hurra, als er spürte, wie sie ihn festlich in Empfang nahm, wonach ihn so sehr verlangt hatte, wie er den Sinn des Lebens in die glühend heiße unterirdische Dunkelheit sandte und somit den Beischlaf vollendete.

Er stieg von ihr herab, und Herdis schnurrte, als sie sich umdrehte und es sich auf Robert Göteborgs Sofa bequem machte. Er zog sich an und sah, dass sie schlief, während er aus der Tür taumelte, um noch einige Stunden Schlaf abzubekommen, ehe er aufstehen musste, um seine Tochter am Flughafen Flesland abzuholen.

Und einige Stunden später stand er dort. Hockte er vielmehr dort. Mit leichten Kopfschmerzen und einem Blatt Papier in der Hand. Und sie kam auf ihn zu. Seine Tochter. Orangefarbenes Pferd in der Hand, apfelförmiger rosa Rucksack auf dem Rücken, ein Schild auf der Brust, über dem mit Pailletten besetzten Glitzerpulli: »Ich reise allein.«

Und in ihm pochte es, als er Charlotte Isabels sorgfältig geschnittenen Diana-Pony sah, der ihr über die Augen fiel, und schlagartig wurde ihm klar, was der Grund für die seltsame Stille dieses Tages war: dass die Welt die Prinzessin der Herzen begraben musste, Englands Schmetterling.

Mein kleines Pony

Jarle hatte sich noch nie so ängstlich und verlegen gefühlt wie in dem Moment, als er vor Charlotte Isabel hockte. Er wurde rot, so schien es ihm, von den Zehenspitzen bis zu den Haaren. Er schluckte und hörte nur nebenbei, wie die Stewardess sagte, sie habe das sehr gut gemacht, sie sei sehr brav gewesen, dann streichelte sie der Kleinen über den Kopf: »So, jetzt bist du bei deinem Vater. Ich wünsch dir eine schöne Zeit in Bergen.«

Und dann waren sie allein. Jarle und seine Tochter.

Sie ist so klein, dachte er und suchte nach etwas, das er sagen konnte. Ihr Mund, ihre Hände, alles ist so *klein,* so, als könnte es jeden Moment zerbrechen.

Worüber spricht man mit so kleinen Menschen?

Charlotte Isabel bewegte sich nicht.

Sie stand da mit gesenktem Blick, hatte die Hände noch immer vor dem Bauch übereinandergelegt, ihr fein geschwungenes, volles Mündchen geschlossen und die Beine aneinandergepresst. Verzweifelt über diese peinliche Situation, überwältigt von seiner eigenen Unfähigkeit, wusste Jarle nicht, was er sagen sollte. Wie hatte er sich das denn eigentlich vorgestellt? Worauf hatte er sich vorbereitet? Auf nichts, ging ihm nun auf, ich habe mich auf gar nichts vorbereitet, ich habe keine Ahnung, was ich tun soll, ich bringe kein Wort heraus – und, mein Gott, sie ist ja so klein, dachte er, so unbeschreiblich klein.

Das ist sie?

Meine Tochter?

»Hallo«, sagte er heiser. »Hallo, ich bin ... ja, Jarle, oder ...«, er schluckte, »dein Vater.«

Sie schaute rasch zu ihm auf, aus zwei großen blauen Augen. »Nein«, sagte sie und legte dabei einen dünnen, nasalen ostnorwegischen Akzent an den Tag. »Du bist Papa.«

»Hm?« Er runzelte die Stirn.

»Trond ist Vater.«

»Trond?« Jarle fiel dieses »wir« aus Anettes Brief ein. »Trond – du meinst ...?«

»Das ist mein Vater«, sagte die Kleine klar und deutlich. »Er arbeitet im Gebrauchtwagenladen. Er ist sehr tüchtig. Du bist Papa. Das hat Mutter gesagt. Dass du Papa bist. Dass ich dich Papa nennen soll.«

»Okay«, sagte Jarle und machte einen mutigen Versuch zu lächeln. »Papa, ja. Papa.«

Einige Sekunden lang wurde ihm schwindlig, als er da in der Ankunftshalle des Flughafens stand. Es fiel ihm nicht nur schwer, zu begreifen oder sich klarzumachen, dass er dieser uralten Bezeichnung mit einem Mal gehorchen sollte wie ein Hund, sondern ihm war dabei zutiefst unwohl zumute. Das Wort, das, unfassbar für ihn, in Zusammenhang mit ihm verwendet werden sollte, hallte von all dem wider, das er hinter sich gelassen hatte, und knallte gegen ihn wie ein eiserner Bumerang.

»Aber, Papa?«

Soll ich jetzt auch noch mit dem Schwanz wedeln, dachte er, oder was? Sehe ich aus, als ob ich einen Schwanz hätte? Hab ich ein Teddyfell und ein vor Glück sabberndes Maul?

Jarle versuchte, sich von dem Hundegefühl zu befreien, und nickte seiner Tochter zu. »Ja«, sagte er. »Papa ist hier.«

»Hast du einen Fernseher?«

Die anderen Reisenden aus Charlotte Isabels Maschine strömten jetzt zum Ausgang und liefen an ihnen vorbei. Sie hielt die Hände noch immer vor ihrem Körper zusammen und umklammerte ihr orangefarbenes Pferd.

»Einen Fernseher?« Jarle räusperte sich. »Du meinst – ob ich Fernsehen habe?« Er hielt erschrocken inne. »Zu Hause – bei mir?«

Die Kleine nickte eifrig, mehrere Male hintereinander.

»Doch, ich habe schon Fernsehen«, sagte er unsicher.

»Wir müssen uns doch die Beerdigung ansehen«, sagte seine Tochter, »und wir müssen mein Gepäck holen. Das hat Mutter gesagt. Dass wir das Gepäck nicht vergessen dürfen. Können wir zu dir nach Hause fahren und uns die Beerdigung ansehen? Prinzessin Diana?« Charlotte Isabel faltete ihre Hände und machte ein bekümmertes Gesicht. »Pliis? Können wir das? Wo ist dein Auto?«

So viele Fragen auf einmal. Jarle versuchte, sich zu konzentrieren und zu begreifen, was sie eigentlich meinte. Gepäck? Diana? Auto? *Pliis?* Ist das so bei Kindern, können sie ihre Gedanken nicht in eine logische Ordnung bringen?

»Mein Auto?« Wieder schluckte Jarle. »Nein ... das ist ... der Volvo, meinst du? Der ist ... in der Werkstatt«, beeilte er sich zu sagen. »Leider ist er in der Werkstatt, ja, deshalb müssen wir den Bus nehmen. Das Gepäck, ja. Natürlich. Wir müssen das Gepäck holen!«

Auto?

Ich hab doch gar kein Auto, dachte Jarle, ich hab ja nicht mal einen Führerschein, aber offenbar erwartet sie, dass ich sowohl einen Führerschein als auch ein Auto habe – sind Kinder heutzutage so? Muss man alles Mögliche besitzen, bloß weil man Kinder hat? Als ich klein war, war das nicht so. Oder? Er sah sie an, während sie neben ihm zum Gepäckband ging. Der kleine, zierliche Körper, die kleinen, anmutigen Schritte – sie war so mädchenhaft. Hatte er seit der Grundschule je so ein kleines Mädchen gesehen?

»Ach, da seid ihr ja«, hörte er neben sich eine Stimme sagen und sah die alte Dame aus dem Bus. »Das ist also Ihre Tochter?« Sie beugte sich zu Charlotte Isabel vor, lächelte strahlend und streichelte ihre Wange. »Und du bist ganz allein gekommen, was, den ganzen weiten Weg von Oslo? Da bist du aber schon ein großes Mädchen. Bist du gern geflogen? Hat es in deinem Bauch gekitzelt?«

Charlotte Isabel nickte. »Ja, ein bisschen, als wir hochgeflogen sind, irgendwie. Das war lustig. Aber auf dem Weg nach unten hat es in den Ohren wehgetan. Da hat die Frau im Flugzeug gesagt, ich muss gähnen, und das hat geholfen, und dann hab ich ein Puzzlespiel mit einem Flugzeug bekommen.«

Jarle fühlte sich sofort erleichtert, als die alte Dame mit ihr sprach, hörte die Kompetenz in ihrer Stimme, sah die Erfahrung in Händen und Blick und bemerkte, wie Charlotte Isabel sofort lockerer wurde, weil sie sich in der richtigen Art und Weise behandelt fühlte und nicht, dachte er, von einem Idioten wie mir nervös gemacht wird.

»Wie heißt du denn?«

»Charlotte Isabel«, sagte seine Tochter, »aber Mutter und Vater nennen mich nur Charlotte oder Lotte. Und wie heißt du?«

»Irmelin«, sagte die alte Dame und drehte sich zu einem Mädchen im Teenageralter herum, das einen Koffer vom Band nahm. »Und das ist meine Enkelin Karianne, sie kommt auch den ganzen weiten Weg von Oslo.«

Jarle stand einen knappen Meter neben ihnen und sah, wie sie miteinander redeten, ohne Probleme. Die alte Dame fühlte sich in der Gesellschaft der beiden Mädchen augenscheinlich wohl, und unter den Mädchen herrschte sofort eine Vertrautheit. Seltsam, dachte er, so, als ob sie demselben Stamm angehörten oder demselben Kastensystem oder als ob sie demselben Kodex unterworfen wären.

»Da ist mein Rucksack«, hörte er Charlotte sagen, die, das wusste er nun, so genannt werden wollte – oder Lotte? –, und er reagierte instinktiv auf das, was er als konkreten Auftrag erkannte: einen Rucksack von einem Gepäckband nehmen.

»Diesen hier«, sagte er, griff energisch nach dem Rucksack und warf ihn sich lässig über die Schulter, »nur diesen hier? Mehr nicht?«

Charlotte schüttelte den Kopf. »Nein, nur den. Es sind Geschenke drin, für meinen Geburtstag. Hast du ein Geschenk für mich?«

Jarles Blick schweifte hin und her.

»Was machen wir eigentlich an meinem Geburtstag? Der ist doch am Donnerstag. Machen wir ein Fest?«

Jarles Blick schweifte noch immer hin und her.

»Ja«, sagte er dann laut und entschieden. »Das ... ist doch klar. Klar hab ich ein Geschenk für dich. Klar machen wir ein Fest.«

»Jippi!« Die Kleine klatschte in die Hände. »Und wer kommt alles?«

Jarle räusperte sich und lachte kurz und angestrengt. »Ja, na ja, das ... das ist eine Überraschung. Okay?«, fügte er rasch hinzu und wandte sich an die ältere Dame, Irmelin, als ob auch er ein Stammesmitglied wäre. »Na, Sie wissen schon, Kinder, was? Also, dann gehen wir?«

Charlotte lächelte und zeigte dabei eine bezaubernde Lücke zwischen ihren Schneidezähnen, dann hob sie ihre rechte Hand und sagte: »Und das ist mein Pony. Das hab ich lieb.«

Auf der Rückfahrt von Flesland wurde Jarle heiß in den Ohren. Ihm schwirrte der Schädel. Charlotte Isabel füllte den stillen Samstag mit kindlichem Lärm. Er konnte sich nicht erinnern, dass jemals eine so unglaubliche Menge an wirren Fragen auf ihn eingeprasselt war, er konnte sich nicht erinnern, dass jemals so ernsthafte Anforderungen an die Konzentrationsleistung seines Gehirns gestellt worden waren: Sind wir jetzt in Bergen? Warum hat die Straße so viele Kurven? Warum hat die alte Frau einen lila Hut? Hast du einen großen Fernseher? Kennst du die alte Frau? Wer ist das Mädchen mit den Kopfhörern neben der Frau? Hast du noch mehr als einen Fernseher? Weißt du, dass mein Pony Ida heißt? Weißt du, dass ich eine beste Freundin habe, die in meine Klasse geht, sie heißt Susanne und ihr Bruder hat ein Motorrad und ihre Mutter hat Krebs? Mutter sagt, ihr wart noch ganz klein, als ihr zusammen wart, stimmt das? Hast du einen Hund? Hast du eine Katze? Hast du eine Mikrowelle? Hast du ein Tamagotchi?

Als sie die Innenstadt von Bergen erreichten, wirbelte Charlotte Isabels Blick umher wie ein Karussell, und sie sagte begeistert, dass sie noch nie so viele Häuser in so vielen Farben gesehen habe, nie, nie, nie.

»Ach, wissbegierige Kinder sind doch etwas Herrliches«, sagte Irmelin Jensen, als sie sich beim Hotel Norge trennten. Sie ging in die Hocke, umarmte Lotte herzlich und lächelte Jarle an. »Es geht bestimmt gut«, sagte sie.

Jarle nickte. »Aber ja, sicher doch«, sagte er und gab sich Mühe, sich locker anzuhören. »Wir werden uns schon amüsieren.«

»Du hast wirklich Glück, dass du einen so tollen Vater hast«, sagte Irmelin zu Lotte.

Einen tollen Vater?

Charlotte Isabel nickte, zu Jarles Verwirrung.

»Du wirst es hier richtig schön finden«, sagte die alte Dame. »So schön, dass die anderen in deiner Klasse dich beneiden werden.«

»Glaubst du?«, fragte Lotte.

Irmelin Jensen aus dem Jahre zweiundzwanzig nickte.

»Glaubst du das auch, Papa?«

Lotte drehte sich zu Jarle um.

»Papa? Glaubst du das auch?«

Jarle räusperte sich. »Was – schön? In Bergen? Ach, klar.« Jarles Blick flackerte. »Wunderschön.«

»Sie kommt nach ihrem Vater«, sagte Irmelin. »Das sieht man.«

Sieht man?

Als Jarle und Charlotte Isabel den Hügel nach Nygårdshøyden hinaufgingen, versuchte er, sich in seiner Tochter zu entdecken. Aber das fiel ihm schwer. Sie schwirrte unablässig hin und her, blieb bei einem Laternenpfahl stehen und kreiselte mit einem Arm daran um ihn herum, blieb bei einem Fahrrad stehen, das vor einem Laden abgestellt war, ging in die Hocke und fingerte an dem orangefarbenen Reflektor herum, der an den Speichen befestigt war, zeigte plötzlich auf einen großen Mann auf der anderen Straßenseite, der mit einem Koffer in der Hand dort allein stand, und fragte, ob Jarle den kenne. Es war schwer, sich in diesem Energiebündel von einem Kind wiederzuerkennen, es war schwer, darin etwas anderes zu sehen als ein *Kind,* fand er.

Und wie langsam Kinder gehen, stellte er fest, als sie fast zwanzig Minuten gebraucht hatten, um vom Hotel zur Johanneskirche hinaufzugehen. Sie gehen so unendlich langsam! Ihre Beine werden schnell müde, sie bleiben dauernd stehen, und sie können sich nicht konzentrieren.

Andererseits.

Natürlich können sich Kinder konzentrieren, musste er sich dann sagen, als er dem Blick seiner Tochter folgte, die plötzlich stehen geblieben war, in ein Fenster schaute und rief: »Da drinnen ist ein Hund!«

Sie konzentriert sich die ganze Zeit, dachte er, während er laut sagte: »Sieh an, da sitzt ja wirklich ein Hund, na, so was, komm, jetzt gehen wir weiter, ja?« Das tut sie, dachte er, sie konzentriert sich, alle Sinne sind bei diesem Mädchen nach außen gekehrt, alles an ihr ist eine nach außen gekehrte Neugierde, die die Welt einsammelt.

Normalerweise brauchte Jarle von der Stadt nach Hause eine knappe Viertelstunde, jetzt hatte es fast eine ganze Stunde gedauert, bis er sich in seiner Wohnung den Rucksack von der Schulter streifte. Charlotte lief ihm voraus ins Wohnzimmer, schaute sich kurz nach allen Seiten um, staunte darüber, wie hoch die Wände waren, zeigte auf die Rosette an der Decke und wollte unbedingt wissen, was das war, fuhr mit den Fingern über das abgenutzte Sofa, kletterte hinauf und hüpfte auf den Kissen auf und ab, während sie sagte: »Ich hab Durst, wo ist mein Zimmer?«

Ihr Zimmer?

»Wo ist mein Zimmer?«

Eine ganze Woche. Eine ganze Woche das hier.

»Ich hab Durst, wo ist mein Zimmer, Papa?«

Ihr Zimmer?

Jarle seufzte. Er zog seine Schuhe aus, hängte seine Jacke auf und ging auf Charlotte Isabel zu. Ich muss ihr so einiges erklären, dachte er. Ich muss ihr ein wenig darüber erzählen, wer ich bin und wie ich lebe. Sie ist sicher an ein großes Haus und jede Menge kinderfreundlichen Kram gewöhnt. Er setzte sich neben das hüpfende Mädchen, spürte, wie das Sofa sich unter ihm bewegte, und öffnete den Mund, um zu seinen Erklärungen anzusetzen, wurde aber von Charlotte Isabel unterbrochen.

»Papa? Warum hast du keine Haare? Bist du so alt? Du siehst noch gar nicht so alt aus. Warum sind dir die Haare ausgegangen? Meinem Opa sind die Haare auch ausgegangen, Papa.«

Sein Sofa bebte.

»Das … das ist nicht … Ich hab sie nicht verloren«, fing er an, »ich habe … sie so schneiden lassen.«

»Du hast sie so schneiden lassen? Warum denn? Darf ich mal anfassen?«

Die Kleine berührte vorsichtig seinen rasierten Schädel und zog die Hand rasch wieder zurück.

»Uäh. Das fühlt sich aber doof an!«

Sie fing wieder an zu hüpfen, das Sofa schwankte unter ihm, und Jarle dachte: Ich muss ihr wirklich einiges erklären. So geht das nicht. Sie muss ein wenig von meiner Welt verstehen, unbedingt, wenn das hier überhaupt funktionieren soll. Wenn nicht … Er holte Luft und wandte sich ihr zu. »Charlotte?«, fragte er vorsichtig, während das kleine Mädchen weiterhüpfte. »Lotte?« Er wurde lauter. »Lotte? Hör mir mal zu. Das …«

Er sah sie an.

»Ja? Was denn?«

Was um alles in der Welt sollte er sagen?

Dass er studierte? Dass er Bücher über Zeichentheorie las und über französische Eigennamen forschte? Dass er anders lebte als ihre Mutter und ihr Vater? Dass es gewisse Verpflichtungen mit sich brachte, wenn man sich dem Examen näherte, dass er Kolloquien besuchen musste, dass er mehrere tausend Seiten lesen musste – und dass es eine gewisse Konzentration erforderte, ja eine Form der Absonderung von der Welt, wenn man eine Examensarbeit über Proust'sche Onomastik schrieb, und dass sie, wenn sie erst groß wäre, stolz auf ihren Papa sein und alles verstehen würde?

Die Kleine hüpfte auf dem Sofa auf und ab. Sie kicherte und zeigte die Lücke zwischen ihren Schneidezähnen, die Pailletten auf ihrem Pulli funkelten, die blonden Haare wirbelten um ihren Kopf, und dann, ohne Vorwarnung, aus dem Nichts heraus fing sie an zu tanzen mit ihrem kleinen Körper, schwenkte ihre schmalen Hüften vor Freude und sang: »I'm a Barbie Girl in a Barbie World, come on, Barbie, let's go party!« Dann lächelte sie, hüpfte noch höher und schneller und sagte: »Ach, hüpf doch mit, Papa, bitte!«

Jarle riss die Augen auf.

I'm a Barbie Girl?

In a Barbie World?

Das waren zu viele Eindrücke auf einmal.

Er erhob sich. Er ging in die Küche.

Ihre Stimme erfüllte die Wohnung, eine feine, zarte Stimme.

Eine ganze Woche. Eine ganze Woche das hier.

Er stemmte beide Hände auf den Küchentisch, hob den Kopf und atmete ruhig ein. Und aus. Okay, sagte er zu sich. Okay. Gut. Ruhig jetzt. Ruhig jetzt, Jarle. Alles wird gut. Barbie Girl. Alles wird gut. Sie ist nur ein Kind. Wollte sie nicht etwas trinken? Damit fangen wir an. Barbie Girl? Ich muss sie beruhigen. Sie ist aufgedreht. Sie ist ganz allein unterwegs gewesen. Das hier ist ein besonderer Tag. Sie begegnet zum ersten Mal ihrem Vater. Ihrem Papa. Sie muss das erst einmal verdauen. Sie muss ... ja, sie muss sich diesen Tag ein wenig aus dem Leib hüpfen, sozusagen. Sie tanzt doch so gern, hat ihre Mutter geschrieben. Das merkt man deutlich. Barbie Girl. Kinder können nicht reflektieren wie Erwachsene, deshalb verarbeiten sie ihre Eindrücke auf andere Weise, durch ... ja, durch Hüpfen und Singen und Tanzen. Und Lachen. Zum Beispiel. Aber sie wollte etwas zu trinken, dachte er und öffnete den Küchenschrank. Also fangen wir damit an. Wasser. Wasser? Dürfen Kinder Wasser trinken? Das ist sicher nur etwas für Erwachsene, dachte er, und ihm fiel ein, dass er Saft hätte kaufen müssen, klar doch, Saft ist das Getränk der Kinder, der eigentliche Kindertrank, aber Saft hatte er nicht, deshalb nahm er eine Flasche aus dem Kühlschrank und goss ein Glas Cola ein.

Da hörte er aus dem Wohnzimmer Geheul, ein schrilles Mädchengeheul, er fuhr zusammen, sein Körper zuckte, wie er noch nie gezuckt hatte, vor Angst, vor hilfloser Angst – habe ich ein Messer herumliegen lassen, das sie als Mikrofon benutzt und mit dem sie sich gerade die Lippen zerschneidet? Ist sie gefallen und hat sich die Schläfe an der scharfen Tischkante verletzt? Wird das Jugendamt eingeschaltet, nur wenige Minuten, nachdem ich mit ihr zu Hause angekommen bin? Ja, sollen sie doch kommen, dann können sie sehen, dass ich hierfür absolut ungeeignet bin.

Jarle stürzte los, voller Angst, war mit wenigen Schritten im Wohnzimmer und sah seine Tochter. Sie stand mit entsetztem Gesicht auf dem Tisch.

»Aber – Lotte! Was ist denn los? Sag es Papa! Was ist los?«

Er lief auf sie zu. Ergriff ihre Oberarme, hielt sie fest.

»Lotte, Lotte, Lotte – was ist los? Hast du dir wehgetan? Schau her, trink einen Schluck Cola. Was ist los? Sag es Papa, sag, was los ist!«

»Prinzessin Diana«, rief die Kleine mit großen Augen, als sie das Glas nahm. »Wir haben Prinzessin Diana vergessen!« Charlotte leerte das Glas auf einen Zug, zeigte auf den Fernseher in der Ecke und rief so laut sie konnte: »Mach den Fernseher an, Papa! Jetzt kommt die BEERDIGUNG!«

Ihr erstes gemeinsames Erlebnis als Vater und Tochter war Prinzessin Dianas Beerdigung.

Sie sahen die gesamte Sendung vom Sofa der Wohnung in Møhlenpris aus, und die ganze Zeit hielt Charlotte Isabel das Pony in der Hand, und immer wieder kämmte sie es mit einem goldenen Kamm und sagte, alle Pferde wollten gern gekämmt werden. Im Verlauf der Sendung beantwortete Jarle ihre Fragen, und es machte ihm Freude, ihr bei der Aussprache von Buckingham Palace zu helfen und ihr zu zeigen, wer Charles war und wer Tony Blair war und wer die Königin, und ihr zu erklären, warum es in England keinen König gab, obwohl Norwegen doch einen König hatte. William und Harry, Dianas Söhne, brauchte er ihr nicht zu zeigen, sie wisse sehr gut, wie sie aussähen, sagte sie mit leichtem Mädchenerröten. Sie diskutierten über den Autounfall, und dabei wurden Charlotte Isabels Augen feucht, denn die Toten taten ihr so schrecklich leid, und wenn sie daran denke, wie weh es getan haben musste, als das Auto gegen den Pfeiler knallte, tue es ihr fast selbst ein bisschen weh, sagte sie. Jarle machte einen vorsichtigen Versuch, das Gespräch auf die Mediengesellschaft zu lenken und ihr das mit den Paparazzi zu erklären, die einen Teil der Schuld an dem Unfall hätten, aber das interessierte sie nicht ganz so sehr. Ihr genügte es, dass es ein Unfall war und dass *dabei eine Prinzessin gestorben war,* und wenn eine Prinzessin bei einem Unfall sterben kann, dann können alle anderen auch bei einem Unfall sterben, sogar Mutter, die jetzt in einem Flugzeug sitzt, sagte sie. Das konnte Jarle nicht bestreiten, auch wenn er versuchte, sie damit zu beruhigen, dass es oben in der Luft keine Paparazzi gab, die Jagd auf ihre Mutter machten.

Jarle und Charlotte sahen die Blumen, die verstreut auf Englands Straßen lagen, sie sahen Großaufnahmen vom letzten Gruß der englischen Bevölkerung an die Prinzessin, sie sahen weinende Menschen, die der ganzen Welt erklärten, wie viel eine Frau, die sie nicht gekannt hatten, ihnen bedeutet hatte. Sie sahen den langen Leichenzug, sie sahen die Prominenz, die der Beerdigung beiwohnte, und Jarle zeigte ihr, wer Steven Spielberg war, und fragte, ob sie *E. T.* gesehen habe, was sie hatte, und sie sagte, der Film sei schrecklich traurig gewesen, vor allem als E.T. da im Graben gelegen und an Heimweh gelitten hatte. Er zeigte ihr, wer Tom Cruise und wer Elton John war, und er versuchte seiner Tochter zu erklären, warum Diana die »Prinzessin der Herzen« genannt wurde. Weil die Leute sie lieb hatten, sagte er, woraufhin Charlotte Isabel fragte, ob es auch Prinzessinnen gebe, die die Leute nicht lieb hatten. Jarle hielt das für eine kluge Frage, und er verspürte einen gewissen Stolz angesichts ihres Scharfsinns. Sie ist doch erst sieben, dachte er, noch nicht einmal sieben, und hat schon einen so scharfen und hellwachen Verstand. Das war gar nicht schlecht, fand er.

Nach der ersten Stunde Beerdigungssendung beschmierte Jarle eine Scheibe Weißbrot mit hellem Sirup, den er am Vortag bei Hernán gekauft hatte, und die Kleine aß von einem seiner schwarzen Teller und sagte, sie liebe Weißbrot mit hellem Sirup, ob er auch Weißbrot mit hellem Sirup liebe? Tja, antwortete Jarle, das habe er eigentlich noch nie probiert. Das müsse er aber, meinte sie, denn es gebe auf der Welt nichts, das leckerer wäre als Weißbrot mit hellem Sirup, aber es sei seltsam, von einem schwarzen Teller zu essen, zu Hause habe sie einen mit Muminfiguren und einen mit Pippi und einen mit Pferden, aber keinen einfach nur schwarzen. Mochte er denn keine Teller mit etwas darauf, oder mochte er nur Teller, die schwarz waren wie seine Kleidung, sein Sofa und sein Tisch? Doch, sagte Jarle und fand sie abermals hellwach und intelligent, da sie registriert hatte, dass er sich mit vielleicht ein bisschen zu vielen schwarzen Dingen umgab, doch, vielleicht sollte er sich ein paar Teller mit Motiven zulegen, jetzt, wo sie zu Besuch war.

Als an diesem stillen Samstag im September 1997 die Stunden vor dem Fernseher vergingen, winkelte Charlotte Isabel die Beine an und fragte, ob sie eine Decke haben könne. Sie sehe gern in eine Decke gewickelt fern, sagte sie, das mache Mutter auch immer. Mutter, sagte sie, liege auf dem Sofa immer unter einer Decke und esse Chips, das mache sie auch gern, selbst wenn Trond meinte, es gefalle ihm gar nicht, wenn sie oder Mutter einfach nur auf dem Sofa lagen. Ob er eigentlich Chips habe? Nein, Jarle musste zugeben, dass das nicht der Fall war, aber das mache doch nichts, sagte Charlotte Isabel, nach der Beerdigung würden sie sicher gleich losgehen und Samstagssüßigkeiten kaufen. Aber sicher, das könnten sie durchaus machen, sagte Jarle, und ein Hauch von Sentimentalität überkam ihn, als ihm bewusst wurde, dass es die Tradition der Samstagssüßigkeiten, die schon während seiner Kindheit existiert hatte, immer noch gab. Also sagte Jarle, natürlich würden sie nachher Samstagssüßigkeiten kaufen, so viele Samstagssüßigkeiten, wie sie überhaupt nur tragen konnten, und er holte eine Flickendecke, die seine Großmutter gehäkelt hatte – ja, die hat deine Uroma gemacht, sagte er und wickelte sie um ihre Beine, während er vor sich Anette Hansen sah, mit der er einmal geschlafen hatte, wie sie auf einem Sofa irgendwo in Ostnorwegen vor dem Fernseher lag und Chips aß, tagein, tagaus.

»Ja, da wir schon über deine Mutter reden«, sagte er später am Nachmittag, als der Trauergottesdienst in der Kirche begonnen hatte. »Was macht sie eigentlich?«

»Was sie macht?« Charlotte Isabel sah ihn verwundert an und zog sich die Decke bis ans Kinn. »Sie fliegt.«

»Ja, nein, ich meine, was arbeitet sie? Deine Mutter. Was ist sie von Beruf?«

»Ach«, sagte Charlotte Isabel und schob die kleinen Finger durch die großen Maschen der Flickendecke. »Da sind Löcher in der Decke, also – Mutter, die ist natürlich bei Rema.«

Jarle nickte und versuchte, seine Enttäuschung zu verbergen. Bei Rema, natürlich, dachte er, eigentlich nicht überrascht von der Antwort, und bemühte sich, seine Vorurteile im Zaum zu halten. Sie arbeitet also, dachte er, in einem Supermarkt.

Hm.

Im Grunde hatte er so etwas schon angenommen.

Nachdem er ihre kindliche Handschrift auf dem Brief gesehen hatte, bemerkt hatte, wie sie sich ausdrückte, und sich ein wenig die Sache mit dem hellen Sirup, dem Weißbrot und dem Tanzen und der Reise in den Süden hatte durch den Kopf gehen lassen, war ihm durchaus der Gedanke gekommen, dass sie eine Arbeit in dieser Richtung haben musste, wenn sie überhaupt arbeitete.

Und das tat sie also.

Die Mutter meines Kinder sitzt ganz einfach an einer Kasse, dachte er.

Und jetzt macht sie Ferien im Süden.

Was sollte er nun davon halten? Als Student der Literaturwissenschaft, der sich als Angehöriger der akademischen Schicht betrachtete, fiel es Jarle schwer, sich damit abzufinden, dass er eine »Beziehung« zu einer Kassiererin gehabt hatte. Versteh mich nicht falsch, sagte er zu sich selbst wie zu einem Gegenüber, mir ist absolut bewusst, dass auch jemand im Supermarkt arbeiten muss und dass man deshalb nicht zwangsläufig ein minderwertiger Mensch ist, aber trotzdem, fügte er hinzu, bewegen wir uns in überaus unterschiedlichen Sphären, die Kassiererin

Anette und ich. Wir haben unterschiedliche Ambitionen und Lebensziele. Sie verbringt ihren Feierabend lieber horizontal, isst Chips und sieht fern. Ich rezipiere lieber Artikel, in denen Theodor Adorno Lesarten von Hegel dekonstruiert oder in denen Roland Barthes den kratylischen Impuls in Eigennamen analysiert. Doch trotz dieser Unterschiede haben wir gemeinsam ein Kind gezeugt. Wir haben uns, vor langer Zeit einmal, so zueinander hingezogen gefühlt, dass wir achtlos gewesen sind.

Haben wir damals etwas zueinander gesagt?

Jarle versuchte, sich zurückzuerinnern.

Hatten Anette und er früher an jenem Abend des Jahres 1990 miteinander gesprochen, hatten sie einander in die Augen geschaut? Nein, er konnte sich absolut an nichts erinnern. Nicht einmal daran, wie sie ausgesehen hatte. An keine Einzelheit. Kleine Brüste? Große Brüste? Mein Gott. Sie war doch erst in der Neunten!

War es vorstellbar, dass mehr als ein Beischlaf dabei herausgekommen wäre, wenn sie sich nicht so sinnlos um den Verstand getrunken hätten?

Na, sagte er sich trocken, es ist ja auch so etwas dabei herausgekommen.

Eine Tochter.

»Ich liebe Prinzessin Diana«, flüsterte Charlotte Isabel und bat um mehr Cola, als Elton John »Candle in the wind« sang. »Du auch, Papa?«

»Was denn?«, fragte Jarle, der aus seinen Gedanken gerissen wurde. Er füllte ihr Glas auf. »Ob ich was tue?«

»Ob du Prinzessin Diana liebst?«

Er sah sie an. Diesen kleinen Menschen neben sich.

»Ja«, sagte er, ohne das Gefühl zu haben, dass er log. »Irgendwie kann ich das schon von mir behaupten.«

»Super«, sagte seine Tochter und sog die Cola durch ihre Zähne. »Aber Charles tut das nicht.«

Jarle sah sie an. »Wie meinst du das?«

»Charles«, sagte seine Tochter und gurgelte mit der Cola, »der liebt sie nicht mehr. Das sagt Mutter. Sie sagt, er ist blöd und liebt eine Camilla. Aber trotzdem ist er bei der Beerdigung. Weißt du das, Papa? Dass er bei der Beerdigung ist?«

Jarle nickte. Sie ist erst sechs, dachte er, bald sieben. Und so erwachsene Gedanken. »Ja«, sagte er. »Charles ist bei der Beerdigung.«

»Psst«, sagte seine Tochter. »Jetzt müssen wir still sein, Papa, denn das ist ein sehr schönes Lied, und wir müssen ein bisschen an William und Harry denken, nicht wahr, und an Prinzessin Diana, die doch tot ist. Okay?«

Er sah sie an. Kinder, dachte er. Sie haben eindeutig ihre ganz eigene Welt.

»Okay, Papa? William und Harry? Und Prinzessin Diana?«

»Ja«, sagte er. »Jetzt denken wir ein bisschen an Prinzessin Diana, die doch tot ist.«

»Und im Himmel«, fügte Charlotte Isabel hinzu.

»Vielleicht«, sagte Jarle nüchtern und fragte sich, ob er einen atheistischen Standpunkt vertreten oder wenigstens einwerfen sollte, dass nicht alle die Sache mit dem Himmel glaubten.

»Doch, Papa!«, rief Charlotte Isabel und lachte fröhlich, ehe er etwas sagen konnte. »Natürlich kommt *sie* in den Himmel. Sie hat doch den Armen und denen mit Aids geholfen!«

Gegen Ende der Übertragung merkte Jarle, dass Charlotte Isabel allmählich ruhiger wurde. Sie redete nicht mehr so viel wie zuvor an diesem Tag, auch wenn er das mittlerweile gewohnt war, und er fand, dass ihre Augen anders ausschauten. Na ja, dachte er, verwunderlich ist das ja nicht. Es gibt so viel, worüber sie nachdenken muss. Bisher hat sie einfach alles in sich aufgesogen. Dass ihre Mutter in den Süden gereist ist. Dass sie mit mir hier sitzt. Für sie ist das garantiert mindestens so seltsam wie für mich.

Er sah sie an.

Wenn sie jetzt nur nicht anfängt zu weinen, dachte er.

Gut, dass sie dieses Pony hat. Das sie kämmen kann, wenn sie das Bedürfnis danach verspürt.

Der Tag in Bergen neigte sich dem Ende zu.

Die Übertragung aus England war zu Ende, und Vater und Tochter verließen das Haus. Sie hatten Charlotte Isabels Rucksack ausgepackt, und Jarle hatte sich gewundert, wie viele kleine Mädchenkleider man in einem großen Rucksack unterbringen kann – neben zwei Puppen, einem Puzzlespiel mit einem Burgmotiv, einem Teddy, einer mit lächelnden Hunden bedruckten rosa Toilettentasche, einer Prinzessinnenfigur, mindestens acht Waschbären und etlichen schön eingepackten Geburtstagsgeschenken. Charlotte Isabel hatte darum gebeten, die Geschenke irgendwo in seiner Wohnung aufstellen zu dürfen, um sie bis zu ihrem Geburtstagsfest immer anschauen zu können, und Jarle hatte eine Menge Bücher über Literaturtheorie aus einem Regal entfernen müssen, um Platz dafür zu schaffen. Sie hatte sich umgezogen, vor seinen Augen, und Jarle hatte ihren zierlichen Körper, ihren mädchenhaften Rücken gesehen, und dabei das Gefühl gehabt, sich eigentlich wegdrehen zu müssen.

Als Jarle ihr gezeigt hatte, wo sie schlafen sollte, das, was er »dein Zimmer« nannte, war Lotte stumm geworden. Auf dem Boden in dem winzigen Arbeitszimmer lag eine alte Matratze. Die Kammer stank nach abgestandenem Rauch, obwohl er tagelang gelüftet hatte. An der Wand hing ein ramponiertes Plakat mit einer Giacometti-Skulptur, und Jarle merkte, dass Lotte sie unheimlich fand. Daneben hing ein Plakat von Blur, das zähnefletschende Hunde im Sprung zeigte. An der Tür war ein großes Porträt von Theodor W. Adorno angebracht. Neben dem Rechner stand ein gerahmtes Bild, und als Charlotte wissen wollte, ob das Jarles Vater sei oder so jemand sei, musste er zugeben, nein, das nicht, es sei ein gewisser Marcel Proust. Und als Charlotte Isabel wissen wollte, ob das ein Freund von Jarle sei oder so jemand, musste er zugeben, nein, so könne man das auch nicht ausdrücken, und murmelte, mehr zu sich selbst: »Aber im Geiste, aber im Geiste.«

Die Bücherregale im Arbeitszimmer quollen über, ebenso sein Schreibtisch, das Licht war trüb und Jarle konnte sehen, wie Charlotte Isabels kleine Zehen sich auf dem kalten Boden krümmten.

»Ist das … mein Zimmer?«, flüsterte sie.

»Ja«, flüsterte er zurück. »Mach es dir hier einfach gemütlich.«

Als sie über die Straße zum Lebensmittelladen gingen, der nach der Fernsehübertragung wieder geöffnet hatte, konnte Jarle geradezu hören, wie seine Tochter an ihr Zimmer dachte. Beschämt, weil er ihr nichts anderes zu bieten hatte als eine schäbige Matratze, versuchte er, die Stimmung aufzulockern, indem er munter sagte: »Jetzt gibt's jede Menge Samstagssüßigkeiten, jawohl.«

Jarle überkam eine Erinnerung, als sie zum Lebensmittelladen spazierten, eine warme und süße Erinnerung an die späten Siebziger, als er mit Mama in Stavanger in einen kleinen Süßigkeitenladen gegangen war, um Samstagssüßigkeiten zu kaufen. Das hat sie für mich getan, dachte er. Und jetzt tue ich es für meine Tochter.

»Hernán«, sagte Jarle und zeigte auf den breiten Mann, bevor sie den Laden betraten. »Der Mann, dem dieser Laden gehört, heißt Hernán.«

»Ach, das klingt wie Hermann«, sagte Charlotte Isabel.

Jarle öffnete die Tür. »Schon möglich«, sagte er. »Aber er heißt Hernán. Er kommt aus Venezuela, und das ist weit, weit weg.«

Im Laden standen Hernán und seine Frau Marisabel und sortierten Obst und Gemüse in Verkaufskörbe, während eine ihrer Töcher ihnen Bananen aus einem Karton reichte. Wie üblich lachte der dicke Venezolaner und ließ alles stehen und liegen, als er Jarle sah. Er fuhr sich mit der rechten Faust über den Schnurrbart und rief lachend aus: »Aha! Morgenbladet! Immer zur Stelle! Ja, wollen doch mal sehen, wollen doch mal sehen …« Hernán beugte sich zu den Zeitungen vor und tat so, als ob er suche. »Ach nein, ach nein, was für eine Tragödie, auch heute kein *Morgenbladet*!«

Jarle fiel plötzlich ein, dass er heute noch gar nicht an seinem Briefkasten gewesen war, um nachzusehen, ob die Redaktion vom *Morgenbladet* ihm endlich geantwortet hatte. Er erschrak. Sollte er nur wegen der Kleinen aus Skien dermaßen aus dem Gleichgewicht geraten sein, dass er sowohl *Morgenbladet* als auch die Proust'sche Onomastik vergaß? Sollte er etwa seinen Intellekt eingebüßt haben?

»Das ist aber ein niedliches kleines Mädchen«, sagte Marisabel in ihrem leicht gebrochenen Norwegisch. »Wer ist das?«

Jarle setzte ein jungenhaftes Lächeln auf und sagte: »Ach, das ist meine Tochter.« Er drehte sich zu ihr um. »Charlotte – Lotte? Sag der Dame guten Tag.«

Charlotte Isabel stand vor der jüngsten Tochter des Ehepaares aus Venezuela. Die beiden Mädchen, die ungefähr gleich alt waren, standen einfach da, kerzengerade, und sahen einander an. Seltsam, dachte Jarle, keine wich dem Blick der anderen aus, sie standen da wie zwei kleine

Hunde und maßen einander. Nicht unfreundlich, nicht ängstlich, ganz neutral, fast so, als wären sie zwei Spiegel.

Charlotte Isabel drehte sich um. »Hallo«, sagte sie zu Marisabel, dann wandte sie sich an Hernán. »Ich hab gemeint, du heißt Hermann.«

Hernán lachte so sehr, dass sein Oberkörper bebte, und sagte, er könne gern Hermann heißen, wenn sie wolle. »Hermann aus Venezuela, haha«, und dann versetzte er Jarle einen Stoß in die Rippen. »Na, du, *Morgenbladet*, Hernán wusste gar nicht, dass du ein Kind hast. Respekt! Ein Kind! Mein Vater hat seine Kinder geliebt, der Vater meines Vaters hat seine Kinder geliebt, und dessen Vater wiederum hat auch seine Kinder geliebt, und hier siehst du ja, was dabei herausgekommen ist.«

Charlotte Isabel durfte sich an diesem Nachmittag alle Süßigkeiten aussuchen, die sie haben wollte. Es sollte an nichts gespart werden, sagte Jarle, zwinkerte Hernán zu und fand, dass der neue Zwischen-uns-Vätern-Ton ihm leicht über die Lippen kam. Er erwähnte allerdings nicht, dass er seine Tochter erst seit knapp sechs Stunden kannte. Die Kleine füllte eine große Tüte mit salzigen und süßen und sauren Dingen, und als Jarle sah, dass Hernán Gummikrokodile hatte, sagte er, die seien superlecker, »ja, als Kind waren das meine Lieblingssüßigkeiten«, und er erzählte, dass er und seine Mama samstags immer in einen Laden gegangen seien, der Kreuz hieß, und viele davon gekauft hätten. Und dann steckte er einige in ihre Tüte. Anschließend kauften sie noch anderthalb Liter Cola und eine Tiefkühlpizza.

»Das war ja traurig mit der Prinzessin«, sagte Hernán, als sie ihre Einkäufe auf den Tresen legten. »Sehr traurig. Unsere ganze Familie hat es sich angeschaut. Wir haben den Laden geschlossen und uns die Beerdigung angesehen. Sehr traurig.«

»Sehr, sehr traurig«, stimmte Marisabel hinter ihm zu, während sie Zigarettenpackungen aus einem Karton nahm und in die Regale stellte.

»Sehr, sehr, sehr traurig«, sagte Jarle. »Das macht einen doch nachdenklich, nicht wahr? Sie war so wichtig für … ja, für Menschen wie du und ich. Und man kann zwar darüber lachen, wenn man das unbedingt möchte, aber sie hat es durchaus nicht ironisch gemeint, als sie die bekannten Worte sagte: Someone's got to go out there and love people, and show it.«

»Ironisch?«, Hernán runzelte die Stirn. »Was soll das denn heißen, ironisch?«

»Nein … Ich meine, es ist doch ein wenig …«, setzte Jarle an, wurde aber von Charlotte Isabel unterbrochen, die aufgeregt auf den Tresen deutete.

»Oh! Papa!«, rief sie. »Papa! Sieh mal!«

Sie zeigte auf eine Packung, die auf dem Tresen lag.

Jarle sah sich die Packung an. Ja? Was mochte das sein? Eine Art Spiel?

»Papa! Tamagotchi!«

Tamagotchi?

»Ach, ich will ein Tamagotchi! Pliis, Papa, pliis!«

»Aber, aber«, sagte Jarle und merkte, dass seine Stimme einen väterlichen Klang annahm. »Aber, aber«, sagte er noch einmal, »wir können doch nicht alles haben, worauf wir zeigen. Du musst dir doch auch noch was zum Geburtstag wünschen können.«

Die Kleine stampfte enttäuscht auf. »Ach, das sagt Mutter auch immer. Alle haben ein Tamagotchi, nur ich nicht.«

Hernán und Marisabel lachten und schüttelten einvernehmlich ihre Köpfe, und Hernán sagte: »Jaja, *Morgenbladet*, schön, dass du eine Tochter hast. Eine Tochter, das ist Leben und Freude, wahrhaftig!«

Als sie bezahlt hatten und den Laden verlassen wollten,

sah Jarle, dass es wieder geschah. Charlotte Isabel blieb vor dem kleinen Mädchen stehen, das Aufkleber sortierte. Dann ging sie in die Hocke, die andere ebenfalls, und da hockten die beiden kleinen Mädchen dann und sahen einander an.

Hernán nickte und lächelte.

Marisabel nickte und lächelte.

Jarles Blick flackerte.

»Hallo«, hörte er seine Tochter sagen. »Ich heiße Lotte, willst du was aus meiner Samstagstüte? Ich komme aus Skien, und das da ist mein Papa, aber meine Mutter ist im Süden, und ich hab Dianas Beerdigung gesehen, und wie heißt du?«

»Ingrid«, sagte die andere, die üppige schwarze Haare hatte, und nahm sich aus Isabel Charlottes Tüte eine dicke Gummihimbeere. »Ich heiße Ingrid. Ist Morgenbladet dein Vater?«

Charlotte Isabel stutzte und schaute zu Jarle auf, und der wechselte mit Hernán einen Blick. Hernán legte belustigt den Kopf in den Nacken und lachte, als er sagte: »Ja, Morgenbladet, das bist du!«

»Ja«, sagte Charlotte Isabel. »Ich glaub schon.«

Ingrid nahm einen von ihren Aufklebern. Sie sah ihn an, überlegte naserümpfend, legte ihn dann wieder hin und nahm einen anderen. Auch der wurde zum Gegenstand von Überlegungen und Erwägungen, und nach einer Weile schien sie mit sich ins Reine gekommen zu sein. Sie reichte Charlotte Isabel den Aufkleber, der einen hellblauen Hund zeigte, und sagte: »Den kriegst du, wenn du bald wiederkommst.«

Wann gehen kleine Kinder schlafen?

Charlotte Isabels schmächtiger Körper wurde schläfrig und weich und sank in sich zusammen, als die Kindersendung auf ihr Ende zuging. Sie hatten ihr Programm für diesen Tag bewältigt. Während sie sich gemeinsam die Sendung angesehen hatten, hatte Jarle beobachtet, dass sich seine Tochter bei jeder Leckerei, die sie aus der Süßigkeitentüte holte und auf ihren Schoß legte, viel Zeit ließ. Nach der Kindersendung schoben sie die Pizza in den Ofen und tranken Cola, und Jarle registrierte, dass die Kleine wieder gut in Form war, als sie gegen halb neun unbedingt tanzen wollte.

Ob er Musik habe, wollte sie wissen.

»Äh«, sagte Jarle. »Doch, ja, ich habe viele Platten, aber ...«

»Aqua?«

»Nein ...«

»Spice Girls?«

»Nö ... vielleicht hast du gehört von ... äh ... Björk?«

Lotte schnitt eine Grimasse und schüttelte den Kopf. Sie ließ sich auf den Boden sinken. »Ach«, sagte sie und legte den Kopf auf ihre Hände. »Du hast bloß alten Kram.«

Ich hab bloß alten Kram. Jarle nickte. In vielerlei Hinsicht stimmte das. Ich habe bloß alten Kram. Ich lebe, in vielerlei Hinsicht, nicht im Jetzt, dachte er und schaute sich um. Wo war eigentlich die Gegenwart geblieben? Sie war hier, direkt vor seinen Augen, und an diesem Tag war er vielmehr ein Teil von ihr gewesen als seit langer, langer Zeit, weil er mit Charlotte Isabel das Erlebnis von Prinzessin Dianas Begräbnis geteilt hatte, was ihm, das musste er zugeben, eine gewisse Freude bereitet hatte. Dieser Tag, der so still begonnen hatte und der dann mit so viel neuem und frischem Lärm angefüllt gewesen war, war so anders als all die Tage, die er in letzter Zeit verbracht hatte. Dieser Tag besaß eine Art Lebhaftigkeit, ein gewisses Aroma von Gegenwart und Präsenz. Normalerweise nahm er nicht teil an der Gegenwart, das musste er einräumen, aber das war nicht immer so gewesen. Im Gegenteil, früher war er, eigentlich bis vor kurzem, in der Gegenwart zutiefst heimisch gewesen. Er hatte sich politisch auf dem Laufenden gehalten, er hatte Bescheid gewusst über das, was in der Musik und in allen anderen Bereichen der Populärkultur gerade aktuell war – aber jetzt? Irgendetwas war passiert im vergangenen Jahr, langsam war er versunken in ... altem Kram. Er hatte sich seit vielen Monaten keine CDs mehr gekauft. Aber was war daran auszusetzen? War es, alles in allem, nicht auch gut, dass es Menschen in der Gesellschaft gab, die an der Gegenwart nicht teilnahmen, die nicht wussten, wie die Lage auf dem Balkan oder in Somalia oder in der nationalen Politik war, die nicht mit der Wimper zuckten, wenn der norwegische Ministerpräsident sagte, er werde zurücktreten, wenn seine Partei bei der bevorstehenden Parlamentswahl nicht 36,9 Prozent hole, die die wachsende Zahl der Neureichen nur als vorübergehende Albernheit betrachteten, ja, war es nicht gut, dass es jemanden gab, der sich von der Gegenwart mit all ihrem gegenwärtigen und vergangenen Unsinn distanzierte und sich hinwandte zu ... altem Kram, wichtigem Kram, ewigem Kram?

Er war nicht so gewesen, als er sieben Jahre zuvor in Bergen eingetroffen war, das stand fest. Damals hatte er die Stadt mit jugendlicher Neugier gestürmt, frisch geschlüpft aus Stavangers Kathedralschule, und hatte die Gegenwart in sich aufgesogen wie – ja – wie ein Kind. Er hatte seinen Philosophie-Pflichtkurs mühelos und mit guten Noten absolviert, er hatte für die Uni-Zeitung geschrieben, er hatte Sendungen für das Uni-Radio gemacht, er hatte sich an Aktivitäten politischer Gruppierungen beteiligt, er hatte die reiche Ölstadt vergessen, aus der er stammte, und alles umarmt, was *hier* war, alles, was *jetzt* war.

Aber jetzt?

Sie hat recht, gestand er sich ein, das alles hier hat etwas *Altes* an sich. Ich betrachte mich selbst als jung, aber ich lebe in gewisser Hinsicht wie ein alleinstehender Vierzigjähriger im neunzehnten Jahrhundert. Ich lese dicke Bücher, ich schlafe regelmäßig mit einer Bekannten, und ich pussele mit meinem Kram herum. Aber Gott sei Lob und Dank, fügte er eilig hinzu. Aqua? Spice Girls?

Gegen neun Uhr saß Charlotte Isabel gähnend neben ihm. Sie hatte erzählt, dass Mutter und Vater jetzt bestimmt im Süden angekommen seien und dass sie auch ans Mittelmeer fahren wolle, wenn sie groß sei, und was, fragte sie dann, »was machen wir morgen?«

Ja, dachte Jarle. Gute Frage.

Was um alles in der Welt machen wir morgen?

»Na ja«, er zögerte, »wozu hast du denn Lust?«

»Weiß nicht«, sagte die Kleine und gähnte ein weiteres Mal. »Was Lustiges.«

Jarle nickte.

So ist es mit Kindern.

Lustig. Sie wollen die ganze Zeit Spaß haben.

An jedem anderen Wochenende hätte Jarle Hasse oder Arild angerufen und gefragt, ob sie zu einem Konzert ins Hulen gehen oder im Garage vorbeischauen und ihr Gehirn in Alkohol ertränken wollten. Er hätte vielleicht einige Seiten in einem Roman von Thomas Mann gelesen, hätte sich vielleicht einige Abschnitte in Proust vergegenwärtigt, und ganz bestimmt hätte er versucht, in Erfahrung zu bringen, wo Herdis Snartemo sich aufhielt. Aber jetzt saß er hier.

Er konnte doch nirgendwo hingehen.

Wann gehen kleine Kinder schlafen?

Und was macht man, wenn sie schlafen gegangen sind?

Kann man sich zum Beispiel mit einem Bier hinsetzen

und es sich so richtig gemütlich machen? Was, wenn das Kind krank wird, was, wenn es irgendwann abends oder nachts aufwacht und mit Windpocken oder Röteln ins Krankenhaus muss?

Nein, dachte er. Als Vater muss man Verantwortung übernehmen.

Aber was, wenn man keine Verantwortung übernehmen will?

Was, wenn das Freisein von Verantwortung eine Voraussetzung ist für den freisinnigen, kritischen und tiefgründigen Gedanken, den zu erobern für mich eine Notwendigkeit ist, wenn ich die Tiefe und Breite erreichen will, die einige von uns nun einmal anstreben müssen?

Wann gehen kleine Kinder eigentlich schlafen?

Und kann ich, überlegte er, wenn sie schlafen gegangen ist, jemanden anrufen, zum Beispiel Hasse oder Arild?

Kann ich jemanden auf ein paar Flaschen Bier herbitten, ohne dass ich notgedrungen erklären muss, warum in meinem Arbeitszimmer ein Mädchen von fast sieben Jahren liegt?

Was würde das für einen Eindruck machen?

Gegen halb zehn sagte Charlotte Isabel, sie wolle ihren Schlafanzug anziehen. Sie holte ihren Teddy und setzte dem Abend ein sanftes Ende. Kinder sind auch so, dachte Jarle, weich und behutsam. Sie können den ganzen Tag energiegeladen durch die Gegend schießen, sie können sich in Prinzessinnen und Raketen und Knallbonbons verwandeln, sie können unendlich viele schwachsinnige Fragen stellen, aber schlagartig kommt der Moment, wo sie einen Teddy und einen Schlafanzug brauchen.

Er ging mit ihr ins Badezimmer und musste einen Küchenstuhl holen, damit sie beim Zähneputzen in den Spiegel blicken konnte.

»Es ist doch in Ordnung, oder?«, fragte er vorsichtig,

während er zusah, wie sie eine rosa Zahnbürste aus ihrer Toilettentasche fischte.

»Hm?« Sie schaute ihn mit einem undurchdringlichen Blick an.

»Es ist doch in Ordnung, das hier, nicht wahr – hier bei mir zu sein?«

Die Kleine biss sich in die Unterlippe und überlegte. Sie seufzte.

»Ja-a«, sagte sie. »Aber du, Papa?«

»Hm?«

»Wollen wir meinen Aufkleber auf den Badezimmerspiegel kleben?«

»Nein, spinnst du?«, rutschte es ihm heraus, und er schüttelte entsetzt den Kopf. »Aufkleber auf den Badezim…«

Die Enttäuschung breitete sich von der Stirn über die Augen zu Charlotte Isabels Mund aus, und ihre Schultern sackten nach unten.

»Oder doch«, sagte Jarle und räusperte sich. »Warum nicht. Such du die passende Stelle aus.«

Charlotte Isabel strahlte, ihre Finger näherten sich dem Spiegel, und sie platzierte den hellblauen Hund, den sie Ingrid nennen wollte, in die linke untere Ecke. Beide fanden, dass das gut aussehe und dass es jetzt an der Zeit sei, schlafen zu gehen.

Als Jarle sie anschließend in sein Arbeitszimmer brachte, vielmehr in *ihr Zimmer*, klingelte es an der Tür. Jarle fuhr wie auf frischer Tat ertappt zusammen. Er manövrierte Charlotte Isabel vor sich her, öffnete die Tür des Arbeitszimmers und schob die Kleine ins Dunkle. Rasch schlug er die Decke beiseite, zeigte auf die Matratze und flüsterte: »So, alles klar, jetzt kannst du schlafen, gute Nacht.«

Jarle schloss die Tür hinter sich und atmete auf. Wieder

klingelte es. Wer mochte das sein? Er stand inmitten seines Wohnzimmers und versuchte, so zu tun, als sei er nicht da. Es klingelte zum dritten Mal, lange und wütend. Mein Gott. Er holte tief Luft und machte einen Schritt auf die Tür zu. Wer mochte das sein? Die Vorstellung, jemand könnte erfahren, dass er hier mit einer Tochter saß, war ihm unerträglich. Ich studiere und mache bald Examen. Ich bin Jarle Klepp. Ich bin kein Vater, beziehungsweise ich bin zwar Vater, aber das bin nicht *ich*, versteht ihr? Eine alte Dame im Bus darf wissen, dass ich eine Tochter habe, dachte er und ging zur Tür. Hernán und seine Familie dürfen wissen, dass ich eine Tochter habe, dachte er und legte das Auge an das kleine Guckloch.

Verdammt, dachte er, als er sah, wer dort stand.

Das nicht auch noch!

»Mein Pony«, hörte er Charlotte Isabel aus dem Arbeitszimmer rufen. Ihre Stimme klang jetzt anders. Ängstlich, dünn und unsicher. »Mein Pony!«, hörte er sie schluchzen, als er mit dem Auge am Guckloch auf den Gang hinausschaute. »My little Pony!«

Verdammt, verdammt, verdammt.

Girl Power

Sie war einunddreißig Jahre alt und so schön, dass sogar kleine Kinder vor ihr stehen blieben und sie anstarrten, sie kam aus einer alten reichen Familie, sie schlief morgens lange und ging niemals vor Mitternacht ins Bett, sie hatte lange Beine und prächtige, einladende Hüften, sie fuhr selten bis nie in den kleinen Ort an der Südküste, wo sie herkam, sie schrieb eine feministisch-diskursanalytische Untersuchung über poststrukturalistische Aspekte im Werk von Virginia Woolf, und sie stand vor seiner Tür und wollte herein.

Jarle hatte sich in den letzten Monaten mehrmals gefragt, warum Herdis Snartemo ausgerechnet ihn zu ihrem Gespielen ausersehen hatte. Er war es nicht gewohnt, Objekt des körperlichen Begehrens einer vielumschwärmten Frau zu sein. Jarle hatte sich nie zu den Begehrenswerten zählen dürfen, er hatte nie wie manch anderer Vertreter seines Geschlechts bereits auf dem Schulhof erlebt, dass von seinem Äußeren oder seinem Wesen eine Ausstrahlung ausging, die bei der Mehrzahl der Mädchen warme Gefühle weckte. Jarles Erfahrungen in dieser Hinsicht waren vielmehr entgegengesetzter Art: Er war es, der den Einsatz leisten musste. Wenn er gründlich zu Werke ging, bekam er meistens die Frau – aber nur, wenn er alle Register gezogen, sie lange genug umworben und klargestellt hatte, dass er nicht aufgeben würde, bis sie ihm gehörte.

Bei Herdis Snartemo war nichts dergleichen vonnöten gewesen. Sie hatten sich bei einem Fest der literaturwissenschaftlichen Fakultät im Haus von Robert Göteborg kennengelernt, und sie hatte ihn mit Blicken buchstäblich verschlungen, was ihn gewaltig überraschte. Instinktiv war er davon ausgegangen, dass sie viel zu schön sei für eine schiefrunde Perle wie ihn, doch einige Stunden später lag er an ihrer kleinen Brust, und sie sagte: »Na, komm schon, mein Junge.« Man darf also festhalten, dass Herdis Snartemo Jarle um einige Erfahrungen reicher gemacht hat. Zum einen um die Erfahrung, eine ausschließlich körperliche Beziehung zu einer Frau zu haben – etwas, das er bei seinen Kumpels immer verachtet hatte –, und zum anderen um die Erfahrung, eine Beziehung zu einer überirdisch schönen Frau zu haben, die, das war ihm schnell klar geworden, vom Rest der Welt entweder mit Neid oder mit Lust betrachtet wurde.

Herdis Snartemo hatte wiederum noch nie die Erfahrung gemacht, zurückgewiesen zu werden. Niemals war auch nur eine ihrer Fragen mit Nein beantwortet worden. Bei überirdisch schönen Mädchen ist es einfach so, dass ihre Umgebung nach ihrer Pfeife tanzt und dass sie alles bekommen, was sie haben wollen. Sie sind es gewohnt, in Wohlwollen zu baden, so wie sie es gewohnt sind, dass Türen sich öffnen, wenn sie daran klingeln.

»Jarle! Aufmachen! Ich weiß, dass du da bist!«

Nachdem sie dreimal geklingelt hatte, begann sie, gegen die Tür zu hämmern.

Ihre Rufe hallten im Treppenhaus wider. Jarle stand ganz still da und versuchte, nicht zu atmen. Er konnte ihrer Stimme anhören, dass sie betrunken war. Verdammt, sagte er zu sich. Verdammt, das muss nun wirklich nicht auch noch sein.

»Papa! Mein kleines Pony!«

Hinter ihm wurde die Tür des Arbeitszimmers geöffnet, und Charlotte Isabel trat aus der Dunkelheit, mit ängstlichen Augen. Jarle ging so schnell und lautlos, wie er nur konnte, zu ihr und schob sie zurück ins Arbeitszimmer.

»Ja, ja, Papa holt es dir. Leg dich jetzt ins Bett!«

»Aber, Papa«, rief sie und schniefte. »Ich hab Angst!«

»Nein, hast du nicht«, zischte Jarle leise und reichte ihr das Pony. »So, jetzt kannst du einschlafen. Gute Nacht!«

Wieder wurde gegen die Tür gehämmert. Er verdrehte die Augen.

Verdammt, verdammt, verdammt, was mach ich jetzt? Er schluckte.

»Jarle! Mach jetzt endlich auf!« Herdis' Stimme schlug schrill gegen die Wände dort draußen.

»Papa? Wer ruft denn da?«

Wütend fuhr er zu dem kleinen Mädchen herum, das kerzengerade und mit dem Pony auf dem Schoß auf der Matratze saß. »Jetzt wird geschlafen, hörst du?«

»Aber, Papa! Wer ist das denn?«

Jarle ging in die Hocke und sah seine Tochter gebieterisch an. »Hör mal, Charlotte Isabel, dein Papa ist nicht ... ja ... wie andere Papas. Oder wie Mutter und Vater. Er liegt nicht auf dem Sofa und sieht fern und isst Chips, er arbeitet auch nicht im Autoladen oder bei Rema, sondern er studiert Literatur und wohnt hier und ... ja. So ist das. Und jetzt ist es spät, du hast hier dein eigenes Zimmer und ...«

»JARLE!«

Immer lauter wurde gegen die Tür gehämmert.

Die Kleine vor ihm zitterte.

»Jetzt ist Erwachsenenzeit, verstehst du? Jetzt ist Abend. Gute Nacht. Wir sehen uns morgen!«

Er drückte Charlotte Isabel energisch aufs Bett, packte sie in die Decke ein, sodass sie dalag wie in einer Schachtel, verließ das Arbeitszimmer und schloss hinter sich die Tür.

Hilft alles nichts. Ich muss öffnen. Na, fantastisch. Ich kann – *ich kann* – kein Kind bei mir haben, das geht verdammt noch mal nicht. So ein Leben führe ich nicht.

Als Jarle die Tür öffnen wollte, merkte er, dass es draußen ruhig geworden war. Er hielt das Auge an den Türspion, konnte aber nichts sehen. War sie gegangen? Noch vor wenigen Sekunden hatte sie doch draußen gekreischt. Wieder schaute er durch das Guckloch. Nichts, niemand. Vorsichtig drückte er auf die Klinke hinunter und öffnete die Tür.

Grete, die Nachbarin, hockte vor der Wand zwischen ihren Wohnungen, streichelte Herdis Snartemos Wange und sagte: »Das wird schon wieder … Hallo, da bist du ja!«

»Hallo, ja, ich habe Lärm gehört und …«

Grete grinste Jarle an. »Äh, ist sie … Will sie zu dir?«

Von Herdis war ein Röcheln zu hören. Sie griff sich an den Kopf und versuchte, auf die Beine zu kommen. Jarle wünschte sie weit weg.

»Jaa …« Er räusperte sich. »Ich habe sie nicht eingeladen oder so, aber ich weiß schon, wer sie ist …«

Grete sah Jarle mit einem leicht genervten Blick an, der besagte: Das weiß ich auch, Jarle, ich sehe sie nicht zum ersten Mal hier.

Er nickte und half Herdis auf die Beine. Sie fuhr sich mit der Zunge über ihre Vorderzähne, streckte eine unsichere Hand nach Gretes Wange aus, murmelte: »Danke, du bist lieb«, und ließ sich schwer gegen Jarle fallen. Er versuchte, lässig den Kopf zu schütteln und mit den Schultern zu zucken, was Grete jedoch nicht beeindruckte.

»Tja«, sagte Grete. »Sag Bescheid, wenn du Hilfe brauchst, ja?«

»Nein, nein«, beeilte er sich zu sagen, während er Herdis über seine Türschwelle schleifte. »Das geht schon klar, kein Problem, gar kein Problem, vielen Dank, das geht ganz super. Gute Nacht, Gerti.«

»Grete, du weißt schon«, sagte sie lächelnd, drehte sich abrupt um und rief: »Jetzt kommt Mama und liest dir was vor, Daniel! Hast du deine Milch getrunken? Warst du auf dem Klo?«

Sie sieht wirklich seltsam aus, dachte Jarle, als er sich zum zweiten Mal an diesem Tag dafür entschuldigte, ihren Namen verwechselt zu haben. Ihre Wärme ist einfach umwerfend, dachte er dann und setzte, als sie die Tür schloss, in Gedanken hinzu: Und sie ist sehr, sehr, sehr, ja, wirklich *sehr* hübsch, auf eine total überraschende Weise.

Jarle schleppte Herdis ins Wohnzimmer und legte sie aufs Sofa. Er zog ihr die Jacke aus, streifte die Schuhe von ihren Füßen und strich ihr die Haare aus dem Gesicht. Die Schminke war zerlaufen und schlängelte sich wie ein Rinnsal über ihre Wangenknochen, fast so, als habe sie geweint. Doch Jarle konnte sich nur schwer vorstellen, dass Herdis Snartemo weinte. Sie war offenbar sturzbetrunken, und das bereits um zehn Uhr an einem Samstagabend. So etwas sah ihr gar nicht ähnlich, noch am Abend zuvor waren sie gemeinsam auf einem Fest gewesen, bei dem Herdis eine weitaus bessere Figur gemacht hatte.

Es hatte offenbar keinen Sinn, sie irgendetwas zu fragen. Das merkte Jarle, nachdem er ihre Lider wie Gardinen mit dem Daumen hochgezogen und in die schlafenden Pupillen gestarrt hatte. Als er sie mit der Flickendecke zudeckte, durch die Charlotte Isabel vor nicht allzu langer Zeit ihre kleinen Finger gebohrt hatte, schnurrte sie wie eine Katze und murmelte: »Ja, du bist mein Junge, komm, dann kriegst du Herdis.« Für einige Sekunden dachte er sogar, genau das könne er tun, mit ihr schlafen, während sie schlief, aber er überlegte sich die Sache gleich wieder anders. Er hatte in seinem Leben einen komatösen Beischlaf zu viel ausgeführt, und das Ergebnis schlief jetzt in seinem Arbeitszimmer.

Dachte er.

»Wer ist das, Papa?«

Jarle fuhr herum.

Charlotte Isabel stand hinter ihm, mit großen Augen, das Pony in beiden Händen, sie trug ihren Schlafanzug und war sehr klein.

»Hast du hier gestanden und …« Er seufzte. »Lotte.«

Er wollte energisch auf seine Tochter zugehen und sie zurück ins Arbeitszimmer bringen. Aber er hielt inne. »Lotte, du kannst nicht … Lotte.«

Jarle setzte sich in den Sessel.

»Lotte, Lotte, Lotte.« Er atmete schwer aus.

»Ja?«

»Du sollst doch jetzt nicht mehr wach sein.«

»Wer ist das, Papa?«

Wer ist das. Jarle schaute auf. Er nickte bedächtig und mit ausladenden Bewegungen.

»Na ja, sie … sie ist eine Freundin von mir. Und sie ist heute ein bisschen krank.«

»Hat sie vielleicht Fieber?« Charlotte Isabels Stimme war ruhig in der späten Stunde.

»Fieber?« Jarle schaute zu Herdis hinüber. »Ja, das ist eine Art Fieber, durchaus.«

»Die Arme«, sagte Lotte und ging zu Herdis hinüber. Sie stellte sich vor die Frau und strich ihr mit ihrer fast sieben Jahre alten Hand ruhig über die Stirn.

»Hast du schon Fieber gemessen? Das ist gemein. Nicht wahr, das ist gemein. Aber, Papa … Ich möchte Licht anhaben, wenn ich schlafe.«

Jarle sah seine Tochter an. Sie möchte Licht anhaben, wenn sie schläft, dachte er, und er erinnerte sich an seine eigene Kindheit und wie schwer es gewesen war, im Dunkeln einzuschlafen.

»Aber natürlich darfst du Licht anhaben«, sagte er mit munterer Stimme.

Er brachte sie ins Arbeitszimmer und schaltete die Schreibtischlampe ein.

»Äh ... Lotte?«

»Hm?«

»Warst du eigentlich auf dem Klo?«

Die Kleine nickte.

»Gut. Und ... Lotte?«

»Hm?«

»Vielleicht sollte Papa dir einfach was vorlesen?«

Charlotte Isabel biss sich auf die Unterlippe und lächelte.

»Ja«, sagte Jarle und schaute unschlüssig auf sein Bücherregal. »Jaa ...«, er kratzte sich am Kopf, »... wenn Papa überhaupt etwas hat, das man Kindern vorlesen kann.«

Vater und Tochter standen vor dem Bücherregal. Im Wohnzimmer schnaufte Herdis Snartemo alkoholschwer. Sie gingen an den Bücherregalen im Arbeitszimmer entlang, während Jarle nach etwas Kindertauglichem suchte. Ihm fiel auf, dass Charlotte Isabel nichts sagte, sie ging einfach neben ihm her, vertrauensvoll, sie wartete darauf, dass er sein Versprechen hielt und etwas vorlas, und er ahnte, dass er dieses Versprechen nicht brechen durfte. Mein Gott, dachte er. Ich habe doch nur komplizierte Essays ohne Punkt und Komma. Ich habe doch nur französische Romane, die davon handeln, wie Licht auf einen Küchentisch fällt. Ich habe doch nur Gedichte, die die Grenzen der Sprache ausloten. Ich habe doch alle meine Bücher mit Märchen und Sagen an die Antiquariate in der Stadt verkauft. Snorris Königssagas? Die sind zu langatmig, zu blutrünstig. Mein Gott. Ich habe doch viele hundert Bücher, dachte er. Habe ich wirklich nichts, keine einzige armselige kleine Erzählung, die man einem Kind vorlesen kann?

Kein einziges Buch?

Charlotte Isabel musterte ihn gespannt.

»Was lesen wir, Papa?«

Vielleicht kann ich eine Art Märchenversion von Proust machen, dachte er, etwas über einen Mann, der nach der verlorenen Zeit sucht?

»Hm, Papa, was lesen wir? Du hast so viele Bücher, Papa. Sind die lustig?«

Jarle löste seinen Blick von den Büchern. »Weißt du was?«, sagte er. »Wir lesen nichts. Papa denkt sich eine Geschichte für dich aus. Er macht sie selbst und ganz für dich allein.«

In den Augen seiner Tochter funkelte es, und sie legte sich erwartungsvoll auf die Matratze. Mit der Handfläche schlug sie auf eine Stelle neben sich, und Jarle verstand, dass er sich neben sie legen und erzählen sollte. Und als Herdis Snartemo im Wohnzimmer anfing zu schnarchen, lachte Charlotte Isabel und sagte, so schnarche Mutter auch, und wenn Mutter das tue, dann schimpfe Vater, nehme seine Decke und gehe im Keller schlafen.

Jarle erzählte eine Geschichte von einer Prinzessin. Sie war klein und hatte lange blonde Haare, denn er hielt es für wichtig, dass Charlotte Isabel sich in dem, was er erzählte, wiedererkannte. Er erzählte, dass die Prinzessin an einem dunklen Herbsttag übers Land geritten war, dann war sie vom Pferd gefallen und gestorben. Charlotte Isabel presste die Hände um das Pony und machte tellergroße Augen. Jarle erzählte, dass für die schöne kleine

Prinzessin ein feierliches Begräbnis abgehalten wurde, und er sah, wie seine Tochter sich in die Geschichte einfühlte. Plötzlich begriff er, dass das mit dem Sich-Wiedererkennen und Sich-Einfühlen keine so gute Idee war und dass Charlotte Isabel es persönlich nehmen könnte, wenn er davon erzählte, dass sie gestorben war. Deshalb gab er seiner Geschichte eine neue Wendung.

Es sei eine schöne Beerdigung gewesen, erzählte er, viele Leute seien dagewesen, und ein Mann habe ein schönes Lied zu Ehren der Prinzessin gesungen. Da lachte Charlotte Isabel und sagte, das sei doch Elton John gewesen. Ja, sagte Jarle, sicher war das Elton John. Aber was sei dann passiert? Was meine sie? Dann, flüsterte Jarle, wurde es Abend. Die Beerdigung war zu Ende. Es war dunkel und still in der Kirche. Plötzlich ein Laut. Ein Knacken. Und dieser Laut kam aus dem Sarg, dem Sarg der Prinzessin. Charlotte Isabel neben ihm hielt den Atem an und flüsterte: Ein Geräusch? Aus dem Sarg? Ja, Lotte, sagte Jarle, ein Geräusch aus dem Sarg. Der Sargdeckel sprang auf, fuhr er fort, ein Arm kam zum Vorschein und dann die ganze Prinzessin. Sie war nämlich gar nicht tot, nicht doch, natürlich war sie das nicht. Charlotte Isabel strahlte übers ganze Gesicht, nicht doch, wiederholte sie, natürlich war sie das nicht. Und Jarle erzählte, wie die Prinzessin aus dem Sarg stieg und sich umsah. Sie überzeugte sich davon, dass niemand in der Nähe war, und schlich sich ins Freie.

»Und was hat sie dann gemacht, Papa? Was hat sie dann gemacht?«

Jarle lächelte.

»Ach, weißt du, Charlotte Isabel«, sagte er. »Unsere Prinzessin schlich in die Nacht hinaus, durch den Wald und in die Freiheit, denn sie wollte keine Prinzessin mehr sein.«

Jarle klatschte in die Hände, um zu signalisieren, dass die Geschichte zu Ende war, aber Charlotte Isabel saß nachdenklich neben ihm.

»Stimmt was nicht, Lotte?«

»Warum wollte sie keine Prinzessin mehr sein?«

»Hat dir das Ende nicht gefallen?« Jarle stand auf und wickelte sie in die Decke.

»Nein«, flüsterte Lotte. »Es hat mir nicht gefallen.«

»Na ja«, sagte Jarle und streichelte über ihren Kopf. »Jedenfalls hast du nun deine Geschichte gehört und kannst endlich einschlafen.«

»Gehst du jetzt zu deiner Freundin?«, flüsterte Charlotte Isabel.

»Nein«, sagte Jarle. »Die kann im Wohnzimmer schlafen. Ich schlafe in meinem Zimmer. Gute Nacht.«

»Gute Nacht, Papa«, sagte Charlotte Isabel und drehte sich auf die andere Seite.

Jarle setzte sich ins Wohnzimmer. Seine Wohnung lag still und dunkel da. Er ließ seinen Blick umherwandern. Was für ein Tag. Zuerst diese seltsame Stille anlässlich der Beerdigung von Prinzessin Diana, die ihm als Kind so viel bedeutet hatte und an die er jetzt keine Erinnerung mehr hatte. Dann die schildkrötenhafte schöne Nachbarin. Herdis, die aus irgendeinem Grund schon vor zehn Uhr sturzbetrunken vor seiner Tür gelandet war. Die Wohnung voller Kindersachen. Eine nagelneue Tochter.

Er war müde, anders müde als sonst, durch und durch müde, als er dort saß und abwechselnd Charlotte Isabels Geschenke, die im Bücherregal aufgereiht waren, und Herdis ansah, die auf dem Sofa lag und die selbst in ihrem volltrunkenen Zustand in ihm den Wunsch entfachte, zwischen ihren Beinen zu liegen.

Gegen elf Uhr erbrach Herdis sich im Halbschlaf, und

Jarle musste sauber machen und sie in sein Bett tragen. Sie erwachte für wenige Minuten und murmelte, er solle es ja nicht wagen, das irgendwem zu erzählen, und wenn doch, dann werde sie, persönlich, ihn zum Gespött der Leute machen, und sie, persönlich, werde dafür sorgen, dass er nie wieder auch nur einen Millimeter Herdismöse bekäme, und sie, persönlich, werde dafür sorgen, dass er von der Universität verwiesen werde, und was die verdammten Schweden angehe, so könnten sie ihren ganzen Ingmar Bergman nehmen und ihn sich in den Arsch stopfen, sie könnten ihren perversen Frauenhasser Strindberg nehmen und ihn mit Nadeln aufspießen, bis er aussähe wie eine Voodoopuppe, und was die verfluchten Südnorweger und das verdammte verfickte Inzuchtkaff angehe, aus dem sie stamme, so werde sie, persönlich, dafür sorgen, dass es dem Erdboden gleichgemacht und aus der Erinnerung der Menschen getilgt werde.

Dann schlief sie wieder ein. Auf dem Bauch, in seinem Bett.

Jarle war es gewohnt, dass sich Herdis im Suff ziemlich freizügig ausdrückte, aber hier war einwandfrei etwas vorgefallen. Er sah sie an. Ja, du, Herdis, was treibst du eigentlich hinter meinem Rücken?

Er putzte sich die Zähne, räumte ein wenig die Wohnung auf und fühlte sich anders als sonst.

Gegen Mitternacht ging er zu Bett.

Er schlief ein.

Kurze Zeit später wachte er davon auf, dass er fror. Etwas zog an seiner Decke. Er fuhr zusammen, als er spürte, dass ein Körper sich an ihn schmiegte, ein ganz anderer Körper als sonst, ein kleiner, warmer und schmächtiger Körper.

Er lag still da und stellte sich schlafend. Charlotte Isabel schniefte neben ihm, sie flüsterte eine Weile vor sich hin, und Jarle erkannte Wörter wie »Mutter« und »Prinzessin Diana«.

Weint sie?, fragte er sich und versuchte weiterhin, sich schlafend zu stellen. Liegt sie hier in meinem Bett und weint?

Auf der anderen Seite des Bettes schlief Herdis ihren benommenen Alkoholschlaf, und bald hörte Jarle, wie Charlotte Isabels Atem tiefer wurde, und er nahm an, dass sie eingeschlafen war.

Seltsam, dachte er.

Hier liege ich also. Jarle Klepp.

Neben mir liegt ein kleines Mädchen, sie ist meine Tochter, und auf der anderen Seite liegt eine Frau, und wer sie ist, weiß ich nicht so recht. Genau wie in einer Familie, dachte er.

Jarle schlief in dieser Nacht nicht mehr. Gar nicht mehr. Zu viel war an diesem Tag geschehen. Zu viel war in Bewegung. Er hörte alles.

Jeden einzelnen Herzschlag in diesem Zimmer.

Zweiter Teil

Was ist denn eine feministische Nutte, Papa?

Als Jarle klein war, in den Siebzigern, fand er die Sonntage lang und langweilig. Alles schien stillzustehen, als ob die Welt für einen Tag in Wartestellung versetzt wäre. Heute gehen wir in die Kirche. Heute soll niemand arbeiten. Heute bleiben die Läden geschlossen. Heute sollen keine Autos fahren. Er mochte dieses Innehalten nicht, er hatte das Gefühl, es sei eingeführt worden, um den Alten eine Freude zu machen, doch er wurde davon ungeduldig, und er mochte auch die unsinnigen Unternehmungen nicht, die zum Sonntag gehörten: Ausflüge in den Wald, Ausflüge ins Museum, Ausflüge zu Verwandten. Nicht, weil er Wald, Museum oder Verwandte nicht leiden konnte – im Gegenteil, er ging schrecklich gern im Wald auf Entdeckungen, suchte Salamander, fing Kaulquappen –, sondern weil diese Sonntagsaktivitäten etwas Inszeniertes hatten. Oder etwa nicht?

Doch, dachte Jarle und kochte am Sonntag, dem 7. September 1997 Kaffee für zwei Personen. Doch, dachte er und gähnte. Es ist schwer, an einem Sonntag klar zu denken, weil dem Tag – jedenfalls wenn man sich um eine Familie kümmern muss – diese Art von Penetranz anhaftet. Man *soll* an einem Sonntag alles Mögliche machen. Man *soll* spazieren gehen. Man *soll* ins Museum gehen. Man *soll* dieses und jenes tun.

Scharfes Sonnenlicht zeigte an diesem Morgen den Staub

auf seinem Küchentisch, und Jarle wrang den Spüllappen aus. Stehen kleine Kinder nicht früh auf?, fragte er sich und sah zu, wie die Tischplatte sauber wurde. Springen sie nicht gegen halb sieben aus dem Bett und sind für den Tag bereit? Charlotte Isabel offenbar nicht. Dass Herdis noch immer schlief, konnte er verstehen, aber Charlotte Isabel?

Jarle hatte schon mehrere Male durch die angelehnte Tür ins Schlafzimmer geschaut, seit er selbst gegen halb acht aufgestanden war. Nur um zu sehen, ob sie schon wach waren, sagte er sich. Aber immer bot sich ihm das gleiche Bild: Herdis lag auf dem Bauch, ihre Haare, wirr vom Schlaf, um sie herum ausgebreitet, und ein nackter Frauenfuß mit sorgfältig lackierten Nägeln lugte unter der Decke hervor. Neben ihr lag Charlotte Isabel mit halb offenem Mund auf dem Rücken. Sie hatte die Decke weggestrampelt, ihre Stirn war ein wenig feucht von Schweiß, und ein leicht angewinkelter Arm ruhte auf Herdis' Haaren.

Er hatte sich schon mehrmals gefragt, ob er die beiden wecken sollte, hatte es aber nicht getan. Stattdessen hatte er geduscht, den hellblauen Hundeaufkleber auf dem Badezimmerspiegel betrachtet, im Wohnzimmer ein bisschen aufgeräumt – wobei er sich vorsichtig bewegt und weder Radio noch Stereoanlage eingeschaltet hatte –, hatte das Geschirr gespült und den Müll hinausgebracht. Er hatte auch eine Minute in Charlotte Isabels Zimmer gestanden und überlegt. Und dann hatte er das große Adorno-Porträt von der Tür genommen. Es war ohnehin kein besonders gutes Porträt. Und wenn er es sich recht überlegte, dann hatten die Augen des deutschen Philosophen etwas Stechendes, und von diesen Augen mussten weder Charlotte Isabel noch er selbst sich Tag für Tag anstarren lassen.

Es war jetzt kurz nach halb neun.

Seltsames Gefühl. Es war, als ob – ja, wie sollte er das ausdrücken – es war, als ob sie ihm fehlten. Wobei er im Grunde gar nicht wollte, dass auch nur eine der beiden da wäre, zumindest nicht so wie jetzt, sagte er sich, als er zusah, wie der Kaffee in die Kanne tropfte. Herdis sollte nicht mit ihren persönlichen Problemen vor seiner Tür ankommen. Es sollte eine rein körperliche Beziehung sein. Schluss. Aus. Er wollte in Ruhe gelassen werden. Er wollte mit seinem Studium weitermachen, er wollte Charlotte Isabel ins nächste Flugzeug nach Hause setzen, und er wollte, dass alle sahen, was das Richtige war, nämlich dass sie bei Mutter und Vater zu Hause in Skien am besten aufgehoben war. Das war alles, was er wollte. Mehr nicht.

Jarle nahm Adornos Hegelstudien zur Hand und schlug eine Seite auf. Mehr nicht, sagte er sich und verspürte einen Anflug von schlechtem Gewissen, weil er das Adorno-Porträt von der Tür genommen hatte, das er seinerzeit unter ziemlichen Anstrengungen mithilfe der Adornogesellschaft in Frankfurt besorgt hatte. Mehr nicht, wiederholte er und fuhr mit dem Zeigefinger energisch über den Buchfalz. In der vergangenen Woche hatte er sich unglaublich über Adornos kluge Lesart der Hegel'schen hermeneutischen Philosophie gefreut, und er hatte fast schon einen Weg gesehen, wie er dieses nicht-identische Denken auf Proust anwenden könnte. Das sind Gedankengänge, die loszulassen er sich einfach nicht leisten konnte.

Jarle legte das Buch wieder weg.

Trotzdem, sagte er sich.

Wollen die nicht bald aufstehen?

Wollen die den ganzen Tag verschlafen?

Draußen ist doch schönes Wetter. Es ist doch Sonntag.

Er legte den Kopf schräg und lauschte. Hatte er da nicht ein Geräusch gehört?

Nein. Er griff wieder zu Adornos Hegel-Studien. Schlug noch einmal den *Skoteinos*-Essay auf. Muss die wenige Zeit, die ich habe, nutzen, dachte er, und ein wenig lesen. So geht es Vätern nun mal. Sie müssen sich ihre Zeit gut einteilen. Wieder legte er den Kopf schräg. Doch, da waren Geräusche.

Jarle stand auf, sah, dass der Kaffee fertig durchgelaufen war, goss rasch eine Tasse ein und ging durchs Wohnzimmer zur Schlafzimmertür. Da waren einwandfrei Geräusche. Eine Art Gemurmel? Er blieb stehen und horchte durch den Türspalt.

»Nein, das ist ein großes Aquarium, weißt du.«

Herdis' Stimme.

»Riesengroß?«

Charlotte Isabels Stimme.

»Ja, riesengroß. Und draußen«, sagte Herdis, »haben sie Pinguine, weißt du, süße, kleine Pinguine, die Fische essen und so herumwatscheln.«

»Pinguine!«

Jarle ließ die Tür aufgleiten und spürte einen Kloß im Hals, als er Lotte vor Herdis hocken sah, die auf dem Rücken lag und die Hände unter dem Kopf verschränkt hatte. Charlotte Isabel warf lachend ihren Kopf in den Nacken und hüpfte auf dem Bett auf und ab, während Herdis mit morgenmüdem Blick erzählte.

Seine Tochter drehte sich mit einem strahlenden Lächeln um und rief: »Papa! Deine Freundin ist jetzt ganz gesund. Sie braucht nur einen Schluck Kaffee, sagt sie, dann ist alles wieder in Ordnung. Und – Papa! Wir gehen in ein großes Aquarium! Und da gibt's – da gibt's – da gibt's –«, Lotte keuchte und suchte nach Worten. »Da sind – ach, wie heißen die doch gleich, ich meine …« Lotte schlug sich mit den Händen auf die Knie und drehte sich fragend zu Herdis um.

»Pinguine«, sagte Herdis und zwinkerte ihr zu.

»Ja«, sagte Lotte. »Ja, Pinguine. Da gibt es Pinguine!«

Herdis hob ihren Oberkörper und legte den Kopf schief. »Du hast eine niedliche Tochter, Jarle.«

»Ja«, sagte er und merkte, dass er rot wurde. »Ich hab dir Kaffee gekocht.«

Das Telefon klingelte, und Jarle reichte Herdis die Tasse, die sie mit einem gähnenden Lächeln entgegennahm. Er ging ins Wohnzimmer und griff nach dem Hörer. »Ja, hier ist Jarle.«

Eine kleine Pause entstand, dann sagte eine Frauenstimme: »Hallo. Hier ist Anette.«

Er zuckte zusammen. »Ach, hallo«, entfuhr es ihm.

»Hallo«, hörte er sie am anderen Ende der Leitung sagen. »Hallo, ist lange her.«

»Ja, das kann man wohl sagen«, sagte er und versuchte, munter zu klingen. »Also, wie, äh, wie geht es dir?«

»Ach, hier ist es schön«, sagte sie. »Doch, wirklich, schön und warm. Aber – ist Lotte da?«

»Ja, klar. Äh, willst du mit ihr sprechen?«

»Ja, ich wollte nur hören, wie es ihr geht. Ist alles in Ordnung?«

»In Ordnung? Aber ja«, sagte Jarle, erstaunt, weil er hier stand und mit ihr sprach, so als ob sie in den vergangenen Jahren nichts anderes getan hätten, als immer wieder über die Tochter zu sprechen, die sie miteinander hatten. »Klar doch«, fügte er hinzu, »hier läuft alles gut, also, wir amüsieren uns, kein Problem, sie ist – so unkompliziert im Umgang.«

Am anderen Ende war ein kleines Lachen zu hören, erleichtert, wie ihm schien, so als ob sie mit einer anderen Antwort gerechnet hätte. »Nein, Lotte ist nicht schwierig, nein.«

»Ganz und gar nicht«, sagte er, »sie ist ja so pflegeleicht, wirklich.« Er stammelte. »Ja, dann mach's gut, es war nett … Doch … Soll ich sie jetzt holen?«

»Ja, geht das, damit ich ihr guten Tag sagen kann?«

»Doch, sicher – einen Moment«, sagte er und ging mit einem seltsamen Gefühl im Leib ins Schlafzimmer, verwirrt, weil er so selbstverständlich mit der gesprochen hatte, die die Mutter seiner Tochter war, dem Mädchen, von dem er keine Ahnung hatte.

»Lotte?«

Seine Tochter schaute unter der Decke hervor.

»Du, Mutter ist am Telefon.«

Sie sprang auf. »Mutter! Jippi!«

Jarle führte sie zum Telefon, blieb stehen und betrachtete das kleine Mädchen. Sie nickte und lächelte, sprach mit ihrer Mutter und wickelte sich dabei die Telefonschnur um die Finger. Ja, antwortete Lotte auf das, was er für die besorgte Frage hielt, wie es ihr gehe, ja, mir geht's supergut, und Jarle hörte sie erzählen, dass sie eine Menge Süßigkeiten bekommen und die ganze Beerdigung gesehen habe und dass Papa für sie ein Prinzessinnenmärchen gedichtet habe und dass Papa ganz doll in Ordnung sei.

Herdis tauchte in der Tür auf, den nackten Leib züchtig in die Bettdecke gehüllt. Sie schaute Jarle voller Verständnis an, und er zuckte mit den Schultern und nickte.

»Klar«, sagte Lotte. »Und weißt du was? Heute gehen wir zu den Pinguinen. Hm, Pinguine, das wird total lustig. Ja-a. Donnerstag? Ja-a. Das wird lustig. Dann kannst du doch wieder anrufen. Hm. Dichauchlieb.«

Sie drehte sich zu Jarle um. »Papa? Mutter will noch mal mit dir reden.«

Er nahm den Hörer und fühlte sich unwohl, weil Lotte und Herdis neben ihm standen.

»Jaa«, sagte er. »Also – es ist doch alles in Ordnung, oder?«

»Sicher doch«, hörte er Anette sagen, noch immer in dem Tonfall, den er für fast ein bisschen zu locker hielt. »Auf jeden Fall. Gibt es was, das ich ... tun sollte oder so?«

»Nein«, sagte Jarle und fühlte sich ein wenig unter Druck, weil die beiden Mädchen immer noch neben ihm standen und ihn ansahen. »Gar nichts«, sagte er und drehte sich zum Fenster. »Du kannst ganz beruhigt sein. Ja, wirklich. Wir können später weiterreden, okay«, fügte er keck hinzu. »Es läuft alles bestens, überhaupt kein Problem. Weißbrot hab ich, und hellen Sirup hab ich, und frei genommen hab ich mir und – ja, nein, was soll ich sagen? Lass dir's gutgehen!« Er sprach mit, wie er fand, unnatürlich hoher Stimme und wünschte, das Gespräch nähme rasch ein Ende. »Mach dir einfach ein paar schöne Tage, das hast du dir verdient.«

»Ja, das habe ich vielleicht tatsächlich. Also, dann rufe ich ...«

»... am Donnerstag wieder an, ja«, sagte Jarle. »Am Geburtstag. Das ist gut. Hier läuft alles wie geschmiert.«

Wie geschmiert?

Was rede ich da eigentlich?

Er hörte sie am anderen Ende lachen.

»Ja, ganz bestimmt«, sagte er. »Viel besser, als ich erwartet hätte.«

Als ich erwartet hätte?

Mein Gott.

Er schluckte und schaute mit einem verlegenen Lächeln zu Herdis hinüber.

»Klasse, Jarle«, hörte er Anette sagen, beruhigt, wie ihm schien. »Klasse. Dann rufe ich am Donnerstag wieder an. Dann reden wir mal richtig miteinander, okay?«

»Klar«, sagte er, so leichthin er konnte. »Das machen wir.«

»Nett, dich mal wieder zu hören«, sagte Anette.

Er räusperte sich, versuchte, Lotte und Herdis nicht anzusehen, und murmelte: »Ja, dich auch.«

Jarle ging mit einem komischen Gefühl im Bauch zum Aquarium von Bergen. Anette Hansen. Es war nichts daran auszusetzen, was sie gesagt hatte, oder daran, was er gesagt hatte, aber allein, dass sie so entspannt miteinander gesprochen hatten, sie aus einem Hotelzimmer am Mittelmeer, so stellte er sich das vor, er aus Bergen, berührte ihn irgendwie seltsam. Plötzlich war sie wieder da, Anette Hansen, das Mädchen, das er aus seinem Leben verschwunden geglaubt hatte.

Aber egal.

Sie war die Mutter seines Kindes.

Sie arbeitete bei Rema 1000.

Das ist etwas Solides.

Immerhin.

Sie macht einen soliden und patenten Eindruck, dachte er und nickte vor sich hin. Das macht sie wirklich. War gescheit genug anzurufen. Und dieser Satz: »Dann reden wir mal richtig miteinander, okay?« – der schien vor gesundem Menschenverstand geradezu zu strotzen. Ja, solide Frau. Trotz allem. Und was sie da am Ende gesagt hatte: »Nett, dich mal wieder zu hören«, das war freundlich gewesen, nicht wahr? Ja. Ein patenter Mensch, dachte er. Ganz einfach ein solider und patenter und redlicher Mensch. Und mutig. Ganz einfach mutig. Wer wagt denn, was sie wagt? Ein Kind allein über das Gebirge zu schicken, damit es seinen Papa kennenlernt? Nicht viele. Respekt.

Charlotte Isabel trug eine lila Jacke und einen grünen Rock, lief kreuz und quer über den Bürgersteig und manchmal auch auf die Straße. Jarle registrierte, dass man, wenn man mit einem Kind unterwegs ist, nicht einfach seinen Gedanken nachhängen kann, sondern hellwach und geistesgegenwärtig sein muss. In regelmäßigen Abständen musste er nach Charlotte Isabel rufen und dafür sorgen, dass sie nicht vor ein Auto lief. Sie blieb, wie am Vortag, oft stehen, wenn sie etwas entdeckt hatte. Sie zeigte auf Leute, die vorübergingen. Sie verglich Bergen mit Skien und sagte, Bergen sei viel, viel größer, aber zu Hause gebe es auch viele Autos. Als sie die schöne Lindenallee bei Klosteret erreichten, bückte sie sich, pulte einen festgetretenen Kaugummi aus dem Asphalt und rief ihnen zu: »Papa! Herdis! Schaut mal! Ein Kaugummi!« Ja, sagte Jarle, viele werfen ihre Kaugummis einfach auf die Straße, aber das ist nicht erlaubt.

Es freute ihn, ihre kindliche Begeisterung über die einfachsten Dinge zu sehen, aber gerade dieses Schlichte berührte ihn auch peinlich, vor allem vor Herdis, auch wenn es ihr nichts auszumachen schien – ganz im Gegenteil, sie machte auf ihn den Eindruck, als ob es ihr gefiele. Trotzdem – obwohl er Anette gegenüber so leichthin gesagt, ja geradezu behauptet hatte, alles laufe *wie geschmiert* – fühlte er sich angesichts dieser kindlichen Aufdringlichkeit eben doch unbehaglich. Sie war ihm unangenehm, und er stellte sich die ganze Zeit vor, dass jemand ihn erkannte, ein Studienanfänger aus dem Kolloquium oder Arild und Hasse, vielleicht Robert Göteborg, und diese Vorstellung erheiterte ihn überhaupt nicht. Und als Charlotte Isabel Herdis und ihn an den Händen nahm, während sie sich dem Aquarium auf Nordnes näherten, und sagte, jetzt sollten sie »Engelein flieg« machen und sie durch die Luft schwenken, sagte Jarle nein.

»Nein«, sagte er.

Herdis blieb stehen und sah ihn an.

Charlotte Isabel blieb stehen und sah ihn an.

Beide machten das gleiche Gesicht.

»Nein«, sagte er noch einmal.

Herdis breitete die Arme aus und sah rasch die Kleine an, die es ihr nachtat, die Arme ausbreitete und rasch Herdis ansah.

»Jarle, was soll das denn?« Herdis seufzte.

»Ja, Papa, was soll das denn?«, fragte Charlotte Isabel und seufzte.

Jarle griff in seine Jackentasche und fischte eine Zigarette heraus. »Tut mir leid«, sagte er. »Das mach ich einfach nicht.« Er steckte die Zigarette an. »Wir gehen ins Aquarium und schauen uns die Pinguine an. Das muss reichen. Das ist sogar mehr als genug.«

Herdis schüttelte den Kopf.

Seine Tochter starrte ihn an.

»Was ist denn jetzt schon wieder?«, fragte Jarle und blies Rauch aus.

Lotte traten Tränen in die Augen.

»Mein Gott, was ist denn jetzt schon wieder?«

»Papa«, Lotte rang nach Atem. »Du wirst sterben! Du rauchst! Du wirst sterben!«

Jarle verdrehte die Augen, warf die Zigarette weg und schüttelte den Kopf. Er kniete sich vor seine Tochter hin und sagte, er werde nicht sterben. Das dürfe sie ruhig glauben. Niemand wird hier sterben, okay?

Charlotte Isabel schluckte und sagte, man dürfe auch keine Zigaretten wegwerfen, ebenso wenig wie Kaugummi, und Jarle musste zugeben, dass das logisch klang. Ihre Mutter mag ja dumm sein, dachte er, aber Lotte besitzt eine gesunde Intelligenz.

»Lotte, Lotte«, sagte er und versuchte, die Stimmung aufzuheitern. »Jetzt gehen wir ins Aquarium, ja, und sehen uns die Pinguine an.«

Sie verzog nachdenklich das Gesicht.

»Aber sind das Vögel oder Fische, Papa?«

Sind das Vögel oder Fische? Er überlegte.

»Das sind Vögel, Lotte.«

Sie trat von einem Fuß auf den anderen.

»Aber die können nicht fliegen. Herdis hat gesagt, die können nicht fliegen.«

»Nein«, er zögerte, »nein, da hast du recht.«

»Aber, Papa«, sagte Lotte und breitete ein weiteres Mal die Arme aus. »Dann sind es doch Fische.«

Im Aquarium geriet Charlotte Isabel außer sich vor Begeisterung. Sie lief, gefolgt von Jarle und Herdis, zum Pinguingehege und sah freudig zu, wie die Pinguine zum Wasser watschelten, sich mit der Brust voran hineinfallen ließen und dann losschwammen. Wie schnell die schwammen! Ach, jetzt wisse sie, was Pinguine sind, sagte Lotte und lachte so vergnügt über deren tolpatschige Bewegungen, dass Jarle direkt hingerissen war. Dass man eine so spontane Freude darüber empfinden kann, wie ein Tier sich bewegt, dachte er. Seine Tochter lachte mit dem ganzen Körper, ahmte den unbeholfenen Gang der Pinguine nach und rief, das musst du auch, Papa! »Geh auch mal so, Papa!« Aber Jarle winkte ab und sagte, sie solle das lieber selbst üben. Und als seine Tochter auf die Pinguine zeigte und bemerkte, sie sähen aus, als ob sie Jacken trügen, war er ein weiteres Mal tief von ihr beeindruckt.

»Sie ist so offen, deine Tochter«, sagte Herdis, als Lotte sich unter die anderen Kinder mischte, um beim Füttern der Pinguine zuzusehen.

»Hm, ja, das ist sie.« Jarle nickte. Das stimmte. Offen.

»Das ist schön«, sagte Herdis. »Man merkt deutlich, dass sie so erzogen wurde.«

»Hm?« Jarle sah sie an.

»Ja, man merkt es gleich«, sagte Herdis. »Sie ist nicht unterdrückt worden.«

Wieder nickte Jarle. Vielleicht stimmt das, dachte er. Ja. Sie ist bestimmt nicht unterdrückt worden. Man kann sicher alles Mögliche über ihre Chips essende Mutter sagen, und selbst wenn sie bei Rema arbeitet, sie hat ihre Tochter nicht unterdrückt, das nicht.

»Ich wusste gar nicht, dass du eine Tochter hast, Jarle«, sagte Herdis.

»Ich auch nicht«, erwiderte er und erzählte in kurzen Zügen vom Brief der Polizei und von Anette Hansen und von dem seltsamen Tag gestern.

»Und du hast niemandem etwas gesagt.« Herdis schüttelte den Kopf.

»Nein, das habe ich nicht«, sagte Jarle und sah sie an. »Ich bin kein Vater, Herdis. Sieh mich doch an. Ich bin dafür nicht geschaffen. Ich will keine Tochter.«

Herdis gab keine Antwort, sondern zeigte auf Charlotte Isabel, die vor dem Pinguingehege Hand in Hand mit einem anderen Mädchen stand.

»Sie ist genau wie du«, sagte Herdis.

Die Septembersonne kroch am Himmel hoch, die Pinguine in ihren schwarz-weißen Uniformen torkelten weiter über die Steine wie Kinder, die gerade laufen lernen, als Jarle sich fragte, wann Herdis sich für die vergangene Nacht entschuldigen, ja, ob sie sie überhaupt erwähnen würde. Ihre Beziehung war nicht von der Art, sie darauf anzusprechen. Herdis Snartemo hatte schon früh klargestellt, dass sie diese Art von Intimität nicht wünsche, und sie hatte wiederholt betont, wie befreiend es sei, eine unverbindliche Beziehung zu haben, und er hatte dieser Aussage ebenso oft zugestimmt. Außerdem hatte Jarle begriffen, dass Herdis eine Frau war, der man nicht dauernd irgendwelche Fragen stellte. Das mochte sie nicht. Wenn man sie fragte oder gar nachhakte, wo sie gewesen sei, woran sie denke, woher sie komme, stellte sie sich quer. Er hatte also begriffen, dass er, wenn er seine Ingenieurstätigkeit zwischen ihren marmorglatten Oberschenkeln fortsetzen wollte, gut beraten war, den Mund zu halten und abzuwarten, bis sie selbst sich zum Sprechen entschloss.

An diesem Sonntagvormittag ging ihm noch etwas auf. Immer wenn er mit Herdis Snartemo zusammen war, dachte er vor allem daran, mit ihr zu schlafen. Aber heute nicht. Sie war so schön wie sonst, ja, sie hatte sogar etwas besonders Verführerisches an sich, so ungepflegt und leicht verschlampt, wie sie nach zwei Tagen Suff war, die Augen ein wenig erschöpft, die Haut ein wenig gerötet, die Zunge ein wenig träger als sonst. Und trotzdem war ihm nicht danach, mit ihr zu schlafen. Ihm war nach ganz anderen Dingen. Er wollte hier mit ihr stehen und sich ruhig unterhalten, während sie Charlotte Isabel zusahen. Er wollte, dass sie anfing, über ihre Kindheit zu sprechen. Er wollte sie von ihrem Leben erzählen hören. Er hoffte, sie würde vielleicht sagen, dass sie ihn trotz allem lieb gewonnen habe. Er wünschte, sie würde ihm erzählen, was am Vortag geschehen war. Und als Herdis dann, ganz in ihrem eigenen Tempo, anfing, darüber zu reden – während sie zusahen, wie Lotte vom Tierwärter einen Hering bekam, während sie zusahen, wie Lotte ihn einem Pinguin hinhielt und rief: »Schau mal, Papa, schau mal, ich füttere den Pinguin!« –, merkte er, dass er sich aufrichtig darüber freute. Er empfand ein Glücksgefühl, so als ob er ehrlich in sie verliebt wäre. Und obwohl er eigentlich gar nicht in sie verliebt sein wollte, ging ihm in diesem Moment auf, dass er es schon lange war.

Herdis erzählte, dass sie niemals, nicht einen einzigen Tag, sich wegen Geld habe Sorgen machen müssen. Sie sei nicht stolz darauf, sagte sie, aber sie wolle auch nicht damit kokettieren, dass es sie je belastet habe. Natürlich nicht. Das Vermögen der Mutter, das diese wiederum von ihren Eltern geerbt habe, sei so umfassend, dass es sich nicht vernichten ließe. Könne er sich so etwas vorstellen? Nein, das könne er nicht. Wir haben so viel Geld, erklärte sie, dass es uns unmöglich ist, pleitezugehen, egal, was wir tun, verstehst du, Jarle? Es ist unmöglich, denn nur ein Promille der Zinsen dieses Vermögens reicht aus, um eine Familie ein ganzes Leben lang zu ernähren, erklärte sie. Auch wenn Jarle das nicht ermessen könne, und sie hielt ihn für außerstande dazu, obwohl er aus der reichsten Stadt der Welt kam, aus Stavanger, und in diesem veritablen Geldspeicher aufgewachsen war, so habe sie es ihr ganzes Leben lang nicht anders gekannt.

Sie kenne keine andere Wirklichkeit, sagte sie. Alle ihre Freunde seien steinreich gewesen. Sie sei eine Verkörperung des Reichtums der westlichen Welt. Darüber sei sie sich absolut im Klaren, betonte sie, sie schaue dieser Tatsache voll ins Auge, und sie wisse sehr gut, wie Einzelne darüber dächten, aber sie wisse ebenso gut, dass der echte Radikalismus, das echte radikale Denken darüber erhaben sei – doch Jarle sei vielleicht nicht reif genug, das zu verstehen. Ja, sie sage ganz offen, sie sei *natürlich unsäglich verwöhnt,* mit allem, was dazugehört. Doch Jarle dürfe keineswegs glauben, dass sie deshalb ein unreflektierter Mensch sei. Nein, warf er rasch in ihre eilige Rede ein, eine Rede, die ihm vorkam, als laufe ein Programm ab oder als sei sie einstudiert oder über Generationen ererbt, ebenso wie das Vermögen.

Nein, eben, sagte Herdis und erzählte weiter, von welcher Art Reichtum sie herkomme. Er müsse verstehen, dass es zwischen Vermögen auch Unterschiede gebe. Manche seien neu, sagte sie, und manche seien alt. Neuen Vermögen fehle es an Erfahrung, neue Vermögen stolzierten mit Goldketten auf einer behaarten Brust einher und wüssten nicht so recht, wer sie seien und was das alles beinhalte. Unseres ist alt, sagte Herdis und betonte dabei jede Silbe. Das Snartemo-Vermögen ist uralt, sagte sie, und Jarle bemerkte, dass ihre Oberlippe auf diese Aussage zu reagieren schien, indem sie sich ein ganz klein wenig hob. Das Snartemo-Vermögen ist uralt, wiederholte Herdis, und Jarle konnte hören, dass gerade dieser Satz schon früher gesagt worden war, von anderen, nicht nur von Herdis, bestimmt von ihrer Mutter, die offenbar als mächtige Herrscherin über das Snartemo-Vermögen waltete.

Ja, sagte Herdis gedehnt, es ist so alt wie das Gebirge. Sie seufzte, und ihre Augenlider senkten sich um einige Millimeter. Es ist so alt, dass niemand von uns mehr weiß, worauf es errichtet wurde, verstehst du? Irgendwann war es doch einmal neu, nicht wahr? Wieder seufzte sie. Man kann irgendwie nichts damit machen, Jarle, außer ihm beim Wachsen zuzusehen. Sie wandte sich ihm zu. Er nickte, aber das schien nicht zu ihrer Betrachtung, in welch steinreicher Einsamkeit sie lebte, durchzudringen. Es sei denn, sagte Herdis und richtete einen scharfen Blick auf ihn, es sei denn, man wird von diesem Vermögen ausgeschlossen.

Sie erzählte Jarle, dass uralte Vermögen fast immer mit uralten Regeln einhergehen, sicher sei er aufgeweckt genug, das zu begreifen. Eine ganze Reihe von Regeln, sagte sie, Regeln, die sich im Laufe der Jahrhunderte selbst geformt haben, Regeln, die zu Lebensgewohnheiten, die zu unverbrüchlichen Gesetzen geworden sind, Regeln, die das Vermögen beschützen – und dann, sagte sie, dann kannst du dir ja vorstellen, was meine Familie, ja was das »Vermögen selbst«, wie meine Brüder und ich unsere Mutter nennen, zu Herdis Snartemo zu sagen hat.

Während dieses ganzen langen Monologs, den Herdis

in bitterem Ton und nicht ohne beträchtliche Arroganz vorgetragen hatte, so als ob Jarle nicht imstande wäre zu begreifen, wovon sie hier sprach, hatte er begriffen. Er hatte geahnt, was geschehen war, und jetzt wurde es bestätigt: Familie Snartemo hatte es satt, eine linksradikale Feministin in ihren Reihen zu haben, die nie nach Hause kam, weder zu Weihnachten noch im Sommer, und die durch ihre Haltung als linksradikale Feministin für die Sippe zu einer enormen Last geworden war, zu einer Schande gar. Die Mutter hatte den Geldfluss gekappt. Das war Fazit des Telefongesprächs, das Herdis am Vortag geführt hatte, mit dem »Vermögen selbst«, das nichts mehr mit der Tochter zu tun haben wollte. Und dies wiederum hatte dazu geführt, dass Herdis angefangen hatte zu trinken, mit Robert Göteborg – auch das eine Ahnung, die Jarle gehabt hatte, seit sie am Vorabend über Bergman und Strindberg und Südnorwegen gepöbelt hatte, und zwar schon gegen drei Uhr nachmittags.

»Jetzt habe ich also keine Mutter mehr«, sagte Herdis und fuhr sich mit der Zunge über die Lippen. »An sich ist das keine Überraschung. In vieler Hinsicht habe ich niemals eine Mutter gehabt. Ich hatte ein Vermögen. Aber es ist trotzdem niederschmetternd.«

Jarle nickte.

»Und du weißt, Jarle«, sagte Herdis, »du weißt, dass ich ihn liebe?«

Jarle fuhr zusammen.

Die Sonne schien ihm in die Augen.

Hä?

»Du hast es schon vor einer Weile gewusst«, sagte sie sanft. »Nicht wahr? Das hast du doch?«

Jarle schluckte.

Er starrte aus zusammengekniffenen Augen vor sich hin.

Hä?

»Du hast es gewusst, nicht wahr?«

Er nickte und gab sich alle Mühe, seine Tränen zurückzuhalten.

»Ja, ich habe Robert von dir erzählt, ich habe es ihm gestern erzählt.« Herdis rieb ihre Fingerspitzen aneinander. »Er war natürlich wütend. Dazu hat er auch jedes Recht. Aber obwohl er mich rausgeworfen und gesagt hat, ich solle ihm ja aus den Augen bleiben, weiß ich doch, dass er das nicht so meint. Er liebt mich doch. Das hast du gesehen, nicht wahr?«

Charlotte Isabel winkte vom Zaun her, und Herdis winkte zurück, während Jarle vergeblich versuchte, die Hand zu heben.

»Du bist süß, Jarle«, sagte Herdis ruhig.

Süß?

»Du warst unglaublich süß.«

Süß?

Herdis setzte ein bedauerndes Lächeln auf. »Du bist so intensiv, so jungenhaft.«

Jungenhaft?

Sie nickte ihm freundlich zu.

»Du willst so viel. Damit darfst du niemals aufhören.«

Damit darf ich niemals aufhören?

Herdis strich ihm über die Wange.

»Robert kann dich auch sehr gut leiden. Ja, ich habe ihm alles gesagt, und er wird sicher darüber hinwegkommen, er weiß, dass das mit uns nur körperlich war. Das findet sich schon, du wirst sehen, lass mich nur noch mal mit ihm reden. Denk nicht dran. Er ist ein Profi, weißt du.«

Charlotte Isabel ließ den Zaun los und kam auf sie zu. Jarle schluckte, mehrere Male hintereinander.

»Das war doch in Ordnung, Jarle, nicht wahr? Es war

doch nett mit uns. Ich werde den Herrn der Freude niemals vergessen.« Sie zwinkerte ihm zu. »Du hast doch nicht gehofft, die alte Herdis zu heiraten?« Sie lachte. »Nein, das hast du nicht. Und sieh dir deine Tochter an. Sieh sie dir an. Da kommt sie. Was für rote Wangen sie hat. Sie hat deine starke Naivität, Jarle.«

Meine starke Naivität?

Er spürte ihre Handflächen auf seinen Schultern.

»Sieh sie dir an. Wie wunderbar sie ist.« Herdis zog ihre Hand zurück und nickte nachdenklich. »Okay, Jarle. Das wollte ich dir sagen. Danke, dass du mich gestern aufgenommen hast. Danke für alles. Und danke für den Kaffee.«

Sie drehte sich zu Jarle um. Sah ihn mit mildem Blick an. Umarmte ihn.

»Seid ihr eigentlich ein Liebespaar?«

Charlotte Isabel stand vor ihnen. Sie legte den Kopf schräg und stemmte die Hände in die Seiten.

Jarle atmete heftig durch die Nase aus. Er musterte einen Pinguin. Der ließ seine Flügel zu Boden hängen, die Flügel, die nicht fliegen konnten, und hatte seinen dunklen Blick auf Jarle gerichtet. Der Blick war so dunkel, dass es unmöglich war, die Pupillen zu sehen, und plötzlich machte er mit seinen Flossenfüßen einige Watschelschritte, um dann stehen zu bleiben und den Kopf in die Luft zu heben. Er streckte seine Flügel aus, vor Angst oder vor Freude, sie waren an der Unterseite weiß, schwarz an der Oberseite, und er hob den Kopf zum Himmel, öffnete den Schnabel und stieß ein Gebrüll wie ein Esel aus.

Jarle drehte sich zu Herdis um.

»Du bist eine Nutte, Herdis Snartemo«, flüsterte er, so leise er konnte. »Du bist eine feministische Nutte, Herdis Snartemo, und jetzt mach, dass du von mir und meiner Tochter so weit wegkommst wie überhaupt nur möglich.«

Jarle nahm Charlotte Isabels Hand und sagte, beherrscht und ruhig, sie würden jetzt hineingehen und sich ein wenig aufwärmen, vielleicht mit einer Tasse Kakao, und dann würden sie sich die kleinen Fische in den kleinen Aquarien anschauen. Als sie sich auf den Weg machten, winkte die Kleine Herdis Snartemo zu und sagte dabei: »Aber was ist denn eine feministische Nutte, Papa?«

»Das ist so eine wie die da hinten«, sagte Jarle und fügte gelassen hinzu: »Deine Mutter, die bei Rema arbeitet und Tag für Tag ehrliche Arbeit leistet, ist eine viel solidere Frau.«

Das war ein großer, großer Fehler, Jarle

»Grete? Das mag vielleicht jetzt komisch klingen, fast verantwortungslos, aber – hm? Ja, hier ist Jarle, Jarle Klepp, Ihr Nachbar. Aber glauben Sie mir, es ist gar nicht so komisch oder verantwortungslos, wie es den Anschein hat. Hä? Ja, das erkläre ich Ihnen später. Jedenfalls wollte ich Sie fragen, ob Sie sich ein paar Stunden um meine Tochter kümmern könnten. Hm? Ja, ich habe eine Tochter. Hab ich eben. Eine Tochter, ja. Ob sie hier ist? Was meinen Sie mit hier? In Bergen? Ja, sie ist in Bergen. Sie steht sogar direkt neben mir. Wo sie bisher gewesen ist? Das erkläre ich Ihnen, wenn wir uns nachher sehen. Ja. Hm. Fast sieben. Hm? Ja, fast sieben Jahre alt. Warum ich Ihnen nicht – ja, gute Frage, gute Frage. Jedenfalls ist sie fast sieben, ungefähr so wie Daniel, und sie ist offen und lieb und gar nicht schwierig. Und wenn Sie keinen hellen Sirup daheim haben, ich hab welchen. Hm? Nicht doch, keine Umstände. Heller Sirup. Und Weißbrot. Ja, es muss unbedingt heller Sirup sein. Sie und Daniel werden sich bestimmt gut verstehen. Ja, sicher. Sie wissen doch, wie Kinder sind. Nein, das haben Sie nicht wissen können. Dass ich eine Tochter habe. Nein. Glauben Sie mir, ich habe es selbst nicht gewusst, und das sage ich heute nicht zum ersten Mal. Hm? Ach, nein, nichts. Das erkläre ich Ihnen auch, wenn wir uns nachher sehen. Nein, sie kommt aus Ostnorwegen. Ja, aus Skien. Hm. Die Mutter?

Gute Frage, sie heißt Anette. Shit, einen Moment, mir geht gerade das Geld aus, shit, hallo? So – hallo? Ja, wo war ich stehengeblieben? Anette, ja. Sie heißt Anette. Jaja, patente und solide Frau, ich habe mit ihr gesprochen. Das werde ich Ihnen auch erklären, wenn ich – also geht das? Dass sie heute Abend für ein paar Stunden bei Ihnen ist? Nur für ein paar Stunden. Klar weiß ich, dass Sie morgen arbeiten müssen. Bei der Baubehörde, nicht wahr? Ach, genau, bei der Denkmalbehörde, das hab ich ja gemeint. Nein, es wird nicht spät, natürlich nicht. Ich hätte ja auch nicht gefragt, wenn ich nicht – hm? Es kommt ein bisschen überraschend für Sie? Für mich ja leider auch. Ob sie das selbst will? Wer, meine Tochter? Sicher will sie. Ich habe ihr von Daniel erzählt, und ich habe ihr gesagt, dass Sie Tante Grete heißen und sehrsehr nett sind – was? Tante Grete? Nein, ich dachte nur, das ist doch witzig, oder? Wie sie heißt? Meine Tochter? Sie heißt Charlotte Isabel Hansen.«

Jarle bedankte sich überschwänglich, fuhr sich mit seinem feuchten Zeigefinger über die schweißnasse Oberlippe, verabredete mit ihr, dass sie gegen sieben kommen würden, und legte auf.

Er drehte sich zu Charlotte Isabel um, die vor der Telefonzelle auf den Fußsohlen auf und ab wippte, und ehe sie etwas sagen konnte, sagte er, sie würden jetzt etwas essen gehen: »Isst du gern chinesisch?«

Lotte klatschte in die Hände und sagte, sie gehe ja so schrecklich gern im Restaurant essen, und chinesisch esse sie für ihr Leben gern.

»Gut«, sagte Jarle, erleichtert darüber, dass er, da er nun mal eine Tochter hatte, wenigstens keines von diesen verwöhnten Dies-mag-ich-nicht-und-das-mag-ich-nicht-Gören bekommen hatte. »Und danach gehen wir ins Kino, okay?«

Lotte klatschte noch einmal in die Hände und sagte, sie gehe ja so schrecklich gern ins Kino.

»Gut«, sagte Jarle und wollte schon fragen, ob sie eigentlich alles gleich schrecklich gern mache, aber er verbiss sich diesen blöden Kommentar und ließ es darauf beruhen. »Gut«, sagte er noch einmal. »Das ist super. Ja, und dann gehst du heute Abend zu Tante Grete und Daniel, wie wir das abgemacht haben.«

Lotte schlug die Augen nieder. Ihre Wippbeine kamen zum Stehen, und sie bohrte die Hände in die Taschen ihrer lila Jacke.

»So, wie wir das abgemacht haben, nicht wahr?«

Lotte scharrte mit den Füßen auf dem Boden, wie am Vortag, als er sie am Flughafen abgeholt hatte.

»Du, Lotte?« Jarle versuchte, so charmant zu lächeln, wie er nur konnte. »So, wie wir das abgemacht haben. Nachdem wir chinesisch essen und im Kino waren.«

Lotte lachte und zeigte die Lücke zwischen ihren Schneidezähnen. »Chinakino.«

»Gut, du bist mein braves Mädchen.«

»Aber ich kenne die doch gar nicht«, sagte Lotte, während Jarle in zügigem Tempo und gereizt Richtung Stadt marschierte.

»Nein«, sagte er dumpf. »Aber jetzt hast du ja Gelegenheit, sie kennenzulernen, nicht wahr?«

»Aber, Papa?«

Lotte war außer Atem. Sie lief hinter ihrem Vater her, der beim Kino um die Ecke bog, wo, wie er glaubte, ein chinesisches Restaurant war.

»Papa?«

Jarle blieb stehen. Schaute sich verärgert um. War hier nicht ein chinesisches Restaurant? Hier war immer ein chinesisches Restaurant gewesen.

»Papa?«

»Ja«, sagte er kurz angebunden. »Ja, Lotte. Was ist denn jetzt schon wieder?«

»Aber, Papa, wenn ich bei Tante Grete bin – was machst du dann eigentlich in der Zeit?«

Da, ja, da ist es, dachte Jarle und setzte sich wieder in Bewegung, ging mit schnellen Schritten und hoffte, dass Lotte ihm auf dem Fuße folgte.

»Hm? Ich?« Jarle hielt für einige Sekunden den Atem an. Er sah sie an. Dann atmete er aus. »Ich muss ... zu einer Besprechung.«

»Einer Besprechung? Ah, ich weiß, was eine Besprechung ist. Wohin gehst du zu der Besprechung?«

»Ich gehe zu einer Besprechung mit ... Onkel Hasse und Onkel Arild.«

»Wer ist das?«

»Das ist ... ja, das sind eben Onkel Hasse und Onkel Arild.«

»Meine Onkel? Hab ich hier Onkel? Wow! Von denen hab ich ja noch nie etwas gehört. Haben die Kinder, mit denen ich spielen kann?«

»Äh ... nein, die haben sie eher nicht ...« Jarle seufzte. »Wir können später darüber reden. Komm, jetzt gehen wir essen. Reis? Isst du gern Reis?«

Sie nickte.

»Sojasoße, isst du gern Sojasoße?«

Sie nickte.

»Gut«, sagte er und öffnete die Eingangstür. »Dann kann uns ja absolut nichts passieren, denn das gibt es in allen chinesischen Restaurants.«

Als sie sich gesetzt hatte, freute Charlotte Isabel sich schrecklich, weil auf ihrem Tisch ein flügelloser Drache aus Gold stand. Jarle sagte, das sei wohl kaum echtes Gold, aber seine Tochter wollte das einfach nicht glauben, denn wenn das golden ist, sagte sie und zeigte auf den goldenen Drachen, und das ist es doch, warum ist es dann kein Gold? Charlotte Isabel gefiel auch die rote Tischdecke mit dem schönen Muster, und ihr gefiel das Aquarium mit Licht und Fischen und Steinen und Seerosen, und ihr gefiel ganz wahnsinnig gut der schöne rote Teppich. Sie fand es jedoch schade, dass Herdis nicht mit ins Restaurant und ins Kino kommen konnte, denn Herdis gefalle ihr richtig gut, sagte sie. Jarle riss seiner Tochter gereizt die Speisekarte aus der Hand und sagte, das könne sie gleich vergessen. Tante Herdis werde sie nie mehr wiedersehen, denn die gehe auf eine Reise, auf eine ganz weite Reise, für viele Jahre, und wenn Lotte jetzt den Eindruck habe, ihr Papa schwimme in Geld, nur weil er mit ihr ins Aquarium und ins Restaurant und ins Kino gehe, dann habe sie sich gewaltig geirrt.

Eine fadendünne junge Asiatin mit phosphoreszierendem grünem Lidschatten und einer leuchtenden Rougeschicht auf den Wangen, gewandet in einen lila Seidenkimono mit silbernen Ornamenten, blieb an ihrem Tisch stehen, um ihre Bestellung aufzunehmen. Jarle bat sie, noch einen Moment zu warten, da sie sich noch nicht entschieden hätten. Die junge Frau nickte verstehend und entschwand, geräuschlos über den Boden gleitend. Jarle hatte schon oft bemerkt, dass asiatische Frauen in der Luft schwebten, was Frauen aus dem Norden leider nicht schafften.

»Aber, Papa«, sagte Lotte behutsam. »Das weiß ich doch. Mutter hat mir ja gesagt, dass du ein armer Student bist und dass ich nicht zu viel erwarten darf.«

»Ach was«, grunzte Jarle. Er schaute rasch von der Speisekarte auf und zu dem kleinen und ziemlich klugen Mädchen hinüber, das mit der Gabel in der einen und dem Messer in der anderen Hand vor ihm saß und mit beidem auf die Tischplatte klopfte.

»Reis, Reis, Reis!«, rief sie begeistert.

»Sojasoße, Sojasoße, Sojasoße!«, rief sie, ebenso begeistert.

Jarle schloss die Augen und atmete tief durch.

Charlotte Isabel kannte *Jurassic Park 2* zwar schon, aber sie hatte nichts dagegen, den Film ein weiteres Mal anzuschauen. Dinosaurier finde sie supergut, wie sie sagte, und als Jarle gestand, diesen Film noch nicht gesehen zu haben, erklärte sie ihm begeistert, dass es dann wahnsinnig witzig für ihn werden würde – und ein wenig unheimlich, darauf müsse er gefasst sein.

Jarle ließ sich im dunklen Kino auf den weichen Sitz sinken und schloss die Augen. Neben ihm saß Lotte auf der Kante ihres Sitzes, mit einer Tüte Süßigkeiten auf den Knien. Er versuchte, ruhiger zu atmen. Okay, versuchte er sich zu besänftigen, okay, das war jetzt ein bisschen viel auf einmal. Da hat Herdis also Schluss gemacht. Sie hat eine Beziehung beendet, die streng genommen keine Beziehung war. Aber, musste er einräumen, für mich war es eine Beziehung, und hier sitze ich in einem Kinosaal und sehe mir *Jurassic Park 2* an, umgeben von einer Horde von Kindern, und ich muss zugeben, dass ich damit einfach nicht umgehen kann.

Doch was sollte er tun? Aus dem Saal stürzen, hinter Herdis herrennen, ihr zu Füßen fallen und ihr sagen, dass er ohne sie nicht leben könne? Sollte er es genauso ausdrücken, wie er es in diesem Moment empfand, nämlich dass er sozusagen um fünf vor zwölf entdeckt hatte, wie sehr er sie liebte, dass ein Gefühl von Liebe ihn plötzlich überrascht hatte, dass das, was eine herrliche und unschuldige rein sexuelle Beziehung gewesen war, sich zu echten und ewigen Gefühlen entwickelt hatte, dass alles, was er damals im Suff gesagt hatte – »Es kann schon sein, Herdis, dass Gott die Welt erschaffen hat, aber du hast die Freude erschaffen!« –, zutraf, dass er sie hegen und pflegen wollte wie eine Pflanze, jeden Tag, jede Nacht, jede Stunde, und dass es ihm überhaupt nicht um ihr Geld gehe. Nein, ganz gewiss nicht, er sei nicht auf ihr Vermögen aus, das sie ja sowieso verloren habe, ja, ganz ehrlich, ob sie nun steinreich sei oder bettelarm, das hier sei wahre Liebe. Sollte er ihr hinterherlaufen und ihr das alles sagen?

Nein, das wäre keine gute Strategie.

Das würde ihr nicht gefallen.

Oder?

Hatte Robert Göteborg genau das gemacht, dieser schwedische Lump? Hatte Robert Göteborg sich Herdis mit Liebe und Pathos genähert, während Jarle mit munterem Sex aufgewartet hatte? Verhielt es sich so, dass, Robert Göteborg Herdis Snartemo mit Liebesgeflüster zugeschüttet hatte, während Jarle sie mit jubelndem Sperma abgefüllt hatte?

Er rutschte auf seinem Kinositz hin und her. Verdammt. Scheiße auch. Über die Leinwand sprang ein Dinosaurier nach dem anderen. Was für eine Tragödie, dachte er. Was für eine jämmerliche – und tiefgründige –Tragödie. Was bin ich doch für ein Vollidiot. Habe ich wirklich geglaubt, es könne eine ausschließlich sexuelle Beziehung geben?

Ja. Das habe ich geglaubt.

Und jetzt sehe ich, was ich davon habe.

»Sieh mal, Papa, jetzt kommt der Dinosaurier wieder.«

Lotte zeigte auf die Leinwand, und er schaute hoch.

Und da kam der Dinosaurier wieder.

»Ich muss aufs Klo, Papa«, flüsterte sie.

Jaa, dachte er und erhob sich, routiniert wie jeder andere Papa und ohne sich darum zu kümmern, ob das die anderen Kinobesucher stören könnte. Du hast sicher zu viel von dem chinesischen Essen gehabt, dachte er und führte sie aus der Sitzreihe. Das ist der Preis, den du für zwei große Gläser Sprite mit Trinkhalm bezahlen musst, dachte er und öffnete die Tür zum Foyer.

Nachdem Charlotte Isabel die Herrentoilette wieder verlassen hatte – Jarle hatte darauf bestanden, dass sie diese aufsuchten, wenn sie mit ihm ins Kino ging –, bat er sie, allein in den Saal zurückzugehen, denn er müsse eine Telefonzelle suchen und Onkel Hasse und Onkel Arild anrufen. Das werde sie doch schaffen, oder? Klar, sagte sie, das werde sie schaffen. Sie fragte, wie die kleinen Jungen in die Schüsseln trafen, in die die großen Männer hineinpissten, und Jarle sagte, die kleinen Jungen pissten dort nicht hinein, und fügte hinzu, dass auch viele erwachsene Männer das nicht sehr gut könnten. Warum nicht?, fragte Charlotte Isabel. Na ja, das hat mit dem Gefühl von Würde zu tun, sagte Jarle und sah ein, dass mit diesem Gesprächsthema Schluss sein musste. Sie werde es also schaffen, allein zurück in den Kinosaal zu gehen? Sie kenne doch die Zahlen, oder nicht? Doch, sicher, sagte sie, die kenne sie. Reihe vierzehn, sagte er. Vierzehn. Und dann komme ich, wenn ich mit ihnen telefoniert habe, ja? Papa kommt bald, ja? Klar, sagte sie, aber er solle sich ein Handy zulegen, so viel, wie er telefoniere. Das sei viel leichter mit einem Handy, meinte sie, ihr Vater habe nämlich auch eins.

»Jaja«, sagte Jarle, leicht vergrätzt. »Irgendwer muss doch alternativ leben und dem technischen Fortschritt etwas entgegensetzen.«

»Was?«

»Ach, nichts, Lotte.«

Jarle öffnete die Tür zum Saal, der gerade von mächtigem Dinosauriergebrüll erfüllt war. Er schob sie vor sich her.

»Jetzt findest du ihn, nicht wahr? Deinen Platz. Reihe vierzehn, ja?«

Sie nickte und lief in die Dunkelheit des Kinos.

Draußen im Foyer warf Jarle Kronenstücke in den Fernsprecher und nickte vor sich hin, während er Hasses Nummer wählte. Handy, dachte er, während er es am anderen Ende klingeln hörte. Handy. Lächerlich. Diese übertriebene Wertschätzung von technischen Neuerungen und diese systematische sukzessive Abwertung des Geistigen. Als ob ein Telefon die Welt so verdammt viel leichter oder besser machte, dachte er, und was würde außerdem mit dem Denken passieren, wenn er die ganze Zeit mit einem Telefon in der Tasche herumliefe und immer darauf achten müsste, ob nicht gerade irgendwer anrief?

Wollte Hasse eigentlich nicht ans Telefon gehen?

Der Lehrerssohn Hasse Ognatun, wie Jarle im Jahre 1972 geboren und im selben windgebeutelten Landesteil aufgewachsen, hatte eine Unmenge Bekannte, aber kaum Freunde. Wenn man mit Hasse an einem Tag im Mai über die Torgallmenning ging, wurde man, allerdings nachdem er jeweils die Initiative ergriffen hatte, innerhalb weniger Minuten von zwei Dutzend Menschen gegrüßt, die er kannte oder zu kennen glaubte. Ging man mit Hasse in eine Kneipe, nannte er das Personal beim Vornamen. Er verfügte über eigentümliche soziale Fähigkeiten, die nicht ausfilterten und die ihn in Kontakt mit Menschen brachten, mit denen andere gewöhnlich nicht in Kontakt kamen: Menschen, die hinter dem Postschalter saßen oder die die Gänge vor dem Lesesaal putzten.

Bei der ersten Begegnung konnte man schnell von Hasse fasziniert sein, er überraschte die Leute mit charmanten Fragen und schrägen Gedanken. Aber der auffällige Mangel an Takt und sozialer Zurückhaltung sorgte dafür, dass man ebenso schnell seiner überdrüssig wurde, sodass Hasse am Ende eine beträchtliche Menge Bekannte und nur wenige Freunde hatte.

Viele machten lieber einen Bogen um ihn. Sie räusperten sich, wenn sie ihn kommen sahen, und schauten in eine andere Richtung. Seine stieren Blicke machten anderen Angst, denn manchmal funkelten sie in einer fast übernatürlichen Glut. Und warum machte er aus allem immer so eine große Nummer? Hasse trug Lyrikbände mit sich herum, eigene Lyrik und die von anderen. Für wen hielt er sich eigentlich? Er saß niemals still, trommelte mit den Fingern auf seine Oberschenkel, klopfte damit gegen das Bierglas und ließ auch die anderen nicht in Ruhe. Mädchen, in die er verliebt war, verfolgte er so lange, bis sie ihn anschrien, dass sie nichts mit ihm zu tun haben wollten, was Hasse nur darin bestätigte, dass er sie unbedingt haben wollte. Dann konnte es sogar passieren, dass er zu nächtlicher Stunde vor ihrer Wohnung stand und Gedichte vortrug, und zwar sowohl seine eigenen als auch die von Paul Celan.

Herdis Snartemo war nie sonderlich begeistert von Hasse gewesen. Seine Art, sich in den verschiedensten sozialen Umfeldern seinen Platz zu erobern, ärgerte sie, sie hielt ihn für eine Mücke, und wären da nicht seine herausragenden akademischen und literarischen Fähigkeiten gewesen, wäre Hasse niemals in den innersten Kreis der Literaturwissenschaftler aufgenommen worden. Das hatte sie Jarle gegenüber mehrere Male zum Ausdruck gebracht, und der hatte Herdis nicht erklären können, warum er Hasse trotz allem mochte. Wenn dieser Typ nicht so aufsehenerregend talentiert wäre, sagte Herdis, wenn diese Nervensäge nicht so wahnsinnig begabt wäre, würde niemand von uns ihn dulden.

Doch begabt war er.

Hasse sprühte. Er war fast eins neunzig groß, seine Haut war glatt und ohne Bartwuchs, er warf mit spekulativen Theorien nur so um sich, er veröffentlichte lange enigmatische Gedichte in der Uni-Zeitung, und man hätte nie vermutet, dass er die für eine Examensarbeit an der Universität nötige Konzentration besaß.

Doch diese Konzentration besaß er.

Wenn er seinen Kopf über die Bücher senkte und beschloss, die Welt um sich herum auszuschalten, dann verstummte er mit derselben Heftigkeit, mit der er sonst redete, und es war unmöglich, zu ihm durchzudringen. Seine runden Augen, die wie zwei Leuchtkörper in den Augenhöhlen saßen, starrten die Buchseiten an und sperrten die Welt aus.

Hasse hatte einen Notendurchschnitt, der die meisten anderen vor Bewunderung erschauern ließ. Seine Examensarbeit über Fußnoten und Klammern in der französischen Prosa des achtzehnten Jahrhunderts war an der Universität bereits jetzt legendär. Jeden Tag kursierten in der Mensa zahllose Gerüchte über das Werk. Er habe darin einige geradezu wahnwitzige Entdeckungen gemacht und schreibe seine Arbeit wie einen Roman, weshalb sie auch als Buch veröffentlicht werden würde. Böse Zungen behaupteten zwar, Hasse selbst stecke hinter der Gerüchteflut, aber derartige Unterstellungen waren leicht zu widerlegen, denn jeder durfte die Arbeit lesen, wenn er das wollte. Hasse hatte keine Geheimnisse, wie er selbst sagte, fügte jedoch sogleich hinzu: »Nur dieser verdammte Rücken wird mir immer ein Geheimnis bleiben.«

Herdis, die gern über Jarles Kumpel herzog, hielt Hasse für einen Scharlatan im Gewand eines neugierigen Knaben. Der hat genauso wenig Rückenschmerzen, wie ich Krebs habe, sagte sie. Das ist doch alles Unsinn. Hast du gesehen, fragte sie und hob ihre vorstehende Oberlippe ein wenig, sodass die glatte Schleimhaut, die gewöhnlich im Dunkel des Mundes lag, für einen Moment zu sehen war, hast du gesehen, wie er sich die ganze Zeit anstellt und jammert? Damit will er nur Aufmerksamkeit erregen, er hat nirgendwo irgendwelche Schmerzen. Gibt es eine Diagnose? Nein. Finden die Ärzte etwas? Nein. *Er hat keine Schmerzen!* Die erfindet er nur, weil er sich interessant machen will.

Jarle zuckte immer mit den Schultern, wenn Herdis sich über Hasse echauffierte. Was hätte er auch sagen sollen? Er hatte keine Lust, schlecht über ihn zu sprechen. Seltsamerweise mochte er Hasses Getue und seine Ideen – und wenn Hasses chronische Rückenschmerzen nur erfunden waren, dann war das auch irgendwie beeindruckend.

Mein Gott, sagte Herdis dazu. Mein Gott, Jarle. Du musst dich verdammt noch mal zusammenreißen.

Jaja, dachte er, während es am anderen Ende noch immer klingelte, ich werde mich verdammt noch mal zusammenreißen, und als Allererstes werde ich einen großen Bogen um dich machen.

Hasse war offenbar nicht zu Hause. Jarle legte auf und spielte mit dem Gedanken, in den Kinosaal zu gehen und nachzusehen, ob seine Tochter brav in Reihe vierzehn saß, aber dann ließ er es bleiben. Natürlich saß sie dort. Man soll es nicht übertreiben mit der Kontrolle. Er schnalzte mit der Zunge. Man darf Kinder nicht unterschätzen, dachte er. Das hat Herdis gesagt, aber was hat sie genau gesagt? Dass Charlotte Isabel sich in der Welt hatte beweisen können? Dass niemand ihr im Weg gestanden hatte? So etwas. Und er würde das wahrlich auch nicht tun. Hinter ihr herlaufen wie hinter einer Dreijährigen.

Er wählte Arilds Nummer.

Arild Bømlo meldete sich.

»Hja«, sagte er gedehnt. Wenn er redete, klang es immer so, als ob er seufzte.

»Hier ist Jarle.«

»Hjaa«, sagte Arild.

Es wurde still am Telefon, wie so oft, wenn man mit Arild sprach. Der Bømlinger mit den großen Fäusten und den skeptischen Augen, die niemals zwinkerten, stellte so gut wie nie eine Frage. Sprechen schien für ihn eine Zumutung zu sein, und er vermittelte den Eindruck, dass die Welt um ihn herum ihm zuwider war. Menschen mit weniger Selbstvertrauen als Jarle und Hasse konnten bei ihm das Gefühl haben, dass er sie mit Verachtung strafte, wenn sie ihn ansprachen. Er sah sie nur an. Er seufzte nur. Er räusperte sich nur. Er wartete nur.

Jarle hatte sich schon viele Male gefragt, warum er mit Arild, den man nicht als normalen Menschen bezeichnen konnte, befreundet war. Lag es an seiner Integrität? Seiner Kompromisslosigkeit? Machte ihn das interessant?

Hasse hatte seine eigenen Theorien dazu. Natürlich sei er ein seltsamer Typ, sagte er, und ein ebenso guter Gesellschafter wie ein Baumstumpf oder ein Nudelholz. Und natürlich habe Arilds fabelhaft asoziales Wesen wenig Menschliches, ja fast etwas Beschädigtes – wer weiß, was dieser Bursche mit sich herumschleppt? Kannst du dir vorstellen, Jarle, dass ein so monströses Schweigen wie das von Arild von so schlichten Dingen wie Schüchternheit oder sozialer Unfähigkeit herrührt? Nein. Ein solches Schweigen, Jarle, enthält Sturm und Orkan. Wer weiß, was dieser Bursche erlebt hat? An dem Tag, an dem er das erzählt, müssen wir unsere Ohren spitzen und wachsam zuhören, sagte Hasse oft. Allerdings, Jarle, fügte er dann hinzu und trat dichter an seinen Kumpel heran, wie er immer dicht an Leute herantrat, wenn er glaubte, eine dramatische Mitteilung machen zu können, allerdings müssen wir doch zugeben, dass wir in der Nähe von Größe sind. Das spürt man. Und an dem Tag, an dem dieser Bursche wirklich zu reden anfängt, müssen wir uns alle hinsetzen und zuhören, denn dann werden Berge versetzt, dann teilen sich die Meere, dann lodert es im Inneren der Erde.

Sieh ihn dir doch an, flüsterte Hasse, der Typ ist fast zwei Meter groß. Er bewegt sich wie eine Welle im Pazifik. Er stellt nie auch nur eine einzige Frage. *Er spricht doch verdammt noch mal kein Wort.* Er zieht die Menschen durch all das an, was er nicht tut, verstehst du? Und wenn du das erkannt hast, dann kannst du anfangen, dich zu fragen, was er *eigentlich* tut. Verstehst du, Jarle? Sieh dir den Mann an und versuche zu entdecken, was er tut, wenn er *nichts tut.* Geht er auf dem Wasser? Fliegt er durch die Luft, ohne dass wir es bemerken?

Wie Jarle und Hasse gehörte Arild zum innersten Kreis der Literaturwissenschaftler um Robert Göteborg. Und während sich in die Gerüchte um Jarles Arbeit über Proust überschäumende Erwartungen mischten und in die um Hasses Arbeit über Fußnoten und Klammern bewunderndes Staunen, mischte sich in die Gerüchte um Arilds Arbeit über Blanchot tiefgreifender Respekt. Niemand hatte auch nur ein Wort davon gelesen. Niemand wusste, worum es in dieser Arbeit überhaupt ging. Aber dass sie etwas Großes war, das ahnten alle. Und dass sie einfach glänzend war, verstand sich von selbst.

»Du, Arild«, sagte Jarle eilig. »ich habe nicht sehr viel Geld, aber – bist du nachher zu Hause?«

»Sonntag«, hörte er Arild sagen. »Filmclub. Bergman. *Das Schweigen.*«

»Genau. Du, kannst du heute *Das Schweigen* ausfallen lassen?«

»*Das Schweigen* ausfallen lassen?«, fragte Arild.

»*Das Schweigen* ausfallen lassen, ja.«

»*Das Schweigen* ausfallen lassen«, sagte Arild noch einmal.

»Ja. Ganz einfach. Ich weiß, das ist sehr viel verlangt.

Das Schweigen wird ja schließlich nicht jeden Tag gegeben.«

»Nein, das wird es nicht«, sagte Arild.

»Du, ich erklär dir das später. Ich komme gegen acht vorbei. Versuch mal, Hasse zu erreichen, ja?«

Jarle legte auf, lief durch das Foyer und zurück in den Saal. Auf der Leinwand heulten und schrien Menschen aus Angst vor den Dinosauriern. Die Kinder saßen mit aufgerissenen Mündern da, ihre Hände senkten sich automatisch in die Süßigkeitentüten, und Jarle erinnerte sich, dass er ungefähr zwanzig Jahre zuvor genauso dagesessen hatte, im Kino in Stavanger, zusammen mit Papa, und gespürt hatte, dass die Welt in Stücke ging, als sie sich *Das Dschungelbuch* ansahen.

Er zwängte sich eilig durch Reihe vierzehn und entschuldigte sich murmelnd bei denen, die ihre Beine anzogen.

Sein Herz setzte einen Schlag aus, als er sah, dass der Sitz leer war.

Angst jagte durch seinen Körper, Bilder von kleinen Kindern, die auf die Straße rennen und von Autos überfahren werden, Bilder von kleinen Mädchen, die von Männern mit entsetzlichen Absichten entführt werden. Er stand zwischen den Stuhlreihen und schluckte, schaute sich verzweifelt um und suchte nach ihr in dem Meer aus großäugigen, Süßigkeiten essenden Dinosaurierkindern.

Wo war sie?

Jarle zwängte sich wieder durch die Sitzreihe, und diesmal bat er nicht um Entschuldigung, sondern bahnte sich mit hämmerndem Herzen seinen Weg. Charlotte Isabel!

Charlotte Isabel!

Mein Gott!

Seine Fingerspitzen prickelten. Einen Tag bei mir, einen einzigen, unbedeutenden Tag bei mir, und sie verschwindet, dachte er. Was ist bloß los mit mir?

Jarle lief nach unten, baute sich vor der Leinwand auf und versperrte den Blick auf den Film, woraufhin die Leute im Saal zu murmeln begannen und jemand sagte, er solle weggehen.

»Hallo? Verzeihung! Hallo!« Er rief in den Saal hinein und fuchtelte mit den Armen. »Hat jemand ... meine Tochter gesehen? Klein, blonde Haare ... sie ... hat jemand gesehen ... sie saß in Reihe vierzehn ... sie ... bitte!«

Die Leute schüttelten den Kopf, eine alte Dame, die mit ihrem Enkelkind in der ersten Reihe saß, sagte: »Ach, nein, Sie Armer!«

Da hörte er eine Stimme: »Papa!«

Er schluckte und schaute in die Richtung, aus der der Laut gekommen war.

»Charlotte Isabel?!«

»Ja! Ich bin hier!«

»Wo?«

»Hier!«

»Aber wo?«

»Hier!«

Jetzt versuchte der gesamte Saal, die beiden zum Schweigen zu bringen.

Jarle schirmte mit der flachen Hand das blendende Licht des Filmprojektors ab, und da entdeckte er Lotte. Ganz hinten im Saal, hinter der letzten Sitzreihe stand sie und winkte ihm zu.

Er zog den Kopf ein und stürmte mit langen Schritten an den Sitzreihen vorbei nach oben.

»Was machst du denn bloß!«

Jarle packte Lotte am Arm und zog sie hinter sich her zum Ausgang.

»Aber, Papa! Ich will *Jurassic Park* 2 sehen!« Charlotte Isabel setzte sich zur Wehr, aber er zog sie aus dem Saal.

Vor der Tür fiel er vor ihr auf die Knie, fasste ihre Oberarme und schüttelte sie.

»Was machst du denn bloß?«

»Ich …«

»Lotte! Du darfst nicht … Hör jetzt gut zu! Wenn wir verabreden, dass ich rausgehe und telefoniere und du zurück in Reihe vierzehn gehst, dann darfst du nicht – hörst du – dann darfst du nicht …« Wieder schüttelte er sie. »Hörst du?«

Und er schüttelte sie ein weiteres Mal. »Lotte! Jetzt antworte mir! Hörst du?«

Charlotte Isabels Körper fing an zu zittern, sie brach in heftige Tränen aus, entriss sich seinem Zugriff und rannte los. Sie lief so schnell, wie ihre kleinen Beine sie trugen, durch die Gänge und heulte: »Aaaaa haaaa, ich will nach Hause! Ich will nach Hause!«

Jarle rannte hinter ihr her, die Leute starrten sie an, und er kam sich vor wie ein Idiot. Als er sie eingeholt hatte, drückte er sie an sich.

»Komm. Komm, mein Mädel. Papa tut es leid. Weißt du, Papa ist es nicht gewöhnt, Papa zu sein. Du? Mein Mädel? Komm. Komm, dann gehen wir zu Tante Grete.«

Sie schniefte und fuhr sich mit dem Handrücken über die Oberlippe.

»Okay«, sagte sie und nahm seine Hand.

Jarle führte seine Tochter aus dem Kino hinaus in den frühen Septemberabend. Bald würde es dunkel sein. Bergen lag still vor ihnen, nur wenige Menschen waren auf der Straße. Charlotte Isabels Hand lag wie ein kleiner Vogel in seiner, fand Jarle, und er kam sich übermäßig groß und klobig vor. Lotte schlurfte mit den Absätzen über den Asphalt und hielt den Kopf gesenkt. Sie gingen den Hügel hoch in Richtung Nygårdshøyden, und als sie an der Mensa und der Geisteswissenschaftlichen Fakultät vorbeikamen, zeigte Jarle darauf und sagte, dass er dort arbeite.

Hm, sagte Charlotte Isabel, ohne aufzublicken. Als sie am Botanischen Garten vorbeikamen, sagte Jarle, dort gebe es ganz viele Blumen und alle möglichen schönen Dinge. Charlotte Isabel sagte höflich ach, ja?, ohne sich umzusehen. Als sie am Studentenzentrum vorbeikamen, sagte Jarle, das sei hier oben ein wichtiger Ort, denn es gebe jede Menge Dinge für Studenten. Und ein Postamt, fügte er hinzu. Und einen Buchladen. Aber auch das konnte Charlotte Isabel nicht fesseln, sie behielt den ganzen Weg lang die Augen am Boden. Als sie nach Møhlenpris hinuntergingen, blieb Jarle stehen.

»Du?«

Lotte gab keine Antwort.

»Lotte?«

Sie schniefte.

»Verzeihung, bitte.«

Jarle wusste nicht so recht, was er von dem, was vorher geschehen war, halten sollte. Eigentlich sah er keinen Grund, um Entschuldigung zu bitten, aber so, wie die Kleine vor sich hin schmollte, schien es ihm der einzige Ausweg zu sein. *Sie* hatte doch die Vereinbarung nicht eingehalten, also hätte *sie* um Entschuldigung bitten müssen, nicht er. Aber, nun gut. So ist es oft mit Mädchen, dachte er, man muss sie bei Laune halten. Man muss seine eigenen Befindlichkeiten beiseitelassen und die Mädchen bei Laune halten, will man nicht bis spät in die Nacht Streit und Schmollen über sich ergehen lassen.

Als sie sich seiner Wohnung näherten, wandte sich Charlotte Isabel ihm zu und fragte: »Aber, Papa? Fandst du die Dinosaurier nicht auch unheimlich?«

Sie öffnete ihnen mit dem Kleinen auf der Hüfte die Tür, ihre Schildkrötenaugen saßen wie auf zwei Fühlern unter ihren Schläfen, und sie hatte einen kleinen, spitzen Nagetiermund. Wieder war Jarle berührt davon, wie seltsam sie aussah. Er fand, dass sie im weichen Licht des frühen Abends zugleich abstoßend und exotisch wirkte, ja fast beängstigend fremd, wie sie da mit dem Kind auf der Hüfte vor ihnen stand. Grete Strandebarm, dachte er, du bist wirklich nicht das, was man als ein hübsches Mädchen bezeichnen könnte.

In jüngeren Jahren hatte Jarle versucht, von dieser Sache mit den hübschen Mädchen nichts wissen zu wollen. Als Kind hatte er gelernt, von Mama und in der Schule und in der Kirche, dass es auf die inneren Werte ankomme. Diese Aussage schien dem Trost und der Aufklärung zu dienen, schien jedoch nicht die eigentliche Wahrheit zu beschreiben. Denn der kleine Jarle erlebte die Welt nicht zwangsläufig so – er liebte alles Äußerliche. Schmetterlinge! Mädchen! Knallbunte Freundschaftsbänder und Schminke! Aber er glaubte, was ihm gesagt wurde, und er hielt verzweifelt Ausschau nach den inneren Werten, in dem Versuch, das zu erblicken, was *etwas bedeutete.*

Als er älter wurde, lernte er die Bedeutung des Satzes »es kommt nicht auf das Aussehen an« im Takt mit der radikalen Szene zu erweitern, in die er hineinsozialisiert wurde. Diese Szene war in den Achtzigern noch immer deutlich geprägt von den fast niedlichen Vorstellungen der Siebziger über den Zusammenhang zwischen Natürlichkeit und Radikalität, den Vorstellungen, die einzelne junge Mädchen dazu brachten, sich nicht die Beine zu rasieren, sich nicht zu schminken und das als emanzipiert zu betrachten.

Auf das Aussehen kommt es nicht an, ja, das war ein Satz, den Jarle mehrmals geäußert hatte. Es hatte ihm oft gutgetan, das zu sagen, denn er hatte das Gefühl, zu den weniger hübschen Mädchen nett sein zu müssen. Dass es auf das Aussehen nicht ankomme, war überhaupt eine angenehme Behauptung, denn sie schien die zu erfreuen, die sie hörten. Die weniger hübschen Mädchen stärkte sie in ihrem Selbstvertrauen, was auch notwendig war, und die hübschen Mädchen wussten, dass dieser Satz Unsinn war, sie wussten, dass er gesagt wurde, weil sie selbst einen so angenehmen Anblick boten. Das wussten sie schon seit Langem. Sie hatten bereits als kleine Mädchen bemerkt, wie der ihnen angeborene Glanz ihre Umgebung glasierte, was ihre weniger hübschen Freundinnen natürlich auch bemerkten, die indes noch nicht wussten, wie sie diesen Mangel an ästhetischem Glück kompensieren sollten. Darüber, dass es auf das Aussehen nicht ankommt, wusste Jarle also alles. Und er wusste, dass dieser Satz, gelinde gesagt, falsch war. Aber er war nun mal in der Welt, wurde geäußert und war bisweilen sogar angebracht. Doch die Sache selbst war viel komplizierter.

Nehmen wir als Beispiel zwei Frauen wie Herdis und Grete. Wie sollte man zwei Frauen wie Herdis Snartemo und Grete Strandebarm miteinander vergleichen? Wollte man Herdis mit Lichtmetaphern beschreiben, dann müsste man sagen, dass sie leuchtete. Man müsste sie als eine Sternschnuppe bezeichnen. Man müsste zugeben, dass sie in Vollkommenheit erstrahlte. Sollte man hingegen Grete mit Lichtmetaphern beschreiben, dann müsste man sagen, sie sei matt. Man müsste sagen, dass es ihr an Glanz fehle. Oder wenn man über diese beiden Frauen – die übrigens fast gleich alt waren, Grete war nur zwei Jährchen jünger als ihre Geschlechtsgenossin – in Begriffen von Wärme und Kälte reden wollte, dann müsste man sagen, dass Herdis wie Eis brenne, während Grete nur mittlere Temperaturen erzeuge.

Und wenn man sie mit Blicken maß und ihre äußere Beschaffenheit betrachtete, dann war es zweifellos ein Gefühl größten Wohlbehagens, sich in der Nähe von Herdis Snartemo und ihren klassischen Formen aufzuhalten – so wie man es genießt, in Rom über den Petersplatz zu gehen, oder wie man ein Prickeln im ganzen Körper verspürt, wenn man vor den sprudelnden heißen Quellen Islands steht. Das lag an den mächtigen Hüften, nicht wahr? Das lag an den vollen Lippen, an dem strahlenden Lächeln, an der geschmeidigen rosa Zunge. Es lag an ihrem geradezu hinreißenden Hinterteil. Alles, absolut alles an Herdis Snartemo war meisterhaft ausgeführt, es gab keinen Zentimeter an ihrem südnorwegischen Körper, der nicht vor Appetitlichkeit, Ausgewogenheit, Schöpfergabe und perfekter Schönheit strahlte.

Im Lichte dieser Erkenntnisse war es schwierig, Grete Strandebarm zu betrachten. Es fiel einem sofort ins Auge – vor allem wenn man sich die beiden Frauen nebeneinander vorstellte –, wie unterschiedlich Menschen doch beschaffen sein können. Gretes Arme, wie knochig die waren. Ihre Beine, Oberschenkel und Waden, wie wenig Schwung die hatten. Ihr Rücken, wie stark der war, eine Holzfällerplatte aus hartem Fleisch und strapazierfähigen Sehnen, während die Brust mit ihrem tuberkulösen Zuschnitt schwach und eingefallen wirkte. Die ganze Grete Strandebarm war einfach seltsam und glanzlos komponiert.

Trotzdem, dachte Jarle Klepp, als Grete mit dem Kind auf der Hüfte die Tür öffnete. Trotzdem, dachte er, abermals bewegt, als er in ihre Schildkrötenaugen schaute. Trotzdem ist sie wahrhaftig eine außerirdische Schönheit, und ich, der ich erst vor wenigen Stunden dem Liebeskummer preisgegeben wurde, kann dennoch sagen, dass diese schildkrötenhafte Frau, meine Nachbarin, massiv anziehend ist.

Eindeutig, sagte er zu sich.

Eindeutig, sagte er ein weiteres Mal zu sich.

»Jaa«, sagte er laut und lächelte. »So. Hier wären wir. Ein bisschen spät. Das ist Charlotte Isabel. Sag hallo, Lotte, sag hallo zu Tante Grete.«

Jarle registrierte, dass Lotte einen Knicks machte. Ach, dachte er stolz und ein wenig überrascht, sie besitzt ja doch innere Werte.

Seine Tochter spähte an Grete vorbei. »Hallo, ist Daniel da?«

Grete lächelte, sie sagte, er sei in sein Zimmer gelaufen, um Playstation zu spielen, und setzte hinzu: »Geh einfach rein zu ihm.« Dann hob sie die Augenbrauen, wie um das zu bestätigen, was Jarle gesagt hatte: dass seine Tochter offen sei.

Während er zehn Minuten in Gretes Küche saß und erklärte, warum er es »überhaupt gewagt« habe, sie anzurufen, da er nämlich »keinen anderen Ausweg mehr gesehen« habe, konnte Jarle ein weiteres Mal beobachten, wie seine Tochter von ganz allein Kontakt mit einem anderen Menschen aufnahm. So wie sie es mit der alten Dame im Bus gemacht hatte, mit Hernáns Tochter, mit Herdis, mit dem Mädchen im Aquarium, so machte sie es jetzt mit dem Struwwelkopf Daniel, einem Jungen, der übrigens ähnliche seltsame Züge wie seine Mutter besaß, unter anderem zwei froschähnlich weit auseinandersitzende Augen, die wie dicke Wassertropfen auf den Seiten des ovalen Knabenkopfes schwammen. Jarle hatte seinen Blick auf die beiden gleichaltrigen Kinder gerichtet, die vor dem Fernseher auf dem Bauch lagen, während er Grete seine Situation schilderte.

Er habe eine Tochter, wie sie sehen könne. Ja, die Sache sei kompliziert, erzählte er und schönte den Zeugungsaugenblick vor sieben Jahren ein wenig und nannte ihn

»eine kurze Beziehung während meiner Jugend«. Ein unglücklicher Abend, sagte er. Aber wenn er früher davon erfahren hätte, fügte er eilig hinzu, hätte er natürlich längst seinen Mann gestanden. Doch so sei es nun einmal, sagte er, seufzte und nahm dankend eine Tasse Kaffee an. So sei es nun mal. Briefe habe er bekommen, einen von der Polizei und einen von Anette Hansen, und hier sei sie nun, Charlotte Isabel.

Grete schaute ins Wohnzimmer hinüber. Legte den Kopf schräg. »Reizendes Mädchen jedenfalls.«

Jarle tat es Grete nach. Schaute ins Wohnzimmer hinüber. Legte den Kopf schräg. »Ja, das ist sie wirklich.«

»Traurig, das mit deinem Freund«, sagte Grete.

»Hm?«

»Das mit deinem Freund. Der Arme!«

»Ach ja, mein Freund. Du meinst Hasse. Ja, entsetzlich!« Jarle räusperte sich. »Die Leber. Die Leber, ja, und das in seinen jungen Jahren. Und die Nieren.«

»Die Nieren auch?« Grete sah ihn überrascht an. »Das ist aber ungewöhnlich.«

»Ja, sehr ungewöhnlich. Überaus. Ist das nicht der pure Wahnsinn?« Jarle rutschte auf dem Stuhl ein wenig hin und her. »Und in so jungen Jahren!« Er erhob sich. »Ja, Hasse hat es wirklich nicht leicht. Von seinem Rücken ganz zu schweigen. Also … jetzt muss ich wohl los.«

Jarle wandte sich in Richtung Wohnzimmer.

»Lotte?« Er hob die Stimme. »Lotte?«

Die Kinder waren mit der Playstation beschäftigt. Sie stritten sich um den Joystick, aber nicht feindselig, wie Jarle bemerkte, ohne wirklich aggressiv zu sein.

»Lotte? Papa geht jetzt zur Besprechung, okay?«

Jarle registrierte, dass Lotte »Tschüs« sagte, ohne sich umzudrehen, ja, sozusagen völlig ungerührt, und er dachte, so sind Kinder. Sie kommen zurecht. Setz ein Kind in einem Kriegsgebiet aus, und es kommt zurecht. Setz ein Kind auf der Treppe vor einem fremden Haus aus, und es kommt zurecht. Wir leben in einer hysterischen und gefühlsduseligen Zeit, in der Fürsorge gewaltig überhandgenommen hat. Ein Kind ist eine Überlebensmaschine, dachte er zufrieden und verließ Grete Strandebarm in der klaren Überzeugung, dass es absolut unproblematisch sei, sein Kind für einen Abend bei ihr abzugeben, ja nicht nur unproblematisch, sondern ganz einfach eine gute Idee.

»Und wie geht es … deiner Freundin?«, fragte Grete, als er in ihrem Flur in seine Schuhe stieg.

»Meiner Freundin?«

»Ja, dieser … wie heißt sie noch? Herdis?«

Jarle sah sie an. Warum will sie das wissen? Interessiert sie sich für mich? Denkt sie, dass Jarle jetzt wieder unbesetzt ist?

»Die hat mich wegen eines anderen verlassen«, sagte er

»Ach herrje, Jarle!«, rief Grete, überaus mitfühlend, wie ihm schien. »Das ist aber traurig!«

Ja, dachte er und musterte das Gesicht, das ihm noch einmal zugleich abstoßend und anziehend erschien, findet sie das nun wirklich so traurig? Man soll sich nicht an der Nase herumführen lassen, dachte Jarle. Sie ist eine alleinstehende Mutter, sie braucht einen Mann im Haus, wie sollte man diese Gastfreundschaft, dieses Interesse anders deuten, als dass sie mit mir liebäugelt?

»Das Leben muss weitergehen«, sagte er und seufzte. »Das Leben muss weitergehen. Ich werde schon darüber hinwegkommen. Es wird Zeit brauchen. Es muss verarbeitet werden, Grete.«

Hasse erhob sich, schüttelte fasziniert den Kopf und ging zum Fenster. Er schnitt eine Grimasse, legte die Hände auf die Hüften wie eine Schwangere und stieß in regelmäßigen Abständen ein deutliches »Hm«, ein »Tsch«, ein »Ph!« oder ein »Hah« aus. Sogar Arild ließ *Morgenbladet* auf seine Knie sinken und zeigte eine bewegte Miene angesichts dessen, was Jarle erzählte.

»Eine *Tochter!«,* rief Hasse, als ob er dieses Wort nie zuvor gehört hätte, und Jarle nickte bestätigend und hob eine Bierflasche zum Mund: eine Tochter. *Sieben Jahre alt*, sagte Hasse, als sei Charlotte Isabel die erste Siebenjährige aller Zeiten, und Jarle zuckte mit den Schultern und hob die Augenbrauen: sieben Jahre alt. Arild schob seine Zigarette zwischen die Lippen, zog daran, bis das Papier knisterte, und ließ ein langes, ernstes »Hjaaaa-a« hören.

»Ja, was soll ich sagen?«, sagte Jarle.

»Ja, was zum Teufel sollst du sagen«, sagte Hasse.

»Da gibt es nicht viel zu sagen«, sagte Arild.

Der Septemberabend senkte sich langsam über Arilds Wohnung. Über dem Dach der Grieg-Halle zog sich das Licht zurück, der Tag musterte ab, das Zimmer verdunkelte sich um die drei Examenskandidaten. Sie nickten. Sie öffneten weitere Bierflaschen. Sie griffen zu weiteren Zigaretten. So nehmen Männer große Ereignisse auf, dachte Jarle, und ihm ging auf, wie wortreich und indiskret er mit Grete darüber geredet hatte, und wie nachdenklich, ja würdevoll er mit Hasse und Arild über dasselbe Thema sprach.

»Tsch!«, machte Hasse.

»Genau«, sagte Jarle.

»Hjaaaa-a«, war von Arild zu hören.

Hasse blies den Rauch in zitternden Ringen aus, während sein Unterkiefer sich wie das Maul eines Fisches vorwölbte. Nach einer Weile erhob Arild seinen widerwilligen Körper, ging durch das Zimmer zum Plattenspieler und legte My Bloody Valentines *Loveless* auf. Jarle öffnete die dritte Bierflasche und spürte, wie sich der Raum mit seltsamen Gefühlen füllte.

»Ich habe ja eine Schwester«, sagte Hasse. »Aber eine Tochter – das ist doch etwas anderes. Zu sehen, wie bei einer Schwester mit zwölf Jahren die Knospen sprießen, zu sehen, wie sie einen Liebhaber nach dem anderen nach Hause schleift, zu sehen, wie sie von einer reizenden, kleinen Himbeere zu einem mit Olivenöl und Dill marinierten Schweinenacken mutiert, den die Umgebung mit einem Bissen verschlingt, das ist das eine – aber eine Tochter! Mit sieben Jahren! Das ist doch etwas anderes. Hasse vermeldet, dass er passen muss.«

»Jaha.« Jarle seufzte.

»Ich habe drei Brüder«, sagte Arild.

Hasse und Jarle drehten sich überrascht zu ihrem Freund um. Würde er jetzt anfangen zu reden? Würde er intime Familiengeheimnisse preisgeben?

»Das hat doch epische Größe!«, rief Hasse begeistert. »Drei Brüder!«

Arild setzte sich wieder aufs Sofa. Er stieß ein langes »Hjaaaa-a« aus. Offenbar wollte er auf die Sache nicht weiter eingehen.

Ein weiteres Mal breitete sich im Zimmer eine würdevolle und maskuline Stille aus. Hasse nahm sich Zeit, um die neuen und überraschenden Informationen zu verarbeiten, Jarle ließ sich schwer auf das Sofa zurücksinken und seinen Blick über die Decke schweifen, und Arild nutzte die Gelegenheit, um wieder zum *Morgenbladet* zu greifen, darin zu blättern und einen Artikel im Kulturteil zu lesen.

»Das Problem«, sagte Jarle nach einer Weile, noch immer den Blick an der Decke und beide Hände um die Bierflasche in seinem Schritt gefaltet, »das Problem«, wiederholte er, »ist, dass es so verdammt ungelegen kommt. Das

Problem«, sagte er noch einmal, »ist, dass ich noch nicht so weit bin. Rein gar nicht.«

Jarle richtete sich auf und trank einen Schluck aus der Flasche. Er fuhr sich mit einem Zeigefinger über die Lippen.

»Rein gar nicht.«

Arild schaute ihn kurz an, dann las er weiter.

Hasse streckte den Rücken, kniff ein Auge zu, und Jarle glaubte zu sehen, wie das andere, das weit aufgerissen war, zu leuchten begann.

»Ungelegen?« Hasse setzte sich neben Jarle in einen Sessel. »Okay. Kann schon sein.« Hasse beugte sich zu ihm herüber. »Du bist noch nicht so weit?« Hasse nahm sich eine Zigarette und gab sich Feuer. »Okay. Kann schon sein.« Er zog an der Zigarette und blies demonstrativ den Rauch aus. »Zum Teufel, Jarle. Das hier … das hier … Ist dir überhaupt klar, was du da erlebt hast? Ohne es mitzuerleben, sozusagen? An einem Tag öffnest du das Gewölbe zwischen den Oberschenkeln eines Mädchens – Anette, heißt sie nicht so?«

Jarle nickte.

»Genau, Anette, ja. An einem Tag plombierst du die Grabkammer einer Neuntklässlerin, die Anette heißt – Sola, oder nicht?«

Jarle schüttelte den Kopf. »Nein, sie kam aus Sola. Hansen.«

»Hansen!« Hasse erschauerte. »Ja, an einem Tag reibst du dich an der Glühbirne eines Wischlappens aus der Mitte des Volkes, Anette Hansen aus Sola. Du bist voll. Du bist sternhagelvoll. Du heißt Jarle Klepp. Du bist siebzehn Jahre alt, nicht wahr? Du hast Pickel, nicht wahr? Du liest Bukowski und siehst Filme von Jim Jarmusch und hörst Industrierock, aber du weißt nicht, wer du bist.« Hasse streckte ein weiteres Mal Rücken und Arme. »Siebzehn.

Pickel. Jarmusch. Bukowski. Industrierock. Aber dann fängt das Leben an. Du wächst, du spürst, dass du mehr willst – aber was? Aber was? Du bist auf den Wellen einer Neuntklässlerin gesurft, aber du ahnst nicht, was du getan hast, was du da hinterlassen hast. Dann reist du aufs Meer hinaus. Du landest in einer anderen Stadt. Du blühst auf als Mensch. Du hilfst deiner eigenen gebrechlichen Individualität auf die Beine. Emanzipation. Hingabe.«

Jarle schaute auf die Uhr. Sollte wohl bald gehen, dachte er.

»Ich habe eine Tochter bekommen, Hasse«, sagte er leicht gereizt. »Du brauchst nichts anderes daraus zu machen. Mir ist eine Tochter in den Schoß gefallen. Und ich will verdammt noch mal keine Tochter haben, klar?«

»Ja, aber das sage ich doch gerade.«

»Nein, das sagst du gerade nicht. Du bist blau, du bist voll von dir selbst, du versuchst, es zu dramatisieren, klar? Ich kenne dich. Das kann witzig sein, durchaus, aber nicht jetzt, okay?«

»Dramati…« Hasse breitete die Arme aus. »Dramatisieren?! Scheiße, Jarle, jetzt enttäuschst du mich aber. Hasse versucht, dir zu zeigen, dass es hier einige klare Linien gibt, und du – verdammt, ich hab so tierische Rückenschmerzen! Ich versuche, dir zu zeigen, dass es Linien gibt, klar, und du? Die Niemandsrose!«

Hasse stemmte die rechte Hand in die Seite und schaute Jarle resigniert an.

»Hä?«, Jarle schnalzte mit der Zunge. »Die was?«

Arild nickte bestätigend hinter seiner Zeitung.

»Celan«, sagte Hasse irritiert. »Die Niemandsrose. Deine Tochter.«

»Es ist alles anders, als du es dir denkst«, kam es auf Deutsch hinter *Morgenbladet* hervor, monoton und rhythmisch. »Als ich es mir denke, die Fahne weht noch, die kleinen Geheimnisse sind noch bei sich …«

Jarle schüttelte verzweifelt den Kopf.

»Die kleinen Geheimnisse sind noch bei sich …«, Hasse nickte beifällig, »verdammt gut, das da, die kleinen Geheimnisse sind noch bei sich …«

Jarle schaute auf. Das war doch verdammt gut, das war es wirklich.

»… sie werfen«, fuhr Arild im selben monotonen Rhythmus fort, »noch Schatten …«

»Schatten«, wiederholte Hasse nachdenklich, »ja, Schatten, Schatten, Schatten – Teufel, das ist so verdammt gut!«

Schatten, ja, dachte Jarle, wie wahr. Schatten. Schatten. Schatten.

»… davon lebst du«, endete Arild, noch immer das Gesicht von *Morgenbladet* verdeckt, »leb ich, leben wir.«

Stark.

Davon lebst du.

Trotz allem.

Leb ich. Leben wir.

Jarle fuhr sich mit der Zunge über die Vorderzähne.

Die drei Examenskandidaten saßen da und dachten nach. Die Literatur. Das Leben. Die kleinen Geheimnisse, die noch bei sich waren, die Schatten warfen. Es war zu stark für sie alle drei.

Jarle brach das Schweigen.

»Ich habe eine Tochter bekommen. Das ist das Problem.« Er seufzte. »Sie ist so süß wie Karamell, und sie braucht einen Vater, aber ich brauche keine Tochter. Ich studiere Proust, verdammt noch mal. Proust!«

Hasse nickte. Er schlug Jarle mit der flachen Hand auf den Rücken. »Ganz ruhig jetzt mal, Vater.« Hasse trank in langen Zügen aus seiner Bierflasche. »Verdammt emotional, das hier. Hasse kann das verstehen. Es ist schon gut. Nicht wahr, Arild, es ist schon gut?«

Beide drehten sich zu Arild hin, der noch immer *Morgenbladet* las.

»Arild? Es ist doch schon gut?«

Arild sah aus, als missfalle ihm die Störung, er tippte energisch mit dem Finger auf einen Punkt in der Zeitung, ehe er sagte: »Hier ist ein zweiseitiger Artikel über Bergman. Im *Morgenbladet*. Komparative Analyse von *Das Schweigen* und *Licht im Winter.*«

»Ach?« Jarle zog die Mundwinkel nach unten, und seine Augenbrauen hoben sich zu seiner Stirn.

»Ach?« Hasse beugte sich interessiert zu Arild vor.

»Jaja«, sagte Jarle. »Sicher werden die bald meinen Proust-Artikel drucken. Das müssen sie doch.«

»Klar«, sagte Hasse. »Machst du Witze? Klar tun sie das.«

»Meine Brüder«, sagte Arild und ließ plötzlich die Zeitung sinken. »Meine Brüder haben verdammt viele Kinder.«

Hasse und Jarle drehten sich vorsichtig zu ihrem Freund um. Sie sagten nichts, aus Angst, er könne wieder verstummen.

»Insgesamt«, sagte Arild, »acht Kinder. Ich bin Onkel von acht Kindern. Hja. Håkon und Brynjar, das sind Zwillinge, und dann gibt es noch Sofia, Åshild und Selma und schließlich June, Silje und Synne, die in etwa minus sieben auf beiden Augen hat. Es wimmelt nur so von Kindern, wenn ich im Sommer und zu Weihnachten nach Hause komme. Kinder überall. Ich glaube, es fällt gar keinem auf, dass ich da bin. Ich gehe unten am Meer über den Ebbestreifen und sammle Schneckenhäuser auf. Abends sitze ich im alten Bootshaus und stochere am morschen Kahn meines Vaters herum, während ich höre, wie alle Kinder, deren Onkel ich bin, in dem großen Obstgarten meiner Eltern herumlaufen und johlen und schreien. Sie wissen nicht, dass ich existiere. Und es ist auch nicht gesagt, dass ich das tue.«

Hasse schluckte.

Jarle schluckte auch.

Was für ein Tag. Was für ein Sonntag.

Die drei Freunde wechselten einen Blick, und alle spürten, dass sie einander sehr viel nähergekommen waren.

»Es ist alles anders«, flüsterte Hasse mit brüchiger Stimme, »als du es dir denkst.«

»Das ist verdammt noch mal verdammt wahr«, sagte Jarle und trank den Rest seines Bieres. Er erhob sich. »Nein, ich kann nicht länger hier sitzen bleiben«, sagte er. »Sie warten auf mich. Lotte und Grete. Verdammt, scheißguter Abend, das hier. Unglaublich gut, wo hinzugehen, wo man sich aussprechen und Verständnis finden kann. Verdammt gut. Musste es einfach loswerden. Danke für eure Hilfe. Saugut von euch.«

»Wäre ja auch noch schöner«, sagte Hasse. »Wir sind doch nicht aus Stein, auch wenn wir Akademiker sind. Was, Arild?«

Arild atmete schwer, erschöpft von seinen Geständnissen, verärgert über Hasses Gemeinplatz.

Jarle zog seine Jacke an.

»Öööö … wir schauen wohl noch im *Garage* vorbei«, sagte Hasse.

»Aus dem *Schweigen* ist ja nichts geworden«, sagte Arild.

»*Das Schweigen*«, Hasse nickte. »Beste Qualität. Aber das *Garage* hat auch dann offen, wenn Gott den Mund zu hat.«

Jarle sah sie an.

Überlegte.

Schaute noch einmal auf die Uhr.

Zehn nach zehn.

Zehn nach zehn. Charlotte Isabel hat doch Gesellschaft von diesem Daniel. Und es ist trotz allem erst zehn nach zehn. Kleine Kinder, sogar meine aufgekratzte Tochter, schlafen doch um zehn nach zehn.

Oder nicht?

»Okay«, sagte er. »Ich trink noch ein Bier auf dem Heimweg.«

»Ja, genau«, sagte Hasse zufrieden und öffnete die Tür zur Toilette.

»Ich meine«, Jarle stieg in seine Schuhe, während Arild die Nadel von der Platte nahm und das Licht löschte, »es kann doch einem kleinen Mädchen nichts anhaben, wenn sein Papa ein paar Bier trinkt, weil das Leben ihm gar so starke Erlebnisse beschert hat?«

»Herrgott«, hörte er Hasse laut von der Toilette her sagen, wo er stand und pisste. »Anhaben? Sie hat doch eine Babysitterin. Fürsorge? Ja. Aufmerksamkeit? Ja. Übertriebenes und hysterisches Verpäppeln von kleinen Kindern, sodass sie unselbstständige Trottel werden, die nicht das Maul aufreißen können, ohne zu quengeln? Nein.«

Er drückte die Spülung. Wasser lief ins Waschbecken. Jarle nickte. Arild stand mit den Schlüsseln in der Hand neben ihm.

»Haarfeine Balance«, Hasse kam aus der Toilette. »Nähe. Loslassen.« Er nickte Arild zu. »Damit kennst du dich doch aus, du als Onkel von acht Kindern. Teufel, das hat was Episches. Die Blinde, Synne, hieß sie nicht so? Stark. Meine Schwester dagegen, sie ist total … sie … Verdammt noch mal, was haben meine Eltern bei ihr nur falsch gemacht? Ich glaube, sie tut nichts anderes, als sich auf Mannsbilder zu setzen. Das tut sie verdammt noch mal schon, seit sie sich mit zwölf diese Discokugel in ihr Zimmer gehängt hat und alle Nachbarsjungen der Reihe nach kamen, während ich vor ihrer Tür auf und ab lief und zuhörte. Aber glaubt ihr, sie kann mal bei einem bleiben? Nicht doch, sie muss ihre Schlampenmöse über jede Stange stülpen, die gerade vorbeikommt. Könnte sie sich nicht vielleicht eine Familie zulegen, ein paar Kinder, ein Gärtchen, ein wenig Brunnenkresse? Nicht doch. Sie muss ficken.«

Hasse griff sich an die Seite und zischte verbissen: »Verdammt. Was zum Teufel ist bloß mit diesem Rücken los? Ist euch das auch schon mal passiert? Das ist wie eine Art Bergwerk da drinnen, verdammte Winzlinge, die Steine brechen und – Scheiße – Kohle und Erz hauen. Ist euch das auch schon mal passiert?«

Sie gingen hinaus in den Abend. Der Sommertag war einer frischen Septembernacht gewichen, und alle drei waren vom Bier warm im Kopf, und alle drei waren aufgekratzt, wenn auch auf sehr unterschiedliche Weise. Hasse ging vornübergebeugt mit pochendem Oberkörper, Arild ging mit der Energie nach innen gerichtet, und Jarle schluckte und sagte sich ein weiteres Mal, es sei total okay, an diesem Abend ein Bier zu trinken.

Sie kamen an einem Torweg in der Nygårdsgate vorbei, wo Jarle einen knappen Monat zuvor Herdis Snartemos Oberkörper entblößt hatte, und er wandte sich ab und dachte, über ein solches Reich werde ich sicher nie wieder herrschen. Er brachte es nicht über sich, etwas davon zu erwähnen, weder Hasse noch Arild gegenüber.

»Nein«, sagte Hasse und ging schneller, so als ob um ihn herum alles brenne.

»Nein«, wiederholte er, bog bei der Grieg-Halle um die Straßenecke und beschleunigte noch mal, als gelte es, Zeit zu gewinnen.

»Nein«, sagte er zum dritten Mal, als sie sich dem *Garage* näherten, und blieb stehen.

»Was?« Jarle runzelte dic Stirn. »Was ist los?«

»Nein«, sagte Hasse und kniff beide Augen zusammen. »Es ist nur ... Ich weiß nicht ... Ich dachte nur ...« Hasse seufzte. »Okay, stellt euch einfach mal das vor. Wir haben doch einige Frauen gevögelt, oder? Wir sind doch Männer. Wir haben den einen oder anderen Rock gehoben, nicht wahr?«

»Oh, Scheiße«, sagte Arild.

»Stimmt doch, oder?«, sagte Hasse und nickte.

»Okay, wenn du das meinst«, sagte Jarle. »Ich kann mir keine zwei Titten ansehen, ohne mich zu fragen, ob sie meinetwegen Milch enthalten.«

»Oh, Scheiße«, sagte Arild.

»Teufel noch mal.« Hasse schnippte mit den Fingern beider Hände. »Das bringt einen echt zum Nachdenken. Da draußen kann es doch von Kindern nur so wimmeln, die meine sind.«

Die drei jungen Männer tauschten Blicke. Sie nickten. Sie dachten das Gleiche, das konnten sie einander ansehen.

Zwei Mädchen kamen ihnen Arm in Arm entgegen, und die drei jungen Männer nickten.

»Kommt, wir gehen was trinken«, sagte Jarle und setzte sich in Bewegung.

Hasse hielt ihn zurück. Plötzlich breitete sich auf seinem Gesicht ein Lächeln aus, er legte einen Arm um Jarle und drückte ihn an sich.

»Was ist denn jetzt schon wieder?« Jarle lächelte unsicher.

Hasse fuhr sich mit der Zunge über die Vorderzähne. »Mein Gott, Mann! Du bist Vater!« Hasse boxte Jarle in die Brust.

»Ja, das bin ich nun mal.«

»Ja, verdammt noch mal, Mann! Wir jammern hier herum, du wegen deinen Brüdern, Arild, und ich wegen meiner Schwester, und du beklagst dich auch, Jarle!« Hasse legte seine gewölbten Handflächen in Brusthöhe gegeneinander und schüttelte sie, als wären sie ein Würfelbecher. »Wir laufen hier herum und scheißen uns in die Hose, weil vielleicht irgendeine Möse, in der wir tausend Meter geschwommen sind, etwas ausgebrütet hat. Sollten nicht alle Nächte zwischen Frauenschenkeln zu Kindern führen? Je mehr Kinder, desto mehr Möglichkeiten! Ist dir eigentlich klar, Jarle, etwas du da gemacht hast? Ist dir klar, dass du in die bestehende Ordnung der Welt, in den Rhythmus des Lebens eingebrochen bist? Dass du dir dein Recht erkämpft hast, zu bestimmen, was hier auf der Welt geschieht und was nicht? Hä? Hä?« Hasse nickte. »Viel besser für den Rücken, wenn ich laufe. Sicher der Kreislauf. Egal. Du hast grandiose Dinge möglich gemacht, Jarle. Ein Mensch wandelt deinetwegen auf Erden, und wer weiß, wer weiß, Jarle, was dieser Mensch eines Tages leisten wird?«

Hasse fuchtelte mit den Händen, die im Suff doppelt so groß aussahen. »IST DIR KLAR, WAS FÜR EIN WAHNSINN DAS IST? DU HAST SIE GEVÖGELT, SOZUSAGEN IN GRUND UND BODEN, WÄHREND SIE SCHLIEF, UND DU HAST EINE TOCHTER BEKOMMEN! DAS IST WAHNSINN!«

Jarle presste die Zähne aufeinander.

»Mein Gott, Jarle«, sagte Hasse. »Du hast es immer noch nicht verinnerlicht. Komm, wir gehen jetzt was trinken. Ich sehe es dir doch an, dass du den Wahnsinn immer noch nicht verinnerlicht hast. Ein Kind ist auf die Welt gekommen. Es ist deins. Teufel, Mann!«

Du hast gut reden, dachte Jarle, als sie zum *Garage*

weitergingen. Du hast immer gut reden, Hasse, dachte er, denn dir ist nichts passiert. Bei dir passiert alles nur im Kopf und im Mundwerk.

Aber das hier, dachte Jarle, das ist wirklich passiert.

Und ich will es nicht.

»WAHNSINN!«, hörte er Hasse sagen, als sie durch die Tür gingen. »WAHNSINN!«, hörte er ihn ein weiteres Mal sagen, als sie beim Tresen ankamen. »Drei Bier«, hörte er ihn zur Barfrau sagen, ehe er hinzufügte: »Das ist hier verdammt noch mal ein starker Tag. Mein Kumpel ist Vater geworden.«

»Ach, wie schön!«, rief die Frau, die einen Ring in der Nase und ein Burzum-T-Shirt trug. »Wann denn?«

Hasse beugte sich zu ihr vor, senkte die Stimme und flüsterte andächtig: »Das ist ja gerade das Fantastische. Vor sieben Jahren! Vor fast sieben Jahren!«

Um Viertel vor elf hatte Jarle im Dunkel des *Garage* sein erstes Bier geleert, um zehn nach elf hatte Hasse ihn davon überzeugt, dass auf Tante Grete Verlass sei, und eine weitere Runde bestellt. Um halb zwölf waren sie mit dieser Runde fertig, und um fünf nach halb zwölf hatte Hasse Jarle davon überzeugt, dass es Grenzen für die Anpassung an den sozialistischen Zeitgeist geben müsse. Ein erwachsener Mann bestimme doch selbst über seinen Tagesrhythmus. Ein erwachsener Mann könne sich nach einem harten Tag doch sein wohlverdientes Bierchen gönnen.

Was würde man einem Kind, glaubte Jarle, mit übertriebener Fürsorge nicht alles antun?

Gegen ein Uhr wusste niemand mehr, wie viele Halbe sie getrunken hatten, aber alle – die drei Freunde und all jene, die sich nach und nach um sie versammelt hatten – hatten an den aufregenden Entwicklungen in Jarles Leben teilnehmen können. Er hatte ihnen die ganze Geschichte zu Gehör gebracht. Die Suffnacht im Januar 1990: »Ja, was soll ich sagen? Das macht man doch wohl, wenn man achtzehn ist.« Der Brief von der Polizei: »Da las ich ihn und, ja, es kam mir so vor, als bräche mein ganzes Leben vor meinen Augen auseinander.« Der Brief von Anette Hansen: »Und was schreibt es, das Mädel aus Skien? PS. Weißbrot, heller Sirup und tanzen! Aber eine solide Frau ist sie schon!« Die erste Begegnung mit seiner Tochter am Flughafen: »Das war verdammt noch mal so unwirklich. Da kam sie mit einem Zettel um den Hals an, auf dem stand, ich reise allein, und ich dachte, das tun wir doch wahrhaftig alle, und dieses kleine Eichhörnchen soll meine Tochter sein?«

Als ihnen der Alkohol allmählich in den Kopf gestiegen war und die einzelnen Persönlichkeiten auf ganz unterschiedliche Weise verändert hatte, legte sich eine Art Jubelstimmung über das Lokal. Hasse hielt alle fünf Minuten eine Vaterschaftsrede, eine exaltierter als die andere, in denen er jedoch immer wieder vor der Einsamkeit warnte, die Kinder mit sich bringen können. Seht euch bloß Arild an, sagte er mehrmals, der sich von seiner eigenen Familie ausgestoßen fühlt, der eine Nichte hat, die mehr oder weniger blind ist, der in einem Bootshaus sitzen und an einem alten Kahn herumbasteln muss, weil er kein Kind hat. Arild saß mit gesenktem Kopf da und murmelte, jaja, das wissen wir jetzt, Hasse. Jarle wiederum übernahm nach und nach die Rolle des Opfers.

Da im Lokal auch Frauen anwesend waren, unterdrückte er seine Skepsis Charlotte Isabel gegenüber und schilderte sie ganz bewusst mit einer gewissen Zärtlichkeit. Die großen, treuherzigen Augen, sagte er und lächelte, die niedliche Art, wie sie spricht, sagte er und zitierte die eine oder andere Bemerkung. Der apfelförmige rosa Rucksack, sagte er. Ihr kleines Pony. Ihr Gesicht, als wir uns die Beerdigung von Prinzessin Diana angesehen haben. Nichtsdestotrotz betonte Jarle, das Ganze sei eine Tragödie. Ihr könnt mich konservativ nennen, sagte er, aber so soll ein Kind nicht aufwachsen. Doch was ihn selbst angehe, so könne er nur eines sagen: Er sei dafür nicht geschaffen. Er brachte seine Sorge darüber zum Ausdruck, was aus seinen Proust-Studien werden solle, schüttelte den Kopf und sagte: »Jaja, am Ende wird man sich wohl nur wegen einer kritischen Rezension im *Morgenbladet* an mich erinnern – denn die kommt. Die kommt!«

Eine der anwesenden Studentinnen, eine hochgewachsene Frau aus Sunnhordland mit schweren Brüsten, Batikrock und einem lila Tuch in den Haaren, kam Jarle jede Minute ein Stück näher. Er wusste, wer sie war, sie hieß Borgny und strahlte etwas Dramatisches und Inniges aus, sie studierte Religionswissenschaften und war bei Amnesty und am Uni-Theater aktiv. Sie hatte lange Locken und funkelnde Augen über kräftigen Wangenknochen. Borgny zeigte innigstes Verständnis für Jarles neue Situation und sagte, er solle einfach zu ihr kommen, wenn er darüber reden wolle, sie habe drei kleine Geschwister und sei Kinder gewöhnt. Er solle sich einfach melden, sagte sie und sah ihm dabei so tief in die Augen, wie eine betrunkene Studentin einem betrunkenen Studenten nur in die Augen sehen kann, und dann legte sie seine Hände auf ihre breiten, kantigen Hüften.

»Melde dich, Jarle«, sagte sie. »Tu das. Nässt sie nachts ein?«

»Das weiß ich noch nicht«, sagte Jarle und fand es seltsam, dass eine Frau ihn anbaggerte, jetzt, wo er gerade nicht auf Frauen aus war, jetzt, wo seine Freiheit eingeschränkt war und er sich längst nicht mehr so attraktiv fühlte wie früher. Brachten ihm die drei Frauen, mit denen sie in dieser Nacht im *Garage* redeten, nicht ein völlig anderes Interesse entgegen als sonst? Hatten diese Borgny aus Sunnhordland oder Liv Tone aus Askøy oder Hilde aus der Gegend von Trondheim sich bisher überhaupt für ihn interessiert?

Nein. Das hatten sie nicht.

Hilde aus der Gegend von Trondheim, ein Mädel mit Bauernbutterwangen und einem Trachtenhintern, die man allenfalls als nett anzusehen, nicht aber als sexy bezeichnen konnte, hatte er auf einem Fest vor einiger Zeit sogar aufzureißen versucht – ohne Ergebnis. Er hatte sich dann über linguistische Theorien und romantische Dichtung verbreitet. Und Borgny aus Sunnhordland, die jetzt so dicht bei ihm stand, dass er sich fragte, ob sie ihn gleich abschleppen wolle, hatte er an der Uni oft mit kurzen, geilen Blicken bedacht, ohne jedoch jemals so etwas wie eine Reaktion darauf zu bekommen.

Und jetzt?

Jetzt, wo er hier saß und mit den schmiedeeisernen Ketten der Vaterschaft an den Boden gefesselt war, zeigten sie jede Menge Interesse, so als wäre er reich oder berühmt oder unheilbar krank.

»Aber wenn sie ins Bett pisst, dann darfst du nicht böse werden, sondern dann musst du so tun, als ob das ganz normal wäre«, sagte Borgny und hielt seine Hände über ihren Hüften fest. »Verstehst du? Es kommt viel, viel häufiger vor, als allgemein angenommen wird. Und wenn du keine große Nummer daraus machst, dann verschwindet es ganz von selbst.«

»Okay«, sagte Jarle und versuchte, interessiert zu wirken, während er hinter sich Hasses Lachen hörte.

»Jaja, sei du nur ironisch und sarkastisch, du, Hasse«, rief Borgny. »Wollen doch mal sehen, was du für Hilfe brauchst, wenn du erst mal ein Kind hast.« Sie wandte sich wieder Jarle zu. »Denk nur daran, saubere Laken und Bettbezüge zu haben, dann geht alles wie von selbst.«

Um Viertel vor zwei sah Jarle bereits doppelt. Er hatte schnell und begeistert getrunken. Hinter seinen Augenhöhlen zog sich alles zusammen, und er sah nicht mehr scharf. Er starrte aus zusammengekniffenen Augen die Uhrzeiger an, dachte, es sei jetzt verdammt spät, könne es denn wirklich so spät sein, er sei doch eben erst gekommen, und taumelte breitbeinig zur Toilette. Er spritzte sich ein wenig Wasser ins Gesicht, spuckte in die Toilette und sah sich im Spiegel an. Das half nichts. Er pinkelte, die Stirn an die Wand über dem Pissoir gelehnt. Jaja, murmelte er, schlaf du nur, mein Töchterlein.

Als er wieder ins Lokal kam, knallte ihm die laute Musik entgegen, die Stimmen surrten verschwommen in der Luft, und er sah immer noch doppelt. Er konnte Hasse erkennen, wie er gerade einen Arm um die Taille von Hilde aus der Gegend von Trondheim legte, der jedoch sogleich wieder weggeschoben wurde. Unverdrossen strich Hasse nun über ihren Rücken und redete über etwas, das Jarle nicht so ganz mitbekam – Kant, den Philosophen Kant? Oder Kent? Die schwedische Gruppe Kent? –, woraufhin Hilde aus der Gegend von Trondheim auf einen Meter Distanz zu Hasse ging. Arild saß mürrisch vor zwei Jungen aus Kristiansand, die versuchten, ihm ein wenig über Blanchot zu entlocken. In seiner Schläfe arbeitete ein wütender Muskel, und seine Adern, kaltblau und wurmförmig, traten hervor. Liv Tone aus Askøy kicherte mit zwei Jungen, die beide aussahen, als würden sie gern mit ihr schlafen.

Die Sache war aus dem Ruder gelaufen. Jarle sah doppelt, und niemand sprach mehr von seiner Tochter. Niemand erhob mehr das Glas auf »Charlotte Isabel«, wie sie es mehrere Stunden lang getan hatten. Hasse verbreitete sich nicht mehr darüber, dass dank Jarles Genen etwas

Aufsehenerregendes aus dieser Wundertüte aus Skien herauskommen müsse, jedenfalls nichts, das mit diesem Rummelplatz von Schwester auch nur die entfernteste Ähnlichkeit hatte. Es war aus dem Ruder gelaufen, wie immer, wenn es langsam auf die Sperrstunde zuging, wie immer, wenn die Leute beträchtliche Mengen Alkohol im Blut hatten und sich nur mehr für sich und das eine interessierten: Vögeln und Gevögeltwerden.

Jarle ging hinaus.

Er ließ sich schwer gegen die Wand sinken und versuchte, sich eine Zigarette anzuzünden. Scheiße, was für ein Tag. Er drehte sich um und konnte durch ein Fenster Hasses Hand erkennen, die ihr Glück am Hintern von Hilde aus der Gegend von Trondheim versuchte. Er musste machen, dass er nach Hause kam, auch wenn dort jetzt alle schliefen: Grete, Charlotte Isabel und Daniel. Verdammt. Hätte er einfach auch nur ins Bett gehen sollen? Was für eine Idee, dass er ins Bett ging, nur weil andere ins Bett gingen!

War Herdis jetzt etwa im Bett? Scheiße. Er liebte sie doch. Jarle versuchte, die Zigarette zur Feuerzeugflamme zu bugsieren. Er konnte verdammt noch mal nicht ohne sie leben. Und dann machte sie Schluss? Wenn er ihr nur erklären könnte, wie tief ihm das ging, was doch nur zwischen ihren Beinen hätte tief gehen sollen, wenn er ihr nur erklären könnte, dass etwas in ihm gewachsen war, zu einer großen und umfassenden Liebe gewachsen war, wenn er ihr all das nur erklären könnte, dann würde sie die Sache sicher anders sehen. Er drehte sich wieder um und sah, dass Hasses Mund sich dem Ohr von Hilde aus der Gegend von Trondheim näherte, die sich jedoch zurückzog. Liebe und Begehren über alles: Sollte er nie wieder zwischen Herdis Snartemos Oberschenkeln landen dürfen? Verdammt.

Er schaute sich auf der Straße um, in der Hoffnung, er

könne von hier aus ihre Wohnung in Nøstet sehen. Verdammte Person. Kapierte sie denn gar nichts?

Jarle ging jetzt die Nyagårdsgate entlang, seine Beine wurden schneller. Begriff sie denn nicht, dass sie füreinander geschaffen waren? Kapierte sie als Feministin denn nicht, dass sie sich selbst betrog, dass es erniedrigend und jämmerlich, ja geradezu würdelos war, sich mit einem alternden schwedischen Bock einzulassen, der sie nur schälen würde wie eine Zwiebel, einige Krokodilstränen vergießen und sie dann wegwerfen würde wie einen unreifen Apfel? Er lief am Kino vorbei und weiter in Richtung Nøstet. Verstand sie nicht, dass er sie liebte? Hatte sie nicht begriffen, was er begriffen hatte, dass sie beide dafür geschaffen waren, sich im Netz des Gegenübers zu verfangen? Es pochte in ihm. Blut, Alkohol und Wille. Ich will sie haben, dachte Jarle, ich will sie haben. Auf jeden Fall will ich sie jetzt ausziehen, ein letztes Mal.

»Jarle!« Hasse kam angerannt. »Wo willst du denn hin, zum Teufel?«

Jarle ging weiter, ohne sich umzudrehen.

»Jarle, warte! Was ist denn los?«

Hasse jagte hinter Jarle her, der in Herdis' Straße taumelte, vor dem weißen Holzhaus stehen blieb und entschlossen vor sich hinflüsterte: Ich will dich ausziehen, Herdis Snartemo.

Hasse holte ihn atemlos ein. »He, Jarle. Was machst du denn hier? Scheiß Trondheimhuhn. Drückt sich den ganzen Abend an mich, und jetzt, da ich ihr vorschlage, einen kleinen Spaziergang oder so zu machen, da – Scheiße.« Hasse schaute sich um. »Wer wohnt denn hier?«

Wenn sie nur noch einmal den mächtigen Herrn der Freude erlebt, dachte Jarle, dann wird sie einsehen, dass es ein grober Fehler war, mich zu verlassen, ein Fehler, den sie bereuen wird, wenn sie alt ist. Schläft sie?

»Jarle!« Hasse schüttelte seinen Kumpel, aber Jarle stieß ihn weg und versuchte auf Zehenspitzen, einen Blick in Herdis' Wohnzimmer zu werfen. Er kniff die Augen zusammen und schaute angestrengt, konnte aber nichts erkennen. Er schleppte sich in seinem Suff weiter um das Haus herum, gefolgt von einem verwirrten Hasse, und kam beim Schlafzimmerfenster an. Auch dort war es dunkel. Abermals reckte er den Hals, stellte sich auf Zehenspitzen und schaute ins Zimmer.

»Jarle.« Hasse lehnte sich an die Hauswand und zündete sich eine Zigarette an. »Willst du ... Papa ... He? Willst du mir mal sagen, was Sache ist? Willst du dich vielleicht nicht so verdammt kindisch aufführen?«

Teufel. Jarle atmete schwer, schluckte, riss die Augen auf.

Neben ihm reckte sich Hasse und schaute ebenfalls durch das Fenster.

Die trübe Nachttischlampe beleuchtete eine Hölle. Viele Nächte lang hatte Jarle diese Lampe eingeschaltet, aber da die Birne ihn blendete, hatte er es sich zur Gewohnheit gemacht, die Lampe zur Wand zu drehen, sodass das Zimmer in ein indirektes Licht getaucht wurde, das nicht aufdringlich war. Er hatte das Licht angelassen, weil es ihm Freude machte, Herdis nicht nur zu spüren, sondern sie auch anzusehen. Zum Beispiel wenn er sie umdrehte, sodass sie mit leicht geöffneten Beinen auf dem Bauch lag wie eine verlegte Schere, ehe sie ein wenig den Leib anhob. Oder wenn er Stellungen wiederholte, die er in diesen wenigen Monaten lieb gewonnen hatte, etwa indem er sich vor sie kniete, sie an den Knien packte und ihren Oberkörper nach hinten bog, während sie die Augen schloss und schwer atmend den Kopf auf das Kissen legte, das Gesicht nach rechts und nach links drehend. Andere Male überraschte sie ihn mit ungewöhnlichen Perspektiven, wie an dem Abend in der vergangenen Woche, als sie ihre Knie anzog und in ihre Achselhöhlen schob und er zusehen konnte, was diese Art Akrobatik mit dem restlichen Frauenkörper machte.

Und jetzt?

Im Schein der Lampe sah Jarle Herdis' Lippen, wie sie an dem Mund von Robert Göteborg arbeiteten. Die Lampe war zur Wand gedreht. Diese südnorwegische Pflaumenfotze von Reicheleutehure. Sie ließ sich also so beleuchten, wie auch er sie beleuchtet hatte, sie ließ ihn Jarles kleine Eigenheiten übernehmen, die intime Welt, die er geschaffen hatte. Er sah, wie ihre Hände über Robert Göteborgs Rücken strichen, wie ihre Finger sich ab und zu auf der schwedischen Haut wie Krallen krümmten. Der alte Pervo! Er sah ihre sehnigen und doch weichen Beine, die er so gut kannte, sich an die Oberschenkel aus dem Nachbarland schmiegen, und er sah ab und zu die glänzende Zunge, die sich in Robert Göteborgs Stiermaul hinein- und herausschlängelte.

Seine Schultern sackten herab, und Jarle griff sich an den Kopf.

Hasse stand mit offenem Mund neben ihm. »Was ... Hast du ... das gesehen?«

Jarle schob ihn vom Fenster weg und lief um das Haus herum zur Tür, ballte die Fäuste und hämmerte drauflos. War das verdammt noch mal möglich? Besaß sie denn überhaupt keinen Anstand mehr? Was war sie eigentlich?

Er donnerte mit den Fäusten gegen die Tür. »He! Verdammt, mach jetzt endlich auf!«

»Jarle!« Hasse kam angerannt. Er versetzte ihm einen Stoß. »Jarle! Ganz ruhig jetzt. Das ist ver...« Er verstummte. Er musterte Jarle und sagte langsam, als ihm mit einem Mal aufging, was los war: »Hast du – hast du – du und – du und ... Mein Gott!«

In Jarle stieg die blinde Wut hoch. Er hämmerte an die Tür und achtete nicht auf Hasse. Dass das möglich war! So etwas hatte er noch nie erlebt, etwas so Höllisches, so Betrügerisches – ging das schon lange so? Was er hier gesehen hatte, in *seinem* Lampenlicht, ging das schon lange so? Er donnerte noch einmal an die Tür und schrie: »Herdis!«

Hasse seufzte tief.

»Halt endlich die Fresse, Hasse!«, rief Jarle.

»Verdammt, ich sag doch gar nichts«, gab Hasse zurück.

»Auch egal!« Jarle hämmerte weiter. »Herdis! Mach jetzt auf, verdammt noch mal! Du brauchst dich hier nicht zu verstecken, zum Teufel!«

Hatte dieser aufgeblasene alte Kerl sie die ganze Zeit mitten in der Nacht besucht, während Herdis und er ihre herzensinnige und echte Beziehung gepflegt hatten? Diese Beziehung, für die sie so blind war, dass sie sie für diesen Greis über Bord warf? Saß sie jetzt da drinnen und flüsterte ihm ins Ohr: Ich bin jetzt frei, Robert, ich bin jetzt frei, ich gehöre jetzt dir, Robert, ich gehöre nur dir, mach mit mir, was du willst, und ich mache mit dir, was ich will, du Herr der Freude. Und pustete der literaturwissenschaftliche Quacksalber ihr in den Nacken und sagte: Ach, bitte, ach, du norwegische Möse, du alte norwegische Möse. Was zum Teufel ist denn in den gefahren?, dachte Jarle, während er ein weiteres Mal an die Tür hämmerte. Ist er denn nicht Professor für Literaturwissenschaft? Schwört er denn nicht auf die französische Avantgarde, auf Poststrukturalismus, auf Derrida und Dekonstruktion? Und jetzt sitzt er da und flüstert »DU ALTE NORWEGISCHE MÖSE« ins Ohr dieser Frau, die, unschuldig und blind, nicht begreift, dass sie in Wirklichkeit mich liebt?

Die Tür ging auf, und Herdis stand vor Jarle und Hasse. Die obersten Knöpfe ihres dunkellila Nachthemdes standen offen, ihre Pupillen waren erweitert, ihre Lippen leicht geschwollen. Sie schüttelte den Kopf, und Hasse wandte sich peinlich berührt ab. »Jarle! Was zum Teufel soll das?«

»Was?« Er stampfte wütend auf. »Was?! Wie soll man denn hier darüber reden, wer was mit ...«

»Du bist betrunken, Jarle! Und was zum Teufel macht der hier?« Sie zeigte auf Hasse.

»Weiß ich doch nicht, verdammt noch mal!«, rief Jarle.

Robert Göteborg tauchte hinter Herdis auf, ohne Socken und mit einem eng sitzenden T-Shirt bekleidet, und Jarle wurde es schwarz vor Augen.

»Hallo, Robert«, rutschte es Hasse heraus, der einen halben Meter hinter Jarle stand. »Tut mir leid, aber wir ...«

»Du verdammter südschwedischer Fotzenhund«, fiel Jarle ihm ins Wort und zeigte auf Göteborg. »Du verdammter neutraler Derrida-Schwanz! Kannst du dir keine Frau in deinem eigenen Runzelalter suchen?!«

»Jarle? Hallo? Okay ...« Hasse packte Jarle am Ärmel, aber Jarle schüttelte ihn ab.

»Tut mir leid, Göteborg ...«

Robert Göteborg wandte ihm einen beherrschten Blick zu. »Jarle, jetzt mal ganz ruhig, ich kann ja verstehen, dass du ...«

»Verstehen?«, schrie Jarle ihn an. »Verstehen? Mein Gott! Du verstehst doch gar nichts. Musst du deinen Björn-Borg-Schwanz an unseren Frauen reiben, damit es dir kommt? Habt ihr verdammt noch mal in Schweden keine Fotzen?«

»Ups!« Hasse versuchte noch einmal, Jarle Einhalt zu gebieten, aber der schob ihn weg und starrte noch immer den Professor an.

»Kannst du nicht nach Frankreich fahren und Derrida einen blasen, wenn du schon so verdammt dick mit ihm bist? Er züchtet Kakteen? Mein Gott! Weißt du überhaupt, wie lächerlich du dich machst?«

»Jarle, ich bitte dich, komm jetzt nicht ...«

»Du bist fünfundvierzig, Mann. Fünf-und-vierzig! Verstehst du? Fünfundvierzig! Hallo! Da kannst du nicht am Geschlecht unserer Mädels schlürfen, die dich für den akademischen Jesus halten, aber deren Großvater du sein könntest.«

Hasse griff sich an den Kopf und schloss die Augen.

»Und du, Herdis Snartemo, vermögenslos und würdelos – du bist verdammt noch mal nur eine südnorwegische Geisha, das bist du, und Jarle Klepp ist heilfroh, HEILFROH, HÖRST DU, WEIL ER NICHTS MEHR MIT DIR ZU TUN HABEN MUSS! KLEPP HAT DICH ZUM LETZTEN MAL VON HINTEN GEFICKT!«

Um ihn war es stumm geworden. Herdis und Robert nickten einander zu. Hasse nickte vor sich hin und murmelte: »Ooo-kee. So ist das also. Ooo-kee.«

»Ich nehme an, du bist jetzt fertig, Jarle«, sagte Robert Göteborg ruhig und zog seine Wagenschlüssel hervor.

»Fertig? Ich ...«

»Jarle«, sagte Herdis energisch und legte ihm die Hand auf die Schulter.

Er sah den Ernst in ihren Augen und sagte nichts.

»Wenn du jetzt fertig bist, dann hör mir zu.« Herdis zog Schuhe und Jacke an. »Grete hat hier angerufen. Mehrmals.«

»Grete?« Jarle versuchte, sich zusammenzureißen. »Grete? Wie meinst du das?«

»Deine Tochter kann nicht schlafen, Jarle. Grete telefoniert in der ganzen Stadt herum, um dich irgendwo zu erwischen.«

Jarle senkte den Kopf und schloss die Augen. Hinter ihm seufzte Hasse tief.

»Scheiße«, flüsterte Jarle. »Man kann nicht mal mehr ein Bier trinken, ohne dass alle Welt in Panik gerät.«

Jarle schlief, den Kopf auf Hasses Knien, auf der Rückbank von Robert Göteborgs Volvo ein, nachdem er genuschelt hatte, sie sollten sich vorsehen, die beiden, falls sie vorhätten, sich ein Kind zuzulegen. Das hätten sie doch sicher, sagte er gereizt, oder etwa nicht? Sie hätten sicher Pläne für eine Union zwischen Norwegen und Schweden und wollten sich deshalb ein Kind zulegen. Na, das sollten sie sich aber noch mal gründlich überlegen, und falls jemand wissen wolle, was Jarle Klepp dazu zu sagen habe, dann solle er kommen und sich von ihm beraten lassen, be-ra-ten, sagte er und betonte jede Silbe, während das Auto durch Bergens nächtliche Straßen kurvte, *beraten, ja*. Also, pass mal auf, Robert Göteborg, ich werde darum bitten, meinen Examensbetreuer wechseln zu dürfen, ja, und weißt du übrigens, dass ich deine Bekannte zu einem Ball zusammengerollt habe? Hä? Schweden? Hä? Weißt du, Robert, dass ich ihr Gästezimmer besucht habe, dass ich es vermessen habe, dass ich bei allen Rosinen und Trauben zugegriffen habe, die dort aufgetischt waren? Hä? Und ich habe eben erst begriffen, murmelte er, dass das, was ich für ein aufrichtiges Gefühl von Liebe bei mir gehalten habe, Schlamm ist, Schimmel und Dreck.

Nachdem er seinen besoffenen Zorn herausgepöbelt hatte, den Hasse hin und wieder mit »Das ist nicht Jarle«, »Das dürft ihr nicht ernst nehmen«, »Das müsst ihr einfach vergessen und verzeihen« kommentierte, schlief Jarle ein und schnarchte auf der Rückbank, während Robert und Herdis nach Møhlenpris hinunterfuhren, ohne viel zueinander und ohne auch nur ein einziges Wort zu Hasse zu sagen. Sie hielten vor dem Haus.

Robert und Hasse zerrten Jarle aus dem Wagen und schleiften ihn an den Armen zur Haustür, wobei er zwischen ihnen hing wie ein Toter. Er wachte kurz auf, als sie ihn die Treppe zu Grete Strandebarms Wohnung hinaufschleppten. Herdis versuchte, seine Kleidung glatt zu streifen, ehe sie vorsichtig an die Tür klopften.

»Jarle«, flüsterte sie.

Er würgte und riss die Augen auf.

»Hm? Bin ich zu Hause?«

»Jarle«, flüsterte sie wieder. »Versuch jetzt, dich ein wenig zusammenzunehmen.«

Die Tür wurde geöffnet.

»Papa?«

Jarle sah nicht mehr doppelt. Er sah Lotte. Sie trug einen weißen Schlafanzug mit rotem Halsbündchen, und über den Schlafanzug hoppelten gelbe und rote Kaninchen mit Möhren in ihren Schnauzen. Lottes Augen waren rot, und ihr Blick war verängstigt, und weinend hielt sie sich an Grete Strandebarms Hand fest.

»Papa? Wir suchen dich schon so lange«, schluchzte Charlotte Isabel und befreite sich von Gretes Hand. Die Kleine machte einige Schritte auf Jarle zu und schlang die Arme um seine Taille, während ihr Kopf gegen seinen Bauch sank.

»Wolltest du nicht bald wiederkommen? Ist deine Besprechung jetzt zu Ende, Papa? Kommst du jetzt rein? Ich hab Angst, Papa, ich hab Angst.«

Französische Beratung

Am Montagmorgen lag Jarle in einer Mischung aus Rumpelkammer und Gästezimmer in Grete Strandebarms Wohnung. Das hellblau tapezierte Zimmer war lang und eng und hatte keine Vorhänge, aber ein kleines Fenster. Seit mehreren Stunden schon fiel ein aufdringlicher Lichtstreifen herein, der seinen noch im Suff schlummernden Leib aufzuwecken drohte, bislang jedoch erfolglos. Aber gegen elf Uhr begann Jarles Gehirn zu knistern. Vereinzelte Bilder und Erinnerungen suchten es jetzt heim, und was da so zum Vorschein kam, war so wenig angenehm, dass er aus seinem Tiefschlaf erwachte. Er wälzte sich auf der Matratze hin und her, presste die Augenlider nach unten und versuchte, wieder einzuschlafen. Aber es half nichts. Die Bilder wuchsen. Die Gedanken tobten. Es war unendlich beschämend.

Hatte er tatsächlich draußen auf dem Gang Charlotte Isabel in die Arme genommen und war über die Schwelle gefallen, sodass beide umgekippt waren und Gretes Garderobenständer mitgerissen hatten? Er drehte sich unter der Decke herum.

Hatte er tatsächlich in die Toilette gekotzt, während Charlotte Isabel hinter ihm stand und sagte: »Raus damit, Papa, raus damit, dann wird es besser, das sagt Mutter auch immer.« Er schloss die Augen und wand sich.

Hatte Charlotte Isabel tatsächlich da draußen im Treppenhaus gestanden und unter heftigen Schluchzern gestammelt: »Tante Herdis, Tante Herdis, Papa hat gesagt, dass ich dich niemals wiedersehe.«

Jarle richtete sich auf der Matratze auf und schüttelte verzweifelt den Kopf. Mein Gott, was habe ich da getan?

War Robert Göteborg tatsächlich ganz dicht vor ihn hingetreten, ehe er und Herdis gegangen waren, und hatte gesagt: »Heute bist du eine Schande, Jarle.«

Die Luft in seinem Kämmerchen kam ihm warm und stickig vor. Jarle erhob sich, nur mit der Unterhose bekleidet, und streckte die Hand nach dem Fenstergriff aus, aber das Fenster wollte nicht aufgehen. Er ließ sich auf die Matratze zurücksinken.

Hatte Charlotte Isabel ihn wirklich gefragt, ob er krank sei, weil er doch so taumele? Und war Daniel erwacht, verängstigt, mitten in der Nacht, weil Jarle im Wohnzimmer gestolpert war?

Ja, Jarle. Ja. Ja. Ja.

Und hatte Grete Strandebarm sich die ganze Nacht hindurch geweigert, auch nur ein einziges Wort zu ihm zu sagen?

Ja. Das hatte sie.

Er erinnerte sich, wie er in Gretes Wohnzimmer gekniet und Lotte an sich gedrückt hatte, wie er mitten in der Nacht ihren kleinen Körper an sich gepresst und sie um Verzeihung gebeten hatte. Papa wird dir das nie wieder antun. Mein Mädel. Er erinnerte sich, wie sie seinen Kopf gestreichelt und gesagt hatte, er solle doch einfach wieder Haare bekommen und sie werde es auch nie wieder tun.

Was denn?!

Was in aller Welt hatte sie falsch gemacht, abgesehen davon, ihn als Vater zu haben?

Mein Gott.

Das Einzige, woran Jarle sich partout nicht mehr erinnern konnte, war, wie er letzte Nacht aus seinen Kleidern und in dieses Kabuff gekommen war. Und das war wohl auch gut so. Er hoffte, dass er nicht versucht hatte, Grete anzubaggern. Lieber Gott, bat er im Stillen, mach, dass ich zumindest nicht sie mit Geständnissen belästigt habe. Er hoffte, dass er einfach nur eingeschlafen war.

Beschämt erhob er sich von der Matratze und streckte die Hand nach seiner Jeans aus, die, schlampig hineingeworfen, in einem Karton lag, zusammen mit einer alten Ladenkasse aus Kunststoff. Fisher Price. Was sollte er jetzt tun? Fest stand jedenfalls, dass er sich keine vermeintlich hieb- und stichfeste Geschichte aus den Fingern zu saugen brauchte, um das, was er angerichtet hatte, schönzureden. Er schlüpfte in seine Jeans. Ausflüchte würden nichts bringen. Er hatte nur eine einzige Möglichkeit: Volles Geständnis in allen Punkten. Bedingungslose Kapitulation. Maximale Reue.

Jarle zog den Gürtel stramm und fuhr sich mit den Händen über den Schädel. Er würde nie wieder trinken, das war absolut sicher. Diesmal war definitiv Schluss. Was war das auch für eine idiotische Idee? Anzufangen zu trinken, wenn er unter starkem Druck stand. Hatte er nicht einen Vater gehabt, der für sie alle mitgesoffen hatte. Doch. Und war er deshalb nicht zum Teufel gegangen? Doch. Konnte er nicht versuchen, daraus ein wenig zu lernen?

Jarle schaute zur Tür hinüber. Jetzt saßen sie sicher alle stumm im Wohnzimmer und warteten darauf, dass der Monsterpapa erschien. Jetzt saßen sie sicher da, in Reih und Glied, wütend und verweint, bereit, ihn vor Gericht zu stellen. Und warum hatte er eigentlich hier und nicht in seiner eigenen Wohnung geschlafen? Er schlug die Hände vors Gesicht.

Charlotte Isabel: »Der arme Papa! Dem geht es so schlecht. Der muss hier bei uns schlafen.«

Grete Strandebarm: »Für deinen Vater ist es sicher besser, wenn er heute Nacht allein ist, Lotte.«

Charlotte Isabel: »Aber der arme Papa! Den können wir doch jetzt nicht ganz allein lassen.«

Jarle blieb unschlüssig stehen. Ich bin ein verdammter Trottel, flüsterte er und zog seine Uhr aus der Hosentasche. Schon nach elf. Scheiße. Bei der Tür fand er sein verdrecktes T-Shirt. Er streifte es über und sah sich um. Altes Spielzeug. Ein Putzeimer. Ein ramponierter Ofen. Ein Schuhkarton. Seine Kleider stanken. Oh, verdammt. Na gut. Blieb nichts anderes übrig, als sich ihnen zu stellen.

Vorsichtig öffnete er die Wohnzimmertür. Hartes Licht fiel durch die großen Fenster herein und offenbarte kleine Staubpartikel, die in der Luft tanzten. Im Wohnzimmer war niemand.

Jarle fand keine Nachricht vor, keine Telefonnummer, die er anrufen sollte, und die Wohnung war leer. Auch Charlotte Isabels Kleider waren verschwunden. Was in aller Welt sollte das denn? Er schaute aus dem Fenster auf die Straße, sah sie aber nicht. Was sollte das denn? Er verließ Gretes Wohnung, ließ die Tür hinter sich ins Schloss fallen und ging in seine eigene Wohnung. Auch dort war niemand. Er rief die Auskunft an und bekam Gretes Mobilnummer, aber das Telefon war ausgeschaltet. Was sollte das denn? Jarle kämpfte gegen die aufsteigende Panik an, die an die Stelle seiner Schuldgefühle getreten war. Er schaute aus dem Fenster und versuchte, nüchtern zu bleiben. Er ging ins Wohnzimmer. Charlotte Isabels ungeöffnete Geburtstagsgeschenke standen im Regal.

Wo ist meine Tochter?

Er trat von einem Fuß auf den anderen. Er blinzelte.

Wo ist meine Tochter?

Jarle ging ins Badezimmer und duschte. Was sollte er jetzt tun? Herdis anrufen? Robert Göteborg? Dieser Gedanke versetzte ihm einen Stich, und er schloss unter dem Duschstrahl die Augen. Ruhig, dachte er, ruhig jetzt. Mit wem habe ich es hier eigentlich zu tun? Mit Grete Strandebarm. Genau. Da ist es doch ganz klar, dass dem Kind nichts passieren kann. Ich habe einen Fehler gemacht. Aber ich stand auch unter argem Druck. Eindeutig. Jeder kann mal einen Fehler machen. Also ruhig jetzt. Grete Strandebarm ist ein zuverlässiger Mensch. Sie sind spät wach geworden, Grete und Lotte und Daniel, sie haben gesehen, dass Papa noch tief schläft, sie haben gemeinsam überlegt und entschieden, dass es keinen Sinn hat, Papa jetzt zu wecken, sie haben gefrühstückt und versucht, sich mit was Nettem die Zeit zu vertreiben, vielleicht mit einem Puzzle oder einem anderen Spiel, und dann ist Grete mit den Kindern nach draußen gegangen. Das war richtig so. Natürlich. Sie hat sich den Tag freigenommen. Notlage. Sie kann das Kind doch unmöglich zurück nach Skien geschickt haben? Oder das Jugendamt eingeschaltet haben? Nein. Ruhig jetzt. Diese Grete ist ein zuverlässiger Mensch. Rechtschaffen. Sie kann mit Kindern umgehen. Sie weiß, dass es keinen Sinn hat, sich in so was hineinzusteigern. Außerdem bringt sie mir Gefühle entgegen, dachte er. Hinter ihrer nicht ganz gerechten, aber verständlichen Wut, hinter ihren Schildkrötenaugen hat sie ein ganz anderes Verständnis für mich – und ganz andere Gefühle – als gewisse andere Frauenzimmer, denen es nur um oberflächlichen Sex geht.

Jarle stieg aus der Dusche und trocknete sich ab.

Das geht gut, das hier.

Er nickte seinem Spiegelbild zu. Starrte seine Katerangst weg.

Das hier geht gut.

Ich muss ein Geschenk für sie besorgen. Zum Geburtstag.

Was mögen sie denn so, die Siebenjährigen?

Die Schlümpfe?

Die sind vielleicht nicht mehr so beliebt.

Sie sind auch nicht sonderlich für Mädchen geeignet.

Ich muss ihr doch etwas kaufen.

Er ging zu Charlotte Isabels Zimmer und verspürte einen Stich von Furcht, als er die Hand nach der Türklinke ausstreckte. Grete konnte doch unmöglich so verrückt sein, zur Arbeit zu gehen und die Kleine allein hier bei ihm zurückzulassen? Hatte sie es etwa über sich gebracht, einfach zu sagen, na gut, dein Vater ist ein verantwortungsloser Suffkopp, das ist nicht mein Bier, du musst in seiner Wohnung warten? Und hatte das Ganze dann vielleicht sogar damit geendet, dass Charlotte Isabel zusammengebrochen war, sich weinend in ihr Zimmer zurückgezogen und sich in Embryostellung auf ihr Bett gelegt hatte?

Jarle öffnete die Tür. Charlotte Isabels Bett war noch vom Vortag her gemacht. Seine Eingeweide verkrampften sich. Das war doch alles total falsch. Ich bin ihr Vater, flüsterte er vor sich hin. Ich bin zwar ein schlechter Vater, und ich will diese Tochter gar nicht, aber wenn sie zu Besuch bei mir ist, dann hat sie trotz allem bei mir zu schlafen. Alles andere kommt mir ganz einfach total falsch vor.

Was soll ich machen?

Er schaute zu dem Porträt von Proust hinüber. Der große Marcel Proust. Der große französische Autor. Der Mann, dem Jarle so unendlich viele Stunden gewidmet hatte. Jarle nahm die Fotografie in die Hand. Er hatte sich dieses Bild eigentlich noch nie so genau angesehen. Den gewichsten Schnurrbart. Die ungewaschenen, pomadisierten Haare. Die unreine Haut. Den distanzierten Blick. Dass ein so großer Mann ein solcher … Waschlappen sein konnte. Der ganze Mann hatte überhaupt etwas Kränkliches an sich, fand Jarle. Er wirkte ungesund und überspannt.

Vielleicht liegt darin die Größe?

Jaa. Vielleicht. Vielleicht gehört eine Art Schwäche und Kränklichkeit dazu, Großes zu schaffen, als gebe es eine innere Verbindung zwischen dem Jämmerlichen und dem Erhabenen?

Was würde Proust jetzt sagen? Was würde Proust jetzt tun? Würde der große Denker ihm einen Rat geben können?

Jarle stellte sich vor, wie er sich auf Marcel Prousts Bettkante setzte. Wie er ihm seinen Fall vortrug, erschöpfend, detailliert. Er erklärte dem großen Autor, der in Wirklichkeit ein schmächtiger, bleicher Mann war, bettlägerig und mit Piepsstimme, was geschehen war. Er erzählte von seiner Tochter, er erzählte von seiner eigenen Situation, über das Leben im Dienste des Denkens, er gab seiner Hoffnung Ausdruck, dass Proust, der hier in diesem korkisolierten Raum im Bett lag, abgesondert vom Geplapper und Gemurmel der Welt, sicher verstehen könne, wovon er rede, n'est-ce pas?

Ah, mais oui, mais oui!

Genau, sagte Jarle, Sie verstehen. Wenn man in der Welt des Denkens etwas Großes bewerkstelligen will, kann man keine kleinen Töchter mit sich herumschleppen, nicht wahr, Monsieur Proust?

Ah, non, non.

Und Jarle erzählte von Herdis, von dem reinen und großen Begehren, woraufhin Proust aus seiner Versunkenheit zwischen Kissen und Decken zu erwachen schien, und er erzählte, wie dieses funkensprühende Begehren unmerklich aufgehört hatte, ausschließlich das zu sein, und wie es zu Liebesgefühlen herangewachsen war. Und er erzählte, wie diese Frau, die er so hoch geachtet hatte, sich als betrügerische Nutte und sonst gar nichts entpuppt hatte.

Proust hustete trocken und seufzte tief, als Jarle das sagte, und die Augen des großen Autors versanken in seinem Kopf, während er sich langsam mit einem kindlich glatten Zeigefinger über die leicht geöffneten Lippen strich.

Und dann erzählte Jarle von einer seltsam schönen Frau, mit der er nicht das Geringste gemeinsam hatte, die aber fabelhaft weit auseinanderstehende Augen besaß und die sich in diesem Moment um sein Kind kümmerte und die – ja, wie sollte er das nennen? – ein mächtiges Herz hatte? Und was, sagte Jarle, was soll ich mit all dem jetzt anfangen?

Ah!, sagte Proust. Ich bin Schriftsteller. Je ne sais pas!

Oui, oui, sagte Jarle. Je ne sais auch nicht pas.

Du thé, mon ami?, fragte Proust.

Merci, antwortete Jarle. Un thé, Monsieur Proust. Merci.

Ein Dienstmädchen brachte ein Tablett mit zwei Tassen Tee und Gebäck.

Jarle versuchte, Prousts poröse Augen zu erreichen, die sich nach einigen Minuten des weltlichen Engagements auf ihre eigenen Wiesen und Hügel zurückgezogen hatten. Die tief liegenden Augen hielten seinen Blick auf Distanz, fand er, und er dachte, wenn Proust die Wahl hätte, würde er nichts mit unserer Welt zu tun haben wollen. Das kann ich verstehen, dachte Jarle, machte aber doch einen Versuch. Und er sagte: Ich habe eine Tochter, Marcel Proust. Ich habe eine Tochter, und ich will keine Tochter haben. Was soll ich denn nun machen?

Der große Autor hob seinen eingesunkenen Oberkörper mit sichtlicher Anstrengung. Das Dienstmädchen machte einen Knicks und ging hinaus. Proust fuhr sich mit seiner welken Hand über den Schnurrbart und strich sich eine Haarsträhne aus der Stirn.

Du musst sie lieben, sagte Marcel Proust. Alles andere ist comédie. Alles andere ist tristesse. Alles andere ist misère.

Spice up your life

Nicht weit entfernt von dem Haus, in dem Jarle in dieser Zeit seines Studentenlebens wohnte, lag ein Spielplatz. Ein ganz normaler westeuropäischer Spielplatz, den man an vielen Orten in unserem Teil der Welt findet. Nicht extravagant, nicht luxuriös, sondern zweckmäßig, schlicht und fantasielos, mit einer Rutschbahn, die in einem Sandkasten endete, mit einem blau angestrichenen Schaukelpferd auf einer Eisenspirale, mit einem bunten Kletterturm. Jarle hatte nie über diesen Spielplatz nachgedacht – warum hätte er das auch tun sollen? Er war im vergangenen Jahr so gut wie jeden Tag daran vorbeigekommen, er war vermutlich an denselben Kindern vorbeigegangen, denselben Müttern, denselben Tagesmüttern, jeden Tag, ohne sie anzusehen, ohne über sie nachzudenken. Aber jetzt? Jetzt stand er vor seinem Haus und sah alles vor sich. Die rote Rutschbahn. Das Metall, wenn auch an manchen Stellen von eifrigen Kindern matt und trübe gemacht, glänzte und spiegelte sich in der Sonne. Das Schaukelpferd mit traurigen gelben Augen. Der bunte Kletterturm, auf dem Kinder herumkrochen und -krabbelten. Die Frau Mitte fünfzig, die immer auf der grünen Bank saß und strickte, während die beiden Kinder, die sie hütete, im Sandkasten spielten. Er kannte sogar den Namen des einen, wie ihm jetzt aufging, als er in Gedanken die Stimme der Frau hörte: »Andreas! Die Mütze gehört auf den Kopf, weißt du!«

Leicht verblüfft darüber, dass man jeden Tag an einem Ort vorbeikommen konnte, ohne ihn zu bemerken, und dass er doch einen Platz im Gedächtnis besetzte, ging Jarle in Hernáns Laden, um Tabak, Kaugummi, Limonade und eine Zeitung zu kaufen. Das war das Einzige, was ihm eingefallen war: nachzusehen, ob sie auf dem Spielplatz waren.

»Morgenbladet!« Hernán tauchte, den Arm voller Zigarettenstangen, hinter dem Tresen auf.

»Hallo, Hernán – ach, du bist also schon auf?«

Hernán lachte sein ansteckendes Lachen und fing an, die Zigaretten im Regal zu verstauen. »Ach, du, Morgenbladet! Ob Hernán auf ist? Ja doch! Jeden Tag, sag ich dir, jeden Tag steht dieser Mann um sechs Uhr auf. Punkt sechs. Ja, Punkt sechs. Wie sein Vater. Und der Vater seines Vaters. Und wiederum dessen Vater. Um sechs Uhr. Ins Bett um zehn.«

Jarle grinste verkrampft und erklärte, er habe es eilig.

»Ah. Zwanzig Marlboro. Cola. Kaugummi. Und *Dagbladet.*«

Jarle legte die Waren auf den Tisch, und Hernán stopfte die letzte Zigarettenpackung ins Regal. »Und wo ist deine Tochter?«

»Ach, die. Die ist bei einer Freundin.« Jarle konnte Hernán nicht in die Augen schauen. »Du hast sie nicht gesehen, oder? Ich meine, sie sind nicht zufällig hier vorbeigekommen auf dem Weg zum Spielplatz?«

Hernán sah Jarle an und nickte. »Ah. Hm. Ärger? Okay. Hm. Nein. Du hast keine Frau, weißt du. Dann gibt es Ärger. Nein, ich habe sie nicht gesehen.«

Jarle zuckte mit den Schultern.

Hernán nickte noch einmal, dann ging er um den Tresen herum, hob einen Bananenkarton auf und trug ihn zu den Obstkörben.

Jarle griff nach der Tamagotchi-Schachtel, die auf dem Tresen lag. »Du, Hernán, was machen diese Dinger eigentlich?«

Hernán nahm die Bananen aus dem Karton und verteilte sie in die Obstkörbe. »Bananen, Bananen, Bananen.« Hernán schien ihn nicht gehört zu haben.

»Du …« Jarle sprach jetzt lauter und hob die Schachtel hoch. »Was machen die hier eigentlich?«

»Ähm?« Hernán drehte sich um, Bananen in beiden Händen. »Die da? Die Tamagotchis?«

»Hm.«

»Ah.« Hernán warf die Bananen in einen Korb. »Das ist eine Art kleines Tier, glaube ich. Mit dem Kinder spielen können. Derzeit sehr beliebt.«

»Ein Tier?« Jarle las laut, was auf der Packung stand. »The original virtual reality pet.«

»Jah.« Hernán beugte sich wieder über den Karton. »Bananen, Bananen, Bananen.«

»Du, ich nehme eine Banane«, sagte Jarle und legte die Tamagotchi-Schachtel wieder hin.

Hernán kam zur Kasse, beugte sich vor und fing an, rhythmisch den Zeigefinger vor Jarle zu schwenken. »Wenn ein Kunde hereinkommt, überlege ich mir: Was wird dieser Kunde wohl bei mir kaufen? Dann lege ich mich auf etwas fest, von dem ich glaube, dass dieser Kunde es bei mir kauft, und spreche den Namen laut aus. Ich sage zum Beispiel: ›Marmelade, Marmelade, Marmelade‹, während ich Marmeladengläser einräume. Oder ich sage ›Bananen, Bananen, Bananen‹, während ich Bananen einräume. Und – ja! Yes, Sir! Der Kunde kauft das dann auch. Yes, Sir! Hast du nicht eben eine Banane gekauft? Als ich gerade die Bananen eingeräumt habe? Yes, Sir! Habe ich dir überhaupt schon erzählt, Morgenbladet, dass mein Vater ein Kaufmann war? Und der Vater meines

Vaters? Und wiederum dessen Vater? Und meinst du, sie haben dieselbe Methode benutzt? Meinst du, sie haben ›Oliven, Oliven, Oliven‹ gesagt oder ›Sandalen, Sandalen, Sandalen‹?« Hernán zwinkerte und nahm das Geld entgegen.

»Und meinst du«, sagte er, »dass einer von ihnen ein Kind hatte, aber keine Frau? Nein. Nie. Nie. Nie«

»Sieben Jahre«, sagte Jarle und fing an, die Banane zu schälen. »Sieben Jahre, Hernán. Am Donnerstag.«

Auf dem Spielplatz war keine Charlotte Isabel. Keine Grete, kein Daniel und keine Tochter. Die Sonne ließ die Rutschbahn funkeln, und die Frau Mitte fünfzig saß wie üblich auf der grünen Bank und strickte. Einen Pullover, so wie es aussah. Sie schaute misstrauisch zu Jarle herüber, der mit einer Cola-Flasche in der Hand am Zaun stand und zu feige war, nach dem zu fragen, was er wissen wollte.

Er lief in Richtung Nygårdshøyden. Er hatte sich der Vorstellung hingegeben, dass sie auf dem Spielplatz waren, aber mit einem Mal kam ihm zu Bewusstsein, dass er ein Problem hatte. Etwas konnte passiert sein.

Die Studenten um ihn herum rannten beim Studentenzentrum ein und aus, sie wimmelten altklug über die Anhöhe mit ihren Aktentaschen, ihren Schultertaschen, und er eilte an ihnen vorbei, in der Hoffnung, weder Robert Göteborg noch sonst jemandem aus dem Institut zu begegnen.

Die Sache würde er später in Ordnung bringen müssen. Konnte man eigentlich von der Uni fliegen? Weil man einen Professor angepöbelt hatte? Er musste seine Tochter finden. Jarle versuchte den Gedanken daran zu verdrängen, was Mama zu all dem sagen würde. Wenn sie wüsste, was hier geschah! Wenn sie wüsste, dass sie Großmutter war! Er hatte mit dem Gedanken gespielt, sie anzurufen. *Hallo, Mama. Jetzt hör mal zu. Doch, doch. Du bist – ja, jetzt musst du dich auf etwas gefasst machen – du bist Großmutter. Einer Siebenjährigen. So was schon gehört? Großmutter, du!* Man kann nicht anrufen und so etwas sagen. Jedenfalls nicht, wenn man nur eine Woche lang auf das Kind aufpassen soll, es einem aber bereits abhandengekommen ist. Und was würde Anette sagen, wenn sie wüsste, was hier los war?

Er ging schneller, ohne zu wissen, wohin er wollte. Wohin geht man an einem ganz normalen Montag in Bergen mit kleinen Kindern? Es war halb eins, und Jarle brach der Schweiß aus. Er brauchte jetzt Hilfe. Er rannte los. Über die Torgalmenning und über Bryggen zum Fløyen hoch, durch die Gassen unten beim Bahnhof. Er blieb vor dem weißen Holzhaus stehen, in dem Hasse wohnte. Er klingelte. Nichts. Er klopfte. Hämmerte gegen die Tür. Nach einer Weile konnte er drinnen ein Rumoren hören, dann wurde die Tür geöffnet, und Hasse stand mit Glotzaugen und Struwwelmähne vor ihm.

»Teufel, Jarle. Bist früh dran. Komm rein.«

Hasse schlurfte in seinem übergroßen Nick-Cave-T-Shirt durch die Wohnung und gähnte heftig. »Wo ist das Kind?«

Jarle seufzte. »Nun, ich hatte gehofft, du wüsstest das.«

»Kaffee?« Hasse füllte ein großes Glas mit Wasser und leerte es auf einen Zug. »Kaffee?«

»Nein. Weißt du nichts?«

Hasse ließ sich auf das graue Sofa fallen. »Nein, woher sollte ich etwas wissen? Oh, verdammte Scheißrückenschmerzen. Wie spät ist es?«

Jarle lief nervös im Zimmer hin und her. »Halb eins. Ehrlich, Hasse, das macht mich fertig. Du weißt, ein Kind zu verschusseln. Du warst doch bei uns, äh, zu Hause, gestern, oder nicht?«

Hasse rieb seinen Rücken am Sofastoff und kniff die Augen zusammen. »Man könnte meinen, ich wäre vierzig. Diese Scheißrückenschmerzen.«

»Hasse, bitte! Das ist doch alles Wahnsinn«, sagte Jarle nervös.

»Setz dich endlich. Macht mich nervös, wenn du da so rumstehst.«

»Ich hab keine Zeit. Ich muss sie finden. Ich kann nicht … das … war das schlimm?«

Hasse erhob sich, stapfte zur Anrichte hinüber und holte Kaffee und Filter hervor.

»Das schon«, sagte er. »Das schon.« Er maß Wasser ab und goss es in die Kaffeemaschine, während er sich an die Seite griff. »Was ist das nur? Eine Art Gicht?« Hasse schaute zu Jarle herüber. »Ich wusste nicht, dass das mit Herdis und dir so ernst war. Und dass Göteborg auch darin verwickelt ist. Wenn ich ehrlich sein soll, hab ich ihn immer für einen schwedischen Wichtelmann gehalten. Der Typ hat so was Zwergiges. Diese Adlernase und die Reptilienhände – kriegst du nicht auch so ein Gollumgefühl bei diesem staubigen Bruder? Oder«, Hasse hob langsam die Schultern und behielt sie oben, während er nachdachte. »Oder hat er vielleicht etwas … Greifenhaftes? Erinnert dieser Typ nicht irgendwie an einen Greif? Wer weiß, Jarle, wer weiß, was das für einer ist? Wir hier halten ihn für so wahnsinnig intelligent, nur weil er Derrida begegnet ist und aus Schweden kommt. Aber was, wenn es genau umgekehrt ist? Was, wenn er nicht einen einzigen Scheißjob an irgendeiner schwedischen Uni kriegen konnte, nicht in Lund, nicht in Uppsala, nicht in Stockholm, was, wenn die Schweden ihn für einen lahmen Ziegenbock halten, eine zurückgebliebene Ente, und was, wenn der große Jacques Derrida in Paris sitzt, mit seiner Gauloise und seinem Cognac, und über diesen Robert Göteborg lacht und allen seinen französischen Kollegen zutiefst beleidigende Witze über ihn erzählt? Hm? Hast du dir das schon mal überlegt? Nein. Dieser Kerl hat doch schon immer etwas Unangenehmes an sich gehabt. Und Herdis? Hintern, ja. Feministin, ja. Steinreich, ja. Aber ist da irgendwas dahinter? Hinter dem Hintern? Hinter dem Feminismus? Hinter dem Geld? Ich bin mir nicht sicher. Hasse ist unsicher. Und was hast du eigentlich getrieben? Teufel, diese Scheißrückenschmerzen! Kann doch mit fünfundzwanzig keine Gicht haben! Ischias? Das ist das Bergenser Bier, Kater im Rücken. Und deine Tochter? Das war ganz schön übel, Jarle. Kaffee?«

»Nein, Hasse. Ich muss sie finden. Du weißt nichts?«

Hasse zuckte mit den Schultern. »Wir haben dich die Treppen hochgetragen, das war verdammt noch mal nicht gut für meinen Rücken. Du bist über die Türschwelle gekippt. Du hast dich an diese Grete geklammert und gefaselt, wie seltsam sexy sie doch sei.«

Jarle schlug die Augen nieder.

»Ja.« Hasse zuckte mit den Schultern. »Du bist im Suff amourös geworden, Jarle. Aber, Herrgott, wer wird das nicht? Wer will nicht ficken, wenn das Gehirn eingepökelt ist? Auch wenn diese Grete ein etwas mysteriöses Aussehen hat. Ach. Das war schon eine Nacht! Und dann Arilds Brüder mit den vielen Kindern! Die blinde Siebenjährige. Episch! Doch das muss ich dir lassen, Jarle: Mut, den hast du. Einfach in Herdis' Straße zu laufen und dein Recht zu verlangen. Genau da, in diesen Sekunden, warst du ein Mann! Ein jämmerlicher Mann? Vielleicht. Aber ein Mann. Du hattest etwas – ja –Italienisches. Ja, das hattest du. Und das muss ich dir auch lassen: deine Tochter Charlotte Isabel. Fantastisches Mädchen. Sie hatte rotgeweinte Augen und fragte die ganze Zeit, ob mit ihrem Papa alles in Ordnung sei. Das, Jarle, war unverfälschte Zuneigung. Gretes Kind schlief auf ihrem Arm, aber deine Tochter – Charlotte Isabel, wie sie leider getauft ist – deine Tochter, das war was anderes. Die hielt zu ihrem Vater, komme, was wolle. Wir trugen dich, schlafend, in so ein Kabuff. Du hast in meinen Armen geschnarcht, und nachdem dieser Schwede und die Feministin weg waren, fragte Charlotte Isabel – wieder und wieder, weißt du –, ob bei ihrem Papa alles in Ordnung sei. Das hat Eindruck gemacht. Das war eine der Nächte, die man niemals vergisst.«

Während der ganzen Zeit, in der Hasse redete, lief Jarle nervös im Zimmer hin und her. Er hörte nur mit halbem Ohr zu, sein Magen wollte sich umstülpen, in seinem Kopf knirschte es, als ob jemand mit Kreide über eine Tafel führe, und seine Beine schienen jeden Moment nachgeben zu wollen.

»Das Einzige, was du vielleicht wissen solltest«, sagte Hasse und griff sich abermals mit einer dramatischen Grimasse in die Seite, »ist, dass es noch die Frage ist, ob diese Mutter tatsächlich am Mittelmeer weilt.«

Jarle schaute auf und runzelte die Stirn. »Wie meinst du das?«

»Ach, keine Ahnung. So was fange ich eben auf, weißt du.«

Jarle trat einen Schritt auf Hasse zu. »Wie meinst du das?«

Hasse erzählte, dass Grete, sobald sie eingetroffen waren, wütend und übermüdet sofort mit ihrem Sohn im Schlafzimmer verschwunden sei. Er selbst habe so eine Art Abschied von Herdis und Robert Göteborg genommen und sei dann mit Charlotte Isabel im Wohnzimmer stehen geblieben, ein wenig ratlos, wie er zugeben müsse, ziemlich unsicher, wie er zugeben müsse, was er jetzt tun sollte. Grete sei am ganzen Leib so dermaßen iltiswütend gewesen, dass Hasse es für klüger gehalten habe, sie in Ruhe zu lassen. Deshalb seien er und Jarles Tochter allein im Wohnzimmer zurückgeblieben. Charlotte Isabel habe um ein Glas Milch gebeten, das er ihr gebracht habe, und dann hätten sie geplaudert, wie er das nannte, während der Milchschnurrbart der Kleinen immer weiter gewachsen sei. Seltsame Situation, musste Hasse zugeben, nicht zuletzt für ihn, der noch nie mit Kindern zusammen gewesen sei – zumindest nicht, seit er selbst kein Kind mehr war. Seltsam, sagte Hasse, aber doch auch interessant. Sie sei durchaus keine Idiotin, Jarles Tochter, sagte er dann, bisweilen sei sie geradezu rührend, und so sei es nicht zu verhindern gewesen, dass er den natürlich-menschlichen Schmelzpunkt erreicht habe, als sie ihm in die Augen geschaut und gesagt habe: Onkel Hasse, ich finde es toll, dass du mein Onkel bist. Jedenfalls habe Charlotte Isabel von ihrem Heimatort erzählt, wie klein er sei, aber doch groß, ein Satz, den Hasse sich sorgfältig eingeprägt habe. Während sie noch dort gesessen hätten und Charlotte gegähnt und erzählt habe von kleinen Orten und großen Orten, von Prinzessin Diana und einem kleinen Pony, habe Hasse gefragt, wo denn ihre Mutter und ihr Vater seien. Am Mittelmeer, habe Charlotte geantwortet. Aha, am Mittelmeer. Wo denn am Mittelmeer?, habe Hasse gefragt. Und da habe Lotte – so könne Onkel Hasse sie nennen – aus einer kleinen Tasche in ihrer Hose einen Zettel gezogen. Einen kleinen Zettel mit einer Telefonnummer. Da, habe sie gesagt, da ist sie. Ich kann die Nummer einfach anrufen. Da ist Mutter. Und Vater.

»Aber«, sagte Hasse und griff sich ein weiteres Mal an die Seite. »Teufel, was ist das nur? Man könnte verdammt noch mal meinen, ich hätte eine Feuerqualle im

Leib! Okay. Aber. Aber. Aber. Es war ganz und gar keine Mittelmeernummer.«

Jarle zwinkerte mehrere Male. »Kannst du dich daran erinnern?«

»Nein, natürlich kann ich mich nicht daran erinnern«, sagte Hasse und presste die Fäuste auf den Küchentisch, während er seinen Rücken streckte, als wäre er beim Training. »Aber eine Mittelmeernummer war das auf keinen Fall. So. Ja. Das sind nur meine Gedanken. Dass die Mutter gesagt hat, sie sei am Mittelmeer, aber dass sie das vielleicht nicht ist. Das ist alles. Und vielleicht solltest du das mal feststellen. Vielleicht ist deine Tochter ... Ja. Nein. Ich weiß nicht. Aber super, jedenfalls total super, dass du gesagt hast, dass ich ihr Onkel bin. Das gefällt mir. Es tut mir bestimmt gut, ab und zu mit einem Kind zu tun zu haben, denn so wie meine Schwester sich mit Verhütungsmitteln vollstopft, werde ich wohl nicht so schnell ein richtiger Onkel.«

Hasse erklärte mit Nachdruck, er müsse eigentlich zum Arzt, denn mit seinem Rücken stimme ganz einwandfrei etwas nicht, bot aber dennoch an, sich dem Schmerz zu stellen und sich mit Jarle auf die Suche nach Charlotte Isabel zu machen.

Jarle lehnte ab. Er fühlte sich müde und erschöpft. Ängstlich und nervös. Wütend und gereizt. Er verabschiedete sich von seinem Freund und verließ eilig das Haus.

Natürlich war Anette Hansen nicht am Mittelmeer. Wie hatte er nur darauf hereinfallen können. *Hallo, hier ist dein Kind, ich fahre ans Mittelmeer, pass für eine Woche auf sie auf.* Was für ein Vater glaubt denn eine dermaßen idiotische Geschichte? Und was für eine Mutter schickt ihr Kind über das Gebirge, damit es eine Woche bei einem wildfremden Papa verbringt, weil sie ans Mittelmeer fahren will? Natürlich war das gelogen. Natürlich hatte sie ihn am Sonntagmorgen von einem ganz anderen Ort aus angerufen. Verdammtes Frauenzimmer! Solide? Mein Gott!

Aber warum war Charlotte Isabel nun hier? Eigentlich?

Und wo war ihre Mutter? Eigentlich?

Und wo war seine Tochter? Eigentlich?

Jarle blieb vor einem Schaufenster stehen. Was sollte er tun?

Spielzeug. Eimer und Spaten. Plastiktraktor. Playmobil. Wasserbälle.

Verdammtes Pack. Warum war er da hineingezogen worden? Hatte das Kind es bisher nicht gut gehabt? Gab es nicht so etwas wie eine »Seligkeit der Armen im Geiste«? Mittelmeer? *Ich fahre ans Mittelmeer!* Teufelspack! Entweder nimmt man Kontakt zum Kindsvater auf, wenn es sich herausstellt, dass man ein Baby im Bauch hat, oder man lässt es ganz. Es ist nicht fair, schon gar nicht human und auch nicht sonderlich gescheit, sieben Jahre zu warten, bis man den Finger hebt und anderen Leuten eine Vaterschaft vor den Latz knallt. Es ist direkt verantwortungslos. Kein Wunder, dass alles den Bach runterging. Es war doch nicht so, dass sie damals, 1990, nicht gewusst hätte, dass Jarle der Vater war?

Hm?

War es überhaupt so?

Hä?

Anette Hansen konnte doch nicht schon in der neunten Klasse so eine Flattermöse gewesen sein, die sich allen Jungs an den Hals warf, die ihr über den Weg liefen, und die keine Ahnung hatte, wer der Vater war?

Hä?

Jarles Hals schnürte sich zusammen. War die Mutter seines Kindes so etwas wie eine Nutte? Bisher hatte er seine Zeit und Energie darauf verwendet, sich damit abzufinden, dass Charlotte Isabels Mutter nicht direkt am französischen Hof geboren war und auch nicht als große Intellektuelle auf Erden wandelte. Sie war Kassiererin. Schluss. Aus. Aber er hatte zugleich und relativ unmerklich eine Vorstellung von ihr als einem soliden Menschen aufgebaut. Er hatte ihr etliche Ellen Diana-Stoff aus Unschuld und Güte um die Schultern gelegt.

Und jetzt sollte sie sich als so was entpuppen? Als nuttiges, vulgäres Stück Frau, die, seit sie aus der Pubertät herausgekrochen war, mit mehreren hundert Knaben geschlafen hatte? Und Jarle sollte nur einer von einer wahnwitzigen Menge geiler Stiere gewesen sein, die sie dermaßen gründlich mit Spermien gefüllt hatten, dass sie keine Ahnung mehr hatte, wer der Vater ihres Kindes war?

Solide Frau? Wie hatte er nur auf den Gedanken kommen können, Anette Hansen sei etwas anderes als eine armselige Hure?

Ich fahre ans Mittelmeer, hier ist das Kind, bitte sehr, es hat am Donnerstag Geburtstag. Weißbrot und heller Sirup.

Ich muss mich um das arme Kind kümmern, dachte Jarle, von diesen Überlegungen niedergeschlagen. Ist doch klar, dass die, bei der sie wohnt, das nicht schafft.

Rasch ging er in den Spielzeugladen. Eine knallbunte Welt schrie ihm entgegen, rot, gelb, grün, blau. Plastik. Jarle stand mit kahl geschorenem Schädel und schwarzer Kleidung da und sah sich um. Meine Tochter braucht Zuwendung, dachte er, wenn man die Umstände bedenkt, unter denen sie dort in Skien heranwächst.

»Kann ich Ihnen behilflich sein?«

Eine stark geschminkte Frau mit Pferdeschwanz stand vor ihm. Rosa Lippenstift, engsitzende Zähne, das ganze Gesicht unter einer Schicht dunkler Abdeckcreme. Falsche Wimpern? Falsche Wimpern. Silbergesprenkeltes Grün als Lidschatten. Ungefähr so stellte er sich Anette Hansen vor, nur war sie sicher kugelrund, lag horizontal und sah sich mit einer Chipstüte in der Hand Fernsehserien an.

»Haben Sie Poster?«, fragte er, so nüchtern er konnte.

Was in aller Welt sollte er nur machen?

Zum Teufel, was für eine Situation! Eigentlich hätte er an diesem Tag büffeln müssen. Eigentlich hätte er sich in Proust vertiefen müssen. Eigentlich hätte er einen Beratungstermin gehabt. Aber nein. Hier ging er nun eilig über die Torgalmenning. Mit einer Tüte in der Hand, in der sich ein Tamagotchi und ein Poster befanden. Es war einfach erniedrigend, dass er in diese schwachsinnige Lage versetzt worden war. Nicht genug, dass ihm ein fremdes Kind in die Hand gedrückt worden war, jetzt sollte er auch noch nach ihm suchen, sich ängstigen, weil ihm etwas passiert sein könnte, und keine Ahnung haben, wo das verflixte Gör stecken mochte.

Jarle atmete ein. Und aus. Versuchte, nüchtern zu denken.

Okay. Wenn ich nüchtern sein soll, dann führt das hier zu nichts. Soll ich jeden einzelnen Spielplatz in Bergen abklappern? Sinnlos. Nüchtern betrachtet, gibt es nur einen Ort, wo ich einigermaßen sicher sein kann, sie anzutreffen. Zu Hause. Und egal, sagte er sich, egal, wie blödsinnig ich mich vielleicht benommen habe, das hier – nämlich das Kind seinem Vater vorzuenthalten – ist vollkommen inakzeptabel. Sie wird wieder zu Hause auftauchen.

Er trottete in Richtung Mølhlenpris weiter. Charlotte Isabels Gesicht schob sich vor seine Augen. Er versuchte, es zu verdrängen, aber es wollte nicht verschwinden. Sie lächelte. Sie strahlte. Sie hatte eine Lücke zwischen den Zähnen, einen apfelförmigen Rucksack auf dem Rücken, und sie sagte: »Papa? Papa?«

Jarle betrat seine Wohnung mit der winzigen Hoffnung, sie seien da. Aber nein. Er klingelte bei Grete, auch das mit der winzigen Hoffnung, sie seien zu Hause. Aber nein.

Er hängte seine Jacke im Flur auf, stellte die Schuhe ordentlich nebeneinander ins Schuhregal, so als könnte das den Tag respektabler machen. Er packte das Tamagotchi so sorgfältig ein, wie er nur konnte, und stellte es zu den anderen Geschenken ins Bücherregal. Es sah gut aus. Ein bisschen klein vielleicht, im Verhältnis zu vielen anderen Geschenken. Er nahm sie heraus und las die Aufkleber. Für Lotte von Tante Elisabeth. Für Lotte, sieben Jahre, von Onkel Karl und Tante Ida Elise. Für unsere liebe Lotte von Oma und Opa.

Das ist, seltsamerweise, meine Familie, dachte Jarle. Ich kenne sie nicht, aber sie gehören zu mir.

Er griff nach dem Telefon und wählte die Nummer, die in Anettes Brief gestanden hatte. Er rechnete nicht damit, sie dort anzutreffen, aber er musste es versuchen. Niemand meldete sich. Sollte er sie bei der Arbeit anrufen, versuchen, sie über die Zentrale von Rema 1000 aufzuspüren, oder sollte er den Gebrauchtwagenhandel in Skien anrufen und fragen, ob ein gewisser Trond gerade im Dienst sei?

Oder sollte er das alles sein lassen?

Vielleicht, dachte Jarle plötzlich, ist es sinnvoller, wenn ich es sein lasse.

Vielleicht, dachte er, verhielt es sich so, dass Anette Hansen ganz einfach Hilfe brauchte. Na gut, sie hatte etwas Nuttiges an sich. Na gut, sie hatte schon in jungen Jahren damit begonnen, ihr Geschlecht Jungs zu offerieren. So war es eben bei manchen Mädchen, und wer war er, dass er das verurteilte? Konnte sie deshalb nicht trotzdem so etwas wie Humanität besitzen? Ja, vielleicht sogar erheblich mehr als das? Vielleicht ließ sich ihr Verhalten auf eine ganz andere Weise betrachten? Als eine Art humanitäre Großzügigkeit: Bitte sehr, Jungs allesamt, hier bin ich? Na, egal, was wusste er denn eigentlich über sie? Arg wenig. Vielleicht war sie krank, vielleicht war etwas passiert, etwas, worüber sie weder mit ihm noch mit Charlotte Isabel sprechen konnte. Und dann hatte sie, weil ihr nichts Besseres einfiel, diese Sache mit dem Mittelmeer ersonnen.

Was schrieb sie doch noch gleich?

Er suchte ihren Brief heraus.

»PSSSS. Es war doch schön.«

Er legte den Brief weg.

Er hatte jetzt viel zu bedenken, doch keinesfalls konnte seine Wohnung weiterhin so ungepflegt aussehen. Unordentlich und ungepflegt. Wenn Charlotte Isabel nach Hause kam – denn sie würde sicher bald nach Haus kommen –, dann sollte sie sehen, dass sie einen Papa hatte. Ja, einen *Papa*. Wenn sie nach Hause kam – und das würde sie sicher bald –, würde sie sich ihres Papas nicht zu schämen brauchen.

Jarle holte Putzeimer und Putzlappen und fiel auf die Knie. Er scheuerte die Böden mit Fichtennadelseife, er putzte die Fenster, er lüftete, er wusch Wäsche, und er dachte: Sie kommt sicher bald. Er wischte mit dem Lappen über die Wände, er schwitzte, als er auf Zehenspitzen stand und die Küchendecke säuberte, er machte das Badezimmer funkelnd sauber, und er dachte: Sie kommt sicher bald.

Dann ging er in Isabel Charlottes Zimmer. Er stemmte die Hände in die Hüften, ganz so, wie es Frauen auf den Bildern der Fünfziger taten, und sah sich um.

Jarle säuberte das Zimmer vom Fußboden bis zur Decke. Er riss die Bücherregale von der Wand und warf alles hinaus, was sich so im Zimmer angesammelt hatte.

Er saugte auf jedem Millimeter Staub. Er schrubbte, bis seine Fingernägel rissig wurden und seine Hände runzlig. Er holte seinen alten roten Sessel vom Dachboden und stellte ihn ins Zimmer. Es war ein weicher Sessel, auf dem Kinder gut herumhüpfen konnten. Warum er den eigentlich aus der Wohnung entfernt und durch die nüchternen Ikea-Möbel und die strengen schwarzen Sessel ersetzt hatte, war ihm ein Rätsel. Der Sessel war ein Farbfleck. Er munterte das Zimmer auf. Dann holte er die Farbe, mit der er ein Jahr zuvor den Wohnzimmertisch gestrichen hatte, ein helles Grün – die einzige Farbe, die er hatte –, und malte einen großen hellgrünen Kreis auf eine Wand. Er lief in die Küche und schaltete den Backofen ein. Er schälte Kartoffeln, die er zum Glück hatte, und stellte sie auf den Herd, sah im Kühlschrank nach, ob da nicht noch zwei Packungen Fischauflauf standen, und da waren sie. Und ganz zum Schluss, als es halb vier geworden war und Jarle vor Schweiß triefte, rollte er das gekaufte Poster aus. Er kramte Klebeband hervor und hängte es dort auf, wo das Porträt von Theodor W. Adorno gehangen hatte.

Fünf stolze Mädchen: Posh Spice in einem Goldlamékleid, Scary Spice in einem engen Leopardenkostüm, Ginger Spice in Blumenmuster und mit roten Haaren, Baby Spice in lila Sakko, Sporty Spice in kurzem Goldtop.

Es roch jetzt gut im Zimmer. Es hatte sich mit Frische gefüllt, mit Wärme. In der ganzen Wohnung roch es nach grüner Seife und Fischauflauf.

Jarle schaute auf die Uhr. Zehn nach vier. Er trommelte mit den Fingern auf die Armlehne des roten Sessels.

Jaa, sagt er laut. Jaa!

Jetzt. Jetzt können sie kommen.

Jaa. Papa ist so weit!

Ein Geheimnis

Es fiel Jarle schwer, sich vorzustellen, wie Charlotte Isabel diesen Tag empfunden hatte. Er versuchte, Erinnerungen aus seiner eigenen Kindheit hervorzukramen, die ihm sagen konnten, was für ein Gefühl es sein mochte für ein sieben Jahre altes Kind, in eine fremde Stadt zu reisen, zum ersten Mal seinen Papa zu treffen, mit ihm zusammen eine Prinzessinnenbeerdigung zu sehen, viel zu viele neue Leute kennenzulernen, den neuen Papa sternhagelvoll zu erleben und dann der Nachbarin überlassen zu werden. Als Sohn eines mit allen Wassern gewaschenen Wochenendalkoholikers waren Jarle die Einsamkeit eines Kindes und ein unberechenbarer Vater nicht unbekannt, und natürlich machte es ihm zu schaffen, dass er schon am ersten Wochenende, an dem er seine Tochter zu Besuch hatte, mit seinem Vater hätte verwechselt werden können. Dennoch hatte nichts in seiner eigenen Kindheit Ähnlichkeit mit all dem hier. Was wusste er schon darüber, woher Charlotte Isabel kam, wie stark oder wie verletzlich sie war, wie sensibel oder phlegmatisch? Dass er sich entsetzlich benommen hatte, stand für Jarle fest, aber wie Charlotte Isabel das empfunden hatte, ahnte er nicht, so wenig, wie er ahnte, wo sie an diesem Montag steckte.

Statt weiter an seine eigene Kindheit zu denken und in seinen Erinnerungen zu wühlen, entdeckte er zu seiner Überraschung, dass etwas anders geschah. Als er in dem roten Sessel saß und sich mit milder Verwunderung nach seiner Tochter sehnte, schien er sich in seinen eigenen Vater zu verwandeln. Was da auf dem Treibholz der Erinnerung angeschwemmt wurde, war sein Papa, aber nicht nur er: Es waren auch alle anderen Papas, ihre Erfahrungen, ihre Gefühle und ihre Welt, die ihm – ungefragt – dargeboten wurden, nicht die eines Kindes, seine eigenen oder Charlotte Isabels. Jarles Schläfen brannten vor Kälte, als er sich mit einem Mal nicht mehr an sein eigenes Leben erinnern konnte, sondern das Gefühl hatte, in Papas Kopf umherzuwandern, in Papas Gehirn, im Vätergehirn aller Papas, so besorgt um ihre Kinder, so froh über ihre Kinder, so genervt von ihren Kindern, so verzweifelt über ihre Kinder.

Wo ist mein Kind?

Jarle sprang auf und schüttelte dieses gespenstische Gefühl ab.

Um ihn herum war alles schön und sauber. Es roch gut im Wohnzimmer. Um seine Tochter, die bald nach Hause kommen würde, nicht zu belästigen, war er zum Rauchen nach draußen gegangen. Die Geschenke für Charlotte Isabel standen in Reih und Glied im Regal. Ihre Kleidung, die kleinen, geradezu anrührenden Schuhe, ihre Habseligkeiten – alles war in Schränke und Regale geräumt. Und es war still.

Jarle behielt aufmerksam die Tür im Auge.

Sie kommt sicher bald.

Alles andere ist unmöglich, sagte er sich. Das ist das einzig Vernünftige – und Grete ist auch vernünftig. Sie ist mit den Kindern weggegangen. Und jetzt kommt sie bald mit ihnen nach Hause. Und dann bekommen sie was zu essen. Allesamt. Von Papa Klepp.

Denn sie kommen sicher bald.

Kartoffeln und Möhren stellte er warm, wie Mama

das machte, mit einem Handtuch über dem Topf und dem Deckel obendrauf. Mit dem Fischauflauf war das schon schwieriger, da Jarle kein Wärmefach hatte wie seine Großmutter. Aber der Auflauf stand im Backofen und war noch warm.

Um halb fünf hörte er unten die Haustür.

Er erhob sich.

Er räusperte sich.

Öffnete die Tür vorsichtig einen Spaltbreit.

Durch das Treppenhaus drangen Kinderstimmen zu ihm. Das waren sie. Sein Nacken spannte sich, und er trat vor die Tür.

»Hallo«, sagte er glücklich, als sie auf dem Treppenabsatz zwischen den Stockwerken auftauchten. »Hallo! Da seid ihr ja! Charlotte Isabel! Grete! Daniel! Wie schön. Ich warte ja schon so auf euch, das könnt ihr mir glauben! Jetzt könnt ihr gleich zum Essen kommen. Hattet ihr denn einen schönen Tag? Wo wart ihr?«

Grete hatte tiefe Ringe unter den dunklen Augen. Sie sah aus, als ob sie wochenlang nicht geschlafen hätte. Ihre Haare waren verstrubbelt, und der Blick aus ihren weit auseinandersitzenden Schildkrötenaugen ging in alle Richtungen. Daniel hing wie ein Mehlsack auf ihrem Rücken, weinend, mit eingetrocknetem Rotz unter der Nase. Charlotte Isabel hielt ihre Hand, schniefend, bleich und müde.

»Na, hattet ihr einen schönen Tag? Was habt ihr denn alles erlebt?«

Grete stellte Daniel auf der Treppe ab und schubste Charlotte Isabel vor sich her. »So, jetzt kannst du zu deinem Vater gehen.«

Charlotte Isabel sah sie unsicher an.

»So. Geh jetzt. Da ist dein Vater.«

Jarle schluckte, er versuchte, das Lächeln auf seinem

Gesicht zu behalten, merkte aber, dass ihm das nicht gelang. Grete ging mit Daniel an der Hand die Treppe hoch. Sie würdigte Jarle keines Blickes und blieb vor ihrer eigenen Tür stehen. Fischte den Schlüssel aus der Handtasche. Charlotte Isabel schob zwei Finger in den Mund und ließ ihren Blick zwischen den beiden Erwachsenen hin- und herwandern.

»Jarle«, sagte Grete, während sie die Tür aufschloss. Ihr Rücken hob und senkte sich.

Er räusperte sich. »Ja?«

»Ich weiß nicht, womit du denkst.« Sie drehte sich um. »Und ich weiß auch nicht, was in deinem Kopf vor sich geht. Aber das tust du niemals wieder. Du tust es mir nicht an. Und du tust es deiner Tochter nicht an.« Sie öffnete die Tür.

Obwohl sie ihm den Rücken zukehrte, konnte Jarle förmlich sehen, wie sie die Zähne zusammenbiss und die Augen schloss.

»Mir wäre es lieber, du ließest Daniel und mich in Ruhe.« Grete drehte sich zu seiner Tochter um. Sie lächelte und fuhr ihr übers Haar. »Es tut mir leid, Lotte. Tausend Dank für heute.«

»Aber – aber wollt ihr denn nichts essen? Fischauflauf?«

Die Tür knallte ins Schloss.

»Ich glaube, sie hat keinen Hunger, Papa«, flüsterte Charlotte Isabel mit brüchiger Stimme.

»Nein«, flüsterte Jarle zurück.

Seine Tochter nickte.

»Weißt du, was ich glaube, Papa?«

Er sah sie an. »Nein.«

»Ich glaube, sie ist müde. Aber ich hab ein Bild für dich.«

Lotte zog ein zusammengefaltetes Blatt aus ihrer Jackentasche. Sie hatte oben in die rechte Ecke eine Sonne gezeichnet, eine gelbe Sonne, die fünf stolze Strahlen zur Erde sandte. Unten auf dem Boden standen ein Pferd oder ein Pony, ein schwarz gekleideter Mann und ein Mädchen.

Der restliche Montag verlief still bei Jarle und seiner Tochter. Charlotte Isabel jubelte zwar laut und schrill, als sie an ihrer Wand Baby, Posh, Ginger, Scary und Sporty Spice sah, aber nicht ganz so laut und schrill, wie sie es getan hätte, wenn alles so gewesen wäre, wie es sein sollte. Sie war müde, das konnte er sehen, und sie stocherte mit der Gabel im Fischauflauf herum. Jarle antwortete, ja, sicher, als sie ihn fragte, ob er ihr wieder von der Prinzessin erzählen könne, die keine Prinzessin sein wollte, und als sie ihn fragte, ob er ihr auch ein Lied über sie vorsingen würde, wenn sie nicht schlafen könne, sagte er, er könne es immerhin versuchen. Vielleicht könne er zu einer Spice-Girls-Melodie singen? Klar, murmelte er, wenn er eine davon im Kopf habe. Jarle fragte, was sie an diesem Tag gemacht hätten, und er nickte wissend, als er erfuhr, dass sie in einer Art Büro gewesen waren.

Sie und Daniel hätten gezeichnet, fast den ganzen Tag lang, sagte Lotte, bis auf die halbe Stunde, die Grete sich hatte freinehmen dürfen, da seien sie für einen Moment hinausgegangen und hätten sich Rosinenbrötchen gekauft. Das sei lustig gewesen, sagte Lotte, aber so viel zu zeichnen habe sie doch ein bisschen gelangweilt. Sie seien in Gretes Büro gewesen, berichtete die Kleine, denn am Morgen habe Papa doch so fest geschlafen und sei zu krank gewesen, um aufzustehen, also habe Grete sie mitgenommen. Und weil Grete sie mitgenommen habe, habe sie gleich auch Daniel mitgenommen, damit sie zu zweit wären.

Jarle nickte. Ja, sagte er, das waren ja viele gute Ideen auf einmal.

Und im Büro, berichtete Charlotte Isabel, habe das Telefon dauernd geklingelt, und Grete habe eine Menge Ordner und Mappen holen und den ganzen Tag mit Leuten reden müssen. Auf diese Weise hätten sie und Daniel viele Zeichnungen gemacht. Jarle könne sie sich ansehen, wenn er wolle.

Ja, das wolle er gern, sagte er, aber vorläufig reiche die eine, die er bekommen habe, die wolle er sofort an die Wand in ihrem Zimmer hängen – warum nicht mitten in den grünen Kreis?

Er ergriff die Zeichnung und hob sie hoch. »Die ist wirklich wunderschön, Lotte.«

Lotte nickte. »Du kannst ja mal raten, wer das ist«, sagte sie und lächelte, wobei die Lücke zwischen ihren Vorderzähnen erschien.

Vater und Tochter holten Klebeband und befestigten die Zeichnung mitten in dem hellgrünen Kreis – eine sehr schöne Zeichnung, wie sie beide feststellten. Lotte fand ihr Zimmer jetzt viel feiner, und sie sagte mit Nachdruck, Papa könne ja dort schlafen, wenn sie wieder weg wäre, wenn er Angst hätte oder sich nach ihr sehnte. Morgen könnten sie außerdem auf der Matratze eine Kissenschlacht veranstalten, sagte sie, aber heute sei sie zu müde, leider, und außerdem gebe es doch bald Kinderfernsehen, oder?

Charlotte Isabel gähnte wahrend der gesamten Mumin-Folge. Sie sprach schläfrig von Prinzessin Diana, die in der Erde liege und friere, und sie sagte, sie hoffe, dass Mutter und Vater es schön hätten am Mittelmeer.

Jarle hatte eigentlich fragen wollen, ob sie vielleicht eine Telefonnummer habe, die er anrufen könne, vielleicht eine Nummer in ihrer Tasche, aber aus irgendeinem Grund tat er es dann doch nicht. Irgendwie erschien es ihm nicht mehr so dringend. Wenn jemand meinte, Lotte solle für einige Tage bei ihm wohnen, dann konnte es eine Weile so bleiben. Wenn jemand etwas als »Mittelmeer« bezeichnete, dann hatte dieser Jemand seine Gründe. Er überlegte hin und her, ob er über den Gang gehen, vorsichtig bei Grete anklopfen und sie um Verzeihung bitten sollte, tat es aber dann doch nicht.

Nach dem Kinderfernsehen fragte Lotte, ob Jarle jetzt wieder gesund sei.

Jarle nickte und sagte, ja, er fühle sich schon viel besser.

Dann fragte Lotte, ob das eine Krankheit sei, eine Krankheit, die er immer habe oder nur ab und zu, dieses Fallen und Taumeln, und Jarle antwortete, er hoffe, er könne das loswerden.

Es sei jedenfalls gut, dass er Onkel Hasse und Tante Grete habe, erklärte Lotte, denn ohne die beiden wäre alles schiefgegangen. »Aber du, Papa«, sagte Charlotte Isabel stolz, als das Kinderfernsehen zu Ende war.

»Hm?«

»Ich war noch nie so lange auf wie gestern.«

»Neeein«, sagte Jarle. »Das kann ich mir denken.«

»Ich muss das unbedingt Mutter erzählen«, sagte sie und gähnte. »Das ist der neue Rekord. Wie spät war das, was glaubst du?«

»Tja«, sagte Jarle leise. »Das kann vielleicht ein Geheimnis sein?«

Die Augen seiner Tochter funkelten. »Ein Geheimnis?«

»Hm?« Er gähnte. »Nur zwischen dir und mir.«

»Jaa«, sagte Lotte. Sie gähnte ebenfalls und schmiegte sich auf dem Sofa an ihn. »Nur zwischen dir und mir, Papa.«

Gegen halb acht waren beide vor dem Fernseher eingeschlafen, weshalb es keine Märchenstunde und kein Prinzessinnenlied zu einer Spice-Girls-Melodie gab. Wenn jemand vorbeigekommen wäre, hätte er Vater und Tochter auf dem Sofa gesehen, den einen sitzend, die andere liegend. Und wenn dieser Jemand genau hingeschaut hätte, hätte er gesehen, wie sie beide im Schlaf einen Schmollmund zogen, und hätte vielleicht gedacht, dass sie Ähnlichkeit miteinander hatten. Er hätte auch gehört, dass viermal das Telefon klingelte, ohne dass jemand aufgewacht wäre, und er hätte gesehen, dass Charlotte Isabel Hansen, den Kopf auf dem Schoß ihres Papas, tief und regelmäßig atmete.

Lotte hat das schon längst begriffen

Keine Mutter mag es, wenn ein Mädchen ihrem Sohn den Kopf verdreht.

Wenn eine Mutter diese Entwicklung kommen sieht – und das tut sie früher als alle anderen –, steigt in ihr die Erinnerung an sich selbst als junge Frau auf. Und wenn auch manche Mütter betonen, wie gut sie es finden, dass ihr Sohn für ein schönes Mädchen schwärmt, ist ihre Großmütigkeit doch falsch und aufgesetzt: In Wahrheit fängt eine Mutter nämlich insgeheim an, zu seufzen und zu jammern. Denn was kann sie tun? Sie weiß, was passieren wird. Das Mädchen wird ihren Sohn zu Fall bringen. Innerhalb weniger Sekunden wird das Mädchen jede Vernunft, die mühsam in dem Jungen Fuß gefasst hat, durch sich selbst ersetzen, innerhalb weniger Sekunden werden alle Klugheit, alle Perspektiven, wird aller Verstand aus ihm verschwunden sein, und alles, worauf die Mutter ihre Zeit verwendet hat, ist dem Erdboden gleichgemacht. Übrig ist der kreatürliche Sohn, zitternd vor hartem Begehren, bereit, für das herrliche Mädchen alles, was er ist und was er hat, über Bord zu werfen. Der Sohn hat begriffen, warum er existiert, und niemand kann ihn davon abhalten, seine Erfüllung zu finden. Das fürchtet die Mutter, das weiß sie so gut, weil sie selbst einmal ein Mädchen war. Sie hat den Sohn einer anderen Mutter zu Fall gebracht, sie hat Furcht erzeugt in der Brust einer anderen Mutter, die sich ebenfalls in dem Mädchen wiedererkannte, das mit langen Wimpern und glänzenden Lippen des Weges kam.

Wenn das Mädchen, das einen Sohn zu Fall bringt, ein vernünftiger Mensch ist, vermag die Mutter eine Zukunft für ihren Sohn zu sehen, wohlgestaltete Enkelkinder, ein gutes Heim mit aufgeschlagener Bettdecke und dicken Pfannkuchen, und die Mutter ist gegenüber der jungen Geschlechtsgenossin, die Anspruch auf ihren Sohn erhebt, milder gestimmt. Sie findet sich damit ab, dass es sie gibt. Doch wenn das Mädchen, das den Sohn zu Fall bringt, wenig verheißungsvoll ist, wird es schlimm. Dieses Mädchen wird dann immer auf den Widerstand ihrer älteren Geschlechtsgenossin stoßen. Darüber hinaus gibt es eine dritte Sorte Mädchen, dem es weit schlimmer ergehen wird als den beiden anderen, und das ist die wunderschöne Evastochter, die alles Sohnhafte in einen Sturm aus glücklicher Begierde verwandeln will. Dieses Mädchen, das nur sehen will, wie der Junge sich ihretwegen erhebt, das nur erleben will, wie er sich ihretwegen zum Zerreißen spannt, wird die ganze Freude des Jungen und den ganzen Hass der Mutter zu spüren bekommen.

Können Mütter ihre Söhne an ihren Schritten erkennen?

Können Mütter es im Rückenmark spüren, wenn ihre Söhne leiden?

Können Mütter an der Stimme der Mädchen hören, ob sie mit ihrem Sohn geschlafen haben?

Ja. Das können sie.

Gegen vier Uhr wurde Jarle davon geweckt, dass Charlotte Isabel ihren Kopf schlaftrunken auf seinem Schoß wendete. Er starrte, sein Nacken eiskalt, in die Dunkelheit, ehe er seine Tochter vorsichtig aufhob und sie in sein Bett trug, während ihr Kopf und ihre Füße schwer nach unten hingen und die hellblonden Haare in den Lichtstreifen, die die Straßenlaternen hereinwarfen, funkelten. Er breitete die Decke über Charlotte Isabel und wickelte sie um die kleinen Füße, danach schlüpfte er selbst darunter. Mit diesen schlichten Aktivitäten, so als wäre er *wirklich ein Vater*, verdrängte er die Gedanken an den morgigen Tag und schlief bald darauf wieder ein.

Jarle wurde erst nach halb neun wach, und er spürte neben sich den kleinen Körper, der langsam anfing, aus dem Schlaf zu kriechen. Lottes Atem wurde ungleichmäßig, Hände und Füße rieben über die Matratze, und nach einigen Minuten dieser Aufwachaktivität hörte er seine Tochter sagen: »Mmm, Papa?«

»Hallo, Lotte«, sagte er mit morgentrüber Stimme. »Guten Morgen, guten Morgen. Hast du gut geschlafen?«

»Mmm«, kam es als dumpfer Laut von der Kleinen, ehe sie den Hals zu einem gewaltigen Gähnen reckte. »Ja-a. Und du?«

»Nicht schlecht«, sagte er und schaute sie an, ihre wilden Struwwelhaare, die Nester darin. Ein fein gestanzter Strich zog sich über die eine Wange, nachdem sie auf dem Saum des Kissenbezugs geschlafen hatte.

»Was ist heute für ein Tag, Papa?«

»Dienstag«, sagte er. »Wieso fragst du?«

»Ach.« Sie ließ sich mit aller Schwere, die sie mobilisieren konnte, wieder auf die Matratze fallen. »Ach, ich dachte, ich hätte schon Geburtstag.«

Sie brauchten lange an diesem Morgen. Zum Frühstück gab es Spiegeleier, Kaffee und Milch, und Lotte durfte zusehen, wie Jarle sich den Schädel rasierte. Als er ihn mit Rasierschaum einrieb, stand sie auf einem Hocker und sagte, er sehe aus wie ein Pilz – ein *Pilz*? Ja, Papa, ein *Pilz*!–, aber als er mit dem Rasierapparat über seinen Kopf fuhr, bekam sie Angst und sagte, er könne sich ins

Gehirn schneiden. Jarle lächelte, zwinkerte ihr zu und sagte, nicht doch, Lotte, das kann Papa nicht. Am Ende glänzte Jarles Schädel, und Lotte durfte ihn anfassen, und sie sagte, der sei ja ganz wie Gummi, und sie zogen sich an, um in den Tag hinauszugehen.

Sie verbrachten mehrere Stunden auf dem Spielplatz, und Jarle bemühte sich redlich, den Vortag und die Suffnacht, aus der der Vortag entstanden war, vergessen zu machen und ein unbekümmerter Vater zu sein. Einige Patzer unterliefen ihm dabei natürlich. Er begriff bald, dass er, wenn er gezwungenermaßen eine Tochter zu Besuch hatte, einen Rhythmus für das Waschen von Kleidern und das Mitnehmen von Sachen zum Wechseln entwickeln musste, da Kinder sich so wahnsinnig schnell schmutzig machen – sogar sieben Jahre alte Mädchen. Sie können niedlich aussehen, sie können wirken, als ob sie allein zurechtkämen, aber sie brauchen nicht lange, um sich mit Sand und klebrigem Dreck einzusauen. Kauf ihnen ein Eis – wie Jarle das getan hatte, als sie auf dem Weg zum Spielplatz bei Hernán vorbeigeschaut hatten – und schon ist es geschehen. Frischer Pullover? Jarle hatte keinen frischen Pullover mit. Hatte sie denn nicht daran gedacht? Außerdem fror sie, wie sich nun herausstellte. Charlotte Isabel hatte gesagt, ein Pulli und die Sommerschuhe und die leichte Strumpfhose seien mehr als genug, ihr werde doch so schnell warm – aber das stimmte offenbar nicht. Keine zwanzig Minuten später jammerte sie, ihr sei so kalt. Und sie müsse aufs Klo, sagte sie. Ja, aber das alles hätten sie doch erledigen können, ehe sie gingen?

Jarle rannte also zur Wohnung zurück und holte wärmere Sachen, und es wurde ein gelungener Vormittag. Wir haben ja so viel geschafft!, dachte er. An einem normalen Tag hätte er vor dem Mittagessen vielleicht einen halben Essay über Dekonstruktivismus gelesen. Einen Essay, den er anschließend noch mindestens zwei oder drei Mal hätte lesen müssen. Aber heute! Eine ganze Menge Dinge hatten sie geschafft. Und über was sie nicht alles diskutiert hatten! Über Venezuela hatten sie diskutiert, weil Hernán und seine Familie von dort kamen. Über Skien hatten sie diskutiert, weil Charlotte Isabel von dort kam, und Lotte hatte erzählt, wie groß ihr Zimmer sei, dass es von der Decke bis zum Boden rosa gestrichen und mit einem eigenen CD-Player, vielen Postern und jeder Menge schöner Dinge ausgestattet sei. Über die Spice Girls hatten sie diskutiert, da Charlotte Isabel die so toll fand. Sie wollte unbedingt, dass Jarle sich ein Lieblings-Spice aussuchte, denn das hatten doch alle – und am Ende musste er sich geschlagen geben und sagen, Ginger Spice, aber da erklärte Lotte, öh, Ginger, mein Liebling ist Scary Spice.

Doch es war nicht nur die Menge ihrer Diskussionen, es war auch die Art, wie sie diskutierten, dachte Jarle begeistert, wie sie spielerisch und assoziativ von einem Thema zum anderen glitten, essayistisch geradezu, in prachtvollen essayistischen Wendungen. Von diesem Gesprächsniveau mitgerissen, versuchte Jarle, Lotte zu erklären, was Akademia war, aber da endete der Austausch dialogischen Denkens. Ein Ort für das Denken, sagte er. Hm, sagte Lotte. Ein Ort für die Reflexion, sagte er. Hm, sagte Lotte, jaja! Trotzdem hatten sie an diesem Vormittag so viel geschafft! Er konnte sich nicht daran erinnern, wann er zuletzt einen so sorglosen und kreativen Vormittag gehabt hatte, möglicherweise musste er dazu bis in seine eigene Kindheit zurückgehen.

Gegen halb elf kam Ingrid angelaufen, Hernáns Tochter, und das brachte wahren Jubel auf den Spielplatz. Die beiden Mädchen rutschten auf der Rutschbahn, Charlotte Isabel erzählte, dass der Hundeaufkleber bei Papa am

Spiegel klebe, sie schaukelten wild, und sie tuschelten und flüsterten auf der Bank über etwas, das Jarle absolut nicht erfahren durfte, und dabei wollten sie sich ausschütten vor Lachen. Also echt jetzt, sagte Jarle kühn, macht schon, sagt schon, was los ist, und nach langer Überredung fragte Ingrid, wen er heiraten wolle, wenn er groß sei, woraufhin Jarle kicherte wie ein Mädchen und sagte, na ja, dich doch sicher, Ingrid, und er fragte sich, warum sie das überhaupt habe wissen wollen.

Jarle schob auf, was er an diesem Vormittag eigentlich hätte tun müssen. Lieber wollte er, so lange es ging, an dem kindlichen Quatsch der Mädchen teilhaben. Dabei lauerte in seinem Hinterkopf die Gewissheit, dass er in den Lesesaal gehen und einen ganzen Packen extrem wichtiger Artikel holen musste. Er hatte eine Woche vor sich, die im Zeichen närrischen Daseins stehen würde, das war ihm inzwischen klargeworden, und dort im Lesesaal gab es etliche extrem wichtige Artikel, Artikel, die so essenziell für mich sind, sagte Jarle sich, dass mir der Sauerstoff fehlt, wenn ich sie nicht bei mir habe.

Als Ingrid schließlich gehen musste, nachdem die beiden Mädchen unter Johlen und Tuscheln wer weiß wie oft von der Rutsche gerutscht waren und vereinbart hatten, sich *gleich morgen wieder zu treffen und für immer beste Freundinnen zu sein,* schlenderte Jarle zu seiner Tochter hinüber, die jetzt ein wenig verloren vor dem Schaukelpferd stand.

»Du, Lotte?«, sagte er mit glockenhellem Timbre in der Stimme, was ganz und gar nicht zu ihm, aber, wie er glaubte, zur Situation passte. »Willst du nicht mal kurz bei Papas Arbeit vorbeischauen?«

Lotte klatschte zweimal in die Hände, rief begeistert »Ja«, und sie machten sich auf den Weg.

»Aber du weißt, Lotte«, sagte er und legte sein Gesicht

in Falten, wie es ihm für einen Vater angemessen schien. »Du weißt – das ist Papas *Arbeit*. Das verstehst du, nicht wahr? *Arbeit?* Die Arbeit von Papa? Und bei Papas Arbeit, da darf man eigentlich gar keine Kinder mitbringen.« Jarle sah, wie sie seinen ernsten Worten aufmerksam lauschte, und er war froh. »Das ist verboten«, fügte er hinzu, animiert von dem Gehorsam, der sich zwischen Vater und Tochter ausbreitete, als sie sich dem Universitätsgelände näherten. Eine gute Voraussetzung, wie er fand, um sein Anliegen vorzubringen. Er blieb stehen und fing ihren Blick ein. »Ja, also, Lotte, pass auf. Wenn wir jetzt gleich zu Papas *Arbeit* gehen, um ein paar Artikel zu holen, dann ist es ungeheuer wichtig, dass du mucksmäuschenstill bist. Verstehst du?«

Lotte nickte und machte ein strenges Gesicht.

»Mucks, mucks, mäuschenstill«, wiederholte Jarle. »Meinst du, du schaffst das?«

Lotte nickte noch einmal.

»Weißt du, Lotte«, fuhr er beflissen fort, zufrieden damit, wie das Gespräch sich entwickelte, »du könntest ja versuchen, dich unsichtbar zu machen, sodass niemand dich bemerkt. Wäre das nicht ein spannendes Spiel?«

Und Lotte nickte, zum dritten Mal, mit ernster Miene, und diesmal fand Jarle, dass sie irgendwie erwachsen aussah, ja, nicht nur erwachsen, sondern fast alt und ein wenig verschrumpelt um die Augen, als stünde vor ihm eine Zwergin oder eine kleine Hexe aus einem Hexenhaus mitten im Wald.

»Mucksmäuschenstill«, flüsterte sie. »Mucks, mucks, mäuschenstill.«

»Richtig«, sagte Jarle und streichelte zufrieden über ihren Kopf, als sie das literaturwissenschaftliche Institut und damit den Lesesaal erreichten, in dem er einen festen Platz hatte. »Wir gehen nur kurz hier hinein, blitzschnell, und holen ein paar Artikel, die für Papa ganz wichtig sind, und dann schleichen wir uns wieder davon – genau wie Diebe, Lotte«, sagte er und zwinkerte ihr zu.

»Diebe!« Lotte machte kugelrunde Augen.

»Und, Lotte«, sagte er und hob den Zeigefinger. »Mucksmäuschenstill, du weißt schon.«

Sie nickte.

»Onkel Hasse!«, rief Charlotte Isabel, kaum hatten sie durch den Torbogen den Innenhof betreten.

Jarle hob das Kinn. Er blieb stehen, seufzte tief und sah Lotte nach, die quer durch den vollen Innenhof auf Hasse zulief, der neben Arild auf einer Bank saß. »Mucksmäuschenstill«, wollte er sagen, aber das Wort blieb ihm im Hals stecken, als er merkte, wie die Studenten allesamt in ihren Gesprächen verstummten und diesem Wirbelwind von Mädchen hinterherblickten, ehe sie Jarle neugierig musterten.

»Papa! Da ist ja Onkel Hasse!«

Die Stimme, die durchdringende helle Kinderstimme, erhob sich zwischen den von Efeu bewachsenen Wänden des Innenhofes. Jarle kam sie vor wie der intensive Geruch, der von einem offenen Grill aufstieg, aufstieg und sich an den Fassaden ausbreitete, durch alle Fenster kroch, in den Lesesaal hinein, in die Hörsäle, die Gehörgänge.

Er richtete sich auf, spürte, wie das Blut durch seine Arme schäumte. Er versuchte, ruhig zu bleiben, während er auf seine Tochter zuging, die aufgeregt mit den Armen fuchtelnd vor seinen beiden Kumpels stand.

»Bei dir in der Arbeit ist es ja toll«, sagte Lotte, als er neben sie trat. »Wirklich.«

Jarle räusperte sich und nickte. »Hallo«, sagte er. »Ja, wir wollten nur kurz vorbeischauen, ich brauche ein paar, ja, etwas Adorno und …«

»Wer bist du?«, fragte Lotte in diesem Moment und

zeigte auf Arild. Dessen Blick irrte hin und her, und er wurde bis zu den Haarspitzen rot.

»Muss weiterlesen. Hja-aaa«, sagte er und trottete auf den Eingang zu.

»Wer war das, Papa?«

»Ach, das ist ein Kumpel«, erklärte Jarle kurz angebunden. »Er heißt Arild.«

»Onkel Arild?« Lotte wandte sich Hasse zu. »War das Onkel Arild?«

Hasse wiegte den Kopf hin und her. »Er ist ein bisschen – schüchtern, verstehst du. Er braucht einfach Zeit. Weißt du was, Lotte, das ist schön, dich hier zu sehen. Jetzt führen wir dich ein bisschen herum, einverstanden? Hier gibt es eine Mensa, mit Eis und …«

Nervös trat Jarle von einem Fuß auf den anderen und packte Lottes Hand.

»Nein, also, wir – wir haben nicht sehr viel Zeit, wir wollten nur …«

Hasse fiel ihm ins Wort.

»Klar machen wir das.«

Lotte trat einen Schritt auf Hasse zu und sah ihn streng an.

»Aber du weißt doch, Onkel Hasse, dass Kinder hier nicht erlaubt sind. Wir müssen mucksmäuschenstill sein.«

Hasse hob die Augenbrauen und warf Jarle einen Blick zu. »Jaa – das stimmt, richtig.« Dann beugte er sich zu ihr hinunter. »Aber wir sind einfach ganz leise, was?«

»Ja, ganz leise«, flüsterte Lotte. »Tut dir dein Rücken immer noch weh?«

Er zwinkerte ihr zu. »Ganz schrecklich.«

Die drei betraten das Gebäude, Jarle ging hinter Hasse und Lotte her, dachte darüber nach, wie überraschend leicht Hasse der Umgang mit Kindern fiel. Es schien ihm überhaupt nicht peinlich zu sein, sich in deren unbeschwerte, geheimnisvolle Welt der Intuition hineinzubegeben. Hasses große Augen wurden noch größer, und er fuchtelte mit seinen riesigen Händen, als er Lotte erzählte, was es hier alles zu sehen gab: Wusste sie, dass hinter diesen Türen die Menschen der Zukunft saßen und die Menschen, die in der Vergangenheit für große Entdeckungen und geniale Erfindungen gesorgt hatten? Lottes Kinderaugen sahen ihn erstaunt an, nein, flüsterte sie, das hatte sie nicht gewusst. Wusste sie, dass hinter diesen Türen Menschen gesessen und die Glühbirne und den Rollstuhl und andere seltsame Apparate erfunden hatten? Der kleine Mädchenkopf sah sich ehrfürchtig in den Gängen um, nein, flüsterte sie, das hatte sie nicht gewusst. Hasse ging in die Knie und fasste sie an den Armen: Und das hier, Lotte, sagte er, das hier, siehst du, ist ein Labor, hier kocht und brodelt es, und niemand weiß, was gleich passieren wird.«

Lotte drehte sich mit bewunderndem Blick zu ihrem Vater um, ihr Mund öffnete sich, aber nicht ungläubig, sondern eher überrascht, und Jarle spürte den frisch gewonnenen Respekt und die Achtung in diesem kleinen Menschen. Und er konnte nicht verhindern, dass ihm das sehr gut gefiel.

»Ja«, flüsterte er. »Hier passiert das alles, Lotte. So ist es. Hier passiert es. Und jetzt, du weißt – mucksmäuschenstill.«

Sie nickte. »Mucksmäuschenstill«, flüsterte sie zurück.

Sie betraten den Lesesaal. Schwer hing die apodiktische und ein wenig beklemmende Stille, die lesende Menschen umgibt, in der Luft. Bleistifte in Mundwinkeln, aufgeschlagene Bücher, das eine oder andere scharrende Geräusch eines Fußes, ein Kaugummipapier, das aufgerissen wurde. Lotte und Hasse blieben in der Tür stehen. Jarle richtete sich auf, versuchte, die Blicke der Studenten zu ignorieren, die sich auf ihn und Lotte richteten, und ging zu seinem Platz. Passiert es hier, Onkel Hasse, konnte er hinter sich hören. Aber sicher, Lotte, bestätigte Hasse, darauf kannst du dich verlassen. Hier in dieser scheinbaren Stille, Lotte, und trotz all der krummen Nacken, gibt es eine glänzende, schwindelerregende Welt. Jarle packte hastig einige Kompendien, die für ihn essenziellen Artikel sowie zwei Bücher zusammen, während Hasse mit der Mythologisierung des Universitätslebens fortfuhr. Er konnte hören, wie Lotte fragte, was Onkel Arild da hinten beim Fenster macht, und wie Hasse antwortete, ach, Lotte, das weiß nur Onkel Arild.

Jarle umgab eine unklare Mischung aus Stolz und Scham. Er nickte den anderen bald verlegen, bald angeberisch zu, griff nach seinen Sachen und schob Lotte, kaum hatte er die Tür wieder erreicht, eilig auf den Gang hinaus.

»So«, sagte er erleichtert. »Das wäre geschafft, jetzt hast du Papas Arbeit gesehen. Und jetzt machen wir, dass wir nach Hause kommen, ja?«

»Du darfst nicht so laut reden, Papa«, flüsterte Lotte.

Draußen liefen sie Hilde aus der Gegend von Trondheim über den Weg, deren Bauernbutterwangen rot wurden, als sie Jarles Tochter erblickte. Sie legte freundlich den Kopf zur Seite, ihre beiden meeresblauen Augen funkelten, und sie konnte dem Drang nicht widerstehen, die Hände nach Lotte auszustrecken und ihr über das Haar zu streichen. Ach, was für ein reizendes Mädchen, konnte sie sich nicht verkneifen zu sagen.

Mit geschlossenem Mund schnaubte Jarle kurz auf, und aus Angst, sie könne fragen, ob die Kleine noch ins Bett machte, wie Borgny aus Sunnhordland, gab er vor, sie hätten es eilig, und steuerte energisch auf den Ausgang zu.

Aber ein Eis, meinte Hasse und hielt ihn zurück, ein Eis

müsse Lotte doch bekommen, als Abschluss ihres ersten Universitätsbesuchs.

Ein Eis, entgegnete Jarle, der unbedingt weg wollte, könne sie doch auch anderswo bekommen.

»Nein, Papa, ich will aber hier eins kriegen«, sagte Lotte und trat neben Hasse, sodass die beiden eine Front gegen Jarle bildeten.

Also gingen sie in die Mensa, und wieder fuhren alle Köpfe zu ihnen herum, waren alle Blicke auf sie gerichtet. Was soll das? Haben die noch nie ein Kind gesehen? Gereizt ging Jarle zur Theke. Gereizt, weil Hasse sich in seine Kindererziehung einmischte, gereizt, weil er das Kind überhaupt in die Uni mitgenommen hatte.

»Was möchtest du denn für ein Eis«, fragte er verärgert und wühlte in der Eistruhe. »Kroneneis? Fingereis? Was isst du gern? Hm? Was möchtest du? Du musst dich entscheiden, Lotte, du kannst nicht einfach hier herumstehen und in die Luft starren. Wir haben nicht ewig Zeit. Ich kann mir nicht den ganzen Tag freinehmen und hier herumstehen, weißt du, wir haben – viel zu tun …«

Die Kleine sah an ihrem Vater vorbei.

»Da ist Tante Herdis«, hörte er sie sagen, ruhig und eher schüchtern. »Sie steht da hinten und winkt.«

Jarle drehte sich um.

Er hörte Hasse schlucken.

Er schluckte selbst.

Wie viele Frauen von dieser Klasse werden hergestellt?

Pro Jahr? Auf der Welt?

Fünf? Zehn?

Sie sah einfach königlich aus, wie sie da in der Tür zur Mensa stand und winkte. Ein ausgeglichenes, aber eher trauriges Lächeln lag in ihrem vornehmen Gesicht. Die Beine, die noch immer ihr reichhaltiges und verheißungsvolles Märchenland trugen, endeten in cremefarbenen Sommerschuhen mit einer kleinen Schnalle über dem Spann. Die Hüftpartie wurde betont von einem Hosenbund, der Herdis' Taille umspannte. Die kleinen spitzen Brüste, die Jarle so oft lustvoll umfangen und mit seinem Mund bearbeitet hatte, waren unter dem altrosa Top ohne weiteres zu erahnen. Ihre Hand mit den langen Fingern, die zugleich weich und bestimmt sein konnte, wenn sie etwa an seiner Leiste entlangstrich, oder wenn sie, was nur selten passiert war, seine Juwelen massiert hatte, und zwar mit der gleichen Autorität, mit der Frauen wie Hilde aus der Gegend von Trondheim wahrscheinlich einen Brotteig kneteten oder eine Kuh molken – ebendiese ihre Hand bewegte sich jetzt an dem sanft rollenden Handgelenk hin und her. Und nur das, dachte Jarle, nur dieses königliche Winken erregt mich so wahnsinnig.

»Geh zu ihr, Lotte«, flüsterte Jarle.

Und Hasse nickte.

»Geh zu ihr und sprich ein wenig mit ihr«, flüsterte Jarle und riss seinen Blick von Herdis los. »Papa sucht solange ein Eis für dich aus.«

Jarle schob die Hand in die kalte Eistruhe. Er nahm ein Kroneneis mit Erdbeeren heraus, schob den Deckel zu und ging so unbeeindruckt er konnte zur Theke. Als er bezahlte, sah er, dass Herdis in die Hocke gegangen war, um Lotte an sich zu drücken.

»Jaja«, sagte Hasse. »Es liegt 'ne Menge in der Luft.«

Kurz darauf bogen Lotte und Jarle in ihre Straße ein. In der Hand hielt Lotte ein winziges Stöckchen, das sie an den Latten der Gartenzäune entlangrattern ließ. Fröhlich tänzelte sie vor sich hin.

Ja, jetzt amüsiert sie sich, dachte Jarle gerade, als er sie, sicher zum zwanzigsten Mal, sagen hörte, wie lustig es gewesen sei, Tante Herdis wiederzusehen, und wie blöd, dass sie so schnell habe gehen müssen.

Lustig, sehr lustig, dachte Jarle bitter und gab sich alle Mühe, das Bild von Herdis aus seinem Kopf zu verdrängen. Er erklärte Lotte nachdrücklich, dass Herdis eine vielbeschäftigte Frau sei, genauso wie er. Und Lotte lachte auf, denn wie sollte Papa eine vielbeschäftigte Frau sein.

Inzwischen hatten sie Jarles Haus erreicht und stiegen die Stufen zu seiner Wohnung hinauf. Jarle hatte das dringende Bedürfnis, das Gespräch von Herdis wegzulenken, und fragte Lotte, ob ihre Mutter denn je von ihm spreche, aber Charlotte Isabel verneinte munter. Jaja, sagte er und zuckte mit den Schultern. Sie kamen an Gretes Tür vorbei, und Lotte plapperte munter vor sich hin, dass Grete jetzt sicher im Büro sei und dass sie Daniel heute wohl nicht mitgenommen habe. Nein, wahrscheinlich nicht, antwortete Jarle und hatte das Gefühl, von seinen Torheiten der vergangenen Tage eingeholt zu werden.

»Essen wir jetzt Mittag?«

»Ja, von mir aus«, sagte er, erleichtert, dass Lotte Herdis offenbar vergessen hatte.

Lotte und Jarle teilten sich die Arbeit, als sie den »Mittagstisch« deckten, wie Lotte es nannte. So machte sie es immer mit ihrer Mutter, sagte sie, wenn sie den Mittagstisch deckten, sie teilten die Aufgaben, denn dann wurde alles leichter und lustiger, was Jarle verstehen konnte, sagte er, während er sich von der Gepflogenheit verzaubern ließ, die die kopflose Anette Hansen zusammen mit ihrer Tochter entwickelt hatte. Er fragte, ob ihr Vater auch mithalf, wenn sie den Mittagstisch deckten, aber da machte Lotte nur ein verständnisloses Gesicht. Sie kamen überein, dass Lotte einen Kakao verdient hätte, wenn Jarle Kaffee bekam, und als Jarle seiner Tochter das heiße Getränk gerade in eine Tasse goss und Lotte sagte, nichts hasse sie so sehr wie die Haut auf dem Kakao, ging die Türklingel.

»Wer ist das?«

Jarle stand auf.

»Nein! Nein!« Charlotte Isabel sprang auf, bebend vor Aufregung. »Ich mach auf! Ich mach auf!«

Jarle wusste noch, wie er als Kind gewesen war, wie er immer Geschenke hatte aufmachen wollen, Verschlüsse abdrehen, ans Telefon gehen, die Tür aufmachen. Er setzte sich wieder. So, wie Väter das machen, dachte er. Sie setzen sich, wenn die Kinder die Regie an sich reißen. Lassen sich zurücksinken. Trinken Kaffee. So soll es eben sein.

Draußen auf dem Gang wurde es still, und er reckte den Hals, um zu sehen, wem Charlotte Isabel die Tür geöffnet hatte. Grete war das bestimmt nicht, oder? Hatte sie gemerkt, dass sie zu hart gewesen war, als sie ihm und seiner Tochter eine Abfuhr erteilt hatte? Wollte sie um Entschuldigung bitten? Draußen war es noch immer still. Herdis? Konnte es Herdis sein? Was wollte sie hier? Er reckte sich noch weiter, konnte aber niemanden sehen. Also erhob er sich und trat in den Flur hinaus.

»Wer bist du?«

Jarle fuhr zurück, ihm wurde heiß.

»Mama?!«

Sara Klepp stand in der Diele, in bodenlangem Mantel, den Reisekoffer in der einen Hand, die Handtasche über dem Arm.

»Wer bist du?«, fragte Lotte noch einmal. Sara schaute das kleine Mädchen im roten Pulli mit Ponymotiv und Goldpailletten verwundert an.

»Nein – ich bin …« Sie hielt inne, spürte, wie ihr Mund trocken wurde, dann stellte sie ihren Koffer ab und versuchte, die Szenerie vor sich zu verstehen.

»Jarle?«

Er atmete langsam ein und hob die Augenbrauen.

»Aber – Mama. Was …?«

Sie schluckte und versuchte, sich auf das, was sich hier ereignete, einzulassen.

»Ich …ich bin angerufen worden, Jarle, von einer Frau, die sagte, dass du Hilfe brauchst, von einer, die sagte, du hättest ein … ja, ich dachte …« Sara sah auf Charlotte Isabel. »Ja, ich dachte, du hättest ein kleines …«

Lottes Blick raste zwischen Jarle und Sara hin und her, verwundert fragte sie sich, wer vor ihr stand und was das alles zu bedeuten hatte.

»Wer ist Herdis Snartemo, Jarle?«

»Herdis? Sie ist … Woher weißt du, wer Herdis ist?«

Er sah, wie Saras Blick sich flackernd auf Lotte heftete, während er selbst versuchte, das Chaos, das in seinem Kopf herrschte, zu ordnen.

Jarle schüttelte heftig den Kopf. »Nein! Nein, nein, nein! Herdis ist doch nicht … aber wieso … Herdis?«

»Sie hat angerufen …«

»Wer bist du?«, fragte Lotte noch einmal. Sie legte den Kopf schräg und bohrte sich den Zeigefinger in die Lücke zwischen den Schneidezähnen.

Sara räusperte sich leise und lächelte die Kleine milde an. »Ich … Wie alt bist du denn, mein Kind?«

Saras Augen röteten sich, als sie vor der Kleinen in die Knie ging, und ihre Hände zitterten

»Sieben, am Donnerstag, wer bist du?«, antwortete Lotte.

»Meine liebe Kleine«, erwiderte Sara mit brüchiger Stimme. »Ich bin offenbar deine Oma.«

»Meine Oma?«

Sara nickte.

Charlotte Isabel sah Jarle unsicher an, der bestätigend die Augenbrauen hob.

»Ich habe noch eine Oma?«

»Ja, du hast noch eine Oma«, flüsterte Sara und

umarmte sie. »Ich dachte nur, du wärst … ein bisschen kleiner.«

»Ich bin das drittgrößte Mädchen in meiner Klasse«, sagte Charlotte Isabel.

Am Abend vor dieser Begegnung, die sie alle drei – Jarle, Isabel Charlotte und Sara Klepp – als ungefähr die seltsamste ihres Lebens empfanden, war Sara Klepp, Anfang fünfzig, angerufen worden. Eine weiche südnorwegische Frauenstimme hatte ihr in einem Tonfall, den Sara übertrieben höflich, fast oberklassenhaft fand, erzählt, dass sie Jarle zu dessen großem Verdruss verlassen habe. Die Frau, die sich als »Jarles Verflossene« bezeichnete, was Sara nur schwer hinnehmen konnte, auch wenn sie nie von ihr gehört hatte, hatte zudem erzählt, dass Jarle seit der Trennung auf sie ein wenig labil wirke, vielleicht nicht ganz er selbst, und dass er Hilfe gebrauchen könne. Ebendiese junge Frau hatte außerdem zu Sara gesagt, sie sei unschlüssig, sie sei sich durchaus nicht sicher, ob es richtig sei, aber es sei nun einmal so, dass Jarle seine Mutter oft erwähne – »ja, Sie« – und zwar in kluger und liebevoller Weise, und deshalb habe sie sich zu diesem Anruf entschlossen. Die Stimme, die zu einer Person gehörte – wie Sara im Laufe des Telefonats vermutet hatte –, die Jarle nicht geliebt, sondern die sich einfach häuslich auf ihm niedergelassen und ihm die ältesten Lieder entlockt hatte, hatte ihr am Ende mitgeteilt, Jarle habe eine Tochter.

Sara hatte die flache Hand vor den Mund geschlagen, die Augen geschlossen und Herdis Snartemo zugehört. Dann hatte sie sich gesammelt, tief Luft geholt und nüchtern gefragt, ob sie die Mutter des Kindes sei, was die weiche Snartemo mit einem kurzen Lachen verneint hatte. Sara hatte für die Mitteilung gedankt und gehört, wie die Frau am anderen Ende auflegte.

Dann war sie in Tränen ausgebrochen.

Sara Klepp, die ihren Sohn mehr liebte als alles andere, und die ein erfülltes Leben geführt hatte, erfüllt von Kummer und Freuden, fand, das habe sie nicht verdient. Sie begriff rein gar nichts, als sie mit dem piepsenden Telefonhörer in der Hand dastand und sich klarmachen musste, dass Jarle Vater und sie selbst Großmutter war und dass es ein winzig kleines neugeborenes Kind gab, ein Kind, von dem sie nichts gewusst hatte, ein Kind, von dem sie zu ihrer Erniedrigung von einem Flittchen hatte erfahren müssen, das für Jarle nichts weiter getan hatte, als ihn zu verlassen.

Sara weinte noch immer.

Dann legte sie den Hörer auf und ging in ihr Wohnzimmer. Sie glitt mit den Füßen über den Teppich, sie ließ ihre Hände die Vorhänge berühren, sie verschob einige Porzellanfiguren auf dem Büfett und rückte die Buchrücken im Regal zu einer schnurgeraden Linie zurecht.

Und sie weinte noch ein wenig.

Als Sara Klepp an diesem Abend genug geweint hatte, ein Weinen, in dem immerhin mehr lag als die Tatsache, dass es begonnen hatte, ein Weinen, das sie zu den alten Fotoalben mit Bildern aus Jarles Kindheit brachte, ein Weinen, das sie zu alten Erinnerungen aus ihrer eigenen Kindheit zurückkehren ließ, ein Weinen, das sie wie eine Welle durch das Leben trieb und den kleinen und großen Ereignissen darin einige angemessene Tränen zuteilte – als sie am Ende merkte, dass ihre Augen für dieses Mal trocken und die Erinnerungen erschöpft waren, wählte sie Jarles Nummer. Nur meldete er sich nicht. Sie wählte die Nummer immer wieder, aber niemand ging ans Telefon.

Sie schlief in dieser Nacht sehr wenig, aber unter ihrer Decke, in der Dunkelheit ihres Schlafzimmers, beschloss sie, am nächsten Tag nach Bergen zu fliegen und ihrem

Enkelkind und ihrem Sohn in die Augen zu schauen. Ihre Gedanken wirbelten durch die Nachtstunden, ihre Stimmung wechselte zwischen aufgebrachtem Zorn und würdevoller Verärgerung, schwankte zwischen gleißender Verzweiflung und ausgelassener Vorfreude, und Sara lächelte vor sich hin, als sie sich den Säugling vorstellte, von dem sie aus unerfindlichen Gründen erst gehört hatte, als er bereits auf die Welt gekommen war, einen runzligen Säugling mit zusammengekniffenen Augen und kleinen Eichhörnchenarmen, die sich zum Mund streckten. Und vor diesem Hintergrund war es mehr als verständlich, dass Sara sehr, sehr überrascht war zu sehen, dass Jarles Tochter kein frisch geborener Runzeltroll mit zwei schwarzen Strichen im Gesicht war, die ab und zu aufblitzten, wie von einem anderen Stern, sondern ein Mädchen, das groß genug war, um die erste Klasse zu besuchen.

Lotte war zunächst verstummt, nachdem Sara die Wohnung betreten hatte. Sie lief Jarle um die Beine, während sie Sara Klepp musterte. Das ist eine feine Oma, die da zu Besuch kommt, dachte sie sicher, als sie die sanften Augen über den runzelfreien Wangen sah, den schlanken Nasenrücken und das wohlwollende Lächeln, das sich zwischen den Wangen ausgebreitet hatte. Aber sie fand wohl doch, das sei ein wenig viel auf einmal, oder nicht? Noch ein neuer Mensch? Noch jemand, mit dem sie umgehen musste? Oder war das nicht, wie Kinder dachten – nahmen sie die Welt einfach hin und richteten sich darin ein, wie es ihnen passte, so wie ein Boot das Meer hinnimmt, auf dem es segelt?

Nachdem sie ein wenig überlegt und sich verlegen an Jarle gehalten hatte, taute Lotte auf. Sie wich dem Blick ihrer Großmuter nicht länger aus, und irgendwann trat sie vor Sara hin und sagte, sie finde es nett von Oma, dass sie den ganzen Weg aus Stavanger gekommen sei – »Mutter kommt auch aus Stavanger, und Papa auch, können wir nach Stavanger fahren, Papa?«

Jarle nickte, und ein glückliches Kinderlächeln huschte über das Gesicht seiner Tochter, die sagte, jetzt habe sie Oma und Opa und noch eine Oma, genau wie ihre Freundin Susanne, die übrigens das größte von allen Mädchen ihrer Klasse sei.

Die ganze Situation war höchst seltsam für Sara. Sie wusste nicht, wer dieses Kind war, sie wusste nicht, wie es auf die Welt gekommen war oder wieso es hier seit fast sieben Jahren lebte, ohne dass sie davon gewusst hatte. So sollte es doch nicht sein, oder? Sara spürte wieder diesen unerquicklichen Zorn in sich, die verärgerte Gereiztheit. Aber wie sollte sie beidem freien Lauf lassen, wo Charlotte Isabel vor ihr stand und sie aufforderte: »Oma, Oma, Oma, du kannst mich doch einfach Lotte nennen«?

Nachdem sie der Großmutter Kaffee serviert und ein paar belegte Brote gegessen hatten, beschlossen sie, mit der Fløybahn auf den Berg zu fahren und oben spazieren zu gehen. Das Wetter war schön in Bergen an diesem Tag, und die Oma zog sich rasch um, während Jarle sich alle Mühe gab, seine Tochter anzuziehen. Sara band sich die grau gesprenkelten Haare zu einem Pferdeschwanz zusammen und nahm ein Paar leichte Laufschuhe aus dem Koffer. Dieser Tag, sagte sie sich, sei ein Boot auf Reisen und sie sei an Bord und mehr brauche sie nicht zu wissen. Als sie aus dem Badezimmer kam, sagte Jarle, entweder sie oder er müsse im Wohnzimmer schlafen, denn das Gästezimmer, in dem Sara zuletzt übernachtet habe, sei jetzt Kinderzimmer. Nicht wahr, Lotte, das ist dein Zimmer? Charlotte Isabel strahlte und zeigte Oma den neuen »Hüpfsessel« und das Poster mit den Spice Girls, das sie von Papa bekommen hatte. Sara musterte ihren Sohn verwundert. Lotte freute sich auf die Fahrt mit der Fløybahn, es kitzele in ihrem Körper, sagte sie, als sie hörte, dass sie in großen Waggons hoch über dem Boden baumeln würden.

Und da baumelten sie, Vater und Tochter und Großmutter, hoch über dem Boden, den Berg Fløyen hinauf. Als sie über den Skansen-See flogen, lächelte Sara und sagte, ich glaube fast, wir haben ein wenig Ähnlichkeit miteinander, woraufhin Charlotte Isabel große Augen machte und antwortete: Aber klar doch, Oma! Lotte meinte, es sei die Nase, während Jarle etwas von den Augen murmelte, Sara dagegen war für den Mund. Die Kleine freute sich, als sie sah, wie hoch sie in der Luft baumelten, denn Höhenangst, die hatte sie nicht.

Und als sie hörte, dass es oben auf dem Berg ein Café gebe, mit Eis und Limonade und was ihr Herz sonst noch begehrte, klatschte sie in die Hände und sagte, das sei der schönste Tag in ihrem Leben, bisher jedenfalls, viel besser als der, an dem Papa krank war.

»Krank?« Sara schaute Jarle an, während sie immer weiter in die Höhe schaukelten.

Jarle warf Lotte einen raschen Blick zu.

»Ach ja, aber das ist ein Geheimnis«, sagte Lotte eilig.

»Wo ist denn eigentlich deine Mutter?«, konnte sich Sara jetzt nicht mehr verkneifen zu fragen und versuchte dabei, so unbeschwert und freundlich zu klingen wie nur möglich.

»Die ist am Mittelmeer«, sagte Lotte. »Zusammen mit Vater.« Sie zog einen Zettel aus der Hosentasche und reichte ihn Jarle. »Den hab ich ganz vergessen. Da steht die Nummer von Onkel Karl und Tante Elise drauf. Mutter hat gesagt, die soll ich dir geben. Du kannst anrufen, wenn was los ist. Wenn ich krank bin oder traurig oder wenn ich mir den Fuß breche oder so.«

Na prima. Jarle nickte langsam.

Okay. Vielleicht ist sie doch am Mittelmeer?

Vielleicht ist diese Frau wirklich so unglaublich verantwortungslos, dass sie tatsächlich ans Mittelmeer gefahren ist?

»Am Mittelmeer«, wiederholte Sara und sah Jarle an. »Und so lange darfst du bei deinem Papa hier in Bergen sein.«

»Ja, Mutter fand, dass es Zeit war, dass ich ihn kennenlerne, und Vater sagte: Herrgott, ja, wirklich höchste Zeit.« Lotte lachte. »Höchste Zeit.«

Sara und Jarle tauschten Blicke, und er zuckte kaum merklich mit den Schultern.

»Aber ...«, fuhr Sara so unbefangen sie nur konnte fort, »... aber hast du denn schon immer gewusst, dass du einen Papa in Bergen hast?«

Sie waren oben auf dem Berg angekommen. Die Gondel schaukelte hin und her, ehe sie anhielt. Die Türen öffneten sich, und Lotte sprang hinaus.

»Nein!« Lotte breitete ungeduldig die Arme aus, und ihr Gesicht verriet, dass sie ihre Oma für schrecklich begriffsstutzig hielt. »Nein! Ich hab das erst am Dienstag erfahren! Oder am Mittwoch? Oder vielleicht war das Donnerstag? Ach, Oma. Das musst du doch verstehen. Wenn ich das gewusst hätte, wäre ich doch früher gekommen.«

Noch einmal sahen Jarle und Sara einander an. Sie waren sich einig darin, dass ihnen da ein wunderbares Kind geschickt worden war, dass dieses Mädchen eine irgendwie seltsame Kindheit haben musste und dass in Skien eine ganze Menge ziemlich anders hätte laufen können und sollen. Lotte dachte nicht so. Sie lief auf den Kiosk zu.

»Hallo – erst der Spaziergang, Lotte«, rief Jarle. »Dann gehen wir zum Kiosk.«

Charlotte Isabel blieb stehen und ließ enttäuscht die

Schultern sinken. »Immer zuerst spazieren gehen«, maunzte sie, bevor sie nachgab. »Na gut.«

Jarle entging nicht, dass Lotte an diesem Tag anders war als an den Tagen zuvor. Er hatte sie als lebhaftes und leicht entflammbares kleines Wesen kennengelernt, das sich sehr schnell für etwas begeistern konnte. So auch heute, aber irgendwie wurde er den Eindruck nicht los, dass sie gleichzeitig etwas Überspanntes an sich hatte, gerade so, als nähme sich die Kleine vor, froh zu sein oder zu lachen. Bei aller Freude und Überraschung gab es immer wieder Momente, in denen sie in sich zusammenfiel und eine traurige Miene machte, um dann gleich wieder zu strahlen.

Wie seltsam, dachte er. Aber nein, eigentlich ist das gar nicht seltsam, bei allem, was die Kleine gerade durchmachte. Es gab so viel Neues, das sie aufnehmen und verarbeiten musste.

Als Lotte vor ihnen her in den Wald sprang, konnten Sara und Jarle endlich miteinander reden, auch wenn sie immer wieder stehen bleiben mussten, um sich anzuschauen, was Charlotte Isabel ihnen an Tannenzapfen und derlei Dingen mehr munter quasselnd herzeigte.

Jarle machte erst gar nicht den Versuch, eine andere als die wahre Geschichte zu erzählen. Er erzählte seiner Mutter von Herdis Snartemo, dass ihre Beziehung »nicht sonderlich tief« gewesen sei, dass es ihn aber dennoch getroffen habe, als sie vor zwei Tagen Schluss gemacht hatte, aber jetzt sei er mit Charlotte Isabel mehr als ausgelastet, und außerdem sei ihm inzwischen klargeworden, dass Herdis keine Karte sei, auf die man setzen sollte. Dann wollte Sara wissen, wer Anette Hansen sei. Das, sagte Jarle, das wüsste er auch gern, und dann erzählte er von dem Fest im Jahre 1990. Sara könne sich an das Fest erinnern, sagte sie, es seien Rechnungen für zerbrochene Möbel und eingeschlagene Fenster gekommen. Und er habe also in dieser Nacht, äh, sein Debüt gegeben?

Jarle räusperte sich.

Sara schüttelte den Kopf. »Und ich hatte keine Ahnung.«

»Mama«, sagte er. »Ich rufe dich nicht jedes Mal an, wenn ich – oder?«

Sie zog den Reißverschluss ihrer Jacke hoch. »Hier oben ist es kälter, als ich erwartet hatte«, sagte sie. »Vor sieben Jahren also.«

»Hm.«

»Und du hast eine Tochter.« Sara sah ihn an. »Du hast also eine Tochter! Wie soll es denn jetzt weitergehen?«

»Papa, sieh mal!«

Sie sahen zu Lotte, die auf einem großen Stein stand. Sie nahm einen Schritt Anlauf, sprang schreiend los und landete auf dem Hintern.

»Das war schön, Lotte, oder?!«, meinte Jarle und klatschte in die Hände. »Noch mal! Na los! Rauf mit dir!«

Jarle spürte, wie seine Mutter ihn musterte.

»Was ist?«

»Ach, nichts«, sagte sie. »Ich ... es ist nur so seltsam, dich hier zu sehen, so wie ... Vater.«

»Ja«, sagte Jarle. »Das ist sehr seltsam.«

»Aber es steht dir«, sagte Sara.

Jarle gab keine Antwort. Alles Mögliche kann einem stehen, dachte er, aber das heißt noch lange nicht, dass man den Anzug auch leiden mag.

»Lotte hat Ähnlichkeit mit dir«, meinte Sara.

»Findest du?«

»Hm. Es ist so lange her, dass du ein Kind warst. Aber jetzt ich sehe dich wieder vor mir – jetzt, wenn ich sie sehe. Immer neugierig, immer unterwegs.«

Jarle legte die Fingerspitzen aneinander.

»Und was macht dein Studium?«

»Ach, das geht gut«, zwang er sich zu sagen. »Sehr gut sogar. Ich nähere mich einigen – Erkenntnissen. Und ich habe diesen Artikel fürs *Morgenbladet* geschrieben, davon habe ich doch erzählt, oder? Die Rezension zu einem englischen Buch über Proust? Ja, das habe ich geschrieben. Die Frage ist noch, ob sie vielleicht schon an diesem Wochenende gedruckt wird, es sieht ganz gut aus. Ich bekomme übrigens einen neuen Betreuer. Ja, wir haben nicht immer die gleichen Ansichten. Es mangelt ihm an Kompetenz, wenn ich das ganz offen sagen soll. Ich muss also morgen ins Institut und die Sache in die Wege leiten. Meinst du, du könntest dich solange um Lotte kümmern? Für ein paar Stunden?«

Sara schob eine Haarspange gerade.

»Ja, na ja – aber wird das nicht zu viel für das Kind?«

Sie gingen weiter, hinter Lotte her, die inzwischen all ihre Taschen mit Tannenzapfen gefüllt hatte.

»Mir gefällt das nicht so recht, Jarle, wenn ich ehrlich sein soll. Dass die Mutter das Kind einfach nach Bergen geschickt hat und ans Mittelmeer gefahren ist und – so was bin ich nicht gewöhnt. Ich weiß nicht, ob es gut für Lotte ist, sie ist ja ein reizendes und zutrauliches Mädchen, und offenbar schadet es ihr nicht, aber …«

»Mama …«

»Ja, nein, ich möchte ja nur sagen …«

»Mama.«

Sie blieben stehen.

»Ja?«

»Mir gefällt das auch nicht, verstehst du? Und ich will eigentlich auch überhaupt keine Tochter haben. Klar?«

»Jarle.« Streng sah Sara ihn an. »Das darfst du nicht sagen.«

»Nein. Doch.«

»Natürlich kann ich mich morgen um Lotte kümmern. Wir können in die Stadt gehen. Einer Oma fällt immer irgendetwas ein. Wie geht es übrigens deiner Nachbarin? Sie war so nett, als ich das letzte Mal hier war. Ich habe mir ihr Bügelbrett geborgt, weißt du noch?«

Sara sah ihn neckisch an und kicherte. Wie ein kleines Mädchen, dachte Jarle, genau wie das Mädchen, das dort vor uns herläuft und Tannenzapfen sammelt.

»Ihr geht es bestimmt gut.« Jarle wich aus. »Sie hat einen Sohn.«

»Das ist ja schön für Lotte«, sagte Sara zufrieden. »Dann hat sie jemanden zum Spielen, wenn sie in Bergen ist.«

Charlotte Isabel kam zu ihnen herübergelaufen. Taschen und Hände waren voller Tannenzapfen. Kess lächelnd stellte sie sich vor Oma und Papa hin. Dann ließ sie alle Tannenzapfen fallen, ging in die Knie und legte die Tannenzapfen auf dem Boden zu Buchstaben. Und es dauerte nicht lange und sie hatte »Lotte« geschrieben.

Auf dem Nachhauseweg kauften sie in einem Spielzeugladen ein Puzzlespiel, das Charlotte Isabel aussuchen durfte, und dann gingen sie noch in einen Rema 1000. Sara bestand darauf, zu bezahlen, während Lotte steif und fest behauptete, zu wissen, in welchen Regalen sich die verschiedenen Lebensmittel befanden. Schließlich waren sie in einem Rema 1000, und da arbeitete ihre Mutter, nur eben nicht in Bergen, sondern in Skien. Lotte hob fröhlich die Schultern, ihre Augen glänzten und leuchteten, und sie zog Papa und Oma durch die Gänge und erklärte, wo Marmelade und Honig und Chips standen. Aber nach etwa einer halben Minute hatte Charlotte Isabel ihre Souveränität verloren. Verwirrt stellte sie fest, dass weder

Windeln noch Kaffee an der gleichen Stelle standen wie bei ihr zu Hause. Sie sah nach rechts und links, versuchte, sich neu zu orientieren, murmelte hartnäckig, wo der richtige Platz gewesen wäre, räumte ein wenig verlegen ein, sie hätten ja vielleicht umgeräumt – aber die Suppen, beeilte sie sich laut und deutlich zu sagen, wo die Suppen stünden, wisse sie doch immerhin sehr gut. Komm, Oma, dann zeig ich dir die Suppen und die Bouillon, sagte Lotte und packte Saras Handgelenk und zog sie hinter sich her zu einem langen Regal gegenüber den Wurstwaren. Aber auch dort waren weder Suppen noch die Bouillon zu finden.

Jarle musterte das Gesicht seiner Tochter. Er hörte sie stolz »Hier, Oma, hier sind die Suppen!« rufen, um dann zu sehen, wie sie sich auf ihre hübschen Lippen biss und wie ihr Blick umherirrte, als sie merkte, dass vor ihr Limonade, Mineralwasser und Bier standen. Er bedauerte zutiefst, dass diese Rema-1000-Filiale nicht der entsprach, in der sich Lotte auskannte. Er spürte, wie leid ihm seine Tochter tat, weil ihrem stolzen Selbstbewusstsein quasi eine lange Nase gedreht wurde, und für seine Tochter empfand er Scham und Schande, weil sie sich so geirrt hatte.

Als eine Verkäuferin aus der Tür neben den Flaschenautomaten kam, blieb Lotte stehen. Aufmerksam sah sie auf die Tür, die noch einmal hin und her schwang, ehe sie zur Ruhe kam. Erwartungsvoll schien sie damit zu rechnen, dass noch mehr Menschen zum Vorschein kommen würden. Nach einer Weile drehte sie sich zu Sara und Jarle um. »Wisst ihr, was da drinnen ist?«

Jarle runzelte die Stirn.

Sara war ganz bei der Sache und sagte: »Nein, Lotte, ich habe keine Ahnung.«

»Dahinter«, erklärte Lotte mit gewichtiger Miene, »da drinnen sind Hunderte, nein Tausende von Flaschen.«

»Ach? Wirklich?« Sara nickte, als hätte sie etwas überaus Wichtiges gelernt, dachte Jarle.

»Hm«, machte Lotte, »und sehr wahrscheinlich, Oma, sehr wahrscheinlich ist da auch ein Pausenraum, wo die, die hier arbeiten, sich ein wenig ausruhen können.«

Sara nickte und meinte, das sei vernünftig, woraufhin Lotte eifrig erklärte, der Zugang sei verboten, aber in Skien habe sie einige Male mitkommen dürfen, aber nur, weil ihre Mutter dort arbeitete.

Wieder zu Hause, bestand Sara darauf, das Essen zuzubereiten, denn ein Koch sei Jarle wohl noch nie gewesen, sagte sie und lachte, und da lachte auch Charlotte Isabel, denn ein Koch sei Papa wohl noch nie gewesen, nein, und auch ihr Vater sei keiner, denn zu Hause koche jeden Tag ihre Mutter, und darüber beklage sie sich die ganze Zeit, aber Vater sage immer, sie könne ihr bisschen Kochen gerne gegen seine Arbeit eintauschen, wenn sie glaube, das wäre so viel besser.

Es gab Hähnchen mit Reis, und Sara band zum Kochen die Schürze um, die sie sieben Jahre zuvor in Jarles Studentenrucksack gepackt hatte. Lotte fand das Essen furchtbar lecker, goss sich Soße auf den Teller und aß mit großem Appetit.

Nach dem Essen sagte Sara, Jarle könne jetzt etwas lesen gehen, und dann schob sie den Wohnzimmertisch beiseite, rollte den Teppich vor dem Fernseher auf und ließ sich zu Boden, denn jetzt wollten Lotte und Oma puzzeln.

Jarle setzte sich mit einem Artikel Adornos über Hegel in den Sessel hinter ihnen. Es sei, fand er, an der Zeit, der Realität ins Auge zu schauen. Was sich hier abspielte, betraf nur eine einzige absurde Woche in einem langen Leben. Alles würde wieder sein wie zuvor. In wenigen Tagen würden die Mittelmeerreisenden von ihrer Chartertour zurückkehren und Charlotte Isabel würde wieder verschwinden. Es lohnt sich nicht, der Sache mehr Bedeutung beizumessen als nötig, dachte Jarle. Das Poster mit den Spice Girls, der grüne Kreis an der Wand und Oma zu Besuch – das musste allerdings genügen.

Theodor W. Adorno, ja.

Skoteinos or How to Read Hegel.

Dieser enigmatische Essay vom unbestrittenen Meister der Frankfurter Schule, der Essay, in dem Adorno Hegels Texte auf so brillante Weise studiert, ihnen Beifall zollt und zugleich Widerspruch und Ambivalenz aufzeigt. Dieser begeisternd abgehobene und kluge Essay des großen Adorno hatte Jarle in den letzten Monaten immer wieder entzückt. Er leuchtet, dachte er oft, dieser Essay, er strahlt im Licht der Zweideutigkeit, in der Gnade der Unklarheit, im Glück der Vagheit.

Er setzte sich, um ihn noch einmal zu lesen, langsam, so wie man auch Hegel lesen sollte, wie Adorno sagte. Man solle eine Art intellektuelle Zeitlupenhaltung entwickeln und das Tempo bei den nebulösen Stellen im Text verlangsamen, damit sie sich nicht dem Blick entziehen, sondern ihr eigenes Momentum sichtbar werden lassen.

Er las.

Hm.

Was stand dort eigentlich?

Bei Hegel, schrieb Adorno, weiß man nie, wovon die Rede ist.

Jarle sah auf. Vor ihm auf dem Boden lagen bäuchlings die beiden Mädels, drehten die Puzzleteilchen um und versuchten, für jedes einzelne den richtigen Platz zu finden.

Er versuchte wieder, zu lesen.

Bei Hegel weiß man nie, wovon die Rede ist.

Er legte das Buch weg, verärgert, wie er merkte, ohne genau zu verstehen, warum. Er legte es weg, und in seiner Handbewegung offenbarte sich ein vehementer Zorn.

Sieh mal, Oma, hörte er Lotte sagen, ist das nicht ein Stück vom Apfelkorb der Marktfrau? Die Großmutter nahm das kleine Teil aus Pappe in die Hand und schob sich die Brille auf die Nasenspitze. Doch, das glaube ich schon, Lotte. Du bist aber tüchtig.

Jarle ging neben den beiden in die Hocke.

»Irgendwie ist es schon zu spät zum Lesen«, sagte er. »Ich mache mit beim Puzzeln.«

Und Jarle legte sich der Länge nach auf den Bauch, mitten auf den Boden in seinem Wohnzimmer, und suchte die Teilchen für das Puzzlespiel zusammen, das Menschen auf einem Platz vor einer Kirche in einer großen Stadt zeigten.

Sie brauchten an diesem Dienstagabend lange, um Lotte ins Bett zu bringen. Nachdem sie stumm und konzentriert vor dem Puzzlespiel gelegen hatte, waren ihre Wangen schlummerrot gewesen. Aber dann hatte sie plötzlich noch einmal richtig aufgedreht. Laufend fielen ihr noch Dinge ein, die sie unbedingt noch zu tun hatte. Sie musste ein wenig auf Jarles Sofa hopsen, wenn sie durfte, und sie musste ihre Geschenke anfassen, wenn sie durfte, und sie musste absolut noch ein Bild malen, auf dem auch Oma zu sehen war. Unentwegt redete sie über alles, was sie am Donnerstag zum Geburtstag bekommen würde, sie war sich ganz sicher, und über das Fest, das Papa für sie veranstalten würde – du kommst doch auch, Oma? –, und sie erzählte von ihren anderen Großeltern in Stavanger, die in einem Reihenhaus in Sola wohnten, und in deren Garten, wirklich, da hatte sie eine eigene Schaukel, die Opa für sie gebaut hatte, aber ihr Opa musste ihnen doch arg leid tun, denn er hatte etwas, das Gicht hieß, und das mache ihn ganz schön wütend. Aber Oma habe nichts auszusetzen, sagte Lotte, die könne noch immer zu ihrer

Arbeit in der Molkerei gehen und Kreuzworträtsel lösen und Muffins backen und überhaupt.

Nachdem sie sie endlich ins Badezimmer geschafft hatten und Lotte die Zähne geputzt und ihren Schlafanzug angezogen hatte, sangen Jarle und Sara ihr noch etwas vor. Stockend gab Jarle seine Version des Pippi-Liedes zum Besten, Charlotte Isabel musste ihn die ganze Zeit korrigieren, und Sara suchte in ihrer Erinnerung nach alten Kinderliedern aus den Zeiten, als Jarle klein war.

Charlotte Isabel lachte, als Oma »Weiß mir ein Gärtlein grüne« sang, denn das war ein seltsames altes Lied, aber als Sara erwiderte, sie müsse das Lied durchaus nicht singen, wurde Lotte ernst und erklärte, sie habe nicht gelacht, weil das Lied hässlich sei, sondern, weil es ihr gefalle, und sie wünschte doch, die Oma könne es noch einmal singen.

»Oma«, sagte Lotte dann, als sie schließlich unter der Decke lag, »wie war Papa, als er klein war?«

Sara lächelte. »Wie dein Papa war, als er klein war?« Sie sah zu Jarle hinüber. »Er war eigentlich genauso wie jetzt«, sagte sie. »Und er hatte große Ähnlichkeit mit dir.«

»Ach«, sagte Lotte und schien mit dieser Antwort zufrieden zu sein.

»So«, sagte Sara in einer Weise, die sehr patent auf Jarle wirkte, während sie ihr Enkelkind in die Decke wickelte, »und jetzt wird geschlafen.«

Jarle setzte sich auf den Rand der Matratze und spann das Märchen weiter, mit dem er am ersten Abend begonnen hatte.

»Die Prinzessin, die keine Prinzessin sein wollte, ging durch Wälder und über Berge und durch tiefe Täler, bis sie ein kleines Dorf erreichte«, erzählte er mit der ruhigen Stimme eines Märchenonkels. »Dort ließ sie sich nieder, um nach der langen Wanderung ein wenig auszuruhen. Müde zog sie ihre Schuhe aus, schenkte ihren Füßen frische Luft und reckte ihre Zehen, die nach dem langen Marsch wehtaten. Vielleicht kann ich hier bleiben, dachte sie, in diesem kleinen Dorf unten im Tal, überlegte die Prinzessin, die keine Prinzessin sein wollte, und sah sich um. Aber was musste sie da sehen? Der Prinzessin, die keine Prinzessin sein wollte, lief es eiskalt den Rücken hinunter, ihr Herz zitterte. Was musste sie da sehen?«

Charlotte Isabel lag mit großen Augen unter der Decke.

»Was musste sie denn sehen, Papa?«

Jarle überlegte.

»Was musste sie sehen, Papa? Sag schon! Nun sag schon!«

Jarles Gedanken rasten. Er hatte keine Ahnung, was die Prinzessin sehen musste. Er hatte lediglich einen Schauer erzeugen und die Geschichte spannend machen wollen. Er war schließlich kein Autor, und schon gar kein Kinderbuchautor. Er hätte sich besser vorbereiten sollen.

»Na, das wüsstest du wohl gern«, sagte er kühn. »Aber das erfährst du morgen!«

»Nein! Papa!« Wütend setzte sich Lotte im Bett auf. »Papa! Du musst es jetzt sagen.«

»Okay«, sagte Jarle, aber es wollte ihm noch immer absolut nichts einfallen. »Okay. Leg dich hin, dann erzählt Papa weiter. Ich muss nur schnell aufs Klo. Bin gleich wieder da.«

»Ach! Papa! Beeil dich!«

Er ging ins Wohnzimmer und zog die Tür hinter sich zu. Sara saß vor dem Fernseher. Rasch schilderte er ihr seine missliche Lage. Eine Prinzessin, die keine Prinzessin sein will. Kommt in ein Dorf in einem Tal. Sieht etwas, bei dem ihr das Blut gefriert. Sara überlegte. »Na, was kann das sein? Ein Fuchs oder ein Bär vielleicht?«

Jarle seufzte. »Nein, das klingt so ... das klingt so öde. Ein Bär, meinst du wirklich? Ein Bär?«

»Na ja«, meinte Sara. »Was denn sonst?«

Während Mutter und Sohn das überaus wichtige Problem noch erörterten, war aus Charlotte Isabels Zimmer ein Geräusch zu hören. Ein leises, rhythmisches, verzweifeltes Schluchzen. Die beiden sahen einander an. Stirnrunzelnd erhob sich Sara. Rasch gingen sie zu der Kleinen hinüber. Lotte lag auf dem Bauch, ihr Rücken bebte, und sie weinte. Jarle zuckte mit den Schultern. Er habe keine Ahnung, flüsterte er, was passiert sein könnte. Er ging in die Hocke, versuchte, Lotte zu sich zu drehen, aber sie weigerte sich. Mit ruhiger Stimme erkundigte sich Sara, was denn los sei, ob Lotte es Papa und Oma nicht erzählen wolle, aber Lotte weigerte sich und versteckte sich schluchzend unter der Decke.

Jarle flüsterte noch einmal, er habe keine Ahnung, was los sei. Scharf sah Sara ihn an, das passiere eben, sagte sie, wenn Leute ihre Kinder nach Bergen schickten, ohne vorher nachzudenken.

»Ja, und ist das jetzt auch noch meine Schuld?« Jarle erwiderte ihren harten Blick.

»Das Kind ist doch total überspannt, Jarle.«

»Was denn – überspannt? Ja, vielleicht hast du recht, was weiß ich?«

Charlotte Isabels Kopf lugte unter der Decke hervor. Ihre Wangen waren tränennass, die Augen rot.

»Ihr seid genauso blöd wie Mutter und Vater«, sagte sie schluchzend. »Und es gibt keine Prinzessin, die keine Prinzessin sein will, das wissen alle, und das weißt du auch, Papa, du hast doch mit mir zusammen Diana gesehen, und ich will keinen neuen Papa, ich will auch keine neue Oma, ich will nach Hause, ich will nicht in diesem doofen Zimmer in dieser doofen Stadt sein. Und glaubt ihr vielleicht, ich wüsste das nicht schon längst? Glaubt ihr, ich wüsste das nicht schon längst? Niemand ist am Mittelmeer, denn das Mittelmeer gibt es gar nicht, das ist alles nur Quatsch, und Lotte weiß das schon längst. Vater ist weggefahren, aber überhaupt nicht ans Mittelmeer, sondern weg von Mutter.«

Wir müssen etwas Gutes, etwas Positives für Lotte tun, sagt Oma, und Jarle geht zu Robert Göteborg, um sich endgültig von ihm zu verabschieden

Nachdem Charlotte Isabel sich an dem Abend in den Schlaf geweint hatte, untröstlich und voller Angst, dass sie ihren Vater nie wieder zu Gesicht bekommen würde, sahen sich Jarle und Sara die Nachrichten im Fernsehen an. Botschaften und Konsulate in aller Welt hatten Kondolenzbücher für Prinzessin Diana ausgelegt. Nie zuvor habe es weltweit ein so großes Interesse für einen Verstorbenen gegeben, sagte der Reporter, Bilder aus London, aus Sydney, aus Frankreich, aus Dänemark und aus Norwegen wurden gezeigt. Überall strömten die Menschen zusammen, um ihre Beileidsbezeugungen niederzuschreiben, und es war fast schon rührend, das musste Jarle zugeben, dass dieses Ereignis die Menschen an Orten auf der ganzen Welt zusammenzuführen vermochte. Blödsinnig, natürlich, das musste er seiner Mutter gegenüber einfach betonen, aber irgendwie rührend. Auch wenn er dafür keine schlüssige Erklärung fand. Metaphorisch rührend, fabulierte er und ließ sich darüber aus, dass vermutlich nicht Prinzessin Diana die Ursache dieser weltumfassenden Tränenflut sei, vermutlich handele es sich zumindest auch um ein metaphorisches Weinen, das die Wangen der Welt nässte, um einen existenziellen Drang nach Weinen.

»Einen existenziellen Drang nach Weinen?«

Sara ließ ihr mitgebrachtes Strickzeug sinken.

»Hm. Um das Unbehagen in der Kultur. Den Schmerz des Daseins.«

Sie sah ihn an.

»Den Schmerz des Daseins?«

Sie hob ihr Strickzeug wieder.

»Ja«, sagte Jarle. »Ein substituiertes Weinen, könnte man sagen. Trauer und Übertragung. Die eigene Tragödie, der man, ob nun nietzscheanisch oder schopenhauerisch, nicht in die Augen blicken kann, weil man sonst die Tristesse des Lebens erkennen und den festen Boden unter den Füßen verlieren würde – die alles überschattende Sinnlosigkeit findet in dieser Mediengeschichte ihren Ausdruck.«

Das war in den vergangenen Jahren schon oft passiert, dachte Sara und verkniff sich einen Kommentar zu den Reden, die Jarle schwang. Sie erinnerte sich daran, wie er Anfang der Neunzigerjahre an Weihnachten nach Hause gestürmt war, gerade mal ein halbes Jahr an der Universität Bergen, frisch verliebt in die Akademia, und wie er höhnisch gelacht hatte, als sie sagte, dass sie Gabriel Garcia Marquez' Stimme so gern habe. Stimme!, hatte Jarle gerufen. Stimme! Ob sie denn nicht wisse, dass Literatur *Schrift* sei? Ob sie nicht wisse, dass sie ein illusionsreiches Minenfeld von Missverständnissen über die Literatur betrete, allesamt beruhend auf einer jahrelangen Tradition sinnloser Stimmenmetaphorik und losgelöst von dem Medium – der Literatur –, das wirklich *Schrift* war. Schrift! Sara erinnerte sich auch daran, wie er im folgenden Jahr nach Hause gekommen war, kahlgeschoren diesmal, und wie er tief geseufzt hatte, als sie ihm von Kern, Botschaft und Essenz dessen erzählte, was sie gelesen hatte, als sie im vergangenen Jahr einen ihrer Lieblingsautoren aus jungen Jahren neu entdeckt hatte, Dickens und *Große Erwartungen*. Erstens, hatte Jarle resigniert behauptet, hätte sie mit fast fünfzig über *Dickens* doch hinaus sein müssen, nun gut, sie habe selbst zu entscheiden, ob sie ihre Zeit mit Paul Celan oder Charles Dickens verbringen wolle, aber dass sie noch immer von »Kern« und »Essenz« und »Botschaft« spreche, das deprimiere ihn geradezu. Das müsse er ja wohl sagen dürfen. Ob sie nicht wisse, dass das Fehlen des Kerns im eigentlichen Kern verankert, das Nicht-Essenzielle in der Essenz festgeschrieben war? Und selbst wenn sie das nicht verstehen könne, so müsse sie doch wenigstens begreifen, dass es fundamental reduktiv sei, von der »Botschaft in der Literatur« zu reden. Reduktiv. Sara wusste noch, dass sie einmal zu Beginn der Neunzigerjahre zu sagen gewagt hatte, ich weiß nicht, was das ist, woraufhin Jarle sich mit der flachen Hand an die Stirn geschlagen hatte. »Aber dann denk doch ein wenig nach mit deinem klimakterischen Winzhirn, das dir da oben auf dem Hals sitzt!«

Jahr für Jahr war er nach Hause gekommen und hatte von frappierenden akademischen Wundern berichtet. Er hatte ihr dringend einen Einführungskurs in die Philosophie nahegelegt, per Fernstudium, als Gegenmittel zu den Wechseljahren, und die Erleuchtung, die er im einen Jahr gehabt und die sie mit Hilfe der von ihm kopierten Artikel und der Bücher, die er ihr zu Geburtstag und Weihnachten schenkte – Rimbaud, Celan, Beckett und Ulven –, pflichtschuldig nachzuvollziehen versucht hatte, war im nächsten Jahr einer neuen großartigen und vielversprechenden Überzeugung gewichen.

Dass er nun also versuchte, sie davon zu überzeugen, dass die Menschen eigentlich nicht Diana beweinten, sondern ihr eigenes missratenes Dasein oder die fundamentale Tragödie des Lebens an sich, überraschte Sara nicht.

Sie war daran gewöhnt, zwischen dem in seine Theorien und Analysen verliebten Jarle und dem Jungen zu unterscheiden, der über die Erde wandelte und nach dem Weg zu sich selbst suchte. Sie war immer überzeugt gewesen: Eines Tages kommt er zurück, und sie hatte gehofft, dass er nicht so tief in den akademischen Wald hineingehen würde, dass er den Weg heraus nicht mehr fand.

Aber Sara machte kein Hehl daraus, denn wenn sie ein Projekt unterstützt hatte, dann, dass Jarle studieren sollte, und wenn sie vor etwas Respekt hatte, dann vor Wissen und Bildung. Sara war sich schmerzlich bewusst, was eine Ausbildung bedeutete, denn sie selbst hatte nur die Volksschule besucht und erlebt, was für Probleme sich daraus ergeben konnten. Dennoch. Gelegentlich fragte sie sich, ob das, was Jarle studierte, wirklich sinnvoll war. Sie hoffte zumindest, dass er damit irgendwann eine Arbeit finden würde, aber wenn sie Jarle danach fragte – was er eigentlich mit seinen Fächern werden könnte, mit Philosophie und Literatur und Religion –, dann verdrehte er nur die Augen. Ob es denn nicht Arbeit genug sei, zu denken? Ob sie vielleicht glaube, es sei nicht Arbeit genug, zu studieren? Und wenn sie eine bezahlte Arbeit meine – er würde sich natürlich eine Stellung besorgen. Ob sie denn glaube, der norwegische Staat würde eine solche Menge von Literaturwissenschaftlern ausbilden, wenn an diesen Menschen kein Bedarf bestünde? Ob ihr nicht klar sei, dass Philosophen geradezu Mangelware seien, nach denen deshalb in der postindustriellen Gesellschaft eine immense Nachfrage bestehen werde?

Doch, doch. Sicher.

Das klingt doch gut, hatte Sara gesagt. Aber sie vermochte noch immer nicht zu sagen, was er werden wollte, wenn sie danach gefragt wurde.

»Sag, dass ich ein Mensch werden will«, hatte Jarle ihr

aufgebracht geraten. »Und warte ab, was sie dann sagen, diese Trottel.«

Sara erinnerte sich an einen heftigen Streit einmal kurz nach Weihnachten, war das '93 gewesen? '94? Ihr neuer Freund war zu Besuch da gewesen – ein Mann, den Jarle instinktiv verabscheute, einfach, weil er ihr Freund war, wie Sara meinte, aber das stand auf einem anderen Blatt. Ulrik, wie er hieß, Ulrik Krågeland, hatte in den Siebziger- und Achtzigerjahren so einiges studiert, und an diesen Tagen nach Weihnachten verbreitete er sich zu Jarles kolossalem Ärger über seine studentischen Erfahrungen.

»Nein«, sagte Ulrik und ließ sich, nachdem er sich mit leckerem Truthahn den Magen vollgeschlagen hatte, in seinem Sessel zurücksinken, »nein, Jarle, wenn ich jetzt, wo ich mich nach so vielen Jahren aus dem akademischen Kokon befreit und zu dem Schmetterling gewandelt habe, den du heute vor dir siehst, an den vielen Unsinn denke, den ich damals gelesen habe, dann bin ich vor allem eins: traurig.«

Jarle, der Ulrik Krågeland für einen birnenförmigen Obertrottel hielt und der es absolut widerlich fand, dass dieser hochtrabende Vollidiot mit seiner Mama das Bett teilte, hatte versucht, seine Gereiztheit zu unterdrücken. Er hatte angestrengt auf die Tischplatte gestarrt, denn bei der Vorstellung, dass dieser aufgeblasene Dödel seine, Jarles, Mama auszog und unsägliche Dinge mit ihr anstellte, dass er sie mit seinen widerlichen Fingern begrabschte, seinen voluminösen Körper auf sie legte – bei dieser Vorstellung war ihm übel geworden und er hatte geschwiegen.

Aber Ulrik war mit seinem deplatzierten Versuch, Lebensweisheiten zu servieren, fortgefahren: »Mehr noch, Jarle, ich hatte das Gefühl, in einem geschlossenen Raum voll gepuderter Frauen zu sein, die ihr ganzes Leben vor dem Spiegel verbringen, alter Frauen, die nichts anderes zu tun wissen, als dazusitzen, selbstverliebt, selbstbezogen und verrückt, und sich selbst zu begaffen, während sie sich ihr düsteres Leben schönreden. Ich bin nicht nur traurig, Jarle, ich bin verärgert über diese lächerliche Ichbezogenheit, diese weltfremde Selbstbeweihräucherung, und ich bin wütend, dass erwachsene Männer jahraus, jahrein in dieser hermetisch abgeschlossenen Welt leben und dabei Respekt, Ansehen, Wein und junge Frauen mit großen Augen genießen, und zwar stets unter dem Vorwand, an allerlei Themen interessiert zu sein – an Sinnstiftung vielleicht, an Wahrheit vielleicht, an Identität vielleicht –, während sie sich in Wirklichkeit nur mit ihresgleichen messen wollen. Ja, ich werde wütend, Jarle, richtiggehend wütend. Das ist weltumspannende Defraudation, das ist die Erhöhung des Selbst in einem gut funktionierenden System. Ich kann es nicht mehr ertragen. Die Vorstellung, dass ich selbst so viele Jahre dort verbracht habe, was, Sara? Allein die Vorstellung! Nein, über Bord damit, sage ich. Soll der ganze Tand von dieser Erde verschwinden.«

Sara merkte, wie Jarle kochte, während Ulrik redete. »Und du fragst mich, Jarle, warum ich mein Studium aufgegeben und die Universität verlassen habe und niemals, niemals wieder einen Fuß hineinsetzen will, und warum ich so absolut zufrieden bin, Fußballtrikots aus aller Welt zu sammeln und Taxi zu fahren? Du kannst das nicht verstehen? Du kannst nicht sehen, dass ich ein Schmetterling bin?«

An diesem Abend ging Jarle in die Kneipe. Aus lauter Abscheu vor Ulrik Krågeland ließ er sich volllaufen und erzählte dem Mann hinterm Tresen von dieser Dreckschleuder von Taxifahrer, der seine, Jarles, Mutter erniedrigte, und Sara musste Ulrik klarmachen, dass er gerade einen philosophieverliebten jungen Mann beleidigt hatte – so einen, wie er selbst einst gewesen war.

Sara war solche Szenen also gewohnt. Und sie fragte nicht mehr, was ihr Sohn einmal werden würde. Sie sprach nicht mehr von dem Studiendarlehen, das allmählich eine astronomische Höhe erreichte. Aber sie machte sich noch immer Sorgen.

Saras Stricknadeln klapperten, ein vertrautes Geräusch für Jarle, das ihn in seiner Erinnerung viele Jahre in seinem Leben zurücknahm.

»Egal«, sagte Sara und stand auf. »Egal, wie du das siehst. Ich gehe morgen mit dem Kind ins Rathaus.«

»Hm?«, machte Jarle, öffnete die Balkontür und trat hinaus, um eine Zigarette zu rauchen.

»Ich sagte, dass ich vorhabe, mit deiner Tochter ins Rathaus zu gehen und nachzusehen, ob dort ein Kondolenzbuch für Prinzessin Diana ausliegt. Wir müssen etwas Gutes, etwas Positives für Lotte tun.«

Jarle beugte sich über das Geländer, stützte die Unterarme auf und zog an seiner Zigarette. Ja, dachte er und spürte, wie alles in ihm schwarz wurde. Verdammter Stress. *Etwas Positives?* Inzwischen war doch klar, welche Verletzungen das Kind davongetragen hatte. Charlotte Isabel hatte ein Zuhause, in dem Trennungen an der Tagesordnung waren, ein Zuhause, das die Hölle war. Hinter der Fassade des Lachens und Ausgelassenseins – die ihm in unredlicher Weise vorgeführt worden war – verbarg sich eine ausgewachsene Scheidungstragödie. Dieses arme Mädchen war ihm einfach kommentarlos übergeben worden. Und jetzt lag es dort drinnen auf seiner Matratze und weinte. Ein am Boden zerstörtes Kind. Wer zum Teufel wusste schon, was sich in Skien alles abspielte. Immerhin war es sogar möglich, dass dieser Trond Anette schlug.

»Jarle? Hast du gehört?«

Er blies den Rauch aus und nickte.

»Also gehe ich morgen mit ihr hin. Und wir tragen uns in das Kondolenzbuch ein. Während du in der Universität bist.«

Sara stand hinter ihm.

»Und du – du kannst dich entscheiden: entweder stehst du hier und grübelst und schmollst oder du packst zu. Deine Tochter braucht dich, egal, wie viel existenziellen Drang nach Weinen es deiner Ansicht nach gibt. Gute Nacht, Jarle. Du kannst im Wohnzimmer schlafen.«

Herrgott, dachte er. Sie redet mit mir wie mit einem kleinen Kind.

Im Laufe der Nacht zog sich der Himmel über Bergen zu, und am nächsten Morgen lagen die Wolken dicht und schwer zwischen den Bergen und servierten wütend niederprasselnden Regen. Charlotte Isabel schlief lange, und als sie aufstand, war sie verschlossen und in sich gekehrt.

Sara machte das Frühstück für sie, bestrich Brote mal mit Leberwurst, mal mit Marmelade, schnitt sie handlich in zwei Teile und belästigte ihr Enkelkind nicht mit Fragen. Sie ließ sie essen, müde und erschöpft, wie sie war, und lächelte ihr so warm zu, wie sie nur konnte.

Im Badezimmer schließlich zeigte Sara auf den Aufkleber am Spiegel, was für ein niedlicher Hund, sagte sie, und beide putzten sich die Zähne, während Jarle noch immer auf dem Sofa im Wohnzimmer schlief. Eine Viertelstunde später hockte Oma im Gang und half Lotte, die Regensachen anzuziehen.

»So«, sagte sie lächelnd. »Jetzt kann es ruhig kommen.«

»Was?«

»Das Regenwetter, Lotte.«

»Du sollst nicht Lotte zu mir sagen«, schmollte die Kleine.

»Da hast du recht.« Sara strich ihr über den Kopf. »Auf seinen Namen muss man gut aufpassen. Wir machen das so: Wenn du findest, dass Oma dich Lotte nennen darf, dann sagst du Bescheid. Bis dahin nenne ich dich Charlotte Isabel.«

Die Kleine nickte. »Oder nur Charlotte. Und dann später Lotte.«

»Ja. So machen wir das«, sagte Sara, ohne die Miene zu verziehen, willens, sich ganz auf das Kind einzulassen. »Sagst du Papa noch auf Wiedersehen? Der muss ja … zur Arbeit.«

Charlotte Isabel ging ins Wohnzimmer. Sie blieb vor Jarle stehen, der mit dem Rücken zu ihr lag, das Gesicht in das Sofakissen gebohrt. Dann schüttelte sie den Kopf und ging zurück auf den Flur.

»Er ist heute müde, Oma«, sagte sie. »Das ist Vater auch manchmal.«

Großmutter und Enkelin gingen durch die Straßen von Bergen. Aber Sara empfand ein gewisses Unbehagen, wie sie schmerzlich feststellte. Irgendwie kam es ihr fast falsch vor, die Verantwortung für ein Kind zu übernehmen, das sie kaum kannte, ein Kind, das sie nicht vom ersten Tag an hatte begleiten können. Sie war nicht dabei gewesen, als das Mädchen gewickelt wurde, sie war nicht dabei gewesen, als Charlotte Isabel zum ersten Mal ihren Namen geschrieben hatte, und sie hatte nicht gesehen, wie sie Zähne bekam, schwimmen lernte, mit und ohne Stützräder Fahrrad fuhr, sich mit der Welt vertraut machte. Das Kind war ihr einfach in die Arme gedrückt worden, sieben Jahre zu spät, und das kam ihr nicht richtig vor. Und Sara hatte das Gefühl, in das Leben anderer Menschen einzudringen, so, als ginge sie durch ein Haus, in dem sie eigentlich nichts verloren hatte.

Als sie das Rathaus erreicht und das Gebäude betreten hatten, zog Sara die Kleine an sich und setzte sich mit ihr auf zwei weiße Stühle, die an einer Wand standen.

»Charlotte Isabel«, fing sie an, »meinst du, du kannst Oma ganz kurz zuhören?«

Charlotte Isabel nickte.

»Prima.« Sara zog einen Kaugummi aus der Tasche, teilte ihn in zwei Teile, gab den einen Lotte und nahm den anderen selbst. Dann lächelte sie und sagte: »Ich weiß nicht, was bei euch passiert ist. Bei Mutter und Vater. Und bei dir. Aber ich bin so froh, dass ich deine Großmutter bin.«

Lotte schaute zu Boden. »Wir brauchen nicht darüber zu reden«, flüsterte sie.

»Da hast du recht«, erwiderte Sara ruhig. »Das brauchen wir nicht. Aber Oma möchte dir etwas sagen, und dann können wir reingehen und an Diana schreiben – in Ordnung?«

Lotte nickte.

»Ich freue mich«, sagte Sara und merkte, wie ihr Hals sich zusammenschnürte, »dass ich deine Großmutter bin. Und es ist völlig in Ordnung, wenn du traurig bist oder wenn du das alles satt hast. Aber wenn du mit jemandem sprechen möchtest, weil du meinst, dass das hilft, dann kannst du immer zu mir kommen. Und wenn du nur puzzeln oder spielen willst, dann ist das auch in Ordnung.«

Lotte schluchzte.

»Ist das in Ordnung so, was meinst du?«

»Ja.«

»Fein«, sagte Oma Sara. »Dann gehen wir jetzt zu Diana.«

Das Kondolenzbuch lag aufgeschlagen auf einem kleinen Tisch mit Tischdecke. Daneben stand ein Foto der

Prinzessin. Vier Menschen standen vor Sara und ihrer Enkelin, zwei junge Mädchen im Teenageralter, eine ältere Dame mit welligem Haar und Regenhaube und eine Frau von Mitte dreißig. Während sie warteten, überlegten sie, was sie schreiben wollten. Sara sagte, Charlotte Isabel solle einfach schreiben, was sie wolle, aber Lotte sagte, Oma solle etwas vorschlagen, weil sie doch sicher viel besser schreiben könne als sie selbst. Es gehe ja hier nicht darum, wer besser schreiben könne, erwiderte Sara, sondern darum, dass Charlotte Isabel Diana so gern gehabt habe, und da müsse sie selbst wissen, was sie schreiben wolle.

Als sie dann an der Reihe waren, nahm Lotte den Stift, schloss die Finger fest darum und biss sich auf die Lippen. Sie dachte lange nach, und schließlich schrieb sie: »Liebe Diana.« Dann hielt sie inne und sah zu ihrer Großmutter auf.

»Kannst du für mich schreiben, Oma?«

Sara nickte und nahm den Stift. »Klar. Was soll ich denn schreiben?«

Lotte überlegte wieder. »Ähm …«, machte sie und trat von einem Fuß auf den anderen. »Du sollst schreiben: Vielleicht warst du eine Prinzessin, die keine Prinzessin sein wollte. Vielleicht nicht. Ich finde es dumm, dass du tot bist. Kuss von Oma und Lotte.«

Sara nickte und schrieb.

»Aber, Oma, sollen wir Papa auch dazu schreiben, was meinst du?«

Sara nickte. »Ja. Warum nicht?«

»Gut, dann schreibst du: Und von Papa.«

Nachdem sie das Rathaus wieder verlassen hatten, schlug Sara vor, in die Konditorei zu gehen, aber Lotte wusste nicht, was das war – ist das eine Kirmes? Sara lachte und erklärte, das sei eine Art Bäckerei mit Café, und das fand Charlotte Isabel super, denn wenn sie eins liebe, sagte sie, dann Rosinenbrötchen, und ihre Mutter liebe die übrigens auch.

Vor der Konditorei, der ältesten in Bergen, blieb Charlotte Isabel stehen. »Als ich im Flugzeug war, Oma«, sagte sie, »da hab ich gewusst, dass Mutter und Vater gar nicht ans Mittelmeer gefahren sind. Und jetzt glaube ich, verstehe ich alles. Ich glaube, sie lassen sich scheiden und ich werde ein Scheidungskind, so wie letztes Jahr Katrine aus meiner Klasse.«

»Weißt du, Charlotte Isabel«, sage Sara, während sie ihren Mantel an einen Garderobenständer hängte, den Regenschirm wegstellte und ihrer Enkelin den Regenmantel aufknöpfte, »weißt du was? Jetzt kaufen wir uns ein Rosinenbrötchen. Und Brause. Und vielleicht noch ein Rosinenbrötchen. Und dann denkst du einfach daran, dass deine Eltern immer deine Eltern sind, egal, was passiert, und dass sie schon die beste Lösung finden werden. Und wer weiß? Vielleicht sollten Oma und du nachher in die Bücherei gehen und ein paar Bücher ausleihen?«

»Hm«, machte Charlotte Isabel.

»Gut.«

»Und, Oma?«

»Hm?«

»Du kannst mich doch Lotte nennen. Ich hab's mir anders überlegt. Ich war nur ein bisschen wütend.«

»Abgemacht, Lotte«, sagte Sara.

»Weißt du, Oma«, sagte Lotte. »Eigentlich bist du wie Prinzessin Diana.«

Lotte lächelte, und Sara sah auf die große Lücke zwischen ihren Zähnen und dachte, Kinder sind stark, aber das heißt noch lange nicht, dass Erwachsene sie wie Dreck behandeln dürfen.

Seit er an der Universität von Bergen studierte, dachte Jarle immer wieder darüber nach, dass seine Arbeit darin bestand, zu artikulieren, was die Menschen wussten. Das war einerseits ein beruhigender Gedanke und andererseits ein anstrengender Gedanke. Beruhigend, weil er dazu beitrug, das Universelle seiner Arbeit hervorzuheben. Er arbeitete trotz allem für das Gemeinwohl und nicht nur für sich selbst. Sein Leben in der Welt des Denkens diente auch dem Bauarbeiter und Elektriker. Und anstrengend war der Gedanke, weil Jarle ab und zu das Gefühl hatte, sich mit begrifflicher Narretei zu befassen.

Wenn die Epistemologie die Lehre von Wissen und Erkenntnis war, warum wurde sie dann in ein so verschrobenes Wort wie Epistemologie gehüllt? In den Phasen seines Studiums, in denen er sowohl seiner eigenen Arbeit als auch der Akademia den größten Respekt entgegenbrachte – wie in diesem Moment, da er mit großem Selbstbewusstsein an der Proust'schen Onomastik arbeitete –, zweifelte er niemals am Wert der elaborierten und distinguierten Artikulation dessen, was die Menschen wissen, und diese Artikulation musste, wenn daraus mehr werden sollte als reines Kaffeehausgeplauder, auf ein avanciertes Niveau gehoben werden. Es machte ihm große Freude, mit den Begriffen zu jonglieren, und andere in dieser seiner Welt erfreuten sich an seinen Zirkuskunststücken.

In diesen Phasen hielt Jarle das Gewimmel von Studenten in Bergen für eine Zierde. Er sah sich selbst in eine gewichtige Tradition eintreten, die das Niveau der Gesellschaft hob, nicht nur in Bergen, sondern im ganzen Land. Diese feinen jungen Menschen, in Sakkos gewandet, mit Aktentaschen unter den Armen, die nach Wissen und der Erkenntnis lechzten – Jarle hatte das Gefühl, einer Art Adel anzugehören, und wie viele der anderen Studenten auch, ging er mit stolzgerecktem Kinn über die Torgalmenning.

In den anderen Phasen jedoch war ihm all das peinlich. Wie Staat und Gesellschaft sie hier Jahr für Jahr ein kryptischeres und nutzloseres Fach nach dem anderen studieren lassen konnten, wie Staat und Gesellschaft es hinnahmen, dass die Studenten mit stolzgeschwellter Brust daherkamen und ihre Zeit mit diesem Schnickschnack verbrachten, dieser akademischen Spiegelfechterei, diesem geistigen Snobismus – all das war Jarle peinlich.

Dann wurde er einfach den Eindruck nicht los, dass es bei dem Ganzen um nichts anderes als um die Arroganz und Überheblichkeit eines bestimmten Klüngels ging. Und sein Respekt für diese Art von Arbeit sank. Manchmal gab es in Jarles Augen nur einen einzigen Grund dafür, die Lehre von Wissen und Erkenntnis Epistemologie zu nennen: Karl Ivar, mit dem er zur Schule gegangen war und der jetzt im Straßenbau arbeitete, Jenny aus seiner Klasse, die jetzt in einem Zeitungskiosk verkaufte, und all die anderen konnten den Begriff nicht verstehen. Die Freude daran, dass die anderen etwas nicht verstanden, fand Jarle in diesen Phasen, war eine unausgesprochene Erfahrung, die alle Akademiker teilten, und einer der Treibriemen im System.

Was, fragte er sich, wenn uns die anderen da draußen auf die Schliche kommen? Was, wenn die Bevölkerung, die uns schon auf der Spur ist, entdeckt, dass wir, die Studenten und unsere Professoren, der Gesellschaft rein gar nichts bringen? Was, wenn sie merken, dass wir, während sie Häuser bauen, Kleider nähen und für Kaffee und Tee und Wasser und Essen sorgen, die Welt noch komplizierter machen, als sie ohnehin schon ist, indem wir … *nichts* tun?

Nachdem Charlotte Isabel in Bergen aufgetaucht war und sein Leben radikal verändert hatte, war Jarle abermals in Zweifel gestürzt worden, was er da eigentlich machte. An diesem Mittwoch schwirrten seine Gedanken wie verwirrte Bienen durch seinen Kopf, als er sich innerlich auf das Treffen mit Robert Göteborg, diesem aufgeblasenen Schweden, einstellte, bei dem er um die Zuteilung eines neuen Betreuers bitten würde. Er wusste, während er sich anzog, nachdem seine Mutter und Lotte in den Regen hinausgegangen waren, nicht ein einziges gutes Wort über sein Studium oder das akademische Dasein zu verlieren. Sein Leben mit dem Versuch zu verbringen, die Capricen eines asthmatischen Franzosen für Eigennamen zu verstehen, kam ihm lächerlich vor. Einen Essay von Adorno zu lesen, zum neunten oder zehnten Mal gar, in dem der Deutsche einen stolzen Kampf um Vagheit und Undeutlichkeit focht, erschien ihm vollkommen idiotisch. War es denn im Grunde nicht so, dass alles, was ihm das Lernen in diesen Jahren gebracht hatte, Dilettantismus und Haarspalterei gewesen waren? War es nicht so, dass er und Hasse und Arild nur mit dem widerlichen Fett der Dummheit eingeschmiert wurden? Und waren nicht gerade solche Leute wie Robert Göteborg daran schuld, diese selbsttrunkenen Professoren, die kein einfaches Gedicht mehr lesen konnten, ohne den Umweg über die poststrukturalistische Theorie zu nehmen?

Er lief in großen Schritten zum literaturwissenschaftlichen Institut. Diesem schwedischen Holzkopf wollte er, wo er schon einmal dort war, auch gleich noch ein paar Wahrheiten sagen. Dabei war es nicht so, dass er der Akademia den Rücken kehren wollte, nein, im Gegenteil, er wollte weitergehen als diese ganze Bande von weltfremden Idioten, er wollte das eigentliche Denken erreichen, das ging ihm jetzt auf, er wollte die närrische Fassade überwinden, durch die Firnis hindurch eindringen in ... ja, *das eigentliche Denken.*

Jarle lief die Stufen zum Institut hinauf. Er öffnete die Tür und warf einen Blick in den Gang. Bring es hinter dich, machte er sich Mut. Er riss sich zusammen. Bring es hinter dich. Aber als er auf Robert Göteborgs Tür zuging, merkte er, dass seine Beine sich nervös widersetzten. Das gefiel ihm ganz und gar nicht. Er sah sich wieder auf dem Rücksitz in Robert Göteborgs Auto liegen, nur wenige Tage zuvor. Scheiße. Das hier gefiel ihm nicht. Er kam sich vor wie vor dem Zimmer des Rektors in der Grundschule, er hatte das Gefühl, vor Papa zu stehen und ausgeschimpft zu werden, weil er als kleiner Junge vergessen hatte, abends sein Fahrrad ins Haus zu stellen.

Er holte tief Luft. Und klopfte an.

»Jaa?«

Dieser verdammte Schwede. Scheiße. Verdammt. Wie konnte er es wagen. Er trieb es mit seinen Studentinnen, die doch – ja! – bereits einen Freund hatten.

Jarle öffnete die Tür. Robert Göteborg saß über ein Buch von Bachtin gebeugt an seinem Schreibtisch, der überquoll vor Büchern und Hausarbeiten und Kompendien. Der Computerbildschirm vor ihm leuchtete. Jarle spürte, wie die Scham in seinem Körper aufstieg, und er spürte, dass er gerade dabei war, einen Fehler zu machen, doch der Schwede zeigte keine Anzeichen von Überraschung oder Unbehagen, als Jarle das Zimmer betrat.

»Jarle«, sagte er. »Ja – ich habe schon mit dir gerechnet.« Robert Göteborg, der Professor, nahm seine Brille ab und drehte sich in seinem Schreibtischstuhl zu Jarle um. »Setz dich doch, setz dich.«

Jarle räusperte sich. »Nein, ich ...«

Robert Göteborg nickte und fummelte an seinem Ohrring herum.

»Ich …«

»Pass auf, wir machen das jetzt so, okay?« Göteborg streckte ihm die Hand hin.

Hm? Jarle wurde unsicher. Er reicht mir die Hand?

»Schwamm drüber, okay?«

Hm?

Schwamm drüber?

Jarles Blick irrlichterte hin und her.

»Okay …?«

»Frauen«, sagte Göteborg. »Das ist doch kein Thema. Entweder du ziehst einen Strich unter die Sache oder aber wir – du und ich – können unsere Arbeit an deinen glänzenden – ja, ich wiederhole mich, Jarle – an deinen *glänzenden* Proust-Studien nicht fortsetzen. Oder, das ist noch eine dritte Möglichkeit, wir veranstalten ein riesiges Geschrei, bei dem nichts weiter herauskommt als Scham und Schande.«

Robert Göteborg, an diesem Tag in eine schwarz-rot karierte Weste über seinem weißen Hemd gewandet, ergriff Jarles Hand und schüttelte sie.

»Also. Was sagst du dazu?«

»Aber …«, hörte Jarle sich sagen.

»Kein Aber, okay?«

»Aber …« Jarle zögerte. »Du und Herdis …«

»Tja.« Robert Göteborg seufzte. »Was soll ich sagen? Die Zukunft ist ungewiss, Jarle. Ich habe keine Ahnung, wie es weitergeht, so wie die Dinge jetzt stehen. Es ist eine ganze Menge passiert. Die Gnädigste fährt am Samstag nach Hause.«

»Nach Hause?«

Göteborg zuckte mit den Schultern. »Ja, du hast richtig gehört. Ihre Mutter hat ihr ein Ultimatum gestellt – wegen dem Vermögen, und hier hat es einen Höllenkrach gegeben«, sagte Robert Göteborg resigniert. »Jedenfalls fährt sie jetzt nach Hause, um die Sache mit ihrer Familie auszudiskutieren. Kurz, Herdis spielt mit dem Gedanken, das Institut zu verlassen und ins Familienunternehmen einzusteigen. Ja, ja. So kann es gehen. Geld ist eben auch für Frau Snartemo alles, verstehst du.«

»Ich weiß nicht, was ich sagen soll«, stammelte Jarle verdutzt.

»Don't say anything«, erwiderte Robert.

»Und ihr? Wie ...«

Wieder fummelte Robert an seinem Ohrring herum und strich dabei über sein Ohrläppchen. »Liebe ich die Frau, Jarle?«, sagte er nach einer beträchtlichen Pause. »Habe ich vor, an die norwegische Südküste zu ziehen und vom Geld meiner reichen Freundin zu leben? Ich weiß, dass sie mit deinem jungen Körper gespielt hat. Macht mich das traurig? Macht es mich glücklich, dass sie trotzdem sagt, dass sie mich will? Liebt sie mich? Liebt sie das Geld ihrer Mutter? Weiß ich, wie es weitergeht?«

Jarle fühlte sich an seine erste Begegnung mit Robert Göteborg erinnert, wie er so dasaß. Es war bei einer Einführungsstunde in die Literaturwissenschaft gewesen, an einem Vormittag im August 1991. Er war frisch aus Stavanger gekommen, hatte begeistert für die Literatur geschwärmt, mit großen epischen Werken unter dem Arm – und nach fünfundvierzig Minuten hatte Robert Göteborg hinter alles, was Jarle bisher gedacht hatte, ein Fragezeichen gesetzt. Dieser charismatische Schwede hatte einen vor Rhetorik strotzenden Crashkurs über die literarische Avantgarde gehalten und war zu dem Schluss gekommen, dass »alles, was ihr gedacht habt, billige Konstruktion ist. Die Literatur, ihr Lieben, die wahre Literatur, soll nicht mit den Massen kommunizieren, sie soll nicht Puder und Rouge auf fette Wangen auftragen und Menschen nur kitzeln, wo sie am empfindlichsten sind – sie soll ein Schlag in die Magengrube sein. Sie soll purer, echter Widerstand sein.«

Jarle war als brennende Fackel aus dieser Stunde gegangen. Er hatte eine Menge neuer Wörter gelernt, er hatte eine ganz neue Art zu denken erlebt, und er hatte eine Liste von ihm unbekannten Autoren, die er in den darauffolgenden Wochen mit hungrigem Eifer verschlungen hatte: Majakowski, Baudelaire, Tzara, Beckett …

War es nicht dieser Mann, dieser schwedische Narr gewesen, der ihm, Jarles, die Flausen in den Kopf gesetzt hatte? War es nicht dieser Mann, dieser Schwede, den Jarle nicht einzuschätzen wusste, der ihn gelehrt hatte, dass kein Gedanke je zu Ende gedacht ist?

Robert Göteborg gab schließlich den Ohrring frei, zuckte kurz mit den Schultern und drückte Jarle ein weiteres Mal die Hand.

»Ja«, sagte Jarle. »Viele Fragen. Aber egal. Deshalb bin ich ja gekommen. Ich wollte mich für mein Benehmen von neulich entschuldigen, es war … es war einfach unverzeihlich von mir, natürlich. Es ist mir wirklich peinlich, ich …«

»Jarle«, sagte Robert Göteborg und schwenkte die Hand. »Lass gut sein. Es reicht. Ich weiß. Und ich sag es mit Edith Piaf.«

»Hm?«

»Je ne regrette rien.«

»Genau«, sagte Jarle leicht verwirrt. »Aber jedenfalls wollte ich dir versichern, dass ich meine Proust-Studien bestimmt zu Ende führe – ja, *natürlich* mit dir als Betreuer, falls du daran gezweifelt haben solltest.«

»Natürlich nicht«, erwiderte Robert Göteborg. Er legte eine Hand auf den Bachtin und rückte sich die Brille zurecht. »Aber, Jarle, wie geht es deiner Tochter – wenn ich fragen darf?«

Jarle war aufgestanden und stand schon an der Tür.

»Na ja«, sagte er und fand, dass dieser Mensch einfach etwas *Souveränes* an sich hatte. Man konnte es einfach nicht anders ausdrücken – *souverän.* »Na ja, es kann sein, dass es vielleicht ein bisschen schwieriger für sie ist, als ich zunächst dachte. Aber das ist nun einmal so. Wir werden das schon schaffen. Sie hat morgen Geburtstag. Das wird lustig.«

»Geburtstag.« Göteborg nickte. »Sieben, oder? Herrliches Alter. Du musst etwas Witziges machen. Einen Ausflug oder, ja, wie sagt man auf Norwegisch – ein Würstchenfest? Oder Verkleiden. Etwas Lustiges für die kleine Dame, was?«

Fuck das scheiß Morgenbladet

Verdammt, was für ein Scheißblatt! Was für ein bescheuertes Wochenmagazin. Wir haben Ihren Text längere Zeit erwogen. Längere Zeit? Ja, Zeit habt ihr euch jedenfalls gelassen. Und sind zu dem Ergebnis gekommen, dass wir ihn leider nicht abdrucken können. Leider? *Leider?* Das Thema an sich ist interessant, das fragliche Buch ebenfalls, aber wir sind der Meinung, dass der Text nicht das ausreichende Niveau hat. Nicht das ausreichende Niveau hat? Was zum Teufel soll denn dann ein *ausreichendes Niveau* sein? Ihr beträchtliches Engagement für das Thema ist uns jedoch nicht entgangen. Wir legen Ihnen deshalb zum Trost die Rezension eines Kritikers bei. Zum Trost? Wer verdammt noch mal hat behauptet, ich brauchte *Trost?* Rezension eines Kritikers? Von mir aus, jetzt bekomme ich also Rezensionen von Kritikern. Verdammt, das geht zu weit. Der Text über Arnold Rogers Proust-Studie, *The significance of memory lost,* ist sehr motiviert geschrieben. Ja, eben! Aber das führt unglücklicherweise zu mehr Problemen als zu Erkenntnissen. Unglücklicherweise? *Probleme?* Der Rezensent hat sich offenbar im akademischen Unterholz verirrt. Sich verirrt! Im akademischen *Unterholz!* Will dieser sogenannte Kritiker mich verarschen? In literaturwissenschaftlichen Kreisen werden Begriffe wie Nicht-Identität, Subjektfragmentierung, Wiederholung und Metonymie derzeit inflationär verwendet – ganz zu schweigen von all den Begriffen, die versuchen, etwas über die referenziellen/nicht-referenziellen Möglichkeiten der Sprache auszusagen. *Inflationär?* Kapiert er nicht, wozu ich diese Begriffe verwende? Wer zum Teufel hat diesen Sermon verbrochen?

Jarle steifte die Jacke ab und warf sie über den Küchenstuhl. Unglaublich, dachte er. Es ist leckmichdoch unglaublich, wie man behandelt wird. Da kommt man gerade aus einer erhebenden Besprechung mit einem der bedeutendsten Akademiker in Norwegen und Schweden, Robert Göteborg, einer nicht nur erhebenden, sondern auch zutiefst *humanistischen,* wie ihm jetzt aufging, einer zutiefst und durch und durch *humanistischen* Besprechung, ja, einer Besprechung, an die man sich für den Rest seines Lebens erinnern wird, dachte Jarle, einer Besprechung, die zu einer wirklichen Erkenntnis über *Vergebung und humanistische Souveränität* geführt hat, dachte er, und das mit einem der bedeutendsten Akademiker in Norwegen und Schweden, wenn nicht in Nordeuropa, der noch dazu meine Proust-Studien als *glänzend* bezeichnet, aus einer solchen Besprechung kommt man, einen Tag, ehe die Tochter ihren siebten Geburtstag feiern wird, ihren ersten Geburtstag bei ihrem eigentlichen Papa, und man ist erregt und positiv eingestimmt – ja, *positiv* – und man hat diesen und jenen Plan für den bevorstehenden Geburtstag – und dann serviert einem diese dilettantische Idiotenzeitschrift das hier? Wer zum Teufel hatte diesen Scheiß verzapft?

Beleidigt stand Jarle da und blätterte, über den Küchentisch gebeugt, auf die zweite Seite der Rezension, die die Redaktion vom *Morgenbladet* beigelegt hatte. Der werte Kritiker hatte sich doch wohl geoutet.

Henning Hagerup.

Jarle fuhr zusammen.

Henning Hagerup.

Er schluckte, blähte die Backen, ließ sich auf den Küchenstuhl plumpsen und las die Rezension noch einmal.

Es soll jedoch nicht unerwähnt bleiben, dass der Verfasser dann über stilistische Fähigkeiten und eine analytische Begabung verfügt, wenn er sich, was leider nur selten vorkommt, von seinem theoretischen Überbau befreit.

Henning Hagerup.

Jarle merkte, wie seine Fingerspitzen heiß wurden, als er dort mit dem Brief auf dem Schoß dasaß. Verdammt, das war ja nicht zu fassen!

Er hatte einen Brief von *Henning Hagerup* bekommen.

Einen niederschmetternden Brief zwar.

Aber einen Brief!

Stiller Jubel machte sich in ihm breit. Ein angenehm kribbelndes Gefühl, als wäre er vierzehn und hätte gerade mit einem Mädchen geknutscht, erfasste seine Glieder.

Zum Teufel.

Er biss sich auf die Unterlippe.

Ein Brief!

Von *Henning Hagerup!*

Ha!

Konnten Hasse oder Arild von einem Brief von *Henning Hagerup* auch nur träumen? Konnte überhaupt einer der anderen Studenten von einem Brief von *Henning Hagerup* auch nur träumen?

Nein.

Für Jarle aber war der Traum Wirklichkeit geworden. Sein Artikel, den der große Henning Hagerup gelesen hatte – gründlich und nicht nur einmal, so, wie es aussah, ja, machte es nicht den Anschein, als hätte der Text Henning Hagerup beträchtliches Kopfzerbrechen bereitet und eine nicht unbedeutende Herausforderung dargestellt, auch wenn er dann ein negatives Urteil gefällt hatte? – sein Artikel hatte ihm einen Brief von dem Kritiker eingebracht, den Jarle am allermeisten bewunderte.

Allein schon der Name, *Henning Hagerup,* hatte in Jarles Gehirn oft ein Knistern ausgelöst. Von allen Kritikern, deren Artikel Jarle während der vergangenen fünf, sechs Jahre in Zeitschriften und Zeitungen und Büchern in aller Gründlichkeit gelesen hatte, machte keiner ihm und seinen Freunden so viel Angst und so viel Freude wie Henning Hagerup. Den anderen immer voraus, immer auf seltsame Weise klug, immer weitblickend und belesen, und das über all die Jahre hinweg, die Jarle nun schon in Westnorwegen saß und sich die intellektuelle Szene von jungen, eloquenten und richtungsweisenden Kritikern in der Hauptstadt vorzustellen versuchte. Sie saßen um die großen Redaktionstische herum, Stapel von Büchern und Artikeln vor sich, und diskutierten. Tagaus, tagein. Das waren Menschen, die mit der Literatur lebten, so wie andere Menschen mit ihren Gedanken lebten. Das waren Menschen, die sich der Literatur so verschrieben hatten wie Grete Waitz zu ihrer Zeit dem Marathon. Umgeben von einer Aura des Respekts gingen diese berühmt-berüchtigten Kritiker durch die Straßen der Hauptstadt, und wenn sie nach beendeter Redaktionssitzung ein Café oder ein Restaurant betraten und an einem Tisch Platz nahmen, wurde es um sie herum still, denn alle wussten, dort hinten, dort sitzt der erlesene Kreis, die gebildetsten Köpfe der Gegenwart.

Und jetzt hatte Jarle also einen Brief von *Henning Hagerup* bekommen, dem Baron in dieser noblen Gilde von Intellektuellen. Ironischerweise war es ein Ablehnungsbrief, der ihm den Kontakt zu den intellektuellen Größen der Gegenwart ermöglichte, aber egal, was bedeutete das schon. Immerhin hatte er sich, nüchtern betrachtet, überhaupt irgendwie ins Spiel gebracht. Immerhin war er in ihrem Dunstkreis aufgetaucht. Aller Wahrscheinlichkeit nach, und das war bestimmt nicht übertrieben zu vermuten, redete Henning Hagerup derzeit bei den Redaktionssitzungen und in den Osloer Cafés über ihn. Vielleicht lächelte der große Hauptstadtkritiker, wenn er von diesem *Jarle Klepp* sprach, durchaus ein wenig herablassend, das war möglich, und vielleicht bezeichnete er ihn als jungen Hitzkopf von der Westküste, aber es war ebenso wahrscheinlich, dass er sagte: *Jarle Klepp überrascht uns mit neuen Erkenntnissen. Jarle Klepp. Ja, diesen Namen könnt ihr euch gleich merken, das sage ich euch … Gebt ihm ein paar Monate, na ja, vielleicht Jahre, und er wird in aller Munde sein, Jarle Klepp, von dem werden wir noch mehr hören. Er ist ein wenig theorieverblendet, aber er verfügt durchaus über stilistische Fähigkeiten und eine analytische Begabung.*

Wenn Henning Hagerup im Radio zu hören war, in Jarles Lieblingsliteratursendung zum Beispiel, dann saß Jarle still in seinem Sessel und lauschte dieser bedächtigen, klugen, freundlichen und – wie er fand – charismatischen Stimme, die ab und zu ein wenig nervös stotterte, bestimmt weil er die Medien, wie alle überragenden Denker, so sehr verabscheute wie er die Kunst liebte. Wie er aussah und was er für ein Mensch war, das wusste Jarle nicht. Er stellte sich einen gut angezogenen Mann von Anfang vierzig vor, den Kopf vielleicht glattrasiert wie er selbst, aber mit üppigem Bartwuchs. Ein gepflegter Mann, der zu Hause eine große Bibliothek hatte und zum Frühstück Hölderlin las, zum Mittagessen Paul Celan, zum Abendbrot vielleicht Dante und als Gutenachtgeschichte bestimmt etwas von Goethe.

Und Jarle wollte unbedingt wie Henning Hagerup werden. Zu einem solchen Menschen wollte er sich wandeln. Einem Menschen mit unerschöpflichem Wissen, der wusste, was Bildung bedeutete, und der es auf sich genommen hatte, dieses Wissen weiterzugeben. Der ein festes Gehalt und geregelte Verhältnisse geopfert hatte, um als freier Intellektueller im Dienste des Volkes zu stehen.

Henning Hagerup.

Könnte Jarle Klepp werden wie Henning Hagerup?

Er griff noch einmal zu dem Brief.

Abschließend muss erwähnt werden, dass Arnold Rogers' Buch über Marcel Proust auf erheblichen Widerstand gestoßen ist, was der Verfasser des Artikels entweder nicht weiß oder in seinem stellenweise geradezu lächerlichen Enthusiasmus für alles, was mit Proust und *Auf der Suche nach der verlorenen Zeit* zu tun hat, lieber ignoriert.

Hm. Schon gut, Henning Hagerup. Aber wenn du dich jetzt geirrt hast?

Was dann?

Wenn es so ist, dass ein Grünschnabel aus Stavanger, ein neuer Kopf, ein Angehöriger der nächsten Generation, ein Emporkömmling, etwas gesehen hat, das du nicht zu sehen vermochtest?

Wäre es nicht denkbar, dass Henning Hagerup sich irrte, was bestimmt nur äußerst selten vorkam? Verließ sich die Redaktion von *Morgenbladet* blind auf diesen gefeierten Kritiker? Entschied er, was in dieser verdammten Wochenzeitung stand? War es nicht denkbar, dass Henning Hagerup derart tief in der arroganten und engstirnigen Intellektuellenszene steckte, dieser sogenannten kritischen Elite, dass er ein frisches Talent nicht sehen konnte, das vor seinen vom vielen Lesen getrübten Augen auftauchte?

Unschlüssig saß Jarle auf seinem Küchenstuhl.

Was sollte er jetzt tun? Sollte er bei der Auskunft anrufen und sich die Nummer von Hennnig Hagerup in Oslo geben lassen? Das wäre vielleicht ein wenig übertrieben.

Sollte er die Sache mit Robert Göteborg besprechen, dem großen europäischen Akademiker, den er nun als seinen Freund bezeichnen zu können glaubte, und ihn eine Art Einspruch beim *Morgenbladet* erheben lassen?

Morgenbladet hat mich abgelehnt, dachte er so ruhig er konnte.

Aber ich habe einen Brief von Henning Hagerup bekommen.

Und ich schreibe, dachte er, trotz allem an einer glänzenden Proust-Studie.

Er schüttelte den Kopf, gerade so, als hätte er einen Fußball an die Stirn geschossen bekommen.

Na, sagte er laut und schüttelte wieder den Kopf.

Fuck you, scheiß *Morgenbladet*.

Ich habe Wichtigeres zu tun, dachte Jarle. Er erhob sich entschlossen und hatte seltsamerweise selbst in diesem Moment das Gefühl, *Morgenbladet* mitsamt dem Kritiker Henning Hagerup eins ausgewischt zu haben und heller zu leuchten als sie alle. Mit diesem Gefühl zog er seine Jacke wieder an, suchte in seinen Taschen, ob er Geld und Schlüssel bei sich hatte, schlüpfte in die Schuhe und verließ seine Wohnung, um die Idee, die großen Pläne, auf die Robert Göteborg ihn vor einigen Stunden gebracht hatte, in die Tat umzusetzen.

Es regnete heftig an diesem Nachmittag in Bergen, aber Jarle war von Stärke und Selbstvertrauen erfüllt, als er mit langen, stolzen Schritten über den Asphalt ging, zufrieden, dass seine Tochter mit ihrer Großmutter einen schönen Tag verbrachte und dass der morgige Tag in kindlicher Freude erstrahlen würde.

Anette Hansen

Sie war 1975 geboren, hellblond und einen Meter zweiundsechzig groß. Sie hörte auf dem rechten Ohr schlecht, hatte in sehr jungem Alter ein Kind bekommen, ein Mädchen von 3400 Gramm und 49 Zentimetern, und sie hieß Anette Hansen. Als sie im Winter 1990 schwanger geworden war, waren ihre Eltern nicht gerade begeistert gewesen. Die Familie beschloss, nach Ostnorwegen umzuziehen, wo der Vater eine bessere Arbeit finden konnte. Auf Wunsch der jungen Mutter wurde entschieden, die Kleine, die drei Wochen vor dem Termin auf die Welt kam und Charlotte Isabel getauft wurde, ohne Vater aufwachsen zu lassen, bei Mutter und Großeltern. Schande ist dicker als Blut. Nach dem Abitur, das Anette in Skien ablegte – angesichts der Tatsache, dass sie ein kleines Kind auf dem Arm trug, das sie in den Pausen stillte, mit erstaunlich guten Noten –, ging die alleinstehende Mutter nach Oslo und begann eine Ausbildung zur Krankenschwester. Anette Hansen gehörte zu den Mädchen, die rasch die Blicke der Jungs auf sich zog, zum einen weil sie ein unwiderstehliches Lächeln hatte, das ihre Augen funkeln ließ, und zum anderen wegen ihrer attraktiven Brüste, und so blieb sie in der Hauptstadt nicht lange allein. Schon nach wenigen Monaten, in denen Anette eine hübsche Anzahl von Bewerbern an sich vorüberziehen hatte lassen, entschied sie sich für den Verkäufer Trond Askim, einen generösen

Kerl mit großen Fäusten, der behauptete, er könne sie und ihre dreijährige Tochter gleichermaßen lieben, ihm sei es nur recht, wenn ihm das Windelalter erspart bliebe und er die Vaterrolle zu einer Zeit übernähme, in der das Mädchen schon mit den Jungs auf der Straße um die Wette laufen konnte. Trond behauptete auch, er werde sie schon alle drei ernähren können, wenn es ihr also zu viel sei, Mama und Schwesternschülerin gleichzeitig zu sein, würde er sie nicht daran hindern, mit dem Kind zu Hause zu bleiben. Und als im Herbst '93 in einem Gebrauchtwagenhandel in Skien ein guter Verkäuferposten zu haben war, ein Job, der für einen Allrounder wie Trond Askim perfekt war, wie er selbst fand, für einen Allrounder, der hier und da etwas konnte und der sich im Umgang mit Menschen leicht tat – zu diesem Zeitpunkt beschlossen sie also, dass es gut wäre, sich ganz in der Nähe der Großeltern niederzulassen.

Im Laufe der Jahre wurde Anette Hansen, die auf alle so patent gewirkt hatte, ein wenig breiter um die Hüften. Und wenn der Sommer kam, schwamm sie nicht mehr so oft im Meer wie nur möglich, und sie lief nicht mehr so oft Ski wie nur möglich, wenn der Winter kam. Sie behielt ihr großzügiges Lächeln für sich, löste Kreuzworträtsel, holte die Wäsche aus dem Keller und hängte sie an die Leine zwischen dem Apfelbaum und dem Haken am Holzschuppen. Sie saugte die Teppiche mehrmals in der Woche, sah aus dem Fenster, sprach mit ihrem Vater über dessen Gicht und sein Heimweh nach der Westküste, auf dem Weg zum Laden hielt sie ein Schwätzchen mit den Nachbarinnen, und die ganze Zeit dachte sie, dass irgendetwas schiefging. Sie legte sich eine Jahreskarte für ein Fitness-Studio zu, benutzte sie aber nie, sondern trug stattdessen eine noch dickere Schicht Schminke auf. Sie verfolgte nicht die Ereignisse im Kosovo, sondern war süchtig nach all den Serien, die in den Neunzigerjahren das Angebot der Sender prägten, versetzte sich in die Charaktere hinein. Sie sah *Cheers* und war begeistert, sie sah *Seinfeld* und amüsierte sich, sie sah *Friends* und spürte, wie ihr warm ums Herz wurde. Im Jahr 1995 fing sie an zu rauchen, denn darauf hatte sie, als die anderen Jugendlichen damit angefangen hatten, als junge Mutter verzichtet.

Und Charlotte Isabel?

Ihr hatte es niemals an irgendetwas gefehlt. Sie war 1990 förmlich aus dem Mutterleib herausgespurtet gekommen, um der Welt mit glucksendem Lachen zu begegnen, und die beiden schmiegten sich oft aneinander. Immer wieder hatte Anette das Gefühl, ihre Jugend verloren zu haben, und immer wieder sagte sie sich, dass sie dafür ein anderes Leben geschenkt bekommen habe, und das hatte sie durchhalten lassen. Sie hatte die Kleine zur Tagesmutter gebracht, sie war morgens oft schon um fünf Uhr aufgestanden, ehe Charlotte Isabel zu akzeptableren Zeiten schlief. Sie hatte sie in den Kindergarten gebracht und sie zum Mittagessen nach Hause geholt, jeden Tag in all den Jahren, und nie war sie auf die Idee gekommen, sich zu beklagen. Das geschah erst Mitte der Neunzigerjahre, als Anette die zwanzig umrundet hatte und, wenn sie morgens in den Spiegel sah, fand, dass sie wie eine Frau von vierzig aussah, und sie weinte jeden Tag, ohne dass jemand etwas davon gemerkt hätte.

Die Beziehung zu Trond Askim war eigentlich nicht schlecht, sagte sie sich und denen, die fragten. Trond ist schon in Ordnung, sagte sie, sicher einer der Besten, die zu kriegen sind. Kann gut mit dem Kind umgehen und ist so ein Allrounder, der hier und da etwas kann, deshalb kennt er sich aus mit Autos und dem ganzen elektrischen Kram und mit Rohren und was sonst noch, und Geld hatten sie ja auch genug, weil er den Job beim Autohandel hatte. Und gesellig war er, er konnte Gitarre spielen, und er sang mit ihrer Tochter und konnte außerdem mit jedem über Gott und die Welt plaudern, dieser Trond.

Sie hielt ihre Beziehung für selbstverständlich bis zu dem Tag, an dem sie auf dem Küchenboden drei Haarspangen fand. Ihr dämmerte, warum er so viel davon sprach, wegzukommen, fortzugehen, und warum er abends immer außer Haus war. Erst jetzt merkte sie, dass er verschlossen und verbittert geworden war, was nicht neu war, wie Trond behauptete, aber sie sehe ja weder ihn noch wie er sich verändert habe, sagte er wütend, sie interessiere sich ja nur für ihre Serien und für ihr Kind, und da sei es doch kein Wunder, dass er sich angezogen fühle, wie er sich ausdrückte, von Lise, der Telefonistin im Gebrauchtwagenhandel, die drei Jahre jünger war als er und Augen im Kopf hatte für ein echtes Mannsbild, da sei es doch klar, dass er Gefühle für sie entwickelt habe, wie er sich ausdrückte. Nein, erwiderte Anette gekränkt, das sei es vielleicht nicht, aber sie wisse gut, wer Lise sei, und das wüssten doch alle. Ach, gab Trond gereizt zurück, und wie das nun zu verstehen sei? Versteh es, wie du willst, erwiderte Anette und knallte die Tür zu, sie habe nun einmal ihre Meinung und den Rest könne er sich selbst denken, und wenn er etwas darüber wissen wolle, welchen Ruf Lise habe, dann könne er sich ja einfach erkundigen oder zur Abwechslung mal selbst die Augen aufmachen.

Aber was war mit Charlotte Isabel?

Charlotte Isabel liebte ihren Vater, und niemand hatte ihr erzählt, dass er nicht ihr wirklicher Vater war. Sie war von dem Tag an, an dem er ins Zimmer gekommen war und gesagt hatte: »Das ist also Charlotte Isabel«, auf seinen Schoß geklettert, und sie konnte sich an ein Leben ohne Trond Askim und die riesigen Pranken nicht erinnern, die sie in die Luft geworfen und wieder aufgefangen hatten, seit sie klein gewesen war.

Anette spürte, wie ihr Zorn wuchs, und Trond Askim widerte sie allmählich richtig an. Aber sie konnte es nicht richtig finden, Lotte den Vater wegzunehmen, schon gar nicht jetzt, wo ihre eigenen Eltern in die Gegend von Stavanger zurückgezogen waren, weil das Heimweh ihres Vaters einfach nicht hatte vergehen wollen, und deshalb blieb sie, sie blieb und spürte, wie sich die Finsternis zwischen ihr und Trond mit jedem Tag vertiefte.

Aber mit der Finsternis kann man lange leben. Oder nicht? Solange ein Kind da ist, das in der Finsternis leuchtet, wie eine kleine Glühbirne der Freude.

1997 verschlimmerte sich die Lage. Obwohl Anette jetzt ihre Jahreskarte für das Fitness-Studio benutzte und somit verhinderte, dass ihre Taille noch breiter wurde, obwohl Anette jetzt nach einer Stelle Ausschau hielt und davon sprach, die Krankenpflege wieder aufzunehmen, und obwohl Anette jetzt abends auf eine Episode von *Friends* verzichten konnte und nicht länger das Gefühl hatte, dass ihr das Leben zwischen den Fingern verrann – Trond wollte nicht mehr. Es reichte ihm. Er igele sich immer mehr ein, sagte er, und wenn etwas nicht gut für ihn sei, für ihn, einen umgänglichen Allrounder, der mit Gott und der Welt plaudern konnte, der Gitarre spielte und alle möglichen Einfälle hatte, dann sei das, sich einzuigeln. Er wolle Spaß haben, sagte er, er wolle eine eigene Familie, sagte er, er wolle ein eigenes Leben, sagte er, er wollte eigene Kinder, sagte er. Eigene Kinder könne sie ihm auch verschaffen, erwiderte Anette gekränkt, aber die wolle er doch eigentlich gar nicht, er wolle doch eine Möse, sei es nicht so? Er solle nicht glauben, sie hätte nicht begriffen, was da lief, und er solle sich doch zum Teufel scheren und diese Fotze namens Lise nach Herzenslust ficken, und dann könne er ja sehen, ob das so verdammt viel besser sei und ob er diese Neunzehnjährige nicht nach einem halben Jahr wieder verlassen werde. Trond Askim kochte vor Wut und sagte, es sei genug, verdammt noch mal, ob Anette wirklich zu wissen glaube, was er durchmachte? Ob sie auch nur die geringste Ahnung zu haben glaube, wer er eigentlich war, was er sich eigentlich in diesem Leben wünschte? Ob sie ihn nicht eigentlich nur ausgenutzt habe, seit Jahren, ihn und seine Lebensfreude und sein Geld? Und wer eigentlich der Vater ihres Kindes sei?

Von Charlotte Isabel?

Ja, von Charlotte Isabel. Es sei verdammt noch mal nicht richtig, sagte Trond, dass er alles für sie bezahlen solle, und es sei verdammt noch mal auch nicht richtig, dass die Kleine nicht wisse, wer ihr Vater sei, jetzt müsse Anette in ihrem Haus Ordnung schaffen. Ach ja, sagte Anette und weinte. Ach ja? Zwingst du mich dazu? Ja, das tu ich, verdammt noch mal, sagte Trond Askim und zerschlug eine Suppenschüssel. Ja, das tu ich, verdammt noch mal.

Und am Ende wagte Anette den Schritt, Jarle Klepp aus der Versenkung zu holen. Sie wollte keine Konfrontationen, sie wollte nicht telefonieren, aber wenn Trond so unmenschlich war, dann sollte er eben seinen Willen haben, und sie setzte den würdelosen Prozess in Gang, nachzuweisen, wer Charlotte Isabels Vater war, den Prozess, der damit endete, dass Jarle Klepp im August 1997 einen Brief von der Polizei bekam.

Aber was sollten sie mit Charlotte Isabel machen?

Nein, das wussten sie nicht so recht.

Er hatte die Kleine doch verdammt lieb.

Verdammt, die Kleine war hier doch nicht das Problem.

Der Sommer 1997 wurde ein weher, einsamer. Sie gingen einander aus dem Weg, sie schliefen nicht im selben

Zimmer, sie aßen nicht gemeinsam, sie blieben beide für sich, als existierte das Gegenüber nicht. Trond war abweisend und wütend, Anette weinte vor sich hin.

Und Anette musste sich überlegen, was sie tun wollte. Sie hatte doch das Kind und alles, aber etwas musste sie doch tun. Weggehen? Vielleicht?

Jarle Klepp, dachte sie immer häufiger, wenn sie allein im Wohnzimmer saß, wenn Trond ausgegangen war oder im Hobbyraum im Keller schlief.

Jarle Klepp, dachte sie und versuchte sich zu erinnern, wie er ausgesehen hatte.

Er studierte in Bergen, glaubte sie zu wissen.

Im August war ein hässlicher Krieg zwischen Anette und Trond ausgebrochen. Sie warfen sich die Beschimpfungen nur so um die Ohren, die ganze Geschichte wurde schmutzig, abscheulich. Trond fing an zu trinken, lag nachts wach und ging aus dem Haus, und Anette konnte nicht schlafen, sie verlor immer mehr an Gewicht und konnte nicht mehr klar denken.

Eines Morgens stand er vor ihr, mit blutunterlaufenen Augen, und schwenkte zwei Tickets. So, jetzt ist es so weit, sagte er, jetzt ist es so weit, jetzt kannst du selbst sehen, wo du bleibst, sagte er, hier sind die Tickets, ich fahre mit Lise ans Mittelmeer. Bist du jetzt zufrieden? Hm? Ich kann es verdammt noch mal hier nicht mehr aushalten, verstehst du? Er werde verreisen, im September, für eine Woche, und davor werde er seine Sachen zusammenpacken, sagte er. Wenn ich vom Mittelmeer zurückkomme, sagte er, dann werde ich verdammt noch mal in einem anderen scheiß Haus schlafen. Merk dir den Tag, sagte er, am 6. September werde ich meine ganzen Sachen aus dem Haus räumen. Ob er denn jetzt total übergeschnappt sei, fragte Anette. Ja, vielleicht, sagte er und breitete die

Arme aus, ja, vielleicht sei er komplett übergeschnappt, aber es sei ihm scheißegal, damit müsse sie sich nun abfinden, und am 6. September werde er seine Sachen aus dem Haus räumen.

Und Lotte? Charlotte Isabel? Soll sie danebenstehen und alles mit ansehen? Glaubst du, ich lasse zu, sagte Anette, dass sie danebensteht und zusieht, wie du hier stinksauer aufkreuzt und das Haus leer räumst? Was glaubst du, wie das Kind darauf reagiert? Willst du, dass sie durchdreht? Willst du das?

Das musst du regeln, gab Trond zurück. Du warst diejenige, die sturzbesoffen mit irgendeinem wildfremden Mann gevögelt und dann ein Kind in die Welt gesetzt hat.

Und so kam Anette zu dem Schluss, dass Charlotte Isabel für eine Woche verreisen müsse, während Trond seine Sachen packte. Hier konnte sie nicht bleiben, wo alles so schrecklich war.

Aber wohin mit ihr? Anette brachte es nicht über sich, ihre Eltern in die Sache hineinzuziehen. Und Freundinnen, an die sie sich wenden konnte, hatte sie nicht, sie hatte nie Zeit gehabt, Freundschaften zu pflegen, sie war eine Mama gewesen, so lange sie sich zurückerinnern konnte. Also, was sollte sie tun?

Jarle Klepp?

Könnte sie das Kind zu Jarle schicken?

Vielleicht, dachte sie in dem Versuch, der Sache noch etwas Positives abzugewinnen, wäre es ja sogar gut, wenn Lotte ihren echten Vater kennenlernen würde, auch wenn ihre Familie vor langer Zeit beschlossen hatte, an dieser Geschichte nicht mehr zu rühren.

Vielleicht war es gut? Trotz allem?

Und außerdem war das Ganze auch eine Frage des Geldes. Sie wusste, sie würde Hilfe brauchen. Und genau genommen war Jarle viele Jahre lang ja ziemlich billig davongekommen, dachte Anette erschöpft und dünnhäutig und abgemagert und übernächtigt, immerhin war er der Vater, und immerhin hatte sie in all den Jahren die Verantwortung übernommen – oder?

Ja, dachte sie.

Und so kam es, dass sie eines Tages einen Brief nach Bergen schrieb, in dem sie behauptete, für eine Woche ans Mittelmeer zu reisen, und Jarle bat, seinen Mann zu stehen.

Sie lächelte ein wenig dabei, denn sie fand, der Satz klinge gleichzeitig kess und ein bisschen bescheuert, aber unwahr – unwahr war er nicht.

»PSSS«, schrieb sie ziemlich am Ende des Briefes, »es war doch schön.«

Denn das war im Grunde alles, woran sie sich erinnern konnte, wenn sie an Jarle Klepp zurückdachte. An seine hungrigen Augen, seinen stieren Blick, der über ihren Körper wanderte, an den Jungen, der in einer Januarnacht 1990 keuchte und schluckte und »Verdammt, verdammt, ich komme« sagte.

Anette war natürlich nervös, als sie ihr Kind in eine fremde Stadt geschickt hatte, zu fremden Menschen und einem in jeder Hinsicht fremden Vater. Aber was hätte ich denn tun sollen, sagte sie sich immer wieder, was hätte ich tun sollen?

Das Telefongespräch am Sonntagmorgen hatte sie beruhigt. Lotte hatte so fröhlich geklungen, als sie von allem erzählte, was sie gemacht hatten, und Jarle hatte sich so solide angehört, als er sie gebeten hatte, ganz beruhigt zu sein und sich keine Sorgen zu machen. Er klang wie ein Mann, der seiner Aufgabe gewachsen war. Er klang wie ein guter Mann, dachte sie. Lieb und umsichtig, ordentlich und zuverlässig. Gar nicht wie so ein impulsiver oder chaotischer Student. Sei unbesorgt, hatte er gesagt, nimm dir Zeit für dich selbst, hatte er gesagt, und wann hatte das zuletzt jemand zu ihr gesagt? Und am Donnerstag rufst du Charlotte Isabel an und gratulierst ihr zum Geburtstag. Das hatte er gesagt, und das hatte sie einigermaßen beruhigt. Sie musste jetzt lernen, loszulassen. Mein kleines Mädchen muss sich daran gewöhnen, und ich muss das auch.

Am Donnerstag jener Woche, die Charlotte Isabel in Bergen verbrachte, wurde Anette früh wach, als gälte es einen Geburtstag im eigenen Haus zu feiern.

Aber dem war ja gar nicht so. Sie musste keine Sahnetorte backen, was sie sonst an Lottes Geburtstag tat. Sie musste weder putzen noch einen großen Topf Würstchen heiß machen, noch das Wohnzimmer mit Ballons und Luftschlangen schmücken, weil dreizehn Kinder zum Geburtstagsfest erwartet wurden. Das war ein bisschen traurig, und Anette dachte, so wird es von jetzt an sein, ich werde mein Kind nicht immer bei mir haben, es wird von einem zum anderen geschickt werden.

Sie bemerkte die Leere überall. In den Küchenschränken war jetzt so viel Platz. Gott sei Dank waren die hässlichen Teller, die Trond von seiner Mutter mitgebracht hatte, verschwunden. Und wie ordentlich war jetzt der Abstellraum, wo sonst Tronds ganzer Müll herumgelegen hatte. Und wie viel Platz das Wohnzimmer jetzt bot, wo die Hälfte der Möbel verschwunden war. Luftig war es. Und das gefiel ihr. DVDs, Bücher und fast alle CDs waren weg. Übrig waren nur ihre eigenen Sachen, und sehr viel besaß sie nicht. Anders als andere Frauen in ihrem Alter hatte Anette nie Wert auf Krimskrams gelegt, und darauf war sie stolz, denn wenn sie etwas von zu Hause mitgenommen hatte, dann, dass es nicht gut war, irdische Güter anzuhäufen.

Aber ein paar CDs besaß sie immerhin. Anette machte es sich auf dem Wohnzimmerboden gemütlich und suchte eine alte CD von 1989 heraus, eine von Lenny Kravitz, die sie damals von ihrem Onkel geschenkt bekommen hatte. Sie hörte *Let Love Rule*, während sie die Kommode öffnete und die alten Ordner von ihrer Ausbildung hervorzog.

Vielleicht? Vielleicht sollte sie damit weitermachen?

Lieber Himmel. Lenny Kravitz.

Anette sah auf und hatte das seltsame Gefühl, gleichzeitig alt und sehr jung zu sein. Auf dem Fernseher – Trond hatte gesagt, den könne sie behalten, Lise habe auch einen, kein Problem also – stand ein Foto von Charlotte Isabel. Ihre Augen strahlten fröhlich, das war im vergangenen Sommer gewesen, als sie Ferien in Dänemark gemacht hatten. Heute werde ich sie anrufen. Gleich, dachte Anette, gleich werde ich sie anrufen und ihr zum Geburtstag gratulieren.

Anette lächelte das Bild an, als wäre ihre Tochter im Zimmer, schön gekleidet, erwartungsvoll und froh, und versuchte, in den alten Unterlagen zu lesen. Aber ihr Gehirn wollte sich nicht konzentrieren, und wieder sah sie zu dem Foto hinüber.

Und wieder kam ihr der Name in den Sinn.

Jarle Klepp.

Anette richtete sich auf.

Sie nickte.

Herzlichen Glückwunsch zum Geburtstag, Charlotte Isabel.

Sie schüttelte den Kopf.

Was habe ich nur getan.

Jarle Klepp, dachte sie noch einmal.

Jarle Klepp?

Was habe ich nur getan, dachte Anette und erhob sich.

Panik wogte wie eine Welle durch ihren Körper. Was in aller Welt habe ich getan?

Jarle Klepp?

Jarle Klepp?

Lieber Himmel, dachte Anette und fasste sich an den Kopf. Habe ich mein Kind allein über das Gebirge zu einem wildfremden Menschen geschickt?

Dritter Teil

Manchmal bin ich froh, weil ich Angst davor habe, Angst zu haben, sagt Lotte, und kurz darauf muss Jarle sich anhören, was Sara davon hält, was sie gesehen und gehört hat

Manometer, dachte Jarle. Es war wirklich spektakulär. Es war geradezu schockierend, dachte er, als sie an dem großen Tag, an dem Lotte sieben Jahre alt wurde, beim Mittagessen saßen. Wie ein Wirbelwind war seine Tochter durch den Vormittag gewirbelt, vom Aufstehen in aller Frühe bis jetzt. Aber eigentlich hatten sich diese Geburtstagsgrillen bereits am Abend zuvor Gehör verschafft.

Er selbst verspürte eine gewisse Spannung, und das hatte mit seinen großen Plänen zu tun, die ihm nach seinem Besuch bei Robert Göteborg in den Sinn gekommen waren. Immerhin gelang es ihm, sitzen zu bleiben, auch wenn er hinter den Ohren und im Nacken ein Kribbeln verspürte und das Gefühl hatte, als würde seine Haut gestrafft.

Aber Charlotte Isabel? Charlotte Isabel konnte nicht still sitzen. Charlotte Isabel war in der ganzen Wohnung herumgelaufen, sie war zum Spielplatz und zurück gelaufen, sie hatte zwölf Zeichnungen angefertigt und sechs Bilder gemalt, sie hatte alle Lieder gesungen, die sie kannte, sie hatte alle Fragen gestellt, die ein Kind stellen kann – wie weit ist eigentlich der Mond weg, Papa? Oma? Wenn ich zum Mond gehen wollte, wie lange würde das eigentlich dauern, was glaubst du? Wen hat Prinzessin Diana lieber gehört, Aqua oder die Spice Girls? Machen wir das Fest um vier? Du und ich und Papa? Machen wir dann ein Fest und packen alle Geschenke aus? –, und sie hatte alles erzählt, was ein Kind erzählen kann – weißt du, Papa, dass Susanne sagt, dass sie nach Indien ziehen? Oma? Weißt du, einmal, nicht wahr, als wir auf einer kleinen Insel bei Oslo waren, weißt du, was wir da gesehen haben? Tote Hunde! Ja! Tote Hunde! Zwei tote Hunde! Ach! Die haben mir so leidgetan – ja, ja, ja. Sie hatten Popband gespielt, sie hatten Tierarzt gespielt, sie hatten Geburtstag gespielt mit Pseudowürstchen und Pseudotellern und Pseudolimonade.

Was hatte Charlotte Isabel eigentlich ausgelassen? Dabei war es nicht das Tempo, das Jarle so verblüffte, oder die Menge, nein, Charlotte Isabel hatte seit ihrem Eintreffen vor fast einer Woche eine ungeheure Energie an den Tag gelegt, es war vielmehr diese unfassbare *Freude,* die ihn so wunderte. Manometer, dachte er. Das Kind scheint keine Grenzen zu kennen, Charlotte Isabels Freude scheint unerschöpflich zu sein. Wie ist es möglich, *so fröhlich* zu sein? *So lange Zeit?* Ob ich wohl auch einmal *so fröhlich* war? Bin ich auch umhergelaufen wie Charlotte Isabel jetzt und habe vor Glück geblubbert? Und wenn ja, wo ist dieses Glück geblieben?

Ist es wirklich so, dachte er, dass wir alle als Glühwürmchen zur Welt kommen, die vor lauter freudiger Erwartung leuchten, dass wir diese unreflektierte und schamlose Freude alle gelebt haben, die Freude, die nur wächst und wächst und niemals genug von sich zu haben scheint? Es kann doch nicht nur meine Tochter sein, der es so geht, dachte Jarle und sah sie an, wie sie so dasaß und ihren kleinen Kopf rhythmisch von einer Seite zur anderen warf und dabei etwas sang, das sich anhörte wie *If you wanna be my lover*.

Kann es, fuhr er in Gedanken fort, im Leben wirklich darum gehen, die Freude zu verlieren, kann es sein, dass das Leben eine Reise ist, die in hemmungslosem, schrillem Glück beginnt? Und dieses Glück wird mit jeder neuen Erfahrung durch Gedanken ersetzt und damit geschmälert, bis man am Ende der Reise dasitzt, aller Freude beraubt, nur bewohnt von ... *Gedanken?* Herrgott, diese Gedanken, dachte Jarle, wie er nach diesen *Gedanken* gestrebt hatte. Jahrelang waren Gedanken gewissermaßen alles gewesen, wonach er gestrebt hatte, sie auszugraben, diese verheißenden *Gedanken,* und umzupflanzen, sie zu pflegen und ins Licht zu halten, in der Hoffnung, dass sie groß und stolz würden und leuchteten. Die *Gedanken.* Die großen *Gedanken.* Die *edle Welt des Denkens* sollten sie bevölkern. Herrgott, dachte er und sah wieder zu Lotte hinüber, die sich gerade über etwas kaputtlachte, das Sara erzählte. In Lottes Welt ist gewissermaßen kein einziger Gedanke anwesend. Sie *denkt* ganz einfach nicht. Sie ... was macht sie nur ... was treibt sie eigentlich ... sie ... ja ... sie *lebt* nur? Ist es so ... einfach? Ist es so ... unfassbar *einfach?* Komme ich mit meinen fünfundzwanzig Jahren, ungefähr auf halber Strecke meines glänzenden Studiums der Proust'schen Onomastik, etwa zu dem Schluss, dass ich selbst nur denke, während meine Tochter lebt? Sollte ich nicht in der Lage sein, einen raffinierteren Gedanken – ja! *Gedanken!* – zu formulieren als ebendiesen? *Dahin* hatten mich alle meine Schritte auf dieser Erde in den vergangenen fünfundzwanzig Jahren geführt? Manometer, dachte er abermals und schüttelte milde den Kopf, als Charlotte Isabel mindestens zum vierten Mal bei diesem Mittagessen aufsprang, ohne Vorwarnung, und ein Geburtstagslied für sich sang, während sie in die Hände klatschte. Sara stimmte ein, auch sie mindestens zum vierten Mal, und Jarle summte verlegen den Refrain mit, aber seine Reflexionen für einen Moment in den Hintergrund zu stellen, das wollte ihm nicht gelingen.

Seit seine Mutter aus Stavanger gekommen war, hatte er immer wieder bemerkt, wie unbeschwert und elegant sie auf Charlotte Isabels kindliche Einfälle einging. Ja, er hatte viel darüber nachgedacht, wie Sara es schaffte, zusammen mit Lotte *zum Kind zu werden,* etwas, wozu er irgendwie nicht in der Lage war. Wie die beiden sich angefreundet hatten, wie sie ganz einfach zu *Freundinnen* geworden waren, das hatte ihn beeindruckt, und er musste zugeben, dass sein Kontakt zu Charlotte Isabel etwas ganz anderes war.

Schillers Essay über die naive und sentimentalische Dichtung kam ihm in den Sinn, und er fragte sich, was der alte Schiller wohl über Sara Klepp gesagt hätte. Hätte er, der überzeugt war, wir könnten niemals mehr die Naivität von Kindern erreichen, wir seien alle verdammt dazu, sentimental zu sein, seine Mutter für ein dummes und einfältiges Weibsbild gehalten? Oder hätte Schiller sie gerade wegen der Naivität bewundert, die sie in sich wiederfand? Hätte Sara Klepp den alten Schiller beeindruckt? Hätte eine Begegnung zwischen den beiden die gesamte Literaturgeschichte verändert? Jarles Gedanken dagegen hätten sich in das Denken Friedrich Schillers eingefügt wie ein Haar, das sich in eine Mähne einfügt, denn naiv war er nicht. Eins mit der Marienkäferwelt eines Kindes, das war er nicht. Wenn sie Kinderlieder sangen, musste er einfach *denken,* dass sie Kinderlieder sangen, wenn sie Spiele spielten, konnte er sich niemals von dem *Gedanken* befreien, dass sie Spiele spielten. Er war, ganz einfach, nicht *bei der Sache,* dachte er, während Sara ganz *bei der Sache* war und auf kichernde und naive Weise in der Situation aufging. Verblüffend, musste er zugeben. Und traurig. Auch das musste er zugeben. Nicht, dass er sich eine Tochter gewünscht hatte, das hielt er sich immer wieder vor Augen, wie eine Art Grundprinzip, und dennoch: Jetzt wo er diese Tochter bekommen hatte, die ein so schillernd vielseitiges Wesen hatte, die so aufgeweckt war, die ihn – er musste es zugeben – einfach anrührte, jetzt wo ihm diese Tochter also in den Schoß gefallen war, hätte er gerne wenigstens ein einziges Mal das Niveau des *kindlichen Seins* erreicht. Ist das vielleicht weibliche Intuition?, dachte er. Ist es so, dass ich, weil ich ein Mann bin, dieses kindliche Fantasieland niemals erreichen kann? Über einen solchen geschlechterspezifischen Gedanken würde Herdis Snartemo natürlich nur irritiert, wenn nicht gar herablassend den Kopf schütteln. Wie konnte er es wagen, zu denken, dass das naiv unreflektierte Eintauchen in die Welt des Kindes Frauen leichter fällt als Männern: Ach, Jarle, Jarle, hast du noch immer nicht begriffen, dass Genderunterschiede soziokulturell geschaffen und nicht von Natur aus vorhanden sind?

Verblüffend ist das jedenfalls, dachte Jarle, und traurig ist es sowieso, dachte er und versuchte, zwei hoch erotische Bilder – beide von Herdis Snartemo, so wie die Natur sie geschaffen hatte – zu verscheuchen, die in seinem Kopf aufploppten: auf dem einen saß sie vornübergebeugt da, auf dem anderen lag sie auf dem Bett und strich mit den Händen über ihren Körper. Die Bilder zogen sich nur widerstrebend zurück, und er konnte nicht anders, als sich daran zu erinnern, dass er noch vor wenigen Wochen in Herdis Snartemos verborgenen Fjorden geankert hatte und dass sie sich zuerst mit dem Rücken zu ihm über sein Gemächt gestülpt hatte, eine herrliche Position, die die Celloform ihres Rückens zur Geltung brachte, um sich dann wenig später flachzulegen und ihn damit zu überraschen, dass sie ihre Hände an sich hinunterwandern ließ; damals hatte er sich in einem natürlichen Zustand primitiver Selbstvergessenheit befunden. Keine Gedanken. Keine Reflexionen. Deprimierend, dachte er, es ist ganz einfach deprimierend. Ich kann also mit einer Frau schlafen, die mich zutiefst verletzt hat, und den Zustand schlichten Daseins erreichen, aber ich kann kein Kinderlied singen, ohne mir dumm vorzukommen. Mama aber kann das. Und auf eine so verblüffende Weise noch dazu. Und trotzdem, dachte er dann, trotzdem ist es auch würdelos. Denn wozu ist ein Mensch erwachsen, wenn er sich dauernd in die selbstbezogene, grenzenlos närrische Welt des Kindes hinab begeben soll? Egal, dachte er, wie man es auch dreht und wendet: Kinder sind und bleiben naiv. Deshalb mögen wir sie, wir mögen sie aus demselben Grund, aus dem wir Rehe und Glockenblumen mögen. Sie rühren uns mit ihrer niedlichen Unschuld an, deshalb können wir nicht umhin, von ihnen entzückt zu sein. Weil wir selbst als unglückliche Erwachsene in eine verdrießliche Komplexität hineingewachsen sind, *weil wir einsehen müssen, dass wir kein Kind mehr sind und niemals wieder sein werden.* Deshalb fühlen wir uns von der Naivität der Kinder angezogen, die uns selbst eigen war, damals, als wir sieben wurden, wie Lotte heute, und glaubten, die Welt sei ein schöner und guter und fröhlicher Ort, damals, als jeder Schatten, jeder Kummer nur so lange vorhielt, wie eine Träne braucht, um zum Kinn hinunterzukullern.

»Machen wir das, Papa?«

Jarle fuhr zusammen, als Lottes Stimme den dichten Gedankennebel durchdrang, mit dem er sich umgeben hatte.

»Hm?«

Lotte lächelte erwartungsvoll. »Machen wir das?«

»O ja«, sagte er, ohne zu wissen, wovon sie redete. »Das machen wir.«

Lotte klatschte begeistert in die Hände. »Jippi! Ich hab's

ja gewusst, Oma«, rief sie. »Papa will!« Sie sprang vom Stuhl, kletterte an ihm hinauf, hing an seinem Rücken und rief: »Brrr! Brrr! Papa-Pferd! Brrr!«

Jarle wurde auf alle viere befohlen, und jetzt ging ihm auf, wozu er eingewilligt hatte, und Sara lachte herzlich über ihren Sohn, der den Versuch machte, mit seiner Tochter auf dem Rücken über den Wohnzimmerboden zu galoppieren. »Ach, Jarle, wenn du dich jetzt sehen könntest!«

»Lieber nicht«, murmelte er und gehorchte widerwillig Lottes Befehl, zu wiehern.

Während er sich mit Lotte »im Sattel«, wie er selbst sagte, durch das Zimmer bewegte, geschah etwas, das Jarle noch lange Zeit danach als Wendepunkt in seiner eigenen Entwicklung betrachten sollte: Er vergaß sich. Zu irgendeinem Zeitpunkt während des »Ausritts«, wie Lotte das nannte, fing er an, sich zu amüsieren. Ihm wurde schwindlig im Kopf, und seine Hände wurden müde, während er mit seiner Tochter durch das Zimmer trabte und galoppierte, aber er spürte, wie sein Körper einen Rhythmus fand, und er spürte, wie es in Bauch und Kopf kitzelte, wie Charlotte Isabels Glucksen sich wie von der Luft getragene Seifenblasen in seinem Körper verteilten, und zu irgendeinem Zeitpunkt und unklar, aus welchem Grund, vergaß er sich selbst. Er hätte wohl nicht behauptet, er sei zum Pferd geworden, aber er vergaß zumindest, dass er ein erwachsener Mensch war, der Pferd spielte. Das konnte er mit Sicherheit sagen, wenn er später allen, die es hören wollten, mit Begeisterung davon erzählte. Ich habe, damals, vergessen, sagte er, wer ich war, oder, genauer gesagt, ich habe aufgehört zu denken, versteht ihr? Ich habe aufgehört zu denken! Ich war einfach nur. *Ein Pferd? Ein Mensch?* Wer weiß?! Ich war einfach nur! Versteht ihr? Ich galoppierte nur, ich trabte, mit Lotte im

Sattel, und es war eine Freude, es war eine kolossale Freude für mich, für – ja, warum soll ich es nicht so sagen? – für das *Pferd* Jarle Klepp!

Plötzlich, während Jarle noch wieherte und schnaubte, ging die Türklingel. Lotte hatte ihr Pferd fest um den Hals gepackt und trieb es zum Öffnen auf den Gang. Dort draußen sei der Wassertrog, sagte sie, da könne das Pferd ein wenig trinken. Sie rammte ihm die Hacken in die Seiten und hielt bei der Tür. Oder vielleicht bist du mein kleines Pony, Papa?, fragte sie und lachte schallend, während sie die Hand nach der Türklinke ausstreckte. Jarle hatte nun wieder das Gefühl, er selbst zu sein und weder Pferd noch Pony, und er fing an, sich auf den peinlichen Moment vorzubereiten, in dem Charlotte Isabel für Hasse, Arild oder einen anderen seiner Bekannten die Tür öffnete.

Aber es war kein Bekannter, nicht auf diese Weise bekannt jedenfalls, der da geklingelt hatte. Es war eine Frau von Anfang zwanzig, hellblond mit schulterlangen Haaren. Sie trug eine hellblaue Sommerjacke, enge Jeans, weiße Schuhe, und sie hielt einen Koffer in der Hand. Ihre Augen waren groß und offen, und sie hatte einen schönen Mund, die Lippen vielleicht ein wenig zu dick. Jarle sah sie von seiner Pferdeposition aus an, dann explodierte etwas in seinem Kopf.

Anette Hansen. Das hier war Anette Hansen, die er seit dem Winter 1990 nicht mehr gesehen hatte.

Charlotte Isabels Lachen verstummte, vorsichtig glitt sie von Jarles Rücken herunter, bis ihre kleinen Füße den Boden erreichten.

Jarle sprang auf, nickte wie zur Entschuldigung und räusperte sich, während er versuchte zu verstehen, was hier vor sich ging: Sie ist hier? Die Frau, mit der ich geschlafen habe, die Frau, die Lottes Mutter ist? Sie ist hier?

Warum ist sie *hier?* Ist sie nicht im Ausland oder wie auch immer alles gekommen sein mochte?

Er ließ seinen Blick über sie gleiten, eine feine Frau, normal, ordentlich, sie sah eigentlich nicht aus, als würde sie bei Rema 1000 arbeiten, stolze Brüste, das konnte er sehen, fülliges Haar, kleine, ein wenig trockene Hände.

Anette erwiderte sein Nicken verlegen, mit einem Blick, der Charlotte Isabel erstaunlich ähnlich war.

»Hallo, Jarle«, sagte sie und ihre Stimme brach. »Lange nicht mehr gesehen.«

»Hej.« Jarle griff sich nervös an den Hinterkopf und sah sich auf dem Gang um, als ob er etwas suchte. »Also – du bist das? Äh – ich meine ...«

»Ja. Ich ...« Anette errötete.

»Ja, na gut«, sagte er und merkte, wie er versuchte, wieder festen Boden unter den Füßen zu gewinnen, »wir haben Pferd gespielt, du weißt schon... ja. Das ist ja eine Überraschung«, sagte er stotternd.

Herrgott.

Sie ist wirklich hier, dachte er.

Bei mir. Sie ist die Mutter meines Kindes.

Von jetzt ab werden wir für den Rest des Lebens miteinander zu tun haben.

Zwischen ihnen stand Lotte. Sie ließ ihren Blick hin und her wandern, und in ihrem Gesicht lag Verunsicherung.

Anettes Blick irrte hin und her, genau wie Jarles, und für einige Sekunden standen sie voreinander, beide mit seltsamen Gefühlen, beide ohne Idee, was sie sagen sollten, beide mit tausend Fragen im Kopf, bis Anette sich plötzlich daran zu erinnern schien, dass Charlotte Isabel auch da war. Sie atmete tief durch, die Röte schien aus ihrem Gesicht zu verschwinden, sie fiel auf die Knie, mit feuchten Augen, wie Jarle sehen konnte.

»Meine Kleine.« Anette streckte die Arme nach ihrer

Tochter aus. »Geht's dir denn gut? Was? Ach, Mutter hat sich ja solche Sorgen gemacht.«

Lotte blieb neben Jarle stehen.

»Ach, meine Lotte. Was? War alles gut hier? Arme. Ach, es tut mir leid. Ach. Ich hab's nicht länger ohne dich ausgehalten, weißt du. Mutter musste einfach nach Hause kommen von … vom Mittelmeer. Herzlichen Glückwunsch zum Geburtstag, meine Kleine.«

Jarle merkte, dass er seine Tochter gerne an sich gezogen hätte, als dürfte sie ihn nicht verlassen und ihre Mutter umarmen, aber mehr konnte er nicht mehr denken.

Denn Lotte bewegte sich nicht. Jarle stutzte. Lotte stand neben ihm und vor ihr kniete ihre Mutter, mit Tränen in den Augen und ausgestreckten Armen. Aber statt die zwei kleinen Schritte in die Arme der Mutter zu machen, spürte Jarle, wie Lotte einen Schritt dichter zu ihm herantrat, wie sie sich an ihn schmiegte, wie ihre Hand die seine suchte und fand. Lotte packte ihn, ganz fest, und er musste diese Mädchenhand einfach ergreifen, obwohl er sah, wie Anette schluckte und schniefte, während sie sich erhob. Und dann fing Lotte an zu heulen. Sie fing an zu schreien und zu heulen, als hätte irgendwer sie angegriffen, und Jarle stand da und sah, wie sein Kind, völlig verzweifelt, innerlich zerbrach. Sara kam aus dem Wohnzimmer gelaufen und begriff sogleich, was passierte. Aber auch sie konnte nichts daran ändern, dass Charlotte Isabel jetzt mit den Fäusten auf ihre Mutter einschlug und heulte und schrie: »Du sollst wieder nach Hause fahren, Mutter! Ich will dich hier nicht! Lotte will dich hier nicht!«, ehe sie an Sara vorbeirannte, ins Badezimmer, wo sie die Tür hinter sich abschloss.

Anette starrte auf ihren Koffer, warf Sara dann einen bedauernden Blick zu, »Verzeihung« murmelte sie, und folgte ihrer Tochter.

»Lotte? Meine Kleine? Mutter ist hier. Hallo?«

Jarle sah auf den Rücken von Anette Hansen vor der Badezimmertür. Mit dieser Frau hatte er einmal geschlafen. Es war so seltsam, sie wiederzusehen. Eine erwachsene Frau, eine Mutter, und doch so jung. Ein Mädchen, das er nicht kannte, das aber trotzdem die Mutter seines Kindes war.

»Lotte? Willst du nicht herauskommen?«

Anette drehte sich zu Jarle um.

»Kannst du den Schlüssel holen?«

»Den Schlüssel?«

»Ja – den Reserveschlüssel.« Sie drehte sich wieder zur Tür um. »Lotte? Willst du nicht rauskommen? Hm?«

»Äh … ich glaube, ich habe keinen Reserveschlüssel«, sagte Jarle.

Anettes Augen blitzten auf, als sie sich umdrehte.

»Wirklich«, sagte Jarle, »ich habe nur einen Schlüssel. Und der steckt von innen im Schloss.«

Anette atmete schwer und trat dichter an die Tür heran. »Lotte. Hallo. Meine Kleine. Hier ist Mutter. Willst du nicht rauskommen?«

Im Badezimmer blieb alles still. Weder Jarle noch Sara sagten etwas.

»Meine Kleine. Bitte.«

Nichts war zu hören.

»Verzeihung, Lotte?«

»Geh weg!«

Anette schlug die Hände vor den Mund und stieß ein leises Schluchzen aus.

»Geh weg! Fahr nach Hause!«

»Aber, Lotte, du …«

»Geh weg! Ich will bei Papa sein!«

Jarle zuckte zusammen. Anette und Sara sahen ihn an.

»Papa!«, schluchzte das Kind im Badezimmer. »Ich will bei Papa sein. Geh weg.«

Sara nickte Jarle aufmunternd zu.

Hm?

Sie nickte ihm noch einmal zu.

Was meinte sie?

Auch Anette nickte jetzt.

Was denn?

»Sprich mit ihr«, flüsterte Sara.

Mit ihr sprechen? Ich?

Jarle biss die Zähne zusammen und spannte die Kiefer an.

Ich?

Er trat vor und stellte sich neben Anette.

»Äh … Lotte?«

Was soll ich denn sagen, dachte er. Was wollen die denn, dass ich sage?

Anette trat einen Schritt zurück und ließ ihn allein vor der Tür stehen.

Na gut, dachte Jarle. Und jetzt werde ich einfach – tja, was denn?

»Lotte?«, fing er vorsichtig an.

Was in aller Welt soll ich sagen?

Er räusperte sich leise. »Lotte? Du … Hier ist Papa … Hör mal, wenn Mutter und Oma einfach einen kleinen Spaziergang machen«, er drehte sich um und sah, dass ihm die beiden zunickten. »Ja, wenn sie einfach einen kleinen Spaziergang machen, dann könnten wir vielleicht ein bisschen reden, ja?«

Aus dem Badezimmer war nichts zu hören. Aber Anette und Sara gingen aus der Wohnung. Jarle hob die Schultern und ließ sie langsam wieder sinken. Er setzte sich vor der Tür auf den Boden. Er hatte noch immer keine Ahnung, was er sagen sollte, er hatte immer noch keine Ahnung, was eigentlich passiert war, und er hatte keine Ahnung, wieso Anette aufgetaucht war, aber das würde er später in Erfahrung bringen müssen. Anette und Sara waren gegangen, das Kind hatte nach ihm gefragt, und es war klar, dass in diesem Moment nur er sie beruhigen konnte. Noch einmal musste er seinen Mann stehen. Aber wie, dachte er. Was in aller Welt kann ich ihr geben?

»Lotte?«, sagte er ruhig.

Es blieb still.

»Bist du da?«

Noch immer still.

»Ich sitze hier draußen.«

Er glaubte, ein Geräusch zu hören, als wäre sie an die Tür herangetreten.

»Das war keine so gute Überraschung, was?«

Lotte klopfte an die Tür.

»Möchtest du lieber allein sein?«

Sie klopfte zweimal an die Tür.

»Zweimal bedeutet ja?«

Wieder zweimal.

»Und einmal bedeutet nein?«

Sie klopfte zweimal. Jarle nickte.

»In Ordnung, dass ich ein bisschen hier sitze?«, fragte er vorsichtig.

Lotte klopfte zweimal.

»Gut«, sagte er. »Du? Willst du etwas hören?«

Sie klopfte wieder zweimal.

»Weißt du«, sagte er. »Als ich klein war, hatte ich oft Angst. Ich war allein in meinem Zimmer, weil ich keine Geschwister hatte. Und ich hatte Angst. Ich hatte fast immer Angst. Ich habe in letzter Zeit nicht oft daran gedacht, aber als ich dich gesehen habe, habe ich gedacht, Lotte, die ist ein tolles Mädchen, das keine Angst hat. Aber ein bisschen Angst hast du doch, nicht wahr?«

Lotte klopfte zweimal.

»Das macht nichts«, sagte Jarle. »Es ist absolut in Ordnung, wenn du Angst hast. Und wenn du ein bisschen böse bist, ist das auch in Ordnung. Das macht nichts. Das dürfen wir. Aber – Lotte?«

Er lauschte. Es dauerte eine kleine Weile bis sie wieder klopfte, zweimal.

»Heute, weißt du. Heute hast du Geburtstag. Und weißt du, dass Papa eine große Überraschung für dich hat?«

Er hörte, wie Lotte sich drinnen bewegte. Ein kleines Lachen war zu hören, und es wurde mehrmals an die Tür geklopft.

»Ich glaube, das war mindestens zehnmal, Lotte«, sagte er und lächelte. »Was bedeutet das? Zehnmal klopfen?«

Und wieder klopfte sie viele Male hintereinander.

»Okay, okay«, sagte er und klopfte zurück. »Eine große, große Überraschung.« Er nickte, als spräche er mit sich selbst. »Eine riesengroße Überraschung sogar, und ich habe nicht vor, sie dir zu verraten.«

Der Schlüssel im Schloss bewegte sich. Er stand auf.

»Eine riesenriesengroße Überraschung«, sagte er. »Und ich hoffe, sie gefällt dir.«

Die Tür öffnete sich einen Spaltbreit und Lotte schlüpfte verlegen heraus. Er nahm sie in die Arme und merkte, dass sie lautlos weinte.

»Ach«, flüsterte er. »Das war sicher schlimm für dich. Und dabei bist du doch sonst so fröhlich?«

»Manchmal«, flüsterte Lotte, während sie sich an ihren Papa lehnte und die Hände um seinen Hals legte, »bin ich fröhlich, weil ich Angst davor habe, Angst zu haben. Aber was ist das für eine Überraschung, Papa?«

»Das wirst du in ein paar Stunden erfahren«, sagte er und fuhr ihr über die Haare. »Sollen wir jetzt Oma und Mutter holen, was meinst du?«

Charlotte Isabel schluchzte. »Ja-a«, flüsterte sie. »Das können wir.«

Sara und Anette saßen ganz in der Nähe auf einer Bank. Als sie näher kamen, merkte Jarle, wie etwas in Charlotte Isabel sich irgendwie sperrte. Sie blieb einige Sekunden lang stehen und starrte zu Boden. Dann ging sie langsam auf ihre Mutter zu. Anette nahm ihre Hand, und Jarle konnte sehen, dass sie einander schon oft an den Händen gehalten hatten. Gemeinsam kehrten sie in die Wohnung zurück. Anette versuchte, mit der Kleinen zu plaudern, aber Lotte hatte den Kopf gesenkt und antwortete nur einsilbig. Unsicher irrte ihr Blick umher, und sie vermied es, den anderen in die Augen zu schauen. Alle drei versuchten, sie irgendwie zu erreichen – Sara fragte, ob sie ihr ein Brot schmieren solle, Jarle schlug vor, ein wenig zu zeichnen, vielleicht ein Bild für Mutter, und Anette sagte, jetzt müsse Lotte alles erzählen, was sie hier in Bergen gemacht hätten.

Aber Lotte fühlte sich nicht wohl in ihrer Haut. Sie schien einfach nicht zu wissen, wohin sie gehörte. Sie holte ihr kleines Pony, kramte den goldenen Kamm hervor, setzte sich in die Sofaecke und kämmte das Pony, wieder und wieder, auch als die silbrig schimmernde Mähne schon längst glatt und weich war.

Es tat Anette weh zu sehen, in welche Not sie ihr Kind gestürzt hatte. Damit hatte sie nicht gerechnet, und sie konnte nicht anders, als Lotte nach Belanglosigkeiten zu fragen – ob es in Bergen viel geregnet habe? Ob Lotte hier denn andere Kinder kennengelernt habe? Aber je mehr sie fragte, umso einsilbiger wurde Lotte, und am Ende flüsterte Sara: »Warte einfach ein wenig, gib ihr Zeit.«

Nach einer halben Stunde etwa, als die drei Erwachsenen in der Küche den Abwasch erledigten, hörten sie aus dem Wohnzimmer eine Stimme.

»So«, sagte Lotte. »Jetzt muss es nie mehr gekämmt werden, denn ich habe es so viel gekämmt, dass seine Haare nie mehr hässlich werden können.«

Jarle ging langsam ins Wohnzimmer. »Lass sehen«, sagte er und streckte die Hand aus.

Lotte reichte ihm das Pony. Er strich mit den Fingern über die Mähne und nickte. »Ich glaube, das stimmt«, sagte er.

»Ich war nur ein bisschen traurig«, sagte Lotte. »Aber das ist jetzt vorbei.« Dann hob sie die Stimme, um sich in der ganzen Wohnung Gehör zu verschaffen. »Papa hat eine Überraschung.«

Anette und Sara kamen aus der Küche.

»Ja«, sagte Jarle, »das stimmt. Ich habe ja eine Überraschung.« Er sah Lotte an. »Und weil Anette – Mutter – auch hier ist, kann sie bei meiner Überraschung auch mitmachen. Das ist schön«, fügte er hinzu.

»Wirklich?« Fragend sah Lotte die beiden Menschen an, die ihre Eltern waren.

»Du machst doch mit, oder?« Jarle warf Anette einen raschen Blick zu.

Anette zuckte mit den Schultern, ein schlichtes Lächeln legte sich in ihr Gesicht, in ihren Augenwinkeln entstanden drei feine Fältchen und ihre Augen funkelten. Dieses Lächeln, dachte Jarle, daran kann ich mich dunkel erinnern. »Na klar.«

Sara lehnte gegen den Türrahmen und wärmte sich die Hände an ihrer Kaffeetasse, während sie ihren Sohn und Anette beobachtete, die versuchten, Eltern zu sein.

Jarle nickte. »Prima, dann machen wir das so. Lotte und Anette – oder Mutter – bleiben hier. Eure Aufgabe ist es, alles aufzuräumen und zu schmücken und so schön zu machen wie überhaupt nur möglich. Hier soll alles leuchten und strahlen und aussehen wie ein Schloss.

Und dann, wenn ihr dafür gesorgt habt, dass es aussieht wie ein Schloss, dann müsst ihr euch festlich anziehen. Okay?«

Lotte griff wieder zum Ponykamm und kämmte die Mähne. Sie schnalzte mit der Zunge und legte abwartend den Kopf zur Seite.

»Okay«, sagte Lotte.

»Okay«, sagte Anette.

Dann gingen sie gemeinsam auf den Flur hinaus. Jarle stellte sich auf die Zehenspitzen und griff nach einer Tüte auf der Hutablage. »Lotte«, sagte er. »Das hier ist für dich.«

Voller Neugierde nahm Lotte die Tüte entgegen.

»Ist das mein Geschenk? Jetzt?«

»Nein«, sagte Jarle und sah zu, wie die Kinderhände hastig die Tüte öffneten. »Nein, das ist nicht das Geschenk, das bekommst du später.«

Lotte zog ein kurzärmliges rotes Kleid mit weißem Gürtel und weißen Nähten, ein Paar schwarze Schuhe und eine rote Perücke heraus.

Staunend hielt sie alles in den Händen, als könnte sie ihren Augen nicht trauen. »Papa«, flüsterte sie. »Ist das Annie?«

»Hm«, er nickte. »Das ist Annie.«

»Aber …« Sie sah ihn an. »Tausend Dank, Papa!«

Er lächelte stolz. »Wir machen ein Kostümfest, Lotte, und du gehst als Annie.«

Lotte fiel Jarle um den Hals und drückte ihn an sich. »Ich hab nie ein Annie-Kostüm von Mutter bekommen«, sagte sie, »egal, wie oft ich sie gefragt habe.«

»Ja, na ja«, sagte er und räusperte sich. »Jetzt weißt du also, dass wir ein Kostümfest feiern werden. Aber Oma und ich müssen noch ein paar Sachen erledigen, und wenn es in einem Stündchen oder so an der Tür klingelt, dann müsst ihr euch mit geschlossenen Augen im Wohnzimmer aufstellen.«

Im Treppenhaus begegneten Jarle und Sara Grete Strandebarm, die mit Händen voller Tüten und einem Rucksack über der Schulter heraufgestürzt kam. Die Haare klebten ihr am Kopf, sie tropfte, weil es draußen so stark regnete, und ihre Schildkrötenaugen zu beiden Seiten der Nase lachten weich. Sara strahlte Grete an, gerade so als liefe ihr eine alte Freundin über den Weg, dachte Jarle, und es entging ihm nicht, dass Mama diese Frau intuitiv bevorzugte. Das hatte er früher auch schon erlebt, und es hatte ihm ganz und gar nicht behagt, wie Mama mit kleinen Gesten, raschen Blicken und dem einen oder anderen gut platzierten Kommentar ein Mädchen für ihn aussuchte, und wie sie, ohne ein Hehl daraus zu machen, klarstellte: *Dieses Mädchen, Jarle, das gefällt mir, die kannst du gerne heiraten, die kannst du gerne schwängern.* Die Mädchen, die Mama auf so subtile, aber nachdrückliche Weise für Jarle aussuchte, waren meistens solide, ordentlich und höflich. Nicht selten hatten sie etwas von einer kernigen, gesunden Sennerin an sich, und man konnte sich ohne weiteres vorstellen, dass die eine oder andere schon seit ihrer Kindheit gebuttert und Kühe gemolken hatte. Grete Strandebarm hatte zwar nicht die knackige Frische einer Sennerin, aber sie hatte bei ihrer letzten Begegnung doch einen soliden, ordentlichen und höflichen Eindruck auf Sara gemacht – damals, als Mama das Bügelbrett von ihr geliehen hatte –, und es dauerte nicht lange und die beiden Frauen fingen zu plaudern an. Grete lachte, hob ihre Tüten hoch und sagte, sie habe früher Feierabend gemacht, um rechtzeitig zum Kostümfest zu kommen, natürlich, sagte sie, sei es kein Problem, auszuhelfen, das habe sie ja neulich versprochen, als Jarle bei ihr gewesen sei und sie eingeladen habe. Es sei doch nur lustig, fuhr Grete fort, Daniel freue sich schon sehr. Sie drehte sich zu Jarle um, der ihre schweren Augenlider bemerkte, etwas, das er manchmal kolossal anziehend fand, und sagte, es tue ihr leid, dass sie ihn nach der Nacht, in der er nicht nach Hause gekommen sei, so hart abgewiesen habe.

Jarle hoffte, dass Mama das nicht gehört hatte. »Aber«, sagte Grete, »ich hoffe, du hast verstanden, warum ich mich so verhalten habe.« Jarle fing einen scharfen Blick von Sara auf und hoffte, dass Grete nichts weiter dazu sagen würde, denn er hatte versucht, diese unerfreuliche Angelegenheit für sich zu behalten. »Aber«, fuhr Grete ungerührt fort, »ich hoffe, dir ist klar, dass das kein Benehmen ist, sein Kind bei fremden Leuten abzugeben, einen Tag nachdem sie gekommen ist, nur um dann auszugehen und bis tief in die Nacht hinein zu zechen, seiner Exfreundin eine Szene zu machen und sich seinem Kind in so einem entsetzlichen Zustand zu zeigen.«

Jarle nickte kleinlaut. »Natürlich, natürlich«, murmelte er und hörte, wie Saras Schweigen durch das Treppenhaus knisterte. »Wir sehen uns dann kurz vor vier – oder?«

Entschlossen öffnete Grete die Tür zu ihrer eigenen Wohnung.

»Wollt ihr euch nachher hier bei uns umziehen?«

Jarle nickte. »Wenn das ginge?«

»Klar, kein Problem. Ich kann den Kuchen fertig machen, bevor ich Daniel hole, und dann ziehen wir uns um.«

»Äh«, sagte Jarle und biss sich auf die Lippen. »Noch eins … die Mutter ist gekommen.«

»Die Mutter?«

»Ja, die Mutter – die von Lotte.«

»Ach, das ist doch schön«, meinte Grete fragend.

»Ja, nein, nur, damit du es weißt«, erwiderte Jarle rasch. »Sie heißt Anette Hansen.«

Sara und Jarle verabschiedeten sich und traten, beide unter einem Regenschirm, in den Regen hinaus. Eins der unangenehmsten Gefühle, die Jarle kannte, machte sich in ihm breit, ein Gefühl nämlich, dass Mama mit ihm nicht zufrieden war. Um das zu spüren, brauchte er sie weder anzusehen noch brauchte sie etwas zu sagen. Und ihre Kritik ärgerte ihn, egal, wie berechtigt sie sein mochte. So, wie es ihn ärgerte, dass sie ihm Mädchen aufzudrängen versuchte, die sie für die richtigen hielt, so, wie es ihn ärgerte, wenn sie meinte, er solle früher schlafen gehen, weniger Bier trinken oder vor acht Uhr aufstehen. Na, sag's schon, dachte er. Warte. Gleich sagt sie's. Raus damit, Mama, was auch immer dich quält. Was willst du sagen, Mama? Na, komm schon, wie würde sich das anhören? Würdest du mich einen feigen Hund nennen? Spuck's aus, Mama, dachte er, noch gereizter, weil sie so brav den Mund hielt, her mit deiner moralinsauren Strafpredigt, ich weiß doch, wie erpicht du darauf bist, mir eine Standpauke zu halten.

Sie kauften Kaffee und Kakao und Kuchen und Süßigkeiten und was sie sonst noch für das Geburtstagsfest brauchten. Sie fanden bunte Trinkhalme und lustig bedruckte Servietten, und Jarle versuchte, die gedrückte Stimmung aufzulockern, indem er erzählte, dass ihm die Idee zu einem Kostümfest gekommen war, als er von Robert Göteborg weggegangen war, aber er hörte ihren knappen Antworten an, dass sie wirklich böse war. Bachtin, sagte er mit heller jugendlicher Stimme, die, wie er hoffte, Mama aufheitern würde, Bachtin, Mama, hast du mal von dem gehört? Du weißt doch, der mit der Polyphonie? Nein? Der polyphone Roman? Du weißt nicht, was das ist? Mehrstimmig, bedeutet das, Mama, mehrstimmig, wie in der Musik, poly bedeutet viele, mono bedeutet eins, nicht wahr? Also, Bachtin, weißt du, der war ein scharfer Denker. Und stell dir vor, sagte er so lebhaft er konnte, stell dir vor, als ich neulich bei meinem Betreuer war, um, ja, um ein Kapitel meiner Examensarbeit mit ihm zu diskutieren, da lag ein Buch von Bachtin bei ihm auf dem Tisch! Aber es war nicht das Buch über die Polyphonie, nein, es war Bachtins Werk über Rabelais. Verstehst du, Mama? Also, Bachtin, weißt du, der hat dieses wirklich bahnbrechende Werk über François Rabelais geschrieben, in dem er den volkstümlichen Karneval im Mittelalter und in der Renaissance analysiert, und in dieser seiner Analyse erkennt er, der große Russe, scharf und präzise, wie der Karneval Hierarchie, Status und Rang aufhebt, er erkennt, dass der Karneval auf die Menschen befreiend wirkt, dass er Trennlinien verschwinden lässt, das Erhabene erniedrigt und das Niedrige erhebt, und sozusagen eine neue, ja, subversive Bühne aufbaut – Mama? Hörst du mir zu? Mama?

Sara blieb stehen und sah ihn an.

»Mama? Verstehst du? Karneval? Ist das nicht eine gute Idee?«

Sie legte den Kopf schräg und atmete tief durch, während Jarle weiterredete, entzückt von seinem Einfall.

»Ich dachte: Ach, es wäre doch so schön für Lotte, alle Leute zusammenzutrommeln, die sie hier in Bergen kennengelernt hat, sie in witzige Kostüme zu stecken und ein großes und schönes Fest zu feiern. Und dann habe ich herumtelefoniert und ein paar Leute überredet – ja, ich habe sogar die Frau angerufen, die mich erst vor ein paar Tagen so verletzt hat, ja, ich habe sie und ihren neuen Liebhaber eingeladen, meinen eigentlichen Gefühlen zum Trotz, und – Mama? Nicht wahr? Das ist eine gute Idee? Bachtin? Lotte? Karneval?«

Sara sah ihn noch immer mit abschätzigem Blick an. »Jarle«, sagte sie. »Ich hatte kaum Gelegenheit nachzudenken, seit ich hier bin, denn es ist in der kurzen Zeit so viel passiert, aber ein paar Gedanken habe ich mir trotzdem gemacht.«

»Ja, das ist gut«, sagte er unsicher. »Denken ist gut.«

»Und wenn ich nun hören muss, dass du Lotte bei der Nachbarin ablieferst, Jarle, wie einen Sack Kartoffeln, und auf die Piste gehst, einen Tag nachdem deine Tochter nach Bergen gekommen ist, dann weiß ich nicht so ganz, ob ich die Fassung noch wahren kann.«

Fassung wahren?

Er runzelte die Stirn.

»In mir stülpt sich alles um, verstehst du?«

Er schlug die Augen nieder.

»Ich habe dafür nur Verachtung übrig, weißt du?«

Er nickte.

»Karneval? Ja, das ist sicher schön. Natürlich ist so ein Fest schön für sie. Aber«, sie seufzte und blieb stehen, »ich möchte wirklich gerne wissen, was aus dir geworden ist, Jarle, und was für ein Leben du eigentlich führst, wenn du einen russischen Literaturtheoretiker brauchst, um auf die Idee zu kommen, für deine Tochter ein Kostümfest zu veranstalten.«

Er schluckte.

»Hm?«

»Aber«, flüsterte er, »ich wäre wirklich nicht auf die Idee gekommen ohne … ja … ohne Bachtin.«

»Ja«, sagte Sara resigniert. »Eben. Aber normale Menschen, Jarle«, Sara holte Luft und nahm gewissermaßen Anlauf, »normale Menschen kommen von selbst darauf. Ein Kostümfest? Jarle, das ist keine komplizierte Sache, verstehst du das nicht?«

Normale Menschen, dachte Jarle irritiert, normale Menschen haben keine Ahnung, wer Bachtin ist.

Sara schüttelte den Kopf. »Und irre ich mich, wenn ich

annehme, dass du dieses Fest nur veranstaltest, weil du der Kleinen gegenüber ein schlechtes Gewissen hast?«

Er schwieg. Er zuckte mit den Schultern.

»Irre ich mich, Jarle?«

»Ich weiß nicht.«

Sie gingen weiter, über die Torgalmenning, zu dem Spielzeugladen, in dem Jarle einige Tage zuvor gewesen war.

»Du bist mein Sohn«, sagte Sara, als sie beim Laden angekommen waren. Sie klappte den Regenschirm zusammen, schüttelte das Wasser heraus. »Glaubst du, ich hätte dich bei der Nachbarin abgegeben, als du sieben Jahre alt warst, und wäre durch die Kneipen gezogen?«

»Nein, aber, Mama, ich ...«

»Nein, nicht wahr. Und jetzt hast du selbst ein Kind. Lotte ist ganz plötzlich aufgetaucht«, sagte Sara, »das verstehe ich. Aber jetzt ist sie da. Verstehst du?«

»Natürlich verstehe ich das, ich bin ja nicht dumm. Es ist nur ...«

»Dann ist es an der Zeit, erwachsen zu werden, Jarle«, fiel sie ihm ins Wort und öffnete die Tür.

»Aber ...«, wandte Jarle ein, während er hinter ihr her zum Ladentisch ging. »Aber was, wenn ich ... was, wenn ich es nicht schaffe, oder wenn ich es gar nicht will, Vater sein, meine ich, und ganz erwachsen werden?«

Sara sah ihn streng an und schwieg. Dieselbe junge Frau, die ihn einige Tage zuvor bedient hatte, kam jetzt auf Mutter und Sohn zu. Auch heute trug sie einen Pferdeschwanz, wie Jarle bemerkte, auch heute war sie stark geschminkt, mit rosa Lippenstift und silbergesprenkeltem grünem Lidschatten. Das ganze Gesicht war mit dunkler Tönungscreme zugekleistert, und an ihren Lidern klebte etwas, das nach falschen Wimpern aussah.

»Vielleicht«, sagte Sara höflich, »können Sie mir ja ein

Kostüm empfehlen. Meine Enkelin wird heute sieben, und es soll ein Kostümfest geben.«

Wenig später traten sie wieder in den Regen hinaus. Noch einmal wandte sie sich an Jarle.

»Es wird schon werden, Jarle«, sagte sie. »Ich vertraue dir, das weißt du. Du musst dir nur klarmachen, dass es im Leben nicht nur um dich geht. Nicht wahr? Charlotte Isabel ist ein großes Geschenk, verstehst du das nicht? Du hast dieses Geschenk bekommen, und darüber solltest du mehr als glücklich sein, du solltest stolz sein. Nimm dieses Geschenk als etwas ganz Kostbares entgegen – denn das ist es. Verstehst du?«

»Man sollte so einiges«, murmelte Jarle, aber er nickte Mama zu und dachte: Sie hat recht.

Aber ich auch.

Und dann liefen sie schnell nach Hause, Jarle mit dem Gefühl, ausgeschimpft worden zu sein, Sara mit dem Gefühl, auf die strenge Mutter reduziert worden zu sein, was ihr gar nicht behagte, aber beide verspürten sie prickelnde Vorfreude, denn jetzt gingen sie zum Kostümfest von Charlotte Isabel Hansen, sieben Jahre alt.

Herzlichen Glückwunsch zum Geburtstag, Charlotte Isabel

»FERTIG?«

Sara hatte rote Punkte auf beide Wangen gemalt, Sterne über die Augen und ein breites Lächeln um ihren Mund, außerdem trug sie eine goldene Perücke mit dicken Locken und eine rote Pappnase. Um den Hals hatte sie eine riesige weiße Schleife gebunden, sie war in ein schwarzweiß kariertes Hemd geschlüpft, und ihre weite grüne Hose wurde von roten Hosenträgern gehalten.

»Was denn?« Sara zeigte auf ihn. »Meinst du etwa, du siehst besser aus?«

Jarle grinste. »Du warst immer schon ein Clown, Mama.« Er fuchtelte mit einem schwarzen Gummiknüppel vor ihrem Gesicht herum. Der dicke schwarze Schnurrbart, der bis zu seinen Wangenknochen reichte, tanzte im Takt zu den buschigen Augenbrauen, wenn Jarle redete, und Sara fand, dass er mit einer Wachtmeistermütze auf dem Kopf viel hübscher aussehe als mit dem kahlen Studentenschädel. Die Uniform – schwarze Schuhe, schwarze Hose, breiter Gürtel und eine prachtvolle blaue Jacke mit Goldknöpfen – passte ihm wie angegossen.

»Sieht das nicht gut aus«, fragte er und drehte sich um. »Wachtmeister Klepp?«

»Sehr fesch«, erwiderte Sara kichernd. »Komm her, du brauchst ein wenig Rot auf die Wangen.«

Grete hockte neben ihnen und hielt Daniel einen kleinen Spiegel vor, während er versuchte, sich Batman so ähnlich wie nur möglich zu machen. Er trug schwarze Lackschuhe, eine dunkelblaue Strumpfhose, die er, wie Grete sagte, sonst nur im Winter anhatte, einen breiten Gürtel mit Batman-Logo um die Taille, auf den er sehr stolz war, und einen langärmeligen roten Pulli. Auf seinem Kopf saß eine Batman-Mütze inklusive spitzer Ohren, eine Maske bedeckte seine Augen. Noch nie, behauptete der Junge, habe er sich so auf ein Geburtstagsfest gefreut.

Als ihm angesichts des Buches von Bachtin auf Robert Göteborgs Schreibtisch die, wie er fand, großartige Idee zu dem Kostümfest gekommen war und nachdem er darüber sinniert hatte, wie er Bachtins Gedanken über oben und unten, über die Entthronung von Macht und die Aufhebung von Hierarchien aufgreifen und dieses Denken in sein Alltagsleben integrieren und dort wirksam werden lassen könnte, gewissermaßen als *politische Handlung*, wie ihm aufging – was für eine Idee! Was für eine großartige Idee! –, als Jarle also diese »polyphone Idee«, wie er sie nannte, gekommen war, setzte er zu ausufernden Spekulationen darüber an, in welcher Verkleidung die geladenen Gäste wohl aufkreuzen würden. Für alle war die Einladung sehr kurzfristig gekommen, aber alle hatten freudig zugesagt – Robert Göteborg hatte begeistert applaudiert angesichts dieser »originellen Idee, diesem Bachtin'schen Fest«, und Hasse hatte entzückt mit den Fingern geschnippt, »glänzend, oben, unten, wer ist wer, Etablierung unerwarteter Diskurse, glänzend, Jarle, brillant« –, alle außer Arild, der das Ganze für eine grobe Trivialisierung von Bachtin zu halten schien, für den allerdings Einladungen immer eine Belastung darstellten.

Welche Kostüme würden sie sich wohl aussuchen? Jarle war fest überzeugt, dass die Kostüme die Persönlichkeit seiner Gäste widerspiegeln würden. Und zwar zum einen die Persönlichkeit, die ein jeder zu haben glaubte, zum anderen die Persönlichkeit, die sich ein jeder wünschte, womit ganz neue – ja, das hatte Hasse gut ausgedrückt – *Diskurse* eröffnet wurden. Dass ein »Kostümfest« nur ein »Kostümfest« war, wie Mama in ihrer schlichten Welt zu glauben schien, damit musste sie selbst zurechtkommen.

Und was würde Grete sich ausdenken? Wenn es beim Verkleiden auch um Selbstverstellung geht, dachte er, eine Art theatraler Selbstdarstellung, dann wäre seine eigene Entscheidung, als Wachtmeister zu gehen, durchaus symbolisch geladen. Er war Vater geworden. Er hatte sich ein Kostüm ausgewählt, das Ordnung und Rechtschaffenheit signalisierte, und gäbe es eine bessere internationale Metapher für die Vaterrolle als ein Wachtmeister? Dass Mama sich für den Clown entschieden hatte, zeigte, wofür sie stand, und er fand ihre Wahl zutreffend und amüsant. Der Clown, dachte er, diese tragische und zugleich komische Gestalt, die es zu ihrer Lebensaufgabe gemacht hat, die Leute zum Lächeln zu bringen. Das ist Mama. Das ist die Essenz dessen – wenn er sich erkühnen dürfte, einen so reduktiven Begriff zu verwenden –, worum es in Mamas Leben geht. Und das will sie Lotte vermitteln: Wir sollen lächeln.

Dass der kleine Daniel als Batman ging, war sicher nur natürlich, dachte er, alle kleinen Jungen möchten ein Superheld sein. Er hatte für Lotte Annie ausgewählt, weil ihr dieser Glückspilz von Waisenhauskind aus dem Musical so gut gefiel und weil er eine schöne Parallele zwischen sich und Lotte und Mr Warbucks und Annie sah, gleichzeitig real und zutiefst fiktional.

Und Grete? Wie würde sich eine so unförmige Frau darstellen?, hatte sich Jarle immer wieder überlegt. Wird sie das Unmögliche versuchen und sich in eine Prinzessin verwandeln, in eine Elfe? Oder wird sie sich etwas ausdenken, das zu ihrem seltsamen Äußeren passt, wird sie als Hexe auftreten, als Echse, als irgendein Reptil?

»Es wird allmählich Zeit.« Sara wischte ein wenig Schminke von Jarles Wange.

Er nickte und sah zu Grete hinüber, die das Gesicht ihres Sohnes bemalte.

»Seid ihr so weit?«

»Noch einen winzigen Moment«, sagte sie. »Dann haben wir's.«

Nicht dumm, dachte Jarle und musterte Grete unauffällig, während Sara schon zur Wohnungstür ging. Nicht dumm, sich so zu verkleiden. Das Kostüm steht ihr, das weiße Fell, die großen Ohren, das Stummelschwänzchen. Grete Strandebarm richtete sich auf und setzte die falschen Zähne ein, und Jarle dachte, er habe noch nie so ein Kaninchen gesehen.

»Okay? Gehen wir?«

Er nickte.

Und Jarle konnte nicht verhindern zu denken, dass doch – egal, wie geradezu hässlich diese Frau in Form einer weißen watschelnden Birne war, egal, wie seltsam es war, dass sie die Geschichte vom Kaninchen erzählen wollte, und egal, wie lächerlich es war, dass sie vor ihm stand und wegen der großen Kaninchenzähne ein wenig lispelte – dass doch alles an ihr geradezu erregend war.

Die meisten Menschen werden albern, wenn sie in ein närrisches Kostüm schlüpfen, vergessen ihre Contenance und lassen für einige Stunden die Zügel schießen, andere dagegen, nicht sehr viele, sind eher schüchtern. Und wieder andere sind aus so miesepetrigem Material gebaut, so voller Moder und Fäule, dass sie sich zu einem Spaß nicht herablassen können. Sie finden das Ganze peinlich. Sie finden es erniedrigend. Es ist ihnen schon unangenehm genug, als sie selbst durch die Straßen laufen zu müssen, dass es einfach zu viel verlangt wäre, sich ausgerechnet als Clown, Kaninchen, Wachtmeister oder Batman zu zeigen. Ihr Stolz leidet darunter.

Sara gehörte nicht zu dieser Kategorie, Grete und Daniel auch nicht – sie fanden es wunderbar. Ihnen machte es einfach *Spaß*. Aber Jarle? Gehörte er nicht zu diesen seltsam verqueren Menschen, die es peinlich finden, sich zu verkleiden? Doch. Aber wieso machte es ihm dann Freude, die wenigen Schritte durch das Treppenhaus, von Gretes Wohnung zu seiner eigenen, neben einem Clown, einem Kaninchen und Batman, herzugehen – verkleidet als Wachtmeister?

Weil das alles seine ureigene Idee gewesen war?

Vielleicht war das überheblich, vielleicht war es dumm, aber unwahr war es nicht. Solange ihm selbst die Idee gekommen war, solange all das hier von *ihm* stammte und solange es zu einem größeren Projekt gehörte, das noch dazu einen Bachtin'schen Überbau aufweisen konnte, war es für ihn überhaupt kein Problem. Im Gegenteil. Er freute sich. Er freute sich sogar sehr! Er hatte sich mal geschickt, mal weniger geschickt durch die Tage mit Lotte geschaukelt. Er hatte improvisieren müssen, und es hatte etliche Überraschungen und mindestens einen fatalen und schändlichen Patzer gegeben, aber das hier war ganz und gar sein Plan, und der war gut.

Jarle hielt sich den Finger an den Mund. Pst.

Die vier wechselten gespannte Blicke, und dann klingelte er.

Drinnen war es ganz still, wie es sich gehörte.

Sie warteten einige Sekunden, dann öffneten sie die Tür. Sie gingen durch den Flur ins Wohnzimmer. Überall hingen Luftballons, an jedem Regalfach und jedem Bild, an jedem Haken und jeder Lampe. Kreuz und quer durch das Wohnzimmer und bis zur Küche waren Girlanden gespannt. Jarle schluckte schwer, als er seine Wohnung so verändert sah, und er dachte, so war es hier noch nie.

Mitten im Zimmer standen Anette und Lotte mit geschlossenen Augen. Lotte mit roter Annie-Perücke, dem rot-weißen Kleid, schwarzen Lackschuhen und weißer Strumpfhose, den Nasenrücken mit Sommersprossen bemalt. Anette hatte sich die Haare nach allen Seiten toupiert, war dunkel geschminkt und hatte sich in eines von Jarles schwarzen Laken gewickelt. Sie erinnerte in ihrer Erscheinung fast an Robert Smith von *The Cure*.

Jarle nickte den anderen zu und zählte stumm bis drei. »Herzlichen Glückwunsch zum Geburtstag, Charlotte Isabel«, riefen sie wie aus einem Mund. Lotte riss die Augen auf. Sie klatschte in die Hände, wie so oft, wenn sie begeistert war, umarmte alle und sagte, sie hätten ewig lange gewartet – ewig lange, nicht wahr, Mutter, wir warten schon ewig lange? –, und sie hätten geschmückt und geschmückt, und sie habe entschieden, dass ihre Mutter als Hexe gehen solle, und sie fand ihren Papa supertoll als Polizisten, und Oma war der witzigste Clown, den sie in ihrem Leben je gesehen hatte, und Daniel war scharf als Batman und Grete ein wahnsinnig niedliches Kaninchen – aber ob sie jetzt ihre Geschenke auspacken dürfe?

Die Türklingel ertönte und Lotte riss wieder die Augen auf.

»Kommen da noch mehr?«

Jarle zuckte mit den Schultern, als hätte er keine Ahnung, und Lotte lief in die Diele und öffnete die Tür für Peter Pan und Prinzessin Diana.

Herdis. Herdis Snartemo.

Jarle biss die Zähne zusammen, als sie seine Wohnung

betrat. Dieses verdammte Frauenzimmer. Natürlich war Grete Strandebarm eine außergewöhnliche Blüte der so vielfältigen weiblichen Flora, natürlich zog sie Jarle mit seltsamer Kraft an und natürlich blendete sie ihre Umgebung mit deformierter Originalität, aber was sollte man zu diesem Feuerwerk von Weiblichkeit sagen, zu dieser Überfrau, die sich zu einem Superball zusammenrollen konnte und die ihren Körper beherrschte wie eine Zirkusakrobatin, die die Wohnung betrat und einen Auftritt hatte, verkleidet als Englands Schmetterling, ja, verwandelt in Lady Di?

Hielt nicht die ganze kleine Versammlung die Luft an? War nicht aus Charlotte Isabels Kehle ein kleines Japsen zu hören, das Widerhall fand bei Anette, bei Sara, bei Grete und sogar bei dem kleinen Batman? Doch. Und das Japsen schuf sich Raum, als Herdis ins Wohnzimmer schwebte. Ihr Pony reichte bis dicht über die Augen, und es war Jarle unerklärlich, wie es Herdis, deren Frisur sonst in keiner Weise an Diana erinnerte, gelungen war, diese bis ins Detail nachzuahmen, auch nicht, wie sie in dem Moment, als sie seine Wohnung betreten hatte, eine gespenstisch echte Kopie der toten Prinzessin darstellen konnte, aber das tat sie. Lotte starrte sie an, als traute sie ihren Augen nicht. »Du bist aber schön!«, rief sie.

»Ach, Quatsch!«, lachte Herdis, wie sie seit ihrer Kindheit sicher Milliarden von Komplimenten abgetan hatte, »du bist diejenige, die schön ist, Lotte. Du ähnelst Annie – wie ein Ei dem anderen. Herzlichen Glückwunsch zum Geburtstag!«

»Tante Herdis, ich hab ja gar nicht gewusst, dass du kommst! Ich dachte doch …«

»Ja, ja! Wie schön!«, rief Jarle laut dazwischen, um das heraufziehende Gespräch zu verhindern. »Wie schön, dass ihr alle zum Geburtstag meiner – unserer – Lotte gekommen seid!« Er wandte sich Robert Göteborg zu, der sich fast ein bisschen hinter der alles überstrahlenden Herdis versteckt hatte. »Auch dir, Robert, vielen Dank!«

»Bitte, bitte, keine Ursache – aber hier, die kleine Dame soll im Mittelpunkt stehen!«

Er lächelte Lotte an und fingerte an seinem Ohrring herum.

»Wer bist du?«, fragte sie.

»Das weißt du nicht?«, sagte er und drehte sich einmal um sich selbst. Jarle sah, wie galant sich der Schwede bewegte, und musste zugeben, dass sich der Mann, wie er da in einem hellgrünen Trikot mit moosgrünem Gürtel vor ihnen stand, mit schlichten, klaren Strichen geschminkt, und wie er sich mit zusammengekniffenen Augen zu Lotte hinunterbeugte und ihr zuflüsterte: »Ich bin Peter Pan« – dass sich der Mann gut gehalten hatte.

»Ach ja«, rief Lotte und nickte eifrig. »Ach ja, der, der fliegt.«

»Genau der«, erwiderte Göteborg und zischte wie eine Schlange. »Der, der fliegt, der, der nie erwachsen wird, der, der niemals Verantwortung übernimmt, der, der immer spielt.«

Lotte sah Robert Göteborg verwundert an, der geräuschvoll Luft durch die Nase sog und die Augen weit aufriss. Wie so ein lustiger Onkel, dachte Jarle und erinnerte sich an seine Kindheit, als eigentlich jeder einen verschrobenen Onkel hatte, der auf seltsame Ideen kam – und dann erklang abermals die Türklingel.

Lotte hob fast vom Boden ab, als sie begriff, dass noch gar nicht alle Gäste da waren, dass das Fest größer wurde, als sie erwartet hatte. Jarle sah, wie sie wieder zur Tür rannte, während Robert und Herdis die Runde durch die Wohnung machten, um Anette, Sara und Grete zu begrüßen. Er meinte, aus dem Augenwinkel heraus, zu registrieren, wie Mama eine allzu vertraute Miene machte, als sie Herdis' Hand ergriff, eine Miene, die Jarle zeigte, dass sie Herdis sofort durchschaut hatte und diese junge Frau selbstverständlich hart verurteilte. Aber da hörte er Robert Göteborg sagen: »Ach, das ist die werte Mama! Was für eine Herkunft unserem Jarle beschieden ist – die Mama, verwandt mit allen Müttern und doch sie selbst. Aber, wenn ich das sagen darf, Ihr Sohn ist ein verrückter Hund, und doch ist er auch ein glänzender – ein *glänzender* Wissenschaftler!«

Jarle hatte das Gefühl, dieser Entlarvung seiner selbst zuvorkommen zu müssen, die jetzt offenbar bevorstand, aber Lotte rief nach ihm: »Papa! Papa! Da ist Onkel Hasse! Onkel Hasse und ein … ein Mann mit Bart!«

Ein Mann mit Bart?

Jarle ging hinaus auf den Flur, wo Arild gerade seine Jacke aufhängte. Arild war ganz normal gekleidet, trug aber einen gewaltigen falschen Rauschebart, und neben ihm stand Hasse, beeindruckend verkleidet als Zauberer mit langem schwarzem Umhang, langem Bart, rabenschwarzer Schminke und hohem spitzem Hut.

»Na, und wer bist du?«, fragte Jarle und grinste Arild an.

Der grunzte nur und zuckte mit den Schultern, während er Lotte verlegen begrüßte. »Hjaaaa-a«, ächzte er. »Ich … wir kennen uns doch schon.«

»Hallo!«, sagte Lotte. »Ich bin Charlotte Isabel. Ich kenne Onkel Hasse. Als was hast du dich verkleidet?«

»Äh, ja …« Arild räusperte sich.

»Weißt du das nicht?«

Wieder räusperte Arild sich. »Nein. Eigentlich nicht.«

»Aber ich weiß es!«, rief Lotte stolz.

»Wirklich?« Arild sah sie an, zum ersten Mal tatsächlich an ihr interessiert, wie Jarle fand. »Wirklich?«

»Ja!«, sagte Charlotte Isabel und verschränkte die Arme. »Du bist ein missratener Zauberer.«

Hasse lachte laut und schlug Arild auf den Rücken, während Lotte wieder ins Wohnzimmer rannte. »Da siehst du's, Arild, da siehst du's. Was, Jarle? Ich muss schon sagen, jetzt, wo ich sie wiedersehe, Charlotte Isabel, da kann ich fast behaupten, dass sie mir gefehlt hat. Was? Hä?« Er fasste sich in die Seite und schnitt eine Grimasse. »In Dreiteufelsnamen, das wird ja immer schlimmer hier. Es tut so scheißweh.« Hasse fuhr zu Arild herum. »Ach, das würde Bachtin gefallen. Aber was verdammt noch mal ist eigentlich mit diesem Bart los?«

»Kannst du jetzt mal wieder aufhören?« Arild sah Hasse wütend an. »Du nervst ja noch übler als meine Brüder. Ich hatte nur den hier, okay? Ich renne ja nicht pausenlos zu irgendwelchen Kostümfesten. Ich hasse Kostümfeste, verstehst du? Und Bachtin würde das hier überhaupt nicht gefallen, das kannst du mir glauben. Ich hatte diesen Bart rumliegen, klar, und jetzt habe ich ihn umgebunden, und wenn das nicht reicht, dann habe ich trotzdem nicht mehr zu bieten, okay?«

Jarle hörte aus dem Treppenhaus lautes Getrampel. Lächelnd rief er Lotte, die im Wohnzimmer war und die Geschenke, die Herdis und Robert mitgebracht hatten, in das Regal stellte. Sie kam angelaufen. »Hörst du?«, fragte er. »Hörst du?«

Sie ging in die Hocke und horchte. »Da kommen noch mehr, Papa«, flüsterte sie und starrte zur Tür.

Es klingelte.

Lotte öffnete. Draußen standen Hernán und Marisabel und hinter ihnen Ingrid und ihre Geschwister. Lotte stürzte vor und drückte Ingrid an sich und sagte, ach, ach, ach, meine beste Freundin in Bergen ist gekommen!

Ingrid war als Marienkäfer verkleidet, und ihre drei

Schwestern, ebenfalls Vertreterinnen des Tierreichs, standen da als Biene, Frosch und Küken und lächelten, während die beiden Jungen der Familie als Bären gekommen waren. Hernán selbst trug ein elegantes mexikanisches Kostüm mit prachtvollem Sombrero und schicken Pistolen, die Daniel dermaßen begeisterten, dass er während des gesamten Festes seinen Blick nicht mehr von ihm losreißen konnte. Marisabel war bescheiden und hübsch als Indianerin verkleidet.

Jarle hieß sie herzlich willkommen und führte sie ins Wohnzimmer, wo er sie als »die nette Familie aus dem Lebensmittelladen an der Ecke« vorstellte, woraufhin Hernán ihm einen Rippenstoß versetzte und laut und deutlich sagte: »Ich nenne ihn nur Morgenbladet, weil er einfach nicht aufhören kann, jede Woche mit diesem *Morgenbladet* herumzuquengeln, und jetzt, jetzt – weißt du was, Morgenbladet? Nein, das weißt du nicht, aber ich sag dir, wie mein Vater und der Vater meines Vaters und wiederum dessen Vater sagen würden: Ein Mann mit gutem Willen und so viel Einsatz soll seinen Willen haben. Ab dem nächsten Samstag wird es in meinem Laden *Morgenbladet* geben. Für dich!« Dann sah Hernán sich im Wohnzimmer um und sagte laut und deutlich: »Also, Morgenbladet, wo ist die Frau, die du heiraten wirst?«

Alle lachten, und Jarle murmelte etwas davon, dass *Morgenbladet* in vieler Hinsicht eine überschätzte Wochenzeitung sei. Und dann widmete er sich wieder seiner Rolle als Gastgeber. Er hatte das Gefühl, dafür sorgen zu müssen, dass alle sich einigermaßen wohlfühlten. Er hatte einfach keine großen Feste gefeiert, weder in den vergangenen Jahren seines studentischen Lebens noch in seiner Kindheit, und war deshalb in derlei gesellschaftlichen Belangen eher unbeholfen, aber er begriff instinktiv, dass es sich für einen Gastgeber gehörte, seine Gäste wie eine Art aufmerksamer Reiseleiter durch das Fest zu führen.

Jarle beobachtete, wie die Kinder sich in einer Ecke zusammendrängten und mühelos wie die Fliegen Kontakte knüpften. Er beobachtete, wie Marisabel, Sara und Grete am Tisch miteinander redeten, während sie Servietten zu komplizierten Figuren falteten und auf die Teller legten. Er beobachtete, wie Robert Göteborg mit charmantem Lächeln auf Hernán zuging, wie wohl er sich in seinem Trikot fühlte, offenbar glücklich darüber, so ein eng anliegendes sexy Kleidungsstück tragen zu dürfen. »Ah, lass mich raten, Venezuela?«, sagte er in diesem Moment. Hernán nickte ein wenig überrascht, und wenig später hörte Jarle, wie Robert Göteborg sich – *in aller Bescheidenheit* – als einen Geografiefanatiker bezeichnete. Hasse und Arild gesellten sich zu den beiden Männern, sodass ein fetter Mexikaner einem schlanken, ein wenig schlangenhaften Peter Pan über sein Heimatland Venezuela und dessen Sitten und Bräuche erzählte, während ein Zauberer mit manischen Zügen und dessen düsterer Freund mit dem Rauschebart zuhörten.

Und Jarle beobachtete, dass Anette ein wenig außen vor blieb. Er wusste nicht, ob sie in einer solchen Runde vielleicht schüchtern war, und überlegte, ob er sie in einer Art sozialem Manöver irgendwie mit den anderen zusammenbringen sollte. Aber er tat es nicht. Er wusste selbst nicht so genau, warum. Er tat es eben nicht. Er blieb stehen und sah ihrer Einsamkeit zu. Mehrmals sah er verstohlen zu ihr hinüber. Mein fatalster Beischlaf, dachte er und fand gleichzeitig, dass er, wenn er in jener suffschweren Nacht des Jahres 1990 schon ein junges Mädchen hatte vögeln und schwängern müssen, eine gute Wahl getroffen hatte. Natürlich war Herdis eine vollkommene pittoreske Schönheit, sie wandelte als ästhetisches Ideal mit einer seltenen Kombination aus einer äußerst pornografischen und zugleich würdevollen, fast sakralen Ausstrahlung über die Erde. Mit der gleichen Selbstverständlichkeit konnte man behaupten, dass Grete ein schnaufendes Unikum war, umwerfend originell, mit einer ebenso seltenen Kombination aus animalischer Triebhaftigkeit und Fantasie. Und genauso gut konnte man sich von dieser soliden, schlichten Wärme hinreißen lassen, die aus Skien gekommen war. Denn Anette Hansen hatte etwas, das die beiden anderen nicht bieten konnten, dachte Jarle und hielt sich damit für sehr klug: etwas *Normales*. Sie hatte Massen von Normalität in sich. Kilo um Kilo. Und, dachte er, gerührt von seinem eigenen Scharfsinn, das ist etwas, das weder Herdis noch Grete jemals besitzen werden, dieses Schlichte, Normale und Angenehme. Sie werden auf einem Fest nie außen vor stehen, sie werden niemals so dastehen wie Anette, in einer Zimmerecke, von den anderen irgendwie vergessen. Sie können bis zu ihrem letzten Tag danach lechzen, die anderen, aber *normal* werden sie nie. Und obwohl Jarle, während er all das dachte, seinen Blick immer wieder von Prinzessin Diana, die sich zu einem Superball zusammenrollen konnte, zum Kaninchen mit den Schildkrötenaugen und zu der Hexe, mit der er im Suff einmal geschlafen hatte, wandern ließ, so ging er doch nicht zu Anette hinüber, um mit ihr zu sprechen. Er wusste selbst nicht so recht, warum, und er war erleichtert, als er sah, dass Herdis die Einsamkeit ihrer Geschlechtsgenossin ebenfalls bemerkt hatte und auf sie zuging. Und indem er nur einen Schritt zur Seite trat, konnte er ein Gespräch belauschen, das sich auf einem sehr schwer befahrbaren Pfad dahinbewegte.

»Wie spannend«, hörte er Anette mit, wie er fand, unverfälschtem Interesse sagen. »Ah, Feminismus also?«

»Ja«, antwortete Herdis, »das ist ein wichtiger Kampf.«

»Und ob der wichtig ist, ja!«, sagte Anette und ihre Stimmlage hob sich um einen halben Ton. »Ja, Feminismus ist wichtig. Das hab ich immer schon gesagt, Frauen sind genauso wichtig wie Mannsbilder, aber weißt du, wenn ich Trond mit so was Feministischem komme, dann geht der an die Decke.«

»Ja?«, erwiderte Herdis und hielt für einen Moment inne. »Aber, wenn ich fragen darf – was meinst du damit, dass er an die Decke geht?«

»Nein, ich sag das nur so«, hörte Jarle Anette antworten, und er glaubte ein gewisses Erröten in ihrer Stimme zu spüren. »Nein, er schlägt mich nicht oder so. Aber er ist trotzdem ein Idiot. Also, ich meine ja nur, wenn jemand bei den Mannsbildern auf der Arbeit oder bei Trond mit diesem Frauenkram ankommt, dann feixen die und lachen und sagen, dieses Ibsen-Gefasel könnte ich mir sonst wohin stecken, oder dass Feministinnen doch bloß Lesben sind, die nie ficken dürfen«, Anette lachte schüchtern, »ja, oder dass das Frauen sind, die nur ihre Nase in Bücher stecken und keine Ahnung haben, wie das Leben wirklich aussieht, oder er sagt, nur öde Reicheleutetöchter kommen auf keine bessere Idee, als sich über Männer zu beklagen.«

Hinter Jarle wurde es still.

»Also«, sagte Anette, »hier plappere ich vor mich hin, aber ich rede ja nicht so oft mit Leuten, die auf meinem Niveau sind, weißt du – hilfst du mir mit dem Essen? Die Kinder müssen doch was zu essen kriegen?« Sie lachte. »Sieht nicht so aus, als ob jemand von den anderen zugreifen wollte. Aber du – Herdis –, wie bist du eigentlich mit Jarle bekannt?«

Wieder entstand eine kleine Pause, und Jarle hörte Gläser und Untertassen klirren.

»Ach«, sagte Herdis langsam, »ja, wir, wir kennen uns einfach nur. Aus der Akademia.«

»Akademia? Wo ist das denn?«

»Wie meinst du? Das – wo das ist?«

»Na ja, ich habe nur noch nie davon gehört«, sagte Anette. »Aber ich bin auch nie viel gereist.«

Hm, dachte Jarle und versuchte, ruhig zu bleiben.

Sie weiß also nicht, was Akademia ist.

Sie hält Akademia also für einen Ort.

In ihren Ohren ist Akademia also das Gleiche wie, na ja, wie Bømlo oder Strindheim oder Bryne.

Was sollte er davon halten? Sollte er darüber lachen? Sollte er laut darüber lachen? Oder sollte er es für eine von Anettes Stärken halten, dass sie so unvorstellbar normal war und nicht wusste, was Akademia war.

Herdis versuchte, sich aus der Situation herauszuwinden, indem sie sagte, auch sie sei nicht weit gereist, aber Paris und Berlin habe sie immerhin gesehen, und New York natürlich, und Dublin und Lissabon und St. Petersburg und Kuba und Sydney und Reykjavik, sagte sie, das ist eine fantastische Stadt, worauf Anette seufzte und sagte, ja, aber eine wie ich reist nicht viel. Aber im vorigen Jahr waren wir immerhin in Dänemark.

»Aber du und Jarle«, sagte Herdis, »das ist jetzt lange her, oder?«

Er spitzte die Ohren.

»Ja«, hörte er Anette mit resigniertem Tonfall sagen, wie er zu seiner Enttäuschung feststellte. »Du weißt doch sicher, wie das mit Jarle und mir war. Ich kenne ihn eigentlich nicht.«

Hm, dachte er. Das stimmte, was sie da sagte, aber trotzdem verletzte es ihn zu hören, dass sie es sagte, einfach so, geradeheraus, zu einer, die sie nicht kannte.

»Ja, ja, ich weiß«, sagte Herdis. »Aber sieh nur, was dabei herausgekommen ist. Eine fantastische Tochter habt ihr.«

»Ach ja, Lotte ist wunderbar«, hörte er Anette sagen. »Ich weiß nicht, wie ich ohne sie zurechtkommen sollte.«

»Aber«, sagte Herdis, und Jarle glaubte zu hören, wie jetzt ihr Interesse an Anette erwachte, »aber«, sagte sie, »du hast dein Kind bekommen, als du – fünfzehn warst, war das nicht so?«

Jarle drehte den Kopf ein wenig in ihre Richtung und nahm wahr, dass sie jetzt nebeneinander beim Würstchentopf standen, wo Herdis, Diana noch immer verblüffend ähnlich, Anette wirklich neugierig ansah.

»Na ja, ein großes Mädchen war ich wirklich noch nicht«, sagte Anette.

»Aber – wieso …« Herdis hielt inne. »Ich meine – hast du das denn nie bereut?«

Anette hob den Blick und bemerkte, dass Jarle sie und Herdis ansah. Sie lächelte ihm kurz zu, dann wandte sie sich wieder Herdis zu, fast mit einem frechen Hexenblick, dachte er, fast rachsüchtig, dachte er und fand sie wunderbar.

»Bereut?«, sagte Anette. »Nicht eine Sekunde. Wenn du je selbst ein Kind bekommst, dann wirst du verstehen, wovon ich rede.«

»Ja, sicher«, sagte Herdis und nickte übertrieben heftig. Wurde sie rot? Jarle glaubte zu sehen, dass die Abendsonne über ihre Wangen glitt, etwas, das er noch nie an ihr beobachtet hatte.

Nachdem er Zeuge dieses Gesprächs geworden war, das Jarle wie eine Art unbeabsichtigter Hennenkampf vorgekommen war und das er traurig, interessant und geradezu bachtinisch fand, griff er nach einem Tablett Zimtschnecken mit Zuckerguss. Er hielt es für richtig, eine Runde zu drehen und den Gästen etwas zu essen anzubieten, um ihnen das Gefühl zu geben, willkommen zu sein. Die Kinder hatten sich zuvor schon gierig über das Tablett hergemacht, aber jedes von ihnen nahm sich gern noch eine Schnecke und verschlang sie auf der Stelle. Hernán, Robert Göteborg. Arild und Hasse waren in eine Diskussion über venezolanische Politik vertieft, nahmen aber ebenfalls eine Zimtschnecke, desgleichen Sara und Marisabel, die am Fenster standen und miteinander redeten. Als er sich schließlich zu Anette und Herdis umdrehte, sah er, dass sie Gesellschaft von Grete bekommen hatten. »Am Sonntag hat er meine Geduld auf eine harte Probe gestellt, aber ihr habt eine gescheite und starke Tochter«, sagte Grete, und Herdis räusperte sich und sagte: »Das auf jeden Fall.«

Jarles Finger zuckten ein wenig, als er zu dem farbenfrohen Frauentrio trat und ihnen das Tablett entgegenhielt.

»Na, eine Zimtschnecke für euch?«, sagte er und lächelte unter seinem Wachtmeisterschnurrbart so strahlend er nur konnte.

Kaninchen, Hexe, Prinzessin.

Eine nach der anderen streckte die Hand nach einer Schnecke aus, und führte sie, jede auf ihre Weise, zum Mund. Gretes Hand war ein wenig klobig und stumpf und runzlig, die Fingernägel waren kurz geschnitten, vielleicht auch abgeknabbert, und sie griff energisch nach einer Schnecke. Mit der anderen Hand nahm sie ihre Kaninchenzähne heraus, öffnete weit ihr süßes Kaninchenmaul und schloss die Lippen um die Zimtschnecke. Anette nahm die Schnecke mit Zeige- und Mittelfinger, und erst jetzt bemerkte Jarle ihre trockenen Hände und die stark gekrümmten tiefrosa lackierten überlangen Nägel. Auf halber Höhe zu ihrem dramatisch geschminkten Hexenmund mit den fleischigen Lippen hielt sie inne, bevor sie vorsichtig abbiss. Herdis hatte sich die Schnecke als Letzte genommen. Sie machte eine hinreißende Bewegung mit den geschlossenen Lippen, als würde sie leicht an ihrer Zunge saugen, dann streckte sie beide Hände aus – gerade so, als wollte sie etwas sehr Wichtiges entgegennehmen, als wollte sie jemandem herzlich die Hand schütteln – und griff mit nicht weniger als acht feinen Fingerspitzen nach der Schnecke.

Und dann standen sie da, alle drei, und aßen.

Meine Mädels, dachte er.

Irgendwie schon.

Grete mümmelte, dem Kaninchen gemäß, die Schnecke mit gutem Appetit in sich hinein. Ihre Zähne arbeiteten unentwegt und die Kiefer ließen die steifen Ohren an ihrem Kostüm rhythmisch hin und her wackeln. Anette aß wohlerzogen und langsam, gar nicht auf Hexenart, eher wie das normale Mädchen, das sie eben war, und in regelmäßigen Abständen lugte eine kleine Zungenspitze hervor und vergewisserte sich, dass auf den Lippen keine Essensreste mehr lagen. Herdis hatte ihren beidhändigen Zugriff durch einen reizend arrangierten Dreifingergriff ersetzt, bei dem die Schnecke glücklich auf dem Daumen ruhte, von oben gestützt von Zeige- und Mittelfinger, während die linke Hand auf Brusthöhe eine Art Schälchen bildete, das eventuell herunterfallende Krümel auffing. Ihre Lippen öffneten und schlossen sich wie eine Muschel.

Jarle sah von der einen zur anderen, während er ihnen zuhörte.

»Das ist dir wirklich gut gelungen«, sagte Grete, bevor sie ihren Mund zu einem Kreis formte und mit einem Finger von Mundwinkel zu Mundwinkel strich.

»Ja, du warst wirklich tüchtig, Jarle«, sagte Anette und presste die Lippen aufeinander, wie Frauen das oft tun, wenn sie frischen Lippenstift aufgetragen haben.

»Das hätte ich dir gar nicht zugetraut«, sagte Herdis

und machte eine für Jarle entsetzlich vertraute Bewegung mit der Oberlippe, die ihre Nasenflügel beben ließ.

Jarle seufzte.

»Tja, was soll man sagen«, sagte er, blähte die Wangen und dachte, dass er vor langer Zeit einmal mit ziemlicher Sicherheit Anettes füllige Lippen abgeschmatzt hatte, und dann fiel ihm ein, was Herdis' Mund alles mit seinem Körper gemacht hatte, und schließlich ging ihm durch den Sinn, was für ein ungewöhnlicher Genuss darin liegen müsse, mit einer Frau wie Grete zu knutschen – »tja, was soll man sagen«, wiederholte er energisch, »man hat vieles in sich, wovon man nichts weiß, oder?«

Die drei lächelten, und für einen kleinen Moment fühlte er sich fast bewundert.

»Ja«, sagte Jarle, von der Situation ermutigt, »Kaninchen, Hexe, Prinzessin. Hier stehen wir, ihr drei Mädels und ich, was?«

Anettes Blick irrte nervös hin und her, Grete hob leicht abwehrend die Hand und lachte, Herdis legte den Mittelfinger an ihren halb geöffneten Mund, als hätte sie sich geschnitten, und sog daran. Und in diesem Augenblick, fand Jarle, schob sich ein Schleier vor ihr Gesicht und tilgte jeden noch verbliebenen Unterschied zwischen ihr und Prinzessin Diana.

Schließlich nahm sich auch Jarle eine Schnecke, und während er aß, dachte er darüber nach, wie es möglich war, dass Herdis ihn erst wenige Tage zuvor fallengelassen hatte, dass er aber trotzdem in einer so aufreizenden Beziehung zu ihr stand. Und gleichzeitig fühlte er sich auf angenehme und irgendwie neue Weise zu Grete und Anette hingezogen, ein Gefühl, das wiederum ebenso stark war wie der Wunsch, noch einmal diese wunderbaren Zirkuskünste zwischen Herdis' Oberschenkeln zu vollführen.

Verwirrt versuchte Jarle, die erotischen Fantasien, die ihn zu verfolgen schienen, zu bekämpfen.

»Hallo! Alle miteinander!«, sagte er laut und klatschte dreimal in die Hände, wie es sich seiner Meinung nach für ihn als Vater und Gastgeber gehörte. »Ich hoffe, ihr habt euch inzwischen ein wenig miteinander bekannt gemacht, denn jetzt ist es Zeit für Lotte, ihre Geschenke auszupacken.«

Lotte sprang vom Boden auf, wo sie mit den anderen Kindern gesessen hatte, und stellte sich gespannt vor das Bücherregal, auf dem die Geschenke in Reih und Glied standen. Jarle winkte Anette näher heran. Das müssen wir zusammen machen, dachte er, wir als Eltern, egal, wie seltsam die Vorstellung ist.

Anette trat neben Jarle. Sie spürten beide, wie merkwürdig es war, dass sie, die nie etwas anderes getan hatten, als miteinander zu schlafen, und das auch nur ein einziges Mal, plötzlich gemeinsam im Mittelpunkt standen.

»Ach, womit soll ich denn anfangen?«, fragte Lotte gespannt.

»Ich finde«, sagte Jarle, »du solltest damit anfangen, was du von zu Hause mitgebracht hast.«

Anette las die Namen auf den Geschenkanhängern vor, zusammen mit Lotte, die gar nicht so schlecht las, wie Jarle vielleicht befürchtet hatte. Wieder spürte er, wie gut die beiden aufeinander eingespielt waren, wie ihre Mimik und Gestik vermittelte, dass sie sieben Jahre lang alles miteinander geteilt hatten. Traurigkeit erfasste ihn, als ihm klar wurde, was er versäumt hatte, was ganz einfach verschwunden war und sich niemals wiederholen ließ.

Lotte packte ein Geschenk nach dem anderen aus, eine Barbiepuppe von ihrer besten Freundin Susanne, eine schöne lila Jacke von Oma und Opa, einen Umschlag mit Geld von einem Onkel und einer Tante – von denen krieg ich immer Geld, wieso krieg ich eigentlich von denen immer Geld, Mutter?

Mit jedem Geschenk wuchs der Papierhaufen auf dem Boden, und irgendwann fing Sara an, die Papiere ordentlich zusammenzufalten und wegzuräumen. Und dann kamen die Geschenke von Lottes neuen Freunden aus Bergen an die Reihe.

»Wir können sie auch gleich deine Bergen-Familie nennen«, sagte Jarle und erntete spontanen Beifall der Anwesenden. »Hier«, sagte er und griff zu einem Päckchen. »Das ist ein Geschenk von Herdis und Robert.«

Es war ein Buch, natürlich, ein schwedischer Roman für Kinder. Ja, ja, dachte Jarle, da war vermutlich die Grenze der akademischen Fantasie erreicht. Es musste ein Buch sein, die Feministin und der Schwede konnten ihr nicht einfach ein Spielzeug schenken.

Lotte machte einen höflichen Knicks und umarmte beide, was Herdis und Robert auf eine Weise zu bewegen schien, die Jarle nicht gefiel.

Danach waren zwei Geschenke an der Reihe, die Hernáns Familie für Lotte mitgebracht hatte, ein großer Bogen mit Prinzessinnenaufklebern von Ingrid und ein großer Teddy mit roter Schleife um den Hals und der Aufschrift »I love you« auf dem Bauch von der ganzen Familie. Hernán nahm Lotte fest in den Arm und sagte – während er seinen Blick von Jarle zu Anette und wieder zurück zu Jarle wandern ließ, um ihn schließlich streng auf Anette zu heften –, sie habe ja wirklich ganz prachtvolle Eltern.

Immer wieder während dieser kleinen Orgie des Auspackens merkte Jarle, wie sehr die Erwachsenen auflebten, deren Geschenk sich Lotte gerade widmete. Er sah, wie sie den Kopf hoben, wie ihre Augen sich mit einem süßen Blick füllten, wenn ihr eigener Name verlesen wurde. Besonders deutlich wurde es ihm bei Hasse, der kaum noch still stehen konnte, als Jarle »Für Lotte von Onkel Hasse« las. Er war schon eine ganze Weile von einem Fuß auf den anderen getreten, und jetzt lief er eilig auf sie zu. Er nahm Lotte das Päckchen aus der Hand und wandte sich an die anderen.

»Das hier ist so stark«, sagte er ernst. »Es war eine ver… Verzeihung, eine sehr starke Woche, das hier.« Er sah Anette und Lotte und Jarle an. »Irgendwie – habe ich das Gefühl, etwas sagen zu müssen. Jarle. Nicht wahr, wir kennen Jarle. Er ist ein Draufgänger. Läuft los. Gibt alles. Nicht unbedingt das größte Talent, das wir unter uns haben, aber was ihm an Brillanz fehlt, ersetzt er durch Einfühlungsvermögen, stimmt's?« Hasse zeigte mit ausgestrecktem Arm auf Jarle und nickte den anderen zu. »Stimmt's? Doch, ja. Er brettert los. Wie ein D-Zug. Alle sind überzeugt, dass Jarle zuerst denkt, stimmt's, aber das tut er nicht, er stürmt einfach los und bildet sich dabei ein, dass er denkt. Tut mir leid, Lotte, ich gebe dir das Geschenk gleich wieder. Egal. Es war eine sch… sorry, eine unglaublich starke Woche. Hier kommt sie, Charlotte Isabel Hansen, nach Bergen. In unsere kleine Welt. Hier landet sie – wie ein Pollenkorn, das uns bestäubt. Und was passiert?« In diesem Moment griff Hasse sich plötzlich in die Seite und verzog gequält das Gesicht. »Tut mir leid, das ist der verfl… tut mir leid, es ist der verflixte Rücken. Egal. Was passiert? Ich kann nur für mich sprechen. Als ich in der Nacht auf Montag mit Lotte zusammensaß, als Jarle nach Hause gekommen war – das weißt du doch noch, Lotte? –, da hättet ihr mich mal sehen sollen. Ich habe keine Kinder. Ich bin nicht einmal Onkel. Ja, jetzt schon, jetzt bin ich Onkel! Aber was ich meine, ist: Ich hatte nichts mehr mit Kindern zu tun, seit ich selbst Kind war. Ich habe zwar eine Schwester, aber die – oh,

Vorsicht, ich betrete vermintes Gelände! Egal. Für einige unter euch ist das ein unbegreifliches Dasein, ich weiß. Wie denken zum Beispiel unsere venezolanischen Freunde über ein Leben wie das meine, ein Leben, in dem die Literaturtheorie eine weit größere Rolle spielt als Kinder? Was? Vermutlich – erwecke ich euer Mitleid. Ja. Ihr haltet mich für einen einsamen Wal in einem dunklen Meer, und wer weiß, wer weiß, vielleicht habt ihr recht. Vielleicht ist Hasse genau das, ein seltsamer einsamer Wal. Und wie denkt Sara darüber? Lasst mich auch hier mutmaßen – sie legt den Kopf ein wenig schräg, und sie sucht in ihrem langen Leben, einem Leben voller Erinnerungen an Lebensmittelkarten und Kubakrise, aber auch an Puppen und Teddybären nach einem Vergleich, und sie denkt, Hasses Leben ist so kümmerlich. Oder du, Anette? Ja, auch hier vermute ich – Hasse, denkt sie, als sie ihm zum ersten Mal begegnet, Hasse lebt nicht. Sein Herz schlägt nicht für andere Menschen. Ja, ja. Und alle haben recht. Aber so ist es. Hasse – und solche wie Hasse – leben in einer kinderlosen Welt, und ich meine kinderlos nicht nur in dem Sinn, ob man Nachfahren produziert hat, sondern als Weltanschauung, stimmt's? *In unserer Welt gibt es keine Kinder.* Versteht ihr? Es gibt sie nicht. Wir lesen in Büchern über sie, aber wir begegnen ihnen nie. Und ich meine, was ich sage, *nie.* Wir kommen nie auch nur in die Nähe eines Kindergartens. Wir sehen niemals Sendungen für Kinder im Fernsehen. Wir haben nichts Kindliches in unserem Alltag. Und das, ihr Lieben – ja, Lotte, ich weiß, es ist seltsam, sich das anzuhören, und ich weiß, du willst, dass Onkel Hasse jetzt bald mit Reden aufhört, aber bitte, warte noch ein wenig, denn Onkel Hasse hat viel darüber nachgedacht – das hier sind allesamt Gedanken, die mir erst gekommen sind, als ich am frühen Montagmorgen nach Hause gegangen bin. Versteht ihr? Versteht ihr – ja, ihr versteht bestimmt – wie schicksalhaft es für Hasse war, dazusitzen, mit dieser kleinen Hand in seiner großen, in der Nacht auf den Montag, und zu hören, wie dieser wunderbare kleine Mensch ihn *Onkel Hasse* nannte.« Er wollte nach Lottes Hand greifen, fasste sich aber erneut in die Seite und knirschte mit den Zähnen. »Bedaure, das hier tut schrecklich weh. Egal. Dieser kleine wunderbare Mensch. Das ist so großartig. Das ist so sch... sorry – das ist so großartig. Anette. Jarle. Fantastisch! Fantastisch! Ich meine – wie viele Dummheiten hast du eigentlich in einer Woche begangen, Jarle?«

Jarle fuhr zusammen. »Nein!«

»Viele«, fuhr Hasse ungerührt fort. »Stimmt's? Ziemlich viele. Du hast Ausreden erfunden, du hast gelogen – ich meine? Einen Volvo? Lotte hat mir erzählt, dass du ein Auto hast, einen Volvo, der zur Reparatur ist? Du hast ja nicht mal den Führerschein! Und deine Nachbarin hier – was hast du noch zu ihr gesagt? Dass Arild leber- und nierenkrank ist? Jarle, Jarle, Jarle. Und dein Betreuer – mitten in der Nacht besoffen loszustürzen zu ... zu deiner Geliebten, von der ich nichts wusste! Nein, nein, das geht nicht, Jarle. Das geht einfach nicht.«

Jarle schloss die Augen und schluckte, während er hörte, wie es um ihn herum still wurde, und er stellte sich vor, wie Mama kochte, wie Anette tobte, wie Robert Göteborg sich amüsierte und wie Herdis betreten zu Boden sah.

»Oder vielleicht doch?«, fragte Hasse mit schmetternder Stimme. »Geht das vielleicht doch? Ah – nein. Natürlich geht es nicht. Aber. Aber. So sind die Menschen. Ja. Und das hier! Versteht ihr? Versteht ihr, was Hasse – ja, *Onkel* Hasse – verstanden hat? Das hier ist großartig. Das ist verdammt großartig. Und das ist Lottes Verdienst. Das wollte ich sagen. Ich bezweifele stark, ob ich je wieder derselbe sein werde wie früher. Ich habe mich immer als Raben oder Krähe betrachtet«, sagte Hasse mit in sich gekehrtem Blick, als spräche er mit sich selbst, »aber jetzt? Jetzt sehe ich mich mehr als ... ja ... was soll ich sagen? Als Pfau? Ja. Das wollte ich sagen, Lotte«, schloss er und wandte sich dem Mädchen vor sich zu. »Das wollte ich sagen. Herzlichen Glückwunsch von Onkel Hasse.«

Es war still geworden während Hasses Rede.

Sara, die ihn bereits gekannt und immer für einen Wirrkopf gehalten hatte, war überrascht und gerührt zugleich. Herdis, die Hasse nie hatte leiden mögen, obwohl sie wusste, dass er ein glänzender Wissenschaftler war, fuhr sich, ohne es zu merken, mit zwei Fingern durch ihren Diana-Pony, und dachte, dass Hasse irgendwie ein Mensch ohne Grenzen sei.

Lotte packte eine schwarze Holzstange aus. Sie drehte sie in der Hand um, als erwartete sie, die Stange werde sich zu einem bunten Fächer öffnen. Sie runzelte die Stirn und sah Hasse an. »Was ist das?«

»Das ist ein Zauberstab, Lotte«, sagte Hasse ernst. »Damit kannst du dir die Welt so herbeizaubern, wie du sie dir wünschst.«

»Echt?«

Hasse nickte. »Soll die Welt vielleicht ein großer Ball sein, ein wunderschöner großer Ball, den du in die Luft werfen kannst?«

Lotte sah ihn aus großen Augen an.

»Das ist möglich«, sagte Hasse.

Niemand kam nach Hasses Rede zu Jarle her, um ihn auszuschimpfen, wie er einen Moment lang befürchtet hatte. Und Lotte packte einfach weiter aus. Sie bekam eine große Tafel Milchschokolade von Arild, dessen Kinn unter seinem falschen Rauschebart zitterte. Er habe als Kind nichts so sehr geliebt wie Milchschokolade, murmelte er, und die Kinder seines Bruders hätten sie auch so gern. Danach kamen Grete und Daniel an die Reihe, die Lotte ein feines Malbuch und eine Packung Buntstifte schenkten, außerdem hatte Daniel eine große Zeichnung gemacht, auf der er und Lotte in Mamas Büro zu sehen waren, an dem Tag, an dem Jarle krank gewesen war.

Jarle geriet unter seiner Wachtmeistermütze ins Schwitzen, denn Anette runzelte die Stirn, als erneut auf seinen unseligen Kneipenabend angespielt wurde, aber noch immer geschah nichts.

»Ach«, sagte Lotte und zeigte auf die Geschenke. »Jetzt sind es nur noch vier. Ist eins davon von dir, Oma?«

Sara in ihrem Clownskostüm trat einen kleinen Schritt vor. »Ja, Lotte.«

»Dann will ich das jetzt auspacken. Darf ich, Papa?«

Jarle nickte. »Na klar.«

Lotte nahm ein schön eingewickeltes Päckchen aus dem Regal. Klein und fest, und eine Karte steckte darin. Sie wollte zuerst lesen, was auf der Karte stand, sagte Lotte und reichte sie Jarle. »Kannst du vorlesen, Papa?«

Jarle öffnete die Karte und las vor: »Liebe Lotte. Du bist ein großes Geschenk, das ich bekommen habe. Tausend Dank. Ein dicker warmer Kuss von Oma zum siebten Geburtstag.«

Lotte packte eine Puppe mit altmodischem Gesicht aus.

»Die heißt Sara«, sagte Lotte und hielt sie vor sich hin. »Nach dir, Oma.«

Dann wandte sich Lotte zwei gleich großen Geschenken zu. »Von wem sind die denn?«

»Die«, sagte Jarle, »die sind von Mutter und mir.«

»Die sehen ja genau gleich aus«, sagte Lotte.

Anette und Jarle sahen einander an, als hätte Lotte über sie gesprochen. In diesem Moment fand Jarle, dass seine Tochter Anettes Augen habe und vielleicht auch deren Mundpartie. Lotte packte aus.

»Zwei Tamagotchis«, rief sie begeistert, hielt beide in die Luft und zeigte sie den Gästen. »Zwei Tamagotchis! Papa! Mutter! Das – das – das war mein größter Wunsch! Jetzt kann das eine Charlotte heißen und das andere Isabel.«

Sie umarmte beide gleichzeitig, was Jarle seltsam vorkam. Und dann zeigte Anette auf das letzte Päckchen.

»Da ist noch eins«, sagte sie.

Lotte wollte sich eigentlich den Tamagotchis widmen, hielt aber inne und blickte fragend das letzte Geschenk an.

»Von wem ist das denn?«

»Na, das weißt du doch.«

Lotte stutzte. Sie versuchte zu lächeln, was ihr aber nicht gelang, und Jarle sah, dass es ihr peinlich war, nicht zu begreifen.

»Das weißt du doch, Lotte«, sagte Anette noch einmal.

Lotte schaute sich Hilfe suchend um. »Nein?«

Anette lächelte, auch sie war jetzt verlegen. »Doch, bestimmt.«

Lottes Blick irrte umher. »Nein? Nein, wirklich nicht.«

»Lotte!«, sagte Anette.

»Nein«, sagte Lotte. »Ich weiß es nicht.«

Anette fuhr sich durch ihre Perücke, als wollte sie diesen seltsamen Augenblick verscheuchen.

»Das ist von Vater«, sagte Anette.

Alle im Zimmer verstummten. Einige sahen verlegen zu Boden, andere räusperten sich und noch andere wrangen nervös die Hände. Lottes Blick irrte umher, wie Jarle das bei ihr schon einige Male gesehen hatte, wenn die Welt zu schwierig für sie wurde, und niemand machte Anstalten, ihr zu folgen, als sie das Päckchen nahm und damit in ihrem Zimmer verschwand. »Dann geh ich ein bisschen hier rein und mach das Paket von meinem Vater auf«, sagte sie nur.

Lotte schloss die Tür und setzte sich auf die Matratze. Schluchzend fuhr sie sich mit einer Hand über den Mund. Sie sah seine großen Hände vor sich, die sie zu Hause in Skien in die Luft warfen und wieder auffingen, sie sah, wie er übers ganze Gesicht lachte, wie er mit ihr Skilaufen gegangen war, oder in den Wald und auf den Fjord hinaus. Warum war er nicht hier? Warum nicht? Das Zimmer kam ihr plötzlich kalt und widerlich vor, und sie legte sich mit ihrem Geschenk auf ihr Bett. Du bist mein Vater, flüsterte sie. Papa ist nicht mein Vater, du bist mein Vater. Warum musst du wegziehen? Kannst du nicht bei Mutter und mir wohnen, so wie früher?

Lotte presste das Geschenk gegen ihre Brust, schloss die Augen und befand, dass jetzt alles aufhören sollte. Vielleicht kann alles hier aufhören, dachte sie. Wenn ich finde, dass alles hier aufhören soll, dann tut es das vielleicht? Vielleicht passiert dann nichts mehr? Wenn ich nur hier liege, hier liege und hier liege, ohne mich zu bewegen, vielleicht vergisst die Welt mich dann, und nichts wird mehr passieren?

Nach einer Weile hörte sie, dass an die Tür geklopft wurde. Vorsichtig. Lotte hielt sich die Ohren fest zu und tat so, als wäre die Welt stehen geblieben. Und dann fing sie an zu weinen.

Aber das war wohl nicht so merkwürdig?

Dass Charlotte Isabel anfing zu weinen, als sie da auf der Matratze in Jarles Arbeitszimmer lag?

Anette kam herein und legte sich neben sie. Sie streichelte ihren Rücken, sie schmiegte sich an ihre Tochter, und sie legte den Arm um sie, während sie sagte: »Mein Mädel? Mutter ist hier.«

»Wo ist Vater?«, schluchzte Lotte.

»Der ist zu Hause«, flüsterte Anette. »Willst du nicht sein Geschenk aufmachen? Er hat mich gebeten, es dir zu geben, weißt du. Das war sehr wichtig für ihn. Und ich soll dir ganz herzlich gratulieren, Charlotte Isabel.«

Lotte schluchzte und schniefte und setzte sich auf. Sie hielt das Päckchen in den Händen, für Lotte, sieben Jahre, von Vater, stand darauf. »Aber Mutter, wenn ich das auspacke, verschwindet Vater dann?«

»Nein, nein, nein«, sagte Anette ruhig. »Vater verschwindet nie.«

Langsam und vorsichtig öffnete Lotte das Geschenk. Es war eine Halskette. Anette hängte sie ihr um den Hals, und erschöpft ließ Charlotte Isabel sich wieder auf die Matratze sinken. Sie schloss ihre Hand fest um den Anhänger und kniff die Augen zu.

So blieben sie liegen, Anette und ihre Tochter. Erst nach einer ganzen Zeit fragte Lotte, wo Vater jetzt wohnen würde. Gleich um die Ecke, nur ein bisschen näher zur Eisenbahn, antwortete Anette. Ach, flüsterte Lotte. Ja, klar, sagte Anette. Das wird also nicht so schlimm. Aber, Mutter, flüsterte Lotte, hast du Vater denn nicht mehr lieb? Anette atmete tief durch. Nein, Lotte, sagte sie. Das habe ich nicht. Aber ich, sagte Lotte. Ja, sagte Anette, du schon. Aber, sagte Lotte, hast du denn Papa lieb, wo du Vater nicht lieb hast? Nein, antwortete Anette und musste ein wenig grinsen. Das habe ich nicht. Lotte nickte beruhigt. Du brauchst auch keinen neuen Freund, sagte sie. Anette schüttelte den Kopf. Nein, sagte sie, das brauche ich nicht, ich habe ja dich.

»Lotte?«, fragte Anette, als sie merkte, dass Lotte sich ein wenig beruhigt hatte.

»Hm?«

»Vielleicht sollten wir die anderen überraschen?«

Lotte setzte sich auf und sah ihre Mutter an. Ihre Tränen waren versiegt und sie schien sich gefasst zu haben.

»Weißt du?«

Lotte lächelte und nickte.

»Weißt du, woran ich denke? Was du so gut kannst?«

Lotte machte ein Schnütchen und lächelte geheimnisvoll.

»Machen wir das? Sollen wir einfach die Tür aufmachen und sie überraschen?«

Energie kehrte in Lottes Körper zurück, und Anette entging nicht, wie rasch sie sich auf das einstellte, was jetzt passieren sollte.

Sie öffneten die Tür. Im Wohnzimmer wurden sie von besorgten Gesichtern empfangen. Leise hatten die anderen miteinander geredet. Das Kaninchen. Batman. Der Clown. Peter Pan und Prinzessin Diana. Zwei kleine Bären, der Marienkäfer, der Frosch und das Küken. Der dicke Mexikaner und seine indianische Frau. Der Zauberer und sein Freund mit dem langen Rauschebart. Der Wachtmeister.

Charlotte Isabel ging mit kleinen Schritten durch das Zimmer und räusperte sich.

»Also«, sagte sie. »Tausend Dank dafür, dass ihr zu meinem Geburtstag gekommen seid. Jetzt singe ich ein Lied für euch, das Vater mir beigebracht hat, er spielt sonst Gitarre dazu. Er wohnt in Skien und ich soll euch alle von ihm grüßen, sagt Mutter. Und dieses Lied haben wir auch in der Schule gesungen, Susanne und ich. Es heißt *Morgen.*«

Und dann sang sie:

Es kommt ein Tag,
schon morgen,
und ich weiß genau,
dann gibt's keine Sorgen.

An dich zu denken,
morgen,
ist, wie einen Strahl
von der Sonne zu borgen.

Ist der Tag nass und grau,
dann musst du denken,
bald wird uns die Nacht
den neuen Morgen schenken.

Ich weiß, die Sonne scheint
morgen.
Sei tapfer bis morgen –
du musst dich nicht sorgen.

Morgen,
morgen,
du bist ein herrlicher Stern
und gar nicht mehr fern.

Tamagotchi is a tiny pet from cyberspace
who needs your love to survive and grow

EIN HOCH AUF DIE WELT. Sie ist fantastisch.

Wirklich.

Das kann nicht oft genug gesagt werden.

Und es kann nicht inbrünstig genug gesagt werden. Die Welt ist so fantastisch. Und wir haben die Wahl: Wollen wir sie annehmen oder wollen wir nicht?

Als Jarle klein war, in den Siebziger- und Achtzigerjahren, nahm er sie staunend und glücklich zugleich an. Für ihn schien sie Funken zu sprühen. Er liebte sie. Verdammt, er liebte sie. Er liebte die Mädchen mit den engen, in den Hintern einschneidenden Hochwasserhosen mit dem breiten Gürtel um die Taille. Er liebte ihre Netz-Shirts, die sie, wie es ihm vorkam, nur für ihn trugen. Er liebte die weißen Tennissocken mit Streifen. Er liebte die Schlümpfe, er liebte Commodore VC 20, er liebte KISS-Sammelbilder, *Ghostbusters*, Donald, *Fame*, Donkey Kong, *Liverpool* und 501s. Er liebte *Fraggle Rock*, er liebte *Derrick*, er liebte Prinzessin Diana, Bonanzaräder, Hubba Bubba, die Ozonschicht und *a-ha*. Er liebte *Karate Kid*, er liebte Rubiks Würfel, er liebte Bibernylon und Pat Sharp und Milet und Ayatollah Khomeini, *Star Wars*, Slime, *Denverclan*, Rubiks Schlange, *E. T.*, Poco Loco, die *Muppet Show*, Ronald Reagan, *Duran Duran*, Walkman, Breakdance, Live Aid! Er konnte es kaum erwarten, am

Morgen aufzustehen, denn jeder Tag brachte ihm etwas wunderbar Neues. Es nahm kein Ende!

Wer behauptet, alle Kinder würden die Welt annehmen, hat zwar recht, aber irgendwie ist die Wahrheit ein bisschen komplizierter. Denn viele Kinder werden zunächst einmal daran gehindert, die fantastischen Aspekte ihres Lebens wahrzunehmen. Immer wieder merkte Jarle zum Beispiel, dass einige seiner Klassenkameraden moderne und junge Eltern hatten, oder was er dafür hielt, und ganz anders in die Welt blicken konnten als er selbst, dessen Eltern weder modern noch sonderlich jung waren. Seine Eltern betrachteten die Zeit, in der Jarle aufwuchs, voller Skepsis und wollten ihn vor allen neumodischen Dingen behüten.

Es gibt jede Menge Faktoren, Schichtzugehörigkeit, geografische Lage und derlei mehr, die dafür sorgen, dass die Wahrheit über die Kindheit komplizierter ist. Wer behauptet, in Kindheit und Jugend gehe es darum, möglichst viel von der eigenen explodierenden Zeit mitzubekommen, wer behauptet, das sei der ganze Sinn der Kindheit, der muss damit leben, dass diese Ziele tagaus, tagein über den Haufen geworfen werden. Und vor diesem Hintergrund wird es dann plötzlich kritisch, sein Kind nicht daran teilnehmen zu lassen, was gerade Mode ist, am vorherrschenden Musikstil und so weiter. Aber was, wenn es genau darum geht? Dass die Kinder auf die Welt kommen, um sich der Gegenwart zu bedienen, und dass wiederum die Gegenwart zu nichts anderem da ist, als von den Kindern genossen zu werden? Alles vergeht in einem so rasenden Tempo, dass es gilt, keine Sekunde zu verlieren. Nächste Woche steht ein anderes Stück an der Spitze der Charts! Nächste Woche ist ein ganz anderer Haarschnitt modern. Man muss auf dem laufenden bleiben. Sonst sitzt man irgendwann im Altersheim und weiß nur, dass 1982 alle anderen *E. T.* gesehen haben, nur man selbst nicht! Alle anderen hatten 1984 eine Vokuhila-Frisur, nur man selbst nicht! Alle anderen hatten eine 501, nur man selbst nicht!

Gedanken dieser Art, nur von akademischerem Zuschnitt, gingen Jarle durch den Kopf und sorgten dafür, dass er einige Tage vor Charlotte Isabels Geburtstag ein Tamagotchi kaufte: Alle anderen hatten 1997 ein Tamagotchi, nur ich nicht! Derlei Gedanken drangen nur selten an die Oberfläche, aber Jarle hatte dann das Gefühl, dass etwas in seinem Leben schiefgegangen war. Und wenn diese Kindheitserinnerungen auftauchten, dann meistens begleitet von einem sentimentalen Seufzer, der aus tiefstem Herzen kam, der der Tatsache entsprang, dass ihm *Dinge* aus seiner Kindheit eingefallen waren. Ganz einfach *Dinge.*

Das war wichtig, denn immerhin war Jarle, als Student der Literaturwissenschaft, mit den akademischen Moden der Gegenwart sehr vertraut, und wenn es ein menschliches Gefühl, ein Wort gab, das die akademische Welt mit scheelem, ja, verächtlichem Blick betrachtete, das sie zu negieren versuchte, wie einen kleinwüchsigen Außenseiter im Klassenverband in Jarles Kindheit, dann war es Sentimentalität. In den Kreisen, in denen Jarle sich bewegte, wurde die Sentimentalität mit Hohn und Spott quittiert. Während sich die breite Masse sentimentalen Ereignissen mit großer Freude widmete, waren diese für die Akademia ein echtes Problem. Man wollte ganz einfach nichts damit zu tun haben. Sentimentalität, so wurde befunden, klebte an den Fingern wie Sirup, war nichts anderes als widerlich. Dieser Roman, dieses Gedicht, diese Novelle sei sentimental, sagten sie gern, und damit meinten sie, sei schrecklich. Dieser Denkweise inzwischen tief verbunden, schlug es in Jarles Kopf Alarm, wenn jemand ungeniert anfing, im Badewasser seiner eigenen Vergangenheit zu versinken – genau wie er selbst jetzt, als er über Lottes Tamagotchi und damit die *Dinge* seiner eigenen Kindheit nachdachte.

Mit anderen Worten, es war für Jarle nicht unproblematisch, sich im selben Zimmer aufzuhalten wie diese Gedanken. Er konnte nicht anders, als sich dabei dumm und albern vorzukommen, so verlangte es die Etikette seiner eigenen akademischen Zeit. Aber dennoch hatte er diese Gefühle. Sie kamen ihm aktuell und – durfte er das sagen? – echt vor. Und gleichzeitig empfand er diese ganze furchtbare Sentimentalität nur widerwillig.

Naheliegender wäre es wohl gewesen, dass ihn *Erlebnisse* aus der Vergangenheit heimsuchten, aber nein, meistens waren es *Dinge*. Donkey Kong, auf den er damals so versessen war, die Schlümpfe, alle die kleinen Schlumpffiguren, die er auf seiner Fensterbank aufgestellt hatte. Und zwar – das ging ihm nun auf, und er war ein wenig verlegen angesichts der eigenen Schlichtheit – mit unglaublich großer Freude. Mit unglaublich großer Freude!

Und diese Freude sollte er Lotte nehmen?

Als Charlotte Isabel das erste Mal von einem Tamagotchi gesprochen hatte, war seine Reaktion die eines engstirnigen alten Sacks gewesen. Es muss ja wohl Grenzen dafür geben, was als blödsinniges Spielzeug auf den Markt kommen darf, hatte er gedacht, kann die Göre sich nicht Stift und Papier nehmen und etwas malen? Kann die Göre nicht in den Wald gehen und auf einen Baum klettern?

Aber dann hatte er sich in einem seltenen Augenblick der Selbsterkenntnis zusammengerissen. Sentimentalität hin oder her: Genau das war in seiner ganzen Kindheit passiert. Ein Kind nach dem anderen, auf der Straße oder in der Schule, war mit einem Schleimklumpen in der Hand angekommen, mit Yo-Yo und Vokuhila. All diese Dinge hatte er unglaublich toll gefunden, er hatte die Begierde in sich gespürt – und er hatte das Objekt seiner Begierde nicht bekommen. Seine Eltern hatten ihm Bücher gegeben. Sie waren mit ihm in den Bergen gewandert und hatten ihn bei den Pfadfindern angemeldet. Und damit war klar, dachte er, wenn Lotte sich ein Tamagotchi wünschte, dann sollte sie das auch haben. Und wenn es noch so lächerlich war.

Und wie sie sich darüber gefreut hatte!

Nachdem sie den anwesenden Gästen ihr Lied vorgesungen hatte, vertrieb Lotte die Gedanken an ihren Vater, der zu Hause in Skien saß, und ihr schlechtes Gewissen und widmete sich ihren Tamagotchis. Es war überhaupt kein Problem, dass sie zwei bekommen hatte, das merkte Jarle sofort, im Gegenteil. Sie schaltete sie ein, und augenblicklich wurde klar, dass sie bereits eine Art Expertin für das kleine, Jarle gänzlich fremde Spielzeug war. Und die Reaktion der anderen Kinder! Sie drängten sich wie kleine Tierchen um Lotte, es zuckte in ihren Händen und ihre Augen blitzten, als sie Lotte beim Auspacken zusahen. Jarle staunte, wie begeistert sie waren, diesen kleinen Wesen selbst Leben einzuhauchen. Und Jarle sah das Glück der Kinder. Wie die anderen Erwachsenen auch, trat er zu den Kindern hin. Über ihre Schultern hinweg sah er zu, wie Lotte auf den kleinen Dingern herumdrückte, die nicht größer waren als die Mulde eines Esslöffels. Faszinierend, dachte er. Darin entsteht also eine Art … *Leben?* Eine Art Tier kommt auf die Welt, tanzt auf einem kleinen Bildschirm, und man wird Mama oder Papa dieses kleinen Tieres, man gibt ihm einen Namen und muss es füttern und hüten, dafür sorgen, dass es ihm gut geht, dass es zu essen bekommt, auf die Toilette gehen kann. Das war eine Vollzeitbeschäftigung, wie er bald feststellte. Rasch entstand eine enge Beziehung zwischen dem Tamagotchi und seinen Eltern, denn es fing, raffiniert programmiert, an zu fiepen, wenn man eine Weile nicht damit spielte. Ein schrilles Fiepen, das nach Aufmerksamkeit verlangte.

Und so lagen sie da und fiepten, nachdem alle Gäste gegangen waren, die Tamagotchis.

Sie hatten Reise nach Jerusalem gespielt, sie hatten Würstchen gegessen, sie hatten die Kerzen auf dem Kuchen ausgeblasen, sie hatten Blasen in die Limonadengläser gepustet, sie hatten Süßigkeiten gegessen, und Robert Göteborg und Sara hatten jeweils eine Rede gehalten, der Schwede konzentrierte sich auf die Kindheit als Ort für Spiel und Spaß und Fantasie, während Sara über Geborgenheit und Nähe redete. Für Hasse endete das Geburtstagsfest damit, dass er auf dem Sofa lag, denn sein Rücken hatte derart quergeschossen, dass er sich nicht mehr aufrecht halten konnte, und das fanden die Kinder sehr komisch. Sie spielten, was der Marienkäfer Ingrid »Dem kranken Zauberer helfen« nannte, ein Spiel, das darin gründete, dass die Welt nicht ohne einen gesunden Zauberer sein kann, und deshalb mussten die Kinder hin und her laufen und für Hasse Verband und Pflaster und Essen und Trinken holen. Hasse ließ sich mit wachsender Begeisterung auf das Spiel ein: »O nein, Zauberer Hasse ist noch nicht ganz gesund! Habt ihr Jod? Habt ihr Alkohol? Ich brauche noch einen Verband! Daniel, frag Peter Pan, ob er etwas aus dem Ärmel schütteln kann!«

Jarle nutzte die letzten Minuten des Festes, um Herdis Snartemo zu betrachten und sich einzureden, dass er nie wieder an sie denken würde. Na ja, sagte er sich und ließ den Blick einige Sekunden auf der Stelle ruhen, wo ihre Hüften in die Oberschenkel übergingen. Er redete sich ein, dass er sie gewissermaßen als besseren Menschen weitergereicht habe, zumindest um eine Erfahrung reicher, und dass es sich dabei um eine Art von Reichtum handele, die sie brauchen könnte, wenn sie jetzt mit dem Gedanken spielte, sich dem heimatlichen Vermögen zuzuwenden und sich statt dem Feminismus dem Geld hinzugeben.

Am Ende, als die Gäste schon gehen wollten, ergriff er selbst das Wort und dankte allen, die zu Charlotte Isabels siebtem Geburtstag gekommen waren, er hoffe, sagte er, sie würden Lottes Bergen-Familie bleiben.

Und letzt lagen die Tamagotchis da und fiepten.

Sara und Jarle hatten die letzten Reste des Festes weggeräumt, während Anette Lotte ein Buch aus der Bücherei vorgelesen und sie bettfertig gemacht hatte. Sie hatte ihr das Annie-Kostüm ausgezogen, ihr aber erlaubt, die Sommersprossen über Nacht behalten zu dürfen. Die Kleine war völlig erschöpft, sie hielt ihr Pony auf dem Schoß und konnte nicht zuhören, weil Charlotte und Isabel so sehr fiepten. Jarle und Anette hatten ihr am Ende die japanischen Cybertiere wegnehmen müssen, sie hatten sie oben in ein Regal gelegt und gesagt, Lotte dürfe am nächsten Morgen wieder mit ihnen spielen, aber Lotte musste immer an sie denken. Die Armen, sagte sie, wenn sie fiepten. Jetzt will Isabel etwas zu essen, sagte sie mit traurigen Augen. Jetzt muss Charlotte aufs Klo, sagte sie besorgt. Es ist eure Schuld, wenn sie über Nacht sterben müssen.

»Sterben?«, fragte Jarle.

»Ja«, murmelte Lotte übermüdet. »Sie sterben, wenn man sich nicht um sie kümmert.«

»Sie sterben?«

»Ja«, rief Lotte traurig. »Ihr müsst Babysitter für Isabel und Charlotte sein.«

Babysitter? Für ein virtuelles Spielzeug?

»Ja, natürlich machen wir das«, sagte Anette und streichelte ihrer Tochter übers Haar.

»Ihr könnt sie nicht ausschalten, sonst hört ihr ja das Fiepen nicht, wenn sie etwas brauchen.«

»Keine Sorge, das tun wir nicht«, sagte Anette und sang ihr so lange vor, bis sie eingeschlafen war.

Jarle warf noch einen Blick auf die beiden Tamagotchis, die oben im Bücherregal lagen und fiepten, und er verspürte ein seltsames Gefühl im Bauch, das er nicht in Worte fassen konnte.

Lotte schlief, und Lotte war sieben Jahre alt geworden. Die Wohnung verwandelte sich in ihr altes Selbst zurück, und langsam, nachdem alles aufgeräumt worden war, verschwand die geburtstägliche Stimmung. Jarle zog die Uniform aus und befreite sich von Schnurrbart und Wachtmeisterschminke. Dann brachte er die von Grete geliehenen Stühle zurück. Er sah ihr in die Augen, als er ihr für ihre Hilfe dankte, und glaubte, dort etwas zu entdecken, das – wer wusste das schon – nach einer Zukunft aussah. Sie lächelte und legte ihren Kopf schräg, was er als Zeichen dafür deutete, dass er willkommen war. Zurück in seinem Wohnzimmer, fiepten die Tamagotchis erneut. Sara hatte ihr Clownskostüm inzwischen auch abgelegt und setzte sich mit einer Tasse Kaffee in den Sessel. Anette hatte sich die Haare ausgespült und die Hexenschminke abgewischt. Und die Tamagotchis fiepten. Jarle schenkte Anette und sich je eine Tasse Kaffee ein. Sie setzten sich auf das Sofa, Sara saß ihnen gegenüber. Die Dunkelheit hatte sich über Bergen gelegt, draußen fiel ein leichter Abendregen, und Jarle kam die Wohnung wahnsinnig still vor – bis auf das Fiepen der Tamagotchis.

»Kann man die wirklich nicht ausschalten?«

Sara sah zum Bücherregal hinüber.

»Nein.« Jarle zuckte mit den Schultern. »Dann sterben sie, glaube ich.«

»Das ist doch der Sinn der Sache«, sagte Anette. »Sie müssen am Leben erhalten werden. Deshalb wollte ich ihr keins kaufen. Die Kinder zu Hause in der Straße drehen schon total durch. Heulen, weil ihre Tamagotchis es nicht gut haben. Und wenn man sie ausschaltet, drehen sie erst recht durch.«

Jarle nickte.

»Aber was soll man machen.« Anette reckte sich. »Man kann die Kinder ja nicht enttäuschen.«

»Nein«, sagte Jarle. »Kann man nicht.«

Ein wenig bemüht setzten sie ihr Gespräch fort. Sara stellte oberflächliche Fragen danach, woher Anette kam, was ihre Eltern machten, wie es sich in Skien leben ließ. Anette antwortete höflich und vermittelte das friedliche Bild einer jungen norwegischen Frau mit Haus und Mann und Kind. Dann erkundigte sich Sara, wie es am Mittelmeer gewesen sei. Anettes Blick flackerte kurz, dann sagte sie, nicht schlecht, das war nicht schlecht. Nett, mal ein wenig rauszukommen. Und die Tamagotchis fiepten wieder.

»Wir müssen etwas tun«, sagte Jarle und dachte daran, sie in einen Schrank zu legen oder so.

»Ja«, sagte Anette. »Sie sterben doch, wenn wir nichts tun.«

Schließlich sagte Sara, sie wolle schlafen gehen. »Dann habt ihr noch ein bisschen Zeit für euch …«, sie lächelte verlegen. »Es gibt ja bestimmt so einiges zu besprechen.«

Sara ging ins Badezimmer, Jarle saß mit verschränkten Händen da, und Anette sagte, Bergen sei eine schöne Stadt, das wenige, was sie bisher gesehen habe jedenfalls. Doch, sicher, sagte er, schön sei die Stadt schon. Die Berge, sagte Anette. Die vielen alten Holzhäuser. Ja, sagte Jarle. Sara streckte ihren Kopf noch einmal in die Tür, sagte, es sei ein schöner Geburtstag gewesen, wünschte ihnen eine gute Nacht und ging zu Bett.

»Ja«, sage Jarle.

»Ach ja«, sagte Anette.

Und wieder fiepten die Tamagotchis.

»Wir müssen jetzt wirklich was tun«, sagte Jarle.

»Ja«, sagte Anette. »Du nimmst eins und ich nehme eins.«

Jarle stand auf, ging zum Bücherregal und griff nach den Tamagotchis.

»Ja, also, möchtest du Charlotte oder Isabel?«

Anette zuckte mit den Schultern.

»Ach, das macht doch keinen Unterschied, oder?«

Er nickte.

»Wir könnten ja eine Flasche Rotwein aufmachen?« Jarle versuchte, so vertrauenerweckend wie möglich zu wirken. »Oder vielleicht ein Bier? Ich dachte nur ... na ja, aber vielleicht ist es schon ein bisschen spät.«

Anette sah ihn an, und Jarle hatte den Eindruck, dass auch sie sich nach Kräften bemühte.

»Ja, klar, warum nicht? Ja, gern. Rotwein?«

Jarle ging in die Küche, erleichtert, weil sie auf seinen Vorschlag eingegangen war. »Warum nicht«, sagte er und nahm eine Flasche billigen Wein aus dem Regal. »Warum nicht. Willst du Charlotte oder Isabel?«

»Isabel hat Hunger«, hörte er aus dem Wohnzimmer.

Er nahm zwei Gläser aus dem Regal, öffnete die Flasche und schenkte ein.

»Ja, dann habe ich also Charlotte«, sagte er, als er zurückkam. Er nahm das Tamagotchi. »Ja. Sie hat auch Hunger, das sehe ich. Aber erst mal Prost.« Jarle hob das Glas.

Anette nickte. »Prost, Jarle«, sagte sie und sah ihm in die Augen.

Er wich ihrem Blick aus und starrte auf das kleine Display des Tamagotchi. Er drückte auf die Knöpfe und zwinkerte unwillkürlich ein paarmal hintereinander.

»Siehst du, so«, sagte er, »jetzt wird Charlotte gefüttert, ja, das gefällt ihr.«

Anette gluckste – ganz wie ihre Tochter. »Isabel auch.« Sie nahm einen großen Schluck.

»So«, sagte er so lässig er konnte. »Ja, das«, er räusperte sich, »das war etwas ganz Besonderes. 1990, erinnerst du dich, und dann – tja, hier sitzen wir nun.«

Sie nahm noch einen Schluck, wie er sah, und er tat es ihr nach.

»Ja«, sagte Anette. »Das war schon eine seltsame Nacht.«

Er schluckte.

»Ja. Aber schau«, sagte er mit übertrieben heller Stimme. »Schau. Jetzt ruft die Natur. Charlotte muss Pipi machen.«

Anette gluckste wieder, und noch einmal fand er, dass sie sich genau wie Lotte anhörte. »Ja, Isabel auch.« Sie sah ihn an. »Ich hab mir solche Sorgen gemacht, Jarle.«

Jarle hob den Blick.

»Ja, das kann ich verstehen.«

»So bin ich sonst nicht«, sagte sie mit schlechtem Gewissen. »Aber mir war alles zu viel, das mit Trond läuft einfach überhaupt nicht, und da wusste ich nicht, was ich machen sollte, und ich konnte nicht so gut denken, und deshalb – ja, ich war gar nicht am Mittelmeer, aber das hast du sicher die ganze Zeit gewusst, es war nur blöd von mir, dass ich – ich weiß nicht, ich – ich …«

»Schon gut«, fiel er ihr ins Wort. »Wirklich. Ich verstehe. Du brauchst dich nicht – du brauchst nichts zu erklären. Es war einfach so. Schon in Ordnung. Ich habe – ja, ich habe nicht – ich war doch, am Sonntag, also …«

Sie nickte. »Ja, das hat deine Mutter erzählt. Und Hasse auch …«

Er schlug die Augen nieder.

»Du musst mir versprechen«, sagte Anette, »dass du so was nie wieder tust.«

»Ja«, sagte er leise.

»Das musst du mir versprechen.«

»Ja, ja. Natürlich.«

Anettes Tamagotchi fiepte. Es war krank, wie es sich herausstellte, und es brauchte Medizin. Es wurde verarztet, und sie legte es weg. Anette drehte sich zu ihm um, zog ein Bein auf das Sofa und drehte das Rotweinglas langsam zwischen den Händen.

Irgendwie hatte Jarle das Bedürfnis, ihrem Beispiel zu folgen, und er versuchte, gelassen zu bleiben, als er das Tamagotchi weglegte und nach seinem Glas griff. Er sah sie an. Ihre Lippen waren ein wenig feucht geworden und ihre Wangen sahen heiß und müde aus.

»Ich – es ist so seltsam«, begann sie.

»Ja.« Er nickte.

»Es muss doch etwas da gewesen sein.«

Anette fuhr mit dem Zeigefinger am Rotweinglas entlang. Sie hatte ausgetrunken und er goss nach, für sie und für sich.

»Ich meine«, sagte sie und nickte zum Dank. »Ich meine – zwischen uns.«

Sie öffnete die Lippen und trank noch einen Schluck.

»Glaubst du nicht?«

»Doch«, sagte Jarle und merkte, wie schwer sein Atem ging. Er spürte, wie sich alles in seiner Brust, im Bauch zusammenkrampfte, und unwillkürlich flackerte sein Blick.

Jarles Tamagotchi fiepte, und er sah Anette unsicher an.

»Soll ich …«

Sie zuckte mit den Schultern. »Du kannst es doch einfach liegen lassen.«

Jarle schob das Cybertierchen ein Stück zur Seite und stierte in die Luft. »Kannst du dich an etwas erinnern?«, fragte er

»Nicht an sehr viel.«

»Ich auch nicht«, sagte er.

»Aber ...« Sie senkte den Blick und wiegte vorsichtig das Rotweinglas hin und her, »aber ich habe mich immer an dein Gesicht erinnert. Aus der Nacht, meine ich. Am nächsten Tag warst du ja weg, als ich aufgewacht bin, und ... ja, dann wurde alles sehr schlimm, als ich gemerkt habe, dass ich schwanger war, und meine Eltern und alles ... aber – ich habe mich immer an dein Gesicht erinnert.«

Er räusperte sich. »Wirklich?«

Sie nickte. »Hm. Das war schön. Das habe ich damit gemeint, dass es schön war. Du hast so hungrig ausgesehen.«

»Wirklich?«

Die Tamagotchis blieben auf dem Tisch liegen, nebeneinander, wie kleine Geschwister, und ab und zu fiepten sie um Aufmerksamkeit, und dann streifte Jarle Anette vorsichtig die Jeans von den Beinen. So ruhig er konnte öffnete er ihren BH, er wollte sich unbedingt anständig benehmen, und behutsam und ohne ein Geräusch von sich zu geben ließ er seine Finger über ihre herrlichen Brüste gleiten, denn wer will schon, dass die eigene Mutter hört, dass man bei den Mädchen zu Besuch ist. Anette öffnete die Lippen, und sie küssten sich, spürten, wie es war, miteinander zu knutschen, und er legte sich zwischen ihre Beine und vergaß nach und nach, dass er ruhig und anständig sein wollte, und er merkte, dass er Hunger hatte, und er merkte, dass Anette froh war, und er spürte, wie ihre Hände seinen Rücken umfassten, und während die Tamagotchis in immer kürzeren Abständen fiepten, dachte er, dass er Anette schön fand und dass es jetzt zum zweiten Mal passiert, und was kann daran denn falsch sein, wir sind doch Charlotte Isabels Eltern, und morgen fahren sie wieder weg, und wenn es passieren soll, dann muss es jetzt passieren.

Morgen ist auch noch ein Tag

Als sie an diesem Feitag, dem 12. September 1997 durch die grün gestrichene Doppeltür in Møhlenpris in Bergen traten, kniff Sara im warmen Herbstlicht, das durch die Baumkronen im Nygårdspark drang, die Augen zusammen, und Anette sagte, Bergen sei wirklich schön, wenn es sich von dieser Seite zeige, wenn die Luft so klar und scharf sei. Charlotte Isabel machte ihre Oma nach und kniff ebenfalls die Augen zusammen. Sie runzelte die Stirn, ihr Mund öffnete sich und die Sonne ließ die elfenbeinweißen Schneidezähne blitzen. Vielleicht dürften sie ja gar nicht mitfliegen, sagte sie, wo sie doch so viele Geschenke bekommen hatte.

Jarle zog den Reißverschluss seiner schwarzen taillenkurzen Jacke hoch und schüttelte langsam den Kopf. Er fühlte sich einfach nicht wohl. In seinem Magen grummelte es, seine Handflächen waren schweißnass, seine Beine wackelig. Er trug Charlotte Isabels Rucksack, und der war vollgestopft mit allem, was sie nach Bergen mitgebracht, und allem, was sie zum Geburtstag bekommen hatte. Das Spice-Girls-Poster hatten sie in ihrem Zimmer hängen lassen, was Lotte schwergefallen war, aber Jarle versicherte ihr, dass er diesen blöden Deutschen nicht wieder hinhängen würde. Das nicht, sagte er, niemand wird die Spice Girls anfassen, das Poster hat einen sicheren Platz hier und das Zimmer wird für immer deins sein.

Wird mir jetzt schlecht?, dachte er und horchte in sich hinein.

Aber so fühlte es sich auch wieder nicht an, es war eher wie ein nervöses Unbehagen, etwas, das er nicht so ganz begreifen konnte, als flatterte eine kleine Handvoll Schwalben in ihm hin und her. Lag es daran, dass er und Anette miteinander geschlafen hatten? Nein, das konnte es doch nicht sein? Er sah zu ihr hinüber. Sie öffnete ihre Handtasche, eine beige Handtasche, nahm eine Sonnenbrille heraus und setzte sie auf. Es war ein wenig seltsam gewesen, am Morgen aufzustehen, zu sehen, wie sie sich die Zähne putzte, wie sie die Spange in den Haaren befestigte, wie sie sich schminkte, wie sie für ihre Tochter Frühstück machte, Weißbrot mit hellem Sirup, aber das war es nicht, was ihm zu schaffen machte.

Lotte ging zwischen ihren Eltern. Anette hatte ihr die strubbeligen Haare gekämmt und feine Pippizöpfchen geflochten, die hin und her schaukelten, wenn Lotte in ihren leichten Schuhen ein wenig hüpfte. Sie trug ihre lila Jacke, auf dem Rücken hatte sie den apfelförmigen rosa Rucksack und in einer Hand das Pony. Die Tamagotchis steckten in ihren Jackentaschen, satt und zufrieden, nachdem sie den ganzen Morgen über versorgt worden waren.

Als sie in Nygårdshøyden angekommen waren, gab Lotte Oma das Pony und nahm Jarle und Anette an der Hand. Das Unbehagen in seinem Körper wuchs, ein taubes Gefühl machte sich breit, und als Lotte wollte, dass sie »Engelein, Engelein, flieg« machten und sie in die Luft schwenkten, spürte er, wie sein Puls sich beschleunigte.

»Engelchen, Engelchen, flieg!«

Charlotte Isabel schaukelte gen Himmel, reckte den Hals und jaulte vor Freude.

»Ich wüsste ja gern, wie es Prinzessin Diana geht«, sagte Lotte, als sie vor dem Hotel Norge in den Flughafenbus einstiegen.

»Ach, die ist sicher im Himmel, und da hat sie es gut«, sagte Anette und zog ihren Geldbeutel aus der Tasche. Sara hielt sie zurück und bestand darauf, für alle zu bezahlen, und während sie sich Plätze suchten, hörte Jarle Lotte seufzen: »Ja, schade, dass man Leute im Himmel nicht besuchen kann.«

Jarle widersprach nicht, auch wenn er es für unsinnig hielt, Kindern Dinge einzureden, die sich nicht verifizieren ließen.

Jarle saß neben Sara auf einer Seite des Gangs, die beiden Mädchen auf der anderen, und er sah aus dem Busfenster. Keine Wolke am Himmel. Nur der durchsichtige Schnee aus flimmerndem Licht. Er konnte sie hören, Anette und Lotte, während Bergen vorbeihuschte, während er die Stadt verschwinden sah, als würde sie niemals wiederkehren. Ihre Stimmen konnte er hören, Anettes, die schlicht und fein klang, Lottes, die so hell und licht war. Sie sprachen über Pinguine, hörte er, Pinguine und das Kostümfest und Prinzessin Diana.

Er schluckte. Die ganze Situation war unangenehm. Ihm war schlecht. Er war nervös und ihm war schlecht.

»Papa?«

Er drehte sich um, Lotte beugte sich über die Armlehne.

»Oma?«

Sara sah ihre Enkelin an.

»Ihr könnt doch mitkommen? Nicht wahr, Mutter, die können einfach mitkommen? Die brauchen doch nicht hierzubleiben, oder? Wir können doch einfach noch zwei Tickets kaufen, und dann könnt ihr mitkommen, und dann könnt ihr zu Hause auf dem Sofa schlafen, und wir können euch das Haus zeigen, und wir können noch ein Geburtstagsfest haben, oder? Nicht wahr, Mutter, nicht wahr?«

Lotte sah Anette aus großen erwartungsvollen Augen an, sie sah ihre Großmutter an und nickte heftig und lächelte Jarle breit an und zeigte die Lücke zwischen ihren Schneidezähnen.

Sie standen nebeneinander und schauten zur Tafel mit den Abflugzeiten hinauf. Da, sagte Oma und zeigte hinaus. Das ist dein Flugzeug. Bergen–Oslo, 13.50 Uhr. Lotte sagte, sie könne noch nicht alle Buchstaben lesen, aber nächstes Mal, wenn sie nach Stavanger komme und die Oma besucht, zum Beispiel, oder wenn Oma nach Skien komme und sie besuche, zum Beispiel, dann würde sie ihr sicher ein ganzes Buch vorlesen können. Lotte verstummte plötzlich, ihr Blick füllte sich mit weißem Licht, ungefähr so, wie ein Glas mit Milch gefüllt wird, und sie drehte sich zu Jarle um.

»Papa? Du hast die Geschichte über die Prinzessin noch nicht fertig erzählt!«

Jarle, dessen Magen sich jetzt wie ein eiskalter Klumpen anfühlte, schluckte, als er sie ansah. »Wirklich nicht?«

»Nein! Hast du nicht!«

Er zwinkerte ihr zu. »Oder doch?«

»Nein! Sie kam doch an diesen Ort, in dem Tal, und sagte, sie wollte sich nach der langen Wanderung ausruhen, und dann hat sie sich hingesetzt, aber dann hat sie etwas gesehen, das ... das ... das ganz schrecklich war, Papa! Das hast du gesagt! Etwas – ja, etwas ganz Schreckliches ...«

Jarle musterte seine Tochter. Er bemerkte Züge, die an Mama erinnerten, aber die ein wenig dicken Lippen waren ganz von Anette, und die Augen, die hatte er an sich selbst gesehen.

Er spürte einen Kloß im Hals.

»Weißt du was, Lotte«, sagte er. »Ich glaube fast, du

musst mich wieder besuchen, wenn ich weiter erzählen soll. Machst du das?«

Lotte nickte. »Ja«, sagte sie.

Als sie das Gepäck aufgegeben hatten, musste Lotte aufs Klo. Sara sagte, sie könne mit ihr gehen, und Lotte war das recht. Jarle und Anette blieben bei der Rolltreppe stehen.

»Was – ja, was wird jetzt?«

Er berührte das rollende Geländer mit den Fingern.

»Na ja, ich weiß nicht recht«, sagte Anette. »Wir müssen wohl …«

»Ja.«

»Ich meine – wir müssen doch in Kontakt bleiben.«

Er nickte.

»Ich weiß nicht«, sie verstummte für einen Moment. »Ich meine, ich weiß nicht, wie viel … ja, wie viel Vater du glaubst, sein zu können.«

Er sah zu ihr auf.

Wie viel Vater ich glaube, sein zu können. Er schluckte wieder, und das Unbehagen in seinem Körper machte sich weiter breit, die Kälte flutete in seine Arme und Beine und bis hinauf in den Kopf.

»Vielleicht weiß ich das auch nicht.«

»Aber es war doch schön für dich mit Lotte?«

Er ließ seinen Blick durch die Umgebung schweifen. Er sah Menschen, die kamen, und er sah Menschen, die gingen, er sah Menschen mit Koffern, Menschen mit Rucksäcken, Menschen, die auf ihre Armbanduhren schauten, einen Vater, der ein weinendes Kind hinter sich herzog, eine junge Frau, die mit gequälter Miene vorübereilte.

»Als sie gekommen ist«, sagte er und hatte das vage Gefühl, neben sich zu stehen. »Als sie gekommen ist, war ich nicht gerade froh. Als du mir den Brief geschickt hast, war ich sogar richtig wütend. Kannst du das verstehen? Ich war richtig wütend. Ich fand dich – ich fand es unglaublich – ich weiß nicht. Die ganze Woche über dachte ich, es ist nur eine Woche in meinem Leben, und irgendwie habe ich erwartet, dass es dann zu Ende sein würde, verstehst du? Dass es ein Ende nehmen würde, dass ich zu meinem Leben zurückkehren könnte, dass alles wieder wäre wie zuvor.«

Anette strich sich eine Träne aus dem Augenwinkel.

»Gestern war es schön«, flüsterte sie.

Er nickte zum dritten Mal.

»Ich war nicht da, als sie klein war.«

»Ja«, sagte sie. »Das warst du nicht.«

»Ich will nicht, dass ihr wegfahrt«, sagte er.

Sie gingen auf die Rolltreppe und Lotte lachte, denn Rolltreppen fand sie wahnsinnig witzig, sagte sie. Zu Hause, also im Einkaufszentrum, fuhr sie immer Rolltreppe mit Vater, und der nannte die Rolltreppe immer Tolltreppe.

Dann kamen sie zu der Sicherheitskontrolle.

»Ja, dann müssen wir jetzt wohl Abschied nehmen«, sagte Anette.

Sie umarmte Sara und sagte, es sei schön gewesen, sie kennengelernt zu haben. Sie nahm ihre Hand und sagte, sie hoffe wirklich, sie könnten sich häufiger sehen. Aber, meine Liebe, sagte Sara und streichelte ihr über die Wange, ich bin doch Lottes Großmutter. Passt jetzt alle gut auf euch auf.

Jarle und Anette umarmten einander, verlegen, und sie spürten, wie sich ihre Körper ein wenig aneinanderrieben und sich daran erinnerten, was sie in der vergangenen Nacht erlebt hatten.

Lotte hing lange am Hals der Großmutter und sagte, sie habe sie lieb, mindestens so lieb wie die andere Oma und den Opa, und Sara musste einfach weinen. Mein Mädel, sagte sie, jetzt ist Oma einfach ganz außer sich vor Freude.

»Jetzt müssen wir uns aber beeilen«, sagte Anette.

Jarle ging in die Hocke.

»Charlotte Isabel«, sagte er.

Lotte stellte sich vor ihn. Sie wippte auf den Schuhen hin und her und sah verlegen zu Boden.

»Papa?«

»Hm?«

»Möchtest du eins von meinen Tamagotchis?«

»Ja«, sagte er und hörte, wie seine Stimme brach.

»Welches denn? Charlotte? Oder Isabel?«

»Das«, sagte er, »kannst du entscheiden.«

Sie zog die Tamagotchis aus der Tasche, drehte und wendete sie und überlegte, dann reichte sie ihm das eine und sagte, er bekomme Isabel. Jarle sagte, das sei ungeheuer lieb von ihr, und Lottes Mundwinkel zitterten und sie weinte und sagte, sie würde ihn ganz schrecklich vermissen, und er müsse gut auf Isabel aufpassen, denn die dürfe nicht sterben, und wenn sie sterben würden, dann müsse er sie anrufen, sagte sie, dann müsse er sie sofort anrufen, damit sie ihm sagen könne, was er tun solle.

Sie gingen durch die Sicherheitskontrolle. Jarle konnte hören, wie seine Tochter zu einem Beamten sagte, sie hätten nichts Gefährliches bei sich, nur Geschenke, und als sie auf der anderen Seite angekommen waren, drehte sie sich um und sah ihn und Sara an.

Er hob die Hand und winkte.

Sara hielt sich eine Hand vor den Mund.

Lotte lächelte ihr strahlendes Lächeln und winkte ihnen beiden zu, und Jarle dachte: Ich bin dein Papa, Isabel Charlotte.

Dann waren sie nicht mehr zu sehen.

Er atmete tief durch und sah Sara an. Sie nickte ihm

zu. Es gab nichts zu sagen, und sie machten sich auf den Nachhauseweg.

»Morgen ist auch noch ein Tag.«

Jarle blieb stehen und schaute sich um.

Auf der anderen Seite der Sicherheitskontrolle stand ein kleines Mädchen, das soeben sieben Jahre alt geworden war. Sie winkte mit einer Hand und rief so laut sie konnte: »Morgen ist auch noch ein Tag, Papa!«

Und dann rannte sie los.